Ullstein

ÜBER DAS BUCH:

Magisch angezogen fühlt sich die 16jährige, schwarzgelockte Adrienne de Beaufort 1794 von dem Bildnis ihrer Ahnin Isabella de Montefiore, hinter dem der Öffnungsmechanismus zu einer Geheimkammer versteckt ist. Immer wieder blickt Adrienne die unglückliche Verräterin an, deren Haar wie gesponnenes Gold schimmert. Voller Faszination hat Adrienne die Tagebücher Isabellas gelesen. Doch hat sich diese wirklich umgebracht, weil sie ihren Gemahl Alessandro, den sie gleichzeitig liebte und haßte, verraten und zu dessen Tod beigetragen hat? Die Antwort erfährt Adrienne, als sie eines Tages vor einem aufdringlichen Mann in die Geheimkammer hinter dem Bild fliehen will. Von unbekannten Kräften wird sie jedoch mit aller Macht in den Körper Isabellas gezogen – zum Zeitpunkt ihrer Hochzeitsnacht im Jahre 1499! Damit beginnt für Adrienne eine unglaubliche Liebesreise durch Zeit und Raum.

Nina Beaumont

Isabellas Bildnis

Roman

Ullstein

Ullstein Buchverlage GmbH,
Berlin
Taschenbuchausgabe: 24183

Ungekürzte Ausgabe
April 1997

Umschlagentwurf:
Hansbernd Lindemann
Illustration: York
Alle Rechte vorbehalten
Taschenbuchausgabe mit
freundlicher Genehmigung des
CORA Verlages, Berlin
© 1994 by Nina Gettler
unter dem Originaltitel »Across Time«
erschienen bei Harlequin Enterprises Ltd., Toronto
Published by arrangement with
HARLEQUIN ENTERPRISES B.V., Amsterdam
© Deutsche Erstausgabe 1995
by CORA Verlag GmbH, Berlin
Übersetzung: Rita Langner
Printed in Germany 1997
Gesamtherstellung:
Ebner Ulm
ISBN 3 548 24183 2

Gedruckt auf alterungsbeständigem
Papier mit chlorfrei
gebleichtem Zellstoff

Die Deutsche Bibliothek – CIP-Einheitsaufnahme

Beaumont, Nina:
Isabellas Bildnis : Roman / Nina Beaumont.
[Übers.: Rita Langner]. – Ungekürzte Ausg. –
Berlin : Ullstein, 1997
(Ullstein-Buch ; Nr. 24183)
Einheitssacht.: Across time <dt.>
ISBN 3-548-24183-2
NE: GT

1. KAPITEL

Normandie, Frankreich
März 1794

Obwohl die Märzsonne mit ihrer Wärme den Morgennebel schon vertrieb, vermochte Adrienne das Frösteln nicht abzuschütteln, das sich in der langen, schlaflosen Nacht in ihrem Inneren festgesetzt zu haben schien.

Die Hände tief in die Taschen der zerlumpten Hose gesteckt, die einer der Stalljungen zurückgelassen hatte, ging sie langsam den Pfad entlang. Ihr widerstrebte es, ins Herrenhaus zurückzukehren, in dem alle Geräusche von den kahlen Wänden widerzuhallen schienen, nachdem auch der letzte Dienstbote fortgegangen war.

Ihre Mission war erfolgreich verlaufen, doch trotz aller Erleichterung hatten sich Adriennes Nerven noch immer nicht beruhigt.

Wenn immer sie am Strand stand und das Fischerboot des alten Vater Duroc mit seiner menschlichen Fracht auf den Kanal hinausfahren sah, wartete sie darauf, daß sich ihre Angst endlich legte. Doch sie wartete vergebens. Da sie unterdessen schon Übung darin hatte, Dinge nicht zur Kenntnis zu nehmen, die sich nicht ändern ließen, hatte sie versucht, auch die Furcht einfach zu ignorieren, doch das gelang ihr nie so ganz. Sie hatte sich statt dessen an diesen Zustand gewöhnt.

Adrienne bewegte ihre verspannten Schultern hin und her und stieß mit der Fußspitze in die Kieselsteine, in welche die heftigen Regengüsse vor zwei Tagen tiefe Rinnen gespült hatten. Sie lächelte traurig, als sie daran dachte, wie gepflegt dieser Pfad früher immer ausgesehen hatte. Ihre Mutter hatte stets darauf geachtet, daß ein hübsches Wellenmuster in den Kies geharkt wurde ... Adrienne seufzte bei

Erinnerung daran und drängte tapfer ihre aufsteigenden Tränen zurück.

Als sie ein leises Geräusch hörte, hob sie den Kopf und drehte sich langsam um. Alles war sie sehen konnte, waren die noch unbelaubten Büsche und Bäume des vernachlässigten, mit Unkraut überwucherten Parks.

Wieder hörte sie das Geräusch. Noch ehe ihr Verstand es bewußt als das Wimmern eines Kindes erkannt hatte, begann sie zu laufen. Bei dem Dschungel, der einmal der Rosengarten gewesen war, rief sie leise, ohne indessen eine Antwort darauf zu erhalten.

Ohne auf die dornigen Zweige zu achten, die sich in ihrem Rock verfingen, bückte sie sich unter der zerbrochenen Pergola hindurch und bewegte sich so rasch weiter, daß sie vorbeigeeilt wäre, hätte das Kind nicht wieder zu weinen begonnen.

Adrienne blieb stehen und schob das dichte, hüfthohe Unkraut auseinander, das den Winter überdauert hatte. Eine junge Frau mit schmalem, schmutzverschmiertem Gesicht hockte zusammengekauert im Schutz des hohen Grases und drückte sich mit beiden Armen ein kleines Kind an die Brust.

»Bitte, tun Sie meinem Kind nichts an!« Die Stimme der Frau klang flehentlich, ihr Blick indes war wild und entschlossen. »Mit mir können Sie machen, was Sie wollen, doch tun Sie meinem Kind nichts zuleide!«

Adrienne ließ sich auf die Knie nieder, so daß sie der Frau direkt in die Augen blicken konnte. »Keine Sorge«, sagte sie sanft. »Niemand wird Ihnen hier etwas antun.«

Tränen stiegen der Fremden in die Augen. Sie hatte Gewalt erwartet, und jetzt raubte ihr die sanfte, freundliche Stimme anscheinend die letzten Kräfte. »Gehören Sie denn nicht zu ihnen?« flüsterte sie, und ihr Blick fuhr gehetzt hin und her. »Auf der Straße haben sie mich gesehen. Ich bin ganz sicher, daß sie mich gesehen haben.«

»Wer hat Sie gesehen?«

»Die Männer«. Sie schluckte. »Die Männer, die mir von Paris hierher gefolgt sind.« Die Frau starrte mit blindem Blick an Adriennes Schulter vorbei. »Die Männer, die meinen Ehegatten umgebracht haben.« Ihre Augen wurden wieder klar, und mit einer Andeutung von Stolz straffte sie kaum merklich die Schultern. »Ich bin Charlotte de Lambert. Jean de Lambert war mein Gemahl.«

Adrienne kannte den Namen des Edelmannes, der versucht hatte, den kleinen Dauphin aus den Händen der Häscher zu rauben, und der seinen Mut mit dem Leben bezahlt hatte. »Ich werde Ihnen helfen.«

»Wer sind Sie?« fragte die Frau ängstlich.

»Ich bin Adrienne de Beaufort.«

Die Frau erkannte, daß sie sich an dem Ziel befand, das zu erreichen sie schon nicht mehr zu hoffen gewagt hatte. Sie ließ den Kopf auf das Haar ihres Kindes sinken.

Adrienne legte ihr die Hand auf die Schulter. »Hat Sie jemand zu mir geschickt?«

Die Frau hob den Kopf wieder und nickte. Sie war nicht fähig zu sprechen, und die Tränen rannen ihr übers Gesicht.

Adrienne fühlte den Schmerz in ihren eigenen verspannten Schultern nicht mehr. Sie legte einen Arm um die Frau und half ihr, sich zu erheben. »Kommen Sie. Ich bringe Sie beide ins Château.«

Sie hatten das große Herrenhaus schon beinahe erreicht, da vernahm Adrienne das Hundegebell.

Ihr Magen krampfte sich zusammen. Dennoch führte sie die Frau mit fester Hand voran und drängte sie, ihre Schritte zu beschleunigen. Als sie sich endlich im Château befanden, nahm sie sich noch die Zeit, das schwere Eichenportal hinter sich abzuschließen.

Sie lauschte konzentriert auf das Bellen der Hunde und versuchte abzuschätzen, wie weit die Verfolger entfernt waren. Ich schaffe es, dachte sie. Es wird zwar knapp, doch ich sollte es schaffen.

Obwohl sich niemand in der Nähe befand, der sie hätte

hören können, senkte sie die Stimme. »Ich werde Sie in einer Geheimkammer verbergen«, erklärte sie der Frau. »Dort sind Sie in Sicherheit, bis ich zurückkomme und Sie wieder herausholen kann.«

Die Frau erschrak. »O Gott, bitte nicht! Zwingen Sie mich nicht, in irgendein dunkles, abgeschlossenes Gelaß zu gehen.« Sie hielt sich an Adriennes Arm fest. »So etwas kann ich nicht ertragen.«

Adrienne zog sie beharrlich weiter. »Dort drinnen gibt es genügend Kerzen«, sagte sie besänftigend. »Sie brauchen sich nicht zu ängstigen.« Sie versuchte zu lächeln, obwohl das Hundegebell immer näher kam. »Nahrung und Wasser sind ebenfalls vorhanden. Sie können sich ausruhen, und sobald es mir möglich ist, hole ich Sie wieder heraus.«

Die Frau fing leise zu weinen an, und das Kind begann ebenfalls zu wimmern. Adrienne hätte die beiden gern beruhigt und getröstet, doch ihr war klar, daß sie dazu jetzt keine Zeit mehr hatte.

Sie zerrte die Frau samt Kind hinter sich her durch die Bibliothek in das kleine Arbeitszimmer. Dort ließ sie sie los und eilte selbst weiter voran. Sie hörte, wie die Frau zu Boden sank und das Kind laut zu jammern begann, doch Adrienne konnte sich keinen Verzug mehr leisten.

Obwohl ihr Atem rauh und unregelmäßig ging, zwang sie sich zur Ruhe und streckte die Hände dem Gemälde entgegen, das den Eingang zur Geheimkammer bewachte. Wie stets, so schaute sie auch jetzt in die Augen ihrer Ahnfrau Isabella di Montefiore. Die Dame auf dem Gemälde sah sie ebenfalls an, und ihr Blick war kalt, unnahbar und hochmütig.

Diese kalten Augen hatten Adrienne indessen noch nie täuschen können, denn sie fühlte sich seit jeher mit ihrer Ahnfrau verbunden – und nicht erst, nachdem sie Isabellas Tagebücher gelesen und auf diese Weise von den Leidenschaften und Geheimnissen dieser Frau erfahren hatte.

Adrienne legte beide Hände an die Innenkanten des reich

verzierten vergoldeten Bilderrahmens und führte sie dann behutsam zur Mitte des Porträts. Als sie erst die eine der beiden kaum spürbaren Erhebungen unter der Leinwand erfühlte und dann auch die zweite ertastete, drückte sie sie nieder. Danach trat sie zurück und sah zu, wie das Gemälde mittels eines gut verborgenen Mechanismus von der Wand klappte und eine kleine Tür freigab.

Rasch drehte sich Adrienne um und winkte die Frau heran. »Kommen Sie schnell! Wir haben jetzt keine Minute mehr zu verlieren.«

Die Frau schüttelte heftig den Kopf, und ihre Augen waren vor Furcht weit aufgerissen.

Adrienne lief zu ihr zurück und zog sie in die Geheimkammer.

Drinnen nahm sie sich noch die Zeit, eilig eine Kerze anzuzünden. Dann faßte sie die Frau bei den Schultern und schüttelte sie sanft. »Hier drinnen wird Ihnen nichts geschehen. Haben Sie verstanden?«

Die Frau weinte nicht mehr so sehr und brachte ein unsicheres Kopfnicken zustande.

Adrienne lächelte und legte ihre Hand kurz an die Wange der Frau. Schweren Herzens schlüpfte sie dann aus der Geheimkammer und zog die Tür hinter sich zu. Durch das Arbeitszimmer und die Bibliothek lief sie hinaus.

Noch während sie, immer zwei Stufen auf einmal nehmend, die Treppe hinunterhastete, zog sie sich ihr Hemd aus. Zusammen mit ihrer Hose und den Stiefeln warf sie es in einen Schrank. Mit mehr Geschwindigkeit als Eleganz streifte sie sich sodann ein schlichtes Gewand über. Sie war noch barfuß, als sie hörte, wie an die Eingangstür gehämmert wurde.

Adrienne öffnete das Fenster und beugte sich hinaus. »Wer ist da?« rief sie laut, obgleich sie ganz genau wußte, daß es sich bei ihrem ungebetenen, unwillkommenen Besucher nur um Marcel Fabien handeln konnte.

Voller Verachtung verzog sie die Lippen. Fabien! Sie

hatte nicht vergessen, daß er einst die Livree der Beauforts getragen hatte, und sie erinnerte sich außerdem sehr wohl daran, daß er eines der Dienstmädchen mißbraucht hatte, worauf ihm ihr Vater androhte, ihn auszupeitschen, bevor er ihn von dem Herrensitz jagte.

Inzwischen predigte Fabien die Revolution, doch seine Manschetten waren spitzenbesetzt, und er hatte sich die Kutsche sowie die Jagdhunde des Comte de Louvelle angeeignet, während er sich in Calais die Position des Vorsitzenden des Amts für Öffentliche Sicherheit erschlichen hatte.

Ein großer, vierschrötiger Mann erschien an der Ecke des herrschaftlichen Gebäudes. »Bürger Fabien ist gekommen, um mit Ihnen zu sprechen, Bürgerin Beaufort«, brüllte er herauf. Anscheinend paßte es ihm nicht, so hoch zu ihr aufschauen zu müssen.

»Ich komme sofort«, antwortete Adrienne und schlug laut das Fenster zu.

Sie nahm ihr Umschlagtuch auf und stieg so langsam wie möglich die Treppe hinunter. Vielleicht ist das ein wenig kindisch, dachte sie, doch diese kleine Trotzgebärde versüßte ihr den bitteren Umstand, daß sie jetzt Fabiens Gnade ausgeliefert war.

Als sie das Hausportal öffnete, trat Fabien ihr mit einem charmanten Lächeln gegenüber, welches sich allerdings nicht in seinen Augen widerspiegelte. Seine Verbeugung fiel derartig lässig aus, daß es schon an eine Beleidigung grenzte. Während er den Blick gemächlich über Adriennes Körper gleiten ließ, klopfte er mit seinem silberbeschlagenen Gehstock gegen die steinerne Eingangsstufe.

Adrienne preßte die Lippen zusammen und kämpfte gegen den Impuls an, einfach zurückzutreten und dem Kerl die Tür vor der Nase zuzuschlagen. »Gibt es einen bestimmten Grund dafür, daß Sie mir so früh am Morgen Ihre Aufwartung machen, Monsieur Fabien?«

Der Blick der hellblauen Augen des Mannes wurde eisig. »Allein dafür könnte ich Sie in Arrest bringen lassen.« Er beugte sich näher heran und fuhr mit einem Finger über ihre Wange. »Oder würden Sie es vielleicht vorziehen, mich Marcel zu nennen, nachdem Sie sich so starrsinnig weigern, mich mit Bürger Fabien anzureden?«

Ein eiskalter Schauder lief Adrienne über den Rücken. Dies hier war nicht des erste Mal, daß Fabien sie mit seinen zweideutigen Bemerkungen belästigte, bisher jedoch hatte er es noch niemals gewagt, sie auch zu berühren.

Als sie sprach, waren ihre Nerven zwar zum Zerreißen gespannt, doch ihre Stimme klang kühler, als dies vielleicht klug war. »Es ist nicht meine Angewohnheit, Fremde mit ihrem Vornamen anzureden.«

Fabien drückte sich seine schmale, gepflegte Hand an die Brust und schüttelte den Kopf. »Es verletzt mich zutiefst, daß Sie in mir einen Fremden sehen. Ich hatte gehofft, Sie würden mich inzwischen als einen Freund betrachten.«

»So?« Mit einer Kopfbewegung warf sie ihren dicken schwarzen Zopf über die Schulter zurück.

Fabiens Hände verkrampften sich um seinen Gehstock, als er die Verachtung erkannte, die so deutlich aus dieser einen Silbe herauszuhören war. Um sich die in ihm aufsteigende Wut jedoch nicht anmerken zu lassen, fragte er lächelnd: »Darf ich hereinkommen?« Das hörte sich trügerisch nebensächlich an. »Ich möchte gern mit Ihnen reden.«

Widerstrebend trat Adrienne von der Schwelle zurück, um ihn vorbeizulassen. Sie schloß die Tür und ging dann Fabien voraus zum Salon, aus dem ihr die kalte, abgestandene Luft entgegenwehte.

Adrienne wickelte sich ihr Umschlagtuch fester um die Schultern und ging zum Fenster. Ihre Hände erstarrten auf dem Fensterriegel, als sie Fabiens Henkersknecht auf dem Pfad sah, auf dem sie eben erst Jean de Lamberts Witwe mit deren Kind entlanggeführt hatte. Die Hunde jaulten, bellten und zerrten wild an ihren Leinen.

»Sie scheinen eine höchst interessante Fährte aufgenommen zu haben.«

Fabiens Stimme plötzlich so dicht an ihrem Ohr zu hören, traf Adrienne unvorbereitet. Sie fuhr herum und prallte erschrocken gegen ihn.

»Ist etwas nicht in Ordnung, Bürgerin Beaufort?«

Adrienne rang sowohl die Furcht als auch die zornige Antwort nieder, die ihr auf der Zunge lag. »Sehr richtig.« Sie wollte an ihm vorbeitreten, doch er hielt sie an ihrer Schulter fest und ließ das nicht zu.

Sie zwang sich dazu, stehenzubleiben und ihm in die Augen zu sehen. »Etwas ist tatsächlich ganz und gar nicht in Ordnung, Monsieur Fabien.«

Die leichte Betonung der letzten beiden Wörter entging ihm keineswegs, und ihm war vollkommen klar, welche Beleidigung dahinter steckte. Er preßte seine Finger fester in Adriennes Schulter.

»Ich bin es nicht gewohnt, in meinem eigenen Haus mit Worten und körperlicher Gewalt belästigt zu werden«, fuhr sie fort.

Aus ihrem eisigen Ton hörte Fabien die vornehme Erziehung vieler, vieler Generationen heraus, und für einen Augenblick brauchte er seine ganze Selbstbeherrschung, um diese Frau nicht zu Boden zu werfen und sie jetzt gleich und auf der Stelle zu nehmen.

Nun, er hatte noch Zeit genug, um ihr zu beweisen, wer in diesen Tagen der Herr und Meister war. Er ließ Adrienne los, und sein schöner Mund verzog sich zu einem selbstgefälligen Lächeln.

»Ich bitte um Entschuldigung.« Er trat zurück. »Vielleicht sollten Sie sich jedoch mit den heutzutage geltenden Gepflogenheiten vertraut machen.«

Scharfe Worte lagen Adrienne auf den Lippen, und sie öffnete den Mund, um sie auszusprechen. Sogleich schloß sie ihn jedoch wieder, denn sie erinnerte sich an die verzweifelte Frau in der Geheimkammer.

Gern hätte Adrienne eine größere Entfernung zwischen sich und Fabien gelegt; sie blieb indessen dort, wo sie war, und blickte ihm direkt in die Augen. »Was genau wollen Sie also von mir?«

»Das wissen Sie nicht?«

Diese so leise ausgesprochene Frage schickte ihr einen Schauder über den Rücken. Trotzdem brachte Adrienne ein kühles Lächeln zustande. »Nein.«

Die wilde Wut schnürte Fabien fast die Kehle zu. »Dich will ich, Adrienne!« keuchte er. Alle Finesse, sämtliche so sorgfältig zurechtgelegten Worte waren vergessen. »Ich habe dich schon immer begehrt. Und ich werde dich haben!«

Wieder streckte er die Hände nach ihr aus, doch diesmal wich sie ihm aus. »Habe ich in dieser Angelegenheit nicht auch ein Wort mitzureden? Oder gelten die in Ihrer Revolution so hochgepriesenen Rechte ausschließlich für die männlichen Exemplare der menschlichen Rasse?«

»Laß gefälligst die Revolution aus dem Spiel, Adrienne.« Wieder griff er nach ihr. »Dies hier ist ausschließlich eine Angelegenheit zwischen dir und mir.«

»Nein!« Adrienne merkte, wie die Panik von ihr Besitz ergriff. Dann fiel ihr der Dolch ein, den sie stets an die Wade geschnallt bei sich trug, und sie fühlte wieder so etwas wie Erleichterung. Allerdings legte sich dieses Gefühl so schnell, wie es über sie gekommen war. Falls sie nämlich das Messer tatsächlich einsetzte, würde sie schon eine Minute später Fabiens Schlächter am Hals haben, der draußen im Garten wartete, und dann wären sowohl sie als auch die Flüchtlinge in der Geheimkammer verloren.

Fabien packte Adrienne bei der Schulter und zerrte sie zum Fenster zurück. Die vor Erregung jaulenden Hunde verfolgten die Spur bis zum Herrenhaus. »Wo sind die Leute?« Sein heißer Atem streifte ihre Wange. »Mir ist doch bekannt, daß du immer Flüchtlinge aufnimmst. Seit Monaten weiß ich das schon.«

»Da gibt es nichts zu wissen«. Adrienne versuchte um jeden Preis, ruhig und gelassen zu sprechen. »Im übrigen würden Sie mich wohl längst festgenommen haben, wenn Sie etwas gewußt hätten.«

»Was hättest du mir denn im Gefängnis genützt, Adrienne?« Er drehte sie so, daß sie ihm jetzt ihr Gesicht zuwandte. Sein Griff lockerte sich und wurde fast zu einer Liebkosung. »Meinst du etwa, ich wollte sehen, wie dein hübscher Kopf von deinem reizenden Körper getrennt wird?« Fabien ließ seine Hand tiefer gleiten und legte sie um Adriennes Brust.

Diese Berührung verursachte ihr Übelkeit, und unwillkürlich schlug Adrienne Fabiens Hand fort. »Ich weiß nicht, wovon Sie reden?« schrie sie. »Wo sind Ihre Beweise?«

»Beweise?« Fabien rieb sich das Handgelenk, auf das Adrienne geschlagen hatte. Auch dafür wird sie bezahlen müssen, dachte er beinahe genüßlich. Er freute sich schon darauf, die Zahlung eintreiben zu können. »Ich benötige keine Beweise, meine Liebe. Was meinst du wohl, wessen Wort das Revolutionstribunal Glauben schenken wird – deinem oder meinem?«

Adrienne merkte, wie ihr Hals immer enger wurde. Verzweifelt spielte sie ihre letzte Trumpfkarte aus, obwohl sie von der Wahrheit ihrer eigenen Worte nicht ganz überzeugt war. »Mein Bruder Charles könnte da schließlich auch ein Wort mitzureden haben.«

Fabien lachte leise. »Dein Bruder hat jetzt ganz andere Sorgen.«

»Wie meinen Sie das?«

»Nun, es sieht ganz so aus, als wäre Charles bei Bürger Robespierre in Ungnade gefallen.« Er spielte an seinem Fingerring, der einst die Hand eines Aristokraten geziert hatte, doch die Augen hielt er dabei auf Adrienne gerichtet. »Ein kleiner Fall von Unterschlagung öffentlicher Mittel. Der unbestechliche Robespierre hat sich für die Information ungemein dankbar gezeigt.«

»Sie ...!« Adrienne ballte die Fäuste und bewegte sich vorwärts. »Was erlauben Sie sich?« Zwar verachtete sie

Charles, weil er sich an die Revolution verkauft hatte, um als Gegenleistung dafür Sicherheit für seinen aristokratischen Hals einzutauschen, doch er blieb trotz allem ihr Bruder.

»Unternimm nichts, das du später bereuen mußt, chérie.« Fabien lächelte, doch sein Blick blieb eiskalt. »Falls du dich dagegen ordentlich benimmst, könnte ich mich sogar dazu bewegen lassen, deinem heuchlerischen Bruder zu helfen.«

Als ihr die ganze Bedeutung dieser Worte bewußt wurde, blieb Adrienne so unvermittelt stehen, daß sie fast das Gleichgewicht verloren hätte. Sie erkannte, daß jetzt nicht nur ihre eigene Sicherheit, sondern auch die ihres Bruders und die der beiden Menschen in der Geheimkammer hinter Isabellas Porträt davon abhing, daß sie sich Fabiens Wünschen beugte.

»Du wirst also vernünftig sein. Sehr gut.« Fabien rieb sich langsam die Hände. »Andererseits hätte ich auch nichts gegen ein kleines wildes Handgemenge einzuwenden.«

An Adrienne vorbei ging er ans Fenster und entriegelte es. »Jacquot!« Er winkte den vierschrötigen Kerl heran, der ihr vorhin den Besuch angemeldet hatte. »Laß mir eines der Pferde hier und kehre dann in die Stadt zurück. Und nimm die Hunde mit dir.«

Der Mann grinste, und dabei schien sein Gesicht förmlich auseinanderzuklappen. Sein Mund zeigte mehr Zahnlücken als Zähne. »Nur zu, mein Freund!« Er winkte Fabien noch einmal zu und verschwand dann um die Gebäudeecke herum.

Adrienne merkte nicht, daß Fabien sich jetzt zu ihr umwandte, denn sie starrte weiter aus dem Fenster. Noch immer sah sie dieses lüsterne Grinsen auf Jacquots Gesicht vor sich. Nein! schrie sie innerlich auf. Ich werde es nicht tun, nicht für mich und nicht für andere! Schließlich besaß sie noch immer den Dolch, und wenn sie ihn benutzt hatte, wollte sie sich ausdenken, wie es weitergehen sollte.

»Komm, Adrienne.« Fabien trat so dicht an sie heran, daß sie nur noch eine Handbreit voneinander entfernt waren.

»Schon seit vielen Jahren versuche ich mir vorzustellen, wie es ist, mit dir in deinem jungfräulich weißen Bett zu liegen.« Er ließ einen Finger an ihrem Nacken hinabstreichen. »Und jetzt werde ich das herausfinden.«

Ich brauche Zeit, dachte Adrienne verzweifelt, nur ein paar Minuten, bis Jacquot fort ist. Sie blickte Fabien in die Augen. »Ich brauche ein wenig Zeit. Bitte.« Sie schloß die zitternden Lider und schwankte.

»Du enttäuschst mich, meine Liebe. Ich hätte dich nicht für ein Mädchen gehalten, das sich ziert und in Ohnmacht fällt.« Er faßte sie am Arm, schob sie in einen Sessel und ging dann im Raum auf und ab.

Mit geschlossenen Augen lehnte sich Adrienne zurück und konzentrierte sich auf die Geräusche draußen. Als sie den Kies unter den Kutschrädern knirschen hörte, spannten sich ihre Muskeln in Erwartung des Kommenden an. Noch eine Minute ließ sie vergehen, dann noch eine. Schließlich öffnete sie die Augen einen kleinen Spaltbreit. Vorsichtig und verstohlen langte sie nach dem Messer unter ihrem Rock. Nachdem es griffbereit in den Falten ihres Gewandes verborgen war, erhob sie sich. Sie redete sich ein, daß sie den Mut aufbringen würde, die Klinge auch zu benutzen.

Als Adrienne aufstand, stellte Fabien seine Wanderung sofort ein. Langsam und bedrohlich kam er auf sie zu. Das reichverzierte Heft des Dolches preßte sich in ihre schweißfeuchte Handfläche.

Er war jetzt ganz nahe. Keine Armeslänge stand er von ihr entfernt. Noch immer bewegte sie sich nicht. Selbst als er die Hände nach ihr ausstreckte, blieb sie regungslos stehen. Er lächelte, und Adrienne versetzte ihm einen Stoß mit ihrer leeren Hand.

»Nein!« Sie taumelte einen Schritt rückwärts. »Fassen Sie mich nicht an!«

»Zwinge mich nicht dazu, dich zu holen, Adrienne.« Er sprach so leise, daß sie ihn kaum hören konnte; ihr häm-

merndes Herz und ihr Keuchen schienen ihn zu übertönen.
»Komm her.« Er streckte ihr die Hand entgegen.

Adrienne schüttelte den Kopf.

Fabien trat einen halben Schritt vorwärts. Plötzlich schoß seine Hand so schnell nach vorn wie eine angreifende Kobra. Er hakte die Finger in Adriennes Halsausschnitt und zog.

Das Geräusch des zerreißenden Stoffes hörte sich wie eine Explosion in ihren Ohren an. Instinktiv hob Adrienne den Dolch und zielte damit auf Fabiens Bauch. Statt jedoch diese Bewegung zu Ende zu führen, beschrieb ihre Hand einen kleinen Bogen, und die Klinge fuhr in das Fleisch oberhalb seiner Hüfte.

Fabiens Aufschrei hörte Adrienne kaum. Sie rannte davon. Das Arbeitszimmer! dachte sie. Ich muß das Arbeitszimmer erreichen! Sie stieß gegen einen Tisch und hörte nicht, daß die darauf stehende Vase krachend am Boden zerschellte. Sie prallte gegen einen Türrahmen und spürte nicht den Schmerz in ihrer Schulter. Sie rannte nur weiter zur Bibliothek.

Als sie das Arbeitszimmer erreicht und die Tür hinter sich zugeschlagen hatte, brannte ihr der Atem in der Kehle, und für eine Sekunde mußte sie sich gegen die Wand lehnen. Ein wildes Muster aus schwarzen und roten Punkten tanzte vor ihren Augen. Im nächsten Moment bewegte sie sich schon wieder weiter.

Hastig drehte sie den Schlüssel im Türschloß um, wollte dann zum Porträt stürzen, lief jedoch zuerst zu der großen Balkontür. Wenn sie die öffnete, würde sich Fabien möglicherweise in die Irre leiten lassen.

In ihrer Panik mühte sie sich ungeschickt mit dem widerspenstigen, eingerosteten Riegel ab. Vor Ungeduld und Wut hieb sie schließlich mit der Faust gegen die Scheibe. Das Glas zerbrach, und ihre Hand fuhr hindurch. Adrienne sah das Blut, fühlte jedoch keinen Schmerz. Wieder schlug sie gegen die Fenstertür, die sich jetzt endlich öffnete.

Adrienne drehte sich um und rannte zu dem Porträt. Mit fliegenden Fingern tastete sie über das Gemälde, als sie Fabien von draußen gegen die Tür des Arbeitszimmers hämmern hörte. Sie fuhr zusammen, und ihre Hände zuckten unwillkürlich hoch, so daß sie die Suche nach den beiden kleinen Erhebungen unter der Leinwand von vorn beginnen mußte.

Kaum hatte sie die Finger wieder an die innere Kante des Bilderrahmens gelegt, da hörte sie hinter sich einen Schrei und ein Krachen. Sie wandte den Kopf und sah, daß das mittlere Teil der Türfüllung zu splittern begann.

Adrienne erstarrte, doch sogleich tastete sie weiter über das Gemälde. In ihrer Panik bewegte sie die Hände dabei viel zu schnell, und obwohl sie wußte, daß sie die richtigen Stellen niemals ertasten würde, wenn sie sich nicht zur Ruhe zwang, gehorchten ihr ihre Finger nicht, sondern fuhren wie wild auf der Leinwand hin und her.

Wieder krachte es ohrenbetäubend hinter ihr. Sie blickte in Isabellas Augen. »Hilf mir.« Ihre Lippen formten die lautlosen Worte. »Hilf mir!«

Plötzlich spürte sie einen Ruck. Als nächstes fühlte sie sich in eine große Leere hineingezogen. Um sie herum herrschte nichts als absolute Dunkelheit und absolutes Schweigen. Sie wollte sich widersetzen, doch sie vermochte sich nicht zu bewegen. Sie wollte schreien, doch ihre Stimmbänder waren gelähmt. Die Panik in ihr wurde so überwältigend, daß Adrienne meinte, ersticken zu müssen.

So unvermittelt, wie sie in das Nichts hineingezogen worden war, wurde sie auch wieder hinausgestoßen. Adrienne starrte auf ein Gemälde, das sie noch niemals zuvor gesehen hatte; es stellte eine verführerisch üppige Venus dar, die mit einem schönen, sehr männlichen Mars herumtollte.

Adrienne wagte es nicht, sich zu bewegen. Sie ließ nur den Blick schweifen und sah kunstvoll geschnitzte Bettpfosten sowie lichtblaue Samtbehänge, die mit quastengeschmückten Goldkordeln zurückgebunden waren. Sie erkannte, daß sie auf einem Bett lag, und das sinnliche Gemälde war ein Teil des Betthimmels.

Wie war sie hierher gekommen? War sie in Ohnmacht gefallen, ehe sie die Geheimkammer erreicht hatte? Sie setzte sich auf und stellte fest, daß sie nicht mehr das blaue Gewand trug, dessen Mieder Fabien zerrissen hatte, sondern ein Nachtkleid aus feinstem weißen Leinen und darüber einen weitärmeligen Hausmantel aus scharlachrot und violett gemustertem Brokat. Ungläubig strich sie mit den Händen darüber hinweg.

Verwirrt schaute sie sich in dem Raum um. Immer wieder schloß sie die Augen und schüttelte den Kopf, als könnte sie ihn auf diese Weise klären. Sicherlich befand sie sich mitten in einem besonders lebhaften Traum. Doch jedesmal wenn sie die Augen wieder aufschlug, fand sie sich in demselben luxuriösen Schlafgemach wieder. Die Möbel hier waren dunkel und mit Schnitzereien reich verziert. Teppiche und Behänge aus Samt und Brokat bedeckten die Wände.

Adrienne schlug die purpurfarbene Bettdecke zurück und stand auf. Weil sie nicht wußte, ob ihre Beine sie tragen würden, machte sie erst ein paar unsichere Schritte und begann dann in dem Gemach umherzuwandern. Ihr Blick fiel auf einen Tisch, auf dem sich Kristallkrüge mit rubinrotem Wein, Platten mit süßem Gebäck und volle Obstschalen befanden. Das Ganze sah aus, als wären hier Vorbereitungen für Gäste getroffen worden.

Sehr merkwürdig, dachte Adrienne und wanderte weiter. Auf einem niedrigen, länglichen Tisch sah sie eine große perlmuttverzierte Schatulle, aus der der kostbare Inhalt so unbekümmert herausquoll, als handelte es sich um Kinderspielzeug. Goldene Ketten, Geschmeide aus Smaragden und Saphiren, ein taubeneigroßer Rubin, weiße, rosa, graue und schwarze Perlenschnüre blinkten Adrienne entgegen. Sie mußte unbedingt einmal ihre Hände in den Schatz tauchen, weil sie ihren Augen allein nicht trauen wollte.

Als sie wieder aufschaute, blickte sie auf ein lebensechtes

Porträt, welches so gemalt war, als hätte man einen Kristallspiegel mit kunstvollem Schliff vor sich. Sie hob die Hand, um das Bild zu berühren, und sah zu ihrer Verblüffung, daß sich ihre Bewegung tatsächlich widerspiegelte. Das mußte doch irgendeine raffinierte Täuschung sein! Adrienne schüttelte den Kopf; die Person auf dem Gemälde tat dasselbe. Aus Adriennes Verwunderung wurde Panik.

Sie bewegte sich dichter heran und strich mit den Fingern über das Antlitz, das sie vor sich sah. Statt des kekken, herzförmigen Gesichts, das ihr sonst immer aus dem Spiegel entgegenblickte, sah sie jetzt hohe Wangenknochen und edel klassische Züge. Statt schwarzer Locken sah sie Haar von der Farbe gesponnenen Goldes, das wellig über die Schultern bis hinab zu den Hüften floß. Sie starrte in den Spiegel, und aus Panik wurde Erkenntnis.

Adrienne blickte in goldbraune Augen, und diese Augen waren ihr wohlbekannt. Die Minuten vergingen eine nach der anderen. Schließlich kam der Moment, da sie es nicht länger zu leugnen vermochte: Sie, Adrienne de Beaufort, war durch eine Laune des Schicksals in den Körper der Isabella di Montefiore versetzt worden.

2. KAPITEL

Adrienne bedeckte das Gesicht mit den Händen und wandte dem Spiegel den Rücken. Wie kann das möglich sein? fragte sie sich unausgesetzt. Ist dies ein Traum? Ein Alptraum? Eine Halluzination? Bin ich irre geworden?

Sie öffnete die Augen wieder, drehte sich einmal langsam im Kreis und hoffte, sie würde etwas Vertrautes sehen. Vielleicht würde sie sich ja in einer Umgebung wiederfinden, die ihr seit ihrer Kindheit bekannt war. Und wenn sie dann in den Spiegel schaute, sah sie ja vielleicht wieder ihre eigenen Gesichtszüge.

Als sie den Blick jedoch erneut auf den geschliffenen Spiegel richtete, sah sie dort nichts als goldenes Haar und anmaßende Schönheit. Das Zimmer blieb ein luxuriöses Schlafgemach aus längst vergangenen Zeiten.

Dann jedoch entdeckte sie an der gegenüberliegenden Wand etwas, das ihr bei ihrer ersten Untersuchung völlig entgangen war. Ganz unauffällig hing dort das Porträt, mit dem sie aufgewachsen war, das Gemälde der Isabella di Montefiore, welches im Château de Beaufort den Eingang zur Geheimkammer bewachte.

Langsam, Schritt für Schritt näherte sich Adrienne dem Bild. Gerade als sie die Hand hob, um es zu berühren, wurde die Tür aufgestoßen. Adrienne fuhr herum und sah eine große Anzahl von Leuten, offensichtlich Festgäste, in das Gemach strömen. Ein Zwerg in der bunten Tracht eines Hofnarren führte die Ankömmlinge an.

»Da ist sie!« rief er und tanzte auf sie zu. »Unsere wunderschöne, scheue Braut.« Er kicherte, hob eine auf einem Stock befestigte Marionette in die Höhe und ließ deren Glöckchen klingeln.

Angstvoll trat Adrienne einen Schritt zurück. Unter den langen und weiten Ärmeln ihres Hausmantels verkrampfte sie die Hände. Ihr Blick lief über die in reiche Festgewänder gehüllten Menschen. Zunächst kam ihr die Kleidung in keiner Weise bekannt vor, doch dann vermochte sie trotz ihrer Verwirrung die merkwürdige Kostümierung als die aufwendige Garderobe der Renaissance zu deuten.

Ihr Blick blieb an dem Zwerg hängen. Gianni. Die Erkenntnis, daß sie seinen Namen kannte, traf sie wie ein Blitzschlag.

»Ich habe Gianni, den Zwerg, heute auspeitschen lassen, doch nur mit seidenen Kordeln. Hoffentlich beflügelt das seine Fantasie ein wenig, so daß er mich besser amüsieren kann.«

Adrienne durchfuhr es unangenehm, als ihr Isabellas unbekümmerte Tagebucheintragung einfiel. Sie, Adrienne, hatte sich selbst schon immer gefragt, wie der arme Gesell wohl aussehen mochte ...

Sie schüttelte den Kopf. Nein, dachte sie, das darf einfach nicht wahr sein. Dies hier konnte nur ein bizarrer Traum sein. Sicherlich wachte sie jeden Moment auf und fand sich in ihrem eigenen Bett wieder.

Der Zwerg verfolgte sie, und sein übergroßer Kopf wakkelte auf und nieder, als wäre das dünne Genick zu schwach, um die Last zu tragen. Er hüpfte auf ein quastenverziertes Polsterkissen und lehnte sich dichter an sie heran. Adrienne konnte seinen nach gewürztem Wein riechenden Atem wahrnehmen. Als sie zurückwich, wandte er sich an sein lachendes Publikum und schnitt eine Grimasse.

»Isabella la bella.« Gianni schaute wieder zu ihr hoch, und irgend etwas – war es Überraschung oder Verwirrung? – flackerte in seinen traurigen Augen eines Spaßmachers auf.

»Weshalb steht Ihr da wie ein in die Enge getriebenes Reh, wo Ihr Euch doch auf eine Nacht der Freuden mit unserem neuen Herrn freuen solltet?« Er schlug einen Purzelbaum rückwärts von dem Sitzpolster herunter, duckte sich und zog den Kopf ein, als versuchte er, sich vor einer Ohrfeige zu retten.

Als der erwartete Schlag nicht kam, richtete sich der Zwerg wieder auf, hielt sich jedoch sicherheitshalber außer Reichweite seiner Herrin. »Nanu? Ist das die Isabella, die wir kennen?«

Er schickte einen Seitenblick zu seinem Publikum hinüber und bewegte den Kopf langsam von einer Seite zur anderen. »Ist das die Isabella, die einen Menschen aus zwanzig Schritt Entfernung nur durch das Heben einer Augenbraue umbringen kann?« Er preßte sich seine scheinbar viel zu großen Hände an die Brust und schüttelte wieder den Kopf.

Die Gäste lachten schallend und machten dann ihre eigenen, zweideutigen Scherze.

Einigermaßen fassungslos verfolgte Adrienne diese unwirkliche Szene. Ihr Verstand hielt daran fest, daß dies alles nur eine Art von Illusion sein konnte, und trotzdem wuchs in ihr der furchtbare Verdacht, daß hier übernatürliche Mächte am Werk waren.

Adrienne wurde bewußt, daß sie jedes Wort von dem, was die Leute sagten, verstand; es handelte sich um das altertümliche Italienisch, die Sprache, die sie so mühsam gelernt hatte, um Isabellas Tagebücher lesen zu können. Das ist doch völlig unmöglich, dachte sie. Ganz ausgeschlossen ist das! Sie hoffte, wenn sie sich das nur oft genug vorhielt, würde es sich auch so verhalten.

Doch so heftig sich ihr in der Logik des Zeitalters der Aufklärung geschulter Verstand auch dagegen wehrte, so drängte sich die Erkenntnis immer weiter in den Vordergrund, daß das, was sie hier wahrnahm, die unleugbare Wahrheit war. Auf irgendeine Weise, durch Zauberei oder durch eine groteske Laune des Schicksals, war sie, Adrienne de Beaufort, fast drei Jahrhunderte zurück durch die Zeit gereist.

Mit Mühe hielt sie sich davor zurück, hysterisch zu kichern. Ihr Verstand behauptete, daß das nicht wahr sein konnte, und dennoch wußte sie, daß das Geschehene so wirklich war wie alles andere auch in ihrem bisherigen Leben. Es konnte nicht anders sein: Verstand und Seele der Adrienne de Beaufort hatten eine Zeitreise ins fünfzehnte Jahrhundert gemacht und sich in den Körper der Isabella di Montefiore begeben, und zwar offensichtlich in deren Hochzeitsnacht!

»Sie schüttelt den Kopf!« kreischte der Zwerg und hüpfte von einem Fuß auf den anderen. »Soll das etwa heißen, Ihr wollt keine Freudennacht mit unserem neuen Herrn, Madonna Isabella?« Wieder ließ er die Glöckchen an seiner Puppe klingeln.

Eine junge Frau in reich mit Edelsteinen besetztem dunkelblauen Gewand drängte sich durch die Menge. »Weshalb sollte sie sie nicht wollen, meine Freunde?« Ihre Stimme klang so hoch und melodisch wie liebliche Flötentöne, doch Adrienne lief ein Schauder über den Rücken.

»Eine Nacht mit Alessandro, dem schönsten Mann in ganz Siena!« Die Frau erhob einen Kelch aus feinstem venezianischen Glas und trank von dem rubinroten Wein darin. »Die erste Nacht von vielen«, fügte sie hinzu, und auf ihren Lippen zeigte sich ein wissendes Lächeln.

Mit einer offensichtlich geübten Kopfbewegung warf die Frau ihr dichtes rotgoldenes Haar über die Schulter zurück. Nachdem sie ihren Weinkelch einem der anderen Anwesenden in die Hand gedrückt hatte, richtete sie den Blick fest auf den Mann, der mit vor der Brust verschränkten Armen im Türrahmen stehengeblieben war. Sein Gesichtsausdruck war so dunkel wie die Farbe seines Haars.

»Tretet vor, Alessandro, und holt Euch Eure Braut.« Die Frau lachte. »Wir können es kaum erwarten zu sehen, ob Eure Kühnheit und Eure Mannkraft tatsächlich so groß sind, wie jene uns glauben machen wollen, die beides so hoch rühmen.« Sie schlang einen Arm um Adriennes Schultern und winkte Alessandro mit der anderen Hand heran.

Wieder traf der Blitz des Erkennens Adrienne. Luisa. Dies hier war Luisa Barbiano, Isabellas Busenfreundin, mit der sie so viele Geheimnisse geteilt hatte.

Weshalb ist mir dann so, als kröche mir eine eiskalte Schlange über den Rücken? fragte sie sich. Eine Ausstrahlung von Bösartigkeit schien die schöne junge Frau wie eine düstere Wolke zu umgeben. Adrienne trat rasch zur Seite, so daß ihr Luisas Arm von den Schultern glitt.

Sie bemerkte, daß Luisa die Lider über den himmelblauen Augen ein wenig senkte. Der Blick der Frau wurde plötzlich kalt und abschätzend. Adrienne hielt ihm dennoch stand, obwohl sich dabei ihr Magen zusammenzog. Das Lächeln auf Luisas Lippen blieb unverändert, doch sie versuchte nicht, Adrienne noch einmal zu berühren.

Als Adrienne über die farbenfrohe Gesellschaft schaute, traf ihr Blick auf die pechschwarzen Augen des Mannes, der an der Tür stand. Er hatte die Brauen düster zusammengezogen. Sein Haar, blauschwarz wie Rabengefieder, reichte bis knapp auf die Schultern und umrahmte ein Gesicht, das so vollkommen war, als hätte die Hand eines meisterlichen Künstlers es aus Marmor gemeißelt.

Adrienne ließ den Blick über die Gestalt des Mannes laufen und stellte bewundernd fest, wie hervorragend das Wams und die Kniehose – beides bestand aus weißem Samt, der in den Schmuckschlitzen mit goldenem und rotem Futter unterlegt war – seine dunkle Schönheit unterstrich.

»Gestern habe ich Alessandro di Montefiore zum erstenmal von Angesicht zu Angesicht gesehen; es geschah in der großen Halle des Palazzo Montefiore, wo wir den Ehevertrag unterzeichneten. Der Haß auf diesen Mann brannte in mir so, wie man es mich mein Leben lang gelehrt hat, doch in dem Moment, da ich in seine schwarzen Augen sah, konnte ich nur noch voll Ungeduld darauf warten, daß es Nacht wurde und er endlich das Bett mit mir teilte.«

Adrienne mußte an diese Worte in Isabellas Tagebuch denken und vermochte den Blick nicht von dem Mann an der Tür zu wenden. Unwillkürlich legte sie sich die zitternde Hand zwischen die Brüste, als ließe sich auf diese Weise ihr Herz beruhigen, das wie ein Dutzend Pferde in einem Wettrennen zu galoppieren schien.

Dies ist also Alessandro de Montefiore, dachte sie. Alessandro, den Isabella gehaßt, geliebt und verraten hat. Alessandro, für dessen Tod Isabella mit ihrem eigenen Tod gebüßt hatte.

Adrienne fühlte das Herz unter ihrer Hand schlagen, während sie wieder in Alessandros schönes Gesicht schaute. Gleichgültig was man Isabella gelehrt hatte – wie konnte sie nur solchen Haß gegen ihn fühlen? fragte sie sich. Nein, in ihrem, Adriennes, Herzen fand sich keinerlei Haß auf ihn.

Hinter den düster zusammengezogenen Brauen, hinter dem arroganten, herausfordernden Blick der pechschwarzen Augen entdeckte sie etwas, das sie nicht genau zu definieren vermochte. Was war es? Kraft? Macht? Leidenschaft? Gewalt? Ja, dachte sie, von allem etwas. Ein ruhig gelassener Mann war dies gewiß nicht. Dennoch sah sie noch etwas, etwas Sanfteres, etwas, das sie dazu verlocken wollte, die Hand nach ihm auszustrecken und ...

Bevor sie diesen Gedankengang weiter verfolgen konnte, bewegten sich alle anwesenden Frauen auf sie zu und zogen sie zum Bett. Kichernd und unter unzüchtigen Bemerkungen sowie Spekulationen, welche die anstehende Nacht betrafen, streiften sie ihr im Handumdrehen den Hausmantel ab. Adrienne wußte überhaupt nicht, wie ihr geschah.

Die Hände, die jetzt nach dem Schnürband ihres Nachtkleids griffen, schlug sie jedoch energisch zur Seite und versuchte, sich abzuwenden. Leider gab es mehr Hände, als sie abzuwehren vermochte, und das Gelächter rundum wurde noch lauter, als das Schnürband sich schließlich löste.

Mit der Kraft der Verzweiflung riß sie die Arme hoch und prügelte sich die unverschämten Hände buchstäblich vom Leib. Sie fuhr herum und schaffte es tatsächlich, den Kreis der sie umgebenden Frauen zu durchbrechen. Keuchend sank sie gegen den verzierten Bettpfosten.

Plötzlich wurde ihr bewußt, was für ein Bild der Auflösung sie abgeben mußte. Sofort griff sie in den lichtblauen Bettvorhang und wickelte sich so gut wie möglich darin ein, um das über ihren vollen Brüsten jetzt offenstehende Mieder ihres Nachtkleids zu bedecken.

»Nein!« schrie sie. »Lasciatemi! Laßt mich!« Als sie den Widerklang dieser wenigen Worte hörte, merkte sie zu ihrem Entsetzen, daß sie nicht mit ihrer eigenen Stimme und zudem in einer Sprache geredet hatte, die sie noch nie zuvor laut gesprochen hatte.

Einen kurzen Augenblick lang herrschte absolute Stille im Raum, und dann erhob sich das Stimmengewirr aufs neue, nur viel lauter als zuvor. Mit wehenden Gewändern und ausgestreckten Händen stürzten sich die Frauen wieder wie eine Flutwelle auf Adrienne.

»Aufhören!« Die Stimme klang ruhig und gemäßigt, doch ihr unmißverständlicher Befehlston fuhr durch den Lärm wie ein heißes Messer durch Butter. Alle Geräusche verstummten, jede Bewegung wurde eingestellt. »Laßt sie in Ruhe.«

Als Alessandro herankam, bildeten die Menschen eine Gasse, um ihn durchzulassen. Er schritt auf seine Braut zu, blieb jedoch eine Armeslänge von ihr entfernt stehen, denn er sah die Furcht in ihren goldbraunen Augen.

Was ist das für ein Spiel? fragte er sich gereizt, wobei sich ein Gutteil seines Ärgers gegen sich selbst richtete, weil er es zuließ, daß ihn diese Szene berührte. Wollte Isabella ihm jetzt etwa die Rolle der scheuen, ängstlichen Jungfrau vorspielen, wo doch sämtliche Gerüchte wußten, daß sie alles andere als das war?

Er hatte gesehen, wie sie sich die Hand hilflos aufs Herz gepreßt hatte, als sich ihr und sein Blick vorhin getroffen hatten. Er hatte das Wechselspiel der Empfindungen in ihrem Gesicht erkannt – Schreck, Verzweiflung, Verwirrung, Furcht, Mißtrauen. Falls sie wirklich eine so gute Schauspielerin ist, dachte er verärgert, dann wird es für sie ein leichtes sein, mich künftig munter an der Nase herumzuführen.

Er ließ den Blick aufs neue über Isabella gleiten, sah ihren Gesichtsausdruck und ihre Körperhaltung, sah die weißen Knöchel ihrer Finger, die sich in den Samtvorhang krallten, und er wurde noch argwöhnischer.

Das konnte doch unmöglich die Frau sein, die ihre Dienerschaft ebenso ungerührt auspeitschen ließ, wie sie einem Spaßmacher befahl, sie mit Scherzen zu unterhalten. Das konnte nicht die Frau sein, die auf ihr Roß solange mit der Peitsche einhieb, bis das Tier blutete, die Frau, welche – so wurde gewispert – mit mehr als einem Mann im Bett gelegen hatte, möglicherweise sogar mit ihren eigenen Brüdern.

Der Lärm hinter ihm erhob sich aufs neue, und Alessandro wollte sich eben danach umdrehen, als er sah, wie Isabella die Hand nach ihm ausstreckte, erzitterte und dann gleich wieder den Bettvorhang festhielt.

»Bitte.« Ihr Flüstern war kaum zu hören. »Die Leute sollen das Gemach verlassen.«

Er zog die schwarzen Augenbrauen hoch. Die Frau mußte doch mit den Sitten und Gebräuchen vertraut sein! Ihr war doch gewiß bekannt, daß eine Ehe wie die ihre vor Zeugen vollzogen werden mußte, damit sichergestellt war, daß hinterher keine Gründe für eine Annullierung vorgebracht wurden.

Er schaute zu dem langen Tisch hinüber, der mit Speisen und Getränken für diejenigen beladen war, welche die ganze Nacht hier verbringen würden, um lose Scherze zu machen und getreulich aufzuzeichnen, wie oft er seine Lanze erfolgreich eingesetzt hatte.

Alessandro fühlte, wie sich sein Blut erhitzte bei dem Gedanken, diese Frau zu nehmen.

»Bitte.«

Er würde dem drängenden Flüstern vielleicht widerstanden haben, wenn er nicht in ihre Augen geblickt hätte. Wiewohl er dort Angst und Verwirrung sah, erkannte er auch den Mut in ihren Tiefen. In den Augen so manchen Mannes, dem er mit dem Degen in der Hand gegenübergestanden hatte, war nicht soviel Kampfgeist zu entdecken gewesen.

Obgleich er sich selbst einen Narren schalt, drehte er sich zu den Gästen um. »Laßt uns allein.«

Stille trat ein, wenn auch nur für einen Augenblick. Das dann folgende erregte Gemurmel nahm er nicht zur Kenntnis. »Die Ehe wird unter Ausschluß der Öffentlichkeit vollzogen«, fuhr er fort.

Zwei junge Männer drängten sich durch die Umstehenden. »Falls Ihr denkt, daß wir Euch damit davonkommen lassen, irrt Ihr Euch.« Der kleinere der beiden spie die Worte Alessandro förmlich entgegen. »Wir werden nicht zulassen, daß Ihr Euch einen Grund verschafft, unsere Schwester zu verstoßen und beim Papst um eine Annullierung nachzusuchen.«

Adrienne wich einen halben Schritt zurück, als sie vor sich

die gleichen goldbraunen Augen und das gleiche goldene Haar erkannte, das sie in dem Spiegel gesehen hatte – Piero und Alfonso Gennaro, Isabellas Brüder.

»Ich könnte mir vorstellen, daß Euch das nur recht sein würde«, bemerkte Alessandro mit gefährlich leiser Stimme. »Denkt nur an die reiche Mitgift, die in Eure Hände zurückkehren würde.« Er verzog die Lippen zu einem kalten Lächeln. »Ganz zu schweigen von der schönen Schwester, die dann wieder an den Meistbietenden verkauft werden kann.«

Der kleinere Mann machte einen Schritt vorwärts, doch ein Blick aus Alessandros Augen ließ ihn einhalten.

»Was habt Ihr?« stichelte der Mann. »Angst, Eure Leistung könnte vielleicht hinter Eurem Ruf zurückbleiben?« Er lächelte verächtlich, blieb jedoch, wo er war.

Alessandro ließ den Blick an Alfonsos Gestalt hinuntergleiten, um ihn dann wieder zu dessen Gesicht hinaufzuführen. Auf diese Weise zeigte er seine Verachtung und gewann darüber hinaus Zeit, seine innere Wut zu beherrschen. Er legte die Hand locker auf den juwelenbesetzten Griff des Dolches an seiner Seite.

»Ihr solltet dankbar dafür sein, daß Ihr Gäste in unserem Haus seid«, sagte er leise und tonlos. Sein Zorn legte sich ein wenig, als er sah, wie Alfonso schluckte und einen Schritt zurücktrat.

Ein älterer Mann trat herzu. Er schob die beiden Gennaros mit einem muskulösen Arm mühelos zur Seite, stellte sich vor Alessandro und starrte an diesem vorbei Adrienne an. »Schluß jetzt mit diesem närrischen Spiel«, knurrte er. »Hört mit Eurem Winseln auf, Mädchen, und tretet vor!«

Als der Graubärtige nach Adrienne greifen wollte, stellte sich Alessandro ihm in den Weg.

Der harte Blick des Alten veränderte sich nicht, nur war er jetzt auf Alessandros Gesicht gerichtet. »Überlege es dir gut, mein Sohn, bevor du diese Entscheidung triffst.«

Alessandro unterdrückte den Wunsch, über die Schulter

hinweg einen Blick auf seine Braut zu werfen. »Es bleibt bei dem, was ich gesagt habe, Vater.«

Francesco di Montefiore zuckte die Schultern und bedachte seine Schwiegertochter noch mit einem mürrischen Blick. Falls sie diesem unruhigen Staat Frieden brachte, würde es die Sache wert sein. Und falls sie irgendwelchen Ärger verursachte, dann gab es Mittel und Methoden, diese Schwierigkeiten – zusammen mit ihr – aus dem Weg zu räumen.

Er drehte sich um und ließ den Blick über die Anwesenden schweifen. »Hinaus!«

Einer der beiden Gennaros wollte erneut Einspruch erheben, doch Francesco unterbrach ihn mit einem einzigen Blick und blieb dann regungslos stehen, bis sich das Gemach geleert hatte. Erst dann drehte er sich um und wandte sich wieder an seinen Sohn.

»Die Zeugen werden morgen früh eure Bettücher prüfen«, sagte er forsch und sehr sachlich. »Es würde mir äußerst mißfallen, falls du dich dann zum Gespött der Leute gemacht hast – aus welchen Gründen auch immer.«

Alessandro blickte Francesco ins Gesicht, das keinerlei tiefere Regungen widerspiegelte. Als er selbst noch ein kleiner Junge gewesen war, hätte er alles getan, um seinem Vater Freude zu bereiten, um einmal das Licht in seinen Augen zu sehen, das nun für die Frau aufleuchtete, die seine Gattin war. Jetzt tat Alessandro nur das, was er zu tun hatte, und der Rest war Vergnügen.

»Habe ich jemals weniger getan, als es meine Pflicht mir vorschrieb?«

»Nein, mein Sohn, und ich war immer stolz auf dich.« Francesco di Montefiori seufzte. Er fühlte sich viel älter als seine fünfzig Jahre. »Wäre deine Mutter meine Gattin gewesen und nicht meine Mätresse, hätte ich dir möglicherweise mehr geben können.« Er schlug seinem Sohn leicht auf die Schulter und wandte sich ab.

Adrienne beobachtete die beiden Männer, doch sie sprachen zu leise, als daß sie ihre Worte hätte verstehen können. Als sich die Tür hinter Francesco di Montefiore schloß, verkrampfte sich Adriennes Magen bei dem Gedanken an das, was jetzt geschehen würde.

Ich habe erreicht, was ich wollte, dachte sie. Die vielen Leute hatten das Gemach verlassen müssen, doch jetzt war sie mit diesem schönen Fremden allein, mit dem Fremden, der sie in wenigen Minuten als ihr Gatte nehmen würde.

Sie öffnete den Mund, um zu sprechen, schloß ihn indessen sofort wieder. Was hätte sie zu Alessandro sagen sollen? Wie hätte sie ihm verständlich machen sollen, daß sie nur körperlich Isabella war? Daß sie, die Frau in einem Körper, der ihr nicht gehörte, aus einer anderen Zeit, von einem anderen Ort gekommen war? Mit welchen Worten hätte sie erreichen können, daß er ihr glaubte?

Sie fühlte, wie die Furcht sie durchströmte, und dennoch ... dennoch zog sich eine merkwürdige Gewißheit durch ihre Furcht wie ein feiner Goldfaden durch ein dunkles Gewebe – die Gewißheit, daß dies hier der Ort war, an den sie gehörte, daß sie in dieser Zeit, an diesem Ort eine Aufgabe zu erfüllen hatte, eine lebenswichtige, bedeutende Aufgabe.

Alessandro betrachtete seine Braut. Als sie sich beide in der großen Halle des Palazzos von Angesicht zu Angesicht gegenübergestanden hatten, um den Ehevertrag zu unterzeichnen, hätte er schwören können, daß Isabella ihn so kühl und berechnend wie ein Sklavenhändler angesehen hatte. Jetzt dagegen wirkte sie vollkommen arglos, und in ihren großen Augen standen tausend Fragen.

Hatte sie immer so ausgesehen? Hatte er sich nur einfach geweigert, hinter ihre Maske zu schauen, weil er mit der Verachtung aller Menschen, die den Namen Gennaro trugen, aufgewachsen war?

Ohne den Blick von ihren Augen zu wenden, streckte er langsam die Hände aus und begann, behutsam einen Finger nach dem anderen aus dem Bettvorhang zu lösen, an dem sie sich noch immer festhielt. Schließlich glitt ihr der lichtblaue Samt aus den Händen. Erst jetzt gestattete sich Alessandro, den Blick tiefer streifen zu lassen.

Da das Schnürband ihres Mieders aufgeknüpft war, klaffte das Nachtkleid gerade so weit auseinander, um ihre vollen Brüste zu entblößen. Das weiche, feste Fleisch bebte unter ihren heftigen Atemzügen, und er fühlte, wie sein eigener Körper auf diesen Anblick reagierte. Alessandro nahm die beiden Enden des Schnürbands in je eine Hand, wickelte sie sich um die Finger und zog Isabella auf diese Weise langsam zu sich heran.

Sie widersetzte sich nicht, doch sie bemerkte, daß ihre Brüste noch stärker bebten, weil ganz offensichtlich ihr Herz so heftig schlug. Immer weiter zog er an dem Schnürband, bis er von ihr nur noch ein paar Fingerbreit entfernt war.

Als Alessandro damit begonnen hatte, ihre Finger aus dem schützenden Bettvorhang zu lösen, überfiel die Panik Adrienne wie ein Blitzschlag. Nein! schrie sie innerlich auf. Das kann ich nicht zulassen! Das darf ich nicht!

Bevor der Protest indessen ihre Lippen erreichte, sah sie Alessandros Augen. Sie waren so schwarz wie sein Haar. Nicht die Spur irgendeiner anderen Farbe war darin zu entdecken, und dennoch leuchtete ein helles Licht in ihnen.

Es war dieses Licht, das Adrienne anzog und das ihre Finger entkrampfte, so daß Alessandro sie aus dem Bettvorhang zu lösen vermochte, bis der schwere Stoff ihr schließlich raschelnd aus den Händen glitt.

Adrienne blickte Alessandro noch immer unverwandt an, und als er sie an den Enden des Schnürbands ihres Nachtkleides zu sich heranholte, fühlte sie zum erstenmal dieses merkwürdige Ziehen in ihrem Inneren.

Vor Furcht begann ihr Herz noch heftiger zu pochen, doch es war nicht die Furcht allein, die dieses wilde Hämmern verursachte. Nein, es war eine eigenartige Empfindung, die ihr vollkommen neu und unbekannt war und die nach und nach an die Stelle der Furcht trat, eine Empfindung, die Adriennes ganzen Körper in merkwürdige Schwingungen versetzte.

Ich muß zurückweichen, sagte sie sich. Sie mußte diese schlanken, dunklen Hände abwehren, die sie immer weiter voranzogen. Sie mußte die richtigen Worte finden und erklären, daß sie nicht Isabella war.

Nichts von alledem vermochte sie indes zu tun, denn dieses wechselnde Licht in Alessandros Augen bannte sie. Sie sah darin das Aufblitzen der Herausforderung und das Auflodern der Flamme, in der sie das Verlangen erkannte. Doch es war dieses sanfte Glühen, für das sie keinen Namen hatte, das sie jedoch am meisten fesselte.

Adrienne hob die Hände und legte sie an Alessandros Brust. »Alessandro, vi prego . . .«

»Worum?« fragte er leise. »Worum bittet Ihr mich?«

Doch was immer sie hatte sagen wollen, alle Worte waren mit einmal vergessen, und sie konnte nur noch hilflos den Kopf schütteln.

Plötzlich ruckte er an den Enden des Schnürbands, das er noch immer festhielt. Adrienne taumelte gegen seinen Körper, und ihre Hände waren zwischen ihm und ihr gefangen. »Welche Art von Spiel treibt Ihr?« fragte er. »Wer seid Ihr?«

Adrienne öffnete den Mund, um die Wahrheit zu sagen, doch die Worte erstarben ihr in der Kehle, bevor sie die Lippen erreichten. Ob nun Schicksal, Magie oder Gott sie hierher an diesen Ort, in diese Zeit und zu diesem Mann geschickt hatte – war sie nicht dazu bestimmt, die ihr zugewiesene Rolle zu spielen?

Noch ehe ihr Verstand diese Frage beantworten konnte, hob Adrienne das Kinn und blickte den Mann ruhig an, der finster auf sie herabschaute.

»Ich bin Isabella di Montefiore«, erklärte sie mit fester Stimme. »Eure Gemahlin.«

3. KAPITEL

»Ja, meine Gemahlin.« Alessandro spürte, wie sein Körper lebendig wurde bei dem Gedanken, daß diese Frau jetzt ihm gehörte. Ich werde meinen Verstand und mein Herz gut in acht nehmen, schwor er sich, denn einem Sproß der Familie Gennaro darf man niemals trauen.

Allerdings wollte er Isabellas Körper nehmen und sich daran Freuden verschaffen. Nein, ihr und sich selbst wollte er Vergnügen bereiten. Schon ließ er das Schnürband los und legte ihr die Hände auf die Schultern.

Bevor es Adrienne aufging, daß er sie nicht mehr festhielt, fühlte sie seine Hände schon auf ihren Schultern. Sie glitten über das dünne Leinen ihres Nachtkleides hinauf über die zarte Haut ihres Halses und legten sich schließlich um ihren Kopf. Als sich sein Gesicht ihrem näherte, spürte sie wieder diesen kurzen Anfall von Furcht, den sie jetzt schon kannte, und ihm folgte jene scharfe, doch nicht unangenehme Empfindung, bei der ihr Körper an den merkwürdigsten Stellen zu beben begann.

Während Alessandro Isabella den Kopf entgegenneigte, war sein letzter klarer Gedanke, daß diese Situation jetzt wohl die gleiche war, wie wenn man seine Seele an den Teufel verkaufte. Und dann verlor sich sein Denken in dem honigsüßen Geschmack ihres Mundes.

Als Alessandro sie küßte, kostete sie den Geschmack nach Wein und kandierten Mandeln von seiner Zunge, doch sie nahm noch etwas anderes wahr, das sie instinktiv und zu ihrer eigenen Überraschung zu benennen vermochte: den Geschmack von Leidenschaft, einer Leidenschaft, die kurz davorstand, in Gewalt umzuschlagen. Adrienne stöhnte leise auf. Sie wollte Alessandro fortstoßen, was jedoch nicht ging, weil ihre Hände noch immer zwischen ihrem und seinem Körper gefangen waren.

Alessandro spürte ihren leisen Protest mehr, als daß er ihn hörte. Sofort nahm er sich zurück; wo er eben noch gierig getrunken hatte, nippte er nun nur noch. Wo er eben noch verstört hatte, beruhigte er jetzt, und wo er zuvor genommen hatte, begann er jetzt zu geben.

Er verfolgte die Kurve ihrer Wange mit seinen Lippen und zeichnete sie dann mit der Zunge nach. Die weiche, duftende Haut erinnerte ihn an die Rosen im Garten seiner Mutter. Mit dem Mund ertastete er den Puls, der heftig unter ihrem Ohr schlug. Er strich mit der Zunge darüber hinweg; der Rosenduft wurde immer intensiver und berauschte ihn wie schwerer, süßer Wein.

Sie schmiegte sich an ihn, und er fühlte, wie sich ihre üppigen Kurven an seinen erregten Körper preßten. Ihre Hände lagen jetzt leicht auf seinen Hüften. Als er den Kopf hob, um Isabella anzuschauen, schlug sie die Lider auf, und die Leidenschaft verschleierte ihre Augen. Er lächelte, denn hier konnte er ganz sicher sein; er hatte schon genug Frauen in allen Stadien der Leidenschaft gesehen, um sich als sachkundigen Fachmann bezeichnen zu dürfen.

Er ließ seine Hände bis zu ihrem Brustansatz hinabgleiten und schob dann das Nachtgewand auseinander. Die Verschnürung hatte sich inzwischen endgültig gelöst, und das zarte Leinen glitt von Isabellas Schultern.

Die kühle Luft an ihren Brüsten durchdrang kaum den Schleier der Sinnlichkeit, der Adrienne umgab. Ehe ihr bewußt wurde, was Alessandro tat, hatte er schon ihre Hände von seinen Hüften geschoben, damit das Nachtkleid ungehindert zu Boden gleiten konnte. Als sie den Stoff an ihrem Körper hinunterstreifen fühlte, war es bereits zu spät für Proteste, denn Alessandro hatte sie sich schon auf die Arme gehoben und legte sie nun auf dem Bett nieder.

Eine Weile lag sie bewegungslos da. Ihr Verstand war umnebelt, und über ihren Körper senkte sich die Trägheit der Leidenschaft, die Alessandro in ihr erweckt hatte.

Sie beobachtete ihn, wie er um das Bett herumging; er bewegte sich mit der Anmut einer großen Wildkatze. Die schwere Goldkette mit dem großen Medaillon, die er um den Hals trug, nahm er ab und warf sie auf den Tisch, auf dem die gefüllte Schmuckschatulle stand. Mit einer Hand löste er die Rubinknöpfe an seinem Wams und ging zum Speisetisch. Er schenkte einen Pokal voll Wein und ließ ihn dann unberührt stehen.

Rasch entledigte er sich seiner Kleidung, ohne auch nur einen Blick zu Adrienne zu werfen. Vielleicht lag es mehr an diesem Zeichen der Nichtachtung als an seinem mangelnden Schamgefühl, daß ihr plötzlich bewußt wurde, daß sie nackt auf einem Bett lag und daß ein Fremder in wenigen Minuten in ihren Körper eindringen würde.

Ihr war es, als würde sie von Kopf bis Fuß erröten. Kerzengerade setzte sie sich auf und griff sich die Bettdecke aus purpurfarbener Seide, um damit ihre Blößen zu bedecken.

Als Alessandro sich wieder zu ihr umdrehte, stockte ihr der Atem angesichts der überwältigenden Schönheit seines teilweise erregten Körpers. Obwohl es Adrienne drängte, sich vor ihm zu verbergen, hielt sie seinem Blick stand. Sie sah, wie er sich mit der einen Hand einen Apfel aussuchte, mit der anderen seinen juwelengeschmückten Dolch aufnahm und sich dann zum Bett bewegte.

Während er immer näher kam, pochte ihr Herz heftig unter der Seidendecke, die sie über ihren Brüsten festhielt. Einen Schritt vor dem Bett blieb er stehen. Er biß gemächlich von dem Apfel ab und ließ dabei den Blick so beleidigend kühl über sie gleiten, daß der Ärger darüber alle anderen verwirrenden Empfindungen in Adrienne vertrieb.

Unvermittelt warf Alessandro ihr den angebissenen Apfel zu. Unwillkürlich streckte sie die Hände aus, um die Frucht aufzufangen, und erst, als ihr die Bettdecke in den Schoß rutschte, merkte sie, daß genau das seine Absicht gewesen war. Eine neue Welle des Zorns über diese List durchflutete sie, und ohne lange nachzudenken, schleuderte Adrienne den Apfel zurück, wobei dieser Alessandros Schulter nur knapp verfehlte.

Alessandro warf den Kopf in den Nacken und lachte. Der

warme, volle Klang dieses Lachens schien das ganze Gemach zu erfüllen.

»Gott sei Dank. Ich dachte schon beinahe, ich hätte ein feiges Mäuslein geheiratet.« Immer noch lächelnd kam er heran und setzte sich auf das Bett.

»Wie könnt Ihr es wagen . . .«, begann sie, doch die Worte erstarben ihr auf den Lippen, als sie die kalte Spitze der Dolchscheide an ihrer linken Brust fühlte.

»Ich wage alles, was mir beliebt.« Wieder lächelte er, doch diesmal erreichte das Lächeln nicht seine Augen. »Ich würde Euch empfehlen, dies niemals zu vergessen, cara mia. Eure Pflicht ist es, mir mein Bett zu wärmen und mir Kinder zu gebären.«

Er zog den Dolch zurück, warf ihn einmal in die Luft, fing ihn geschickt wieder auf und beugte sich dann vor, um ihn unter das Kopfkissen zu schieben.

»Wollt Ihr mir damit drohen?« fragte sie zornig.

»Drohen?« Er zog die schwarzen Augenbrauen hoch. »Haltet Ihr mich etwa für einen Barbaren?« Er faßte sie mit der linken Hand ums Kinn. »Nicht doch, Madonna. Das soll keine Drohung sein, sondern nur eine freundliche Warnung.«

Adrienne vergaß, daß sie nicht Isabella war. Sie vergaß, daß sie mitten in das Leben einer anderen Person versetzt worden war. Die Wut, die in ihr aufschäumte, war ihre eigene. Allein ihrem Instinkt folgend, riß sie den Arm hoch und schlug Alessandros Hand von ihrem Gesicht. Ihr blieb kaum die Zeit für einen Atemzug, da hatte er schon ihr Handgelenk gepackt und hielt es nun so eisenhart wie eine Fessel fest.

Er starrte Isabella an; Zorn und Bewunderung hielten sich in ihm die Waage. Die Frau war der Widerspruch in Person! Anscheinend besaß sie mehr Mut als Verstand. Selbst jetzt, da er ihr Handgelenk so fest umschloß, daß es bestimmt Spuren auf ihrer Haut hinterließ, siegte ihre Wut deutlich über die Furcht in ihren Augen.

Weshalb nur spielte sie das unreife Mädchen, das sich vor den Ritualen des Ehebetts ängstigte?

Ohne daß er sie losließ, lockerte er den Griff und strich mit dem Daumen über die weiche Haut an der Innenseite ihres Handgelenks. »Ganz ruhig«, flüsterte er, als wollte er eine ungebärdige Stute vor dem Deckakt beruhigen. Er beugte sich vor, hob sich ihre Hand an den Mund und ließ seine Lippen dem Daumen folgen, ohne den Blick von ihren Augen zu wenden.

Während er mit der Zunge und den Zähnen kleine Kreise auf ihrem Handgelenk zog, schlang er ihr den anderen Arm um die Taille und zog sie so dicht zu sich heran, daß ihre Brüste seinen Oberkörper berührten. Als er fühlte, wie sie bei dieser Berührung erzitterte, senkte er das Gesicht über ihre Halsbeuge und sog den berauschenden Rosenduft ein.

Er beugte sich weiter vor und drückte sie mit seinem Körper auf die weiche Matratze nieder. Als sie auf dem Rücken lag, erforschte er mit Händen und Lippen ihre üppigen Kurven und ihre Haut, die so zart wie Rosenblätter war. Das Verlangen erhitzte sein Blut, und viel schneller, als es ihm recht war, wurde das Bedürfnis seines jungen Körpers übermächtig.

Er zog sich zurück, stützte sich auf einem Ellbogen auf und versuchte, die Hitze abzukühlen, die ihn durchströmte. Sein Blick strich über Isabella – über ihre Schenkel, zwischen denen das Ziel kaum verborgen war, zu dem er so dringend zu gelangen trachtete, über ihre Brüste, die unter ihren heftigen Atemzügen bebten, über ihre Lippen, die leicht geöffnet waren und zum Kuß einluden –, und da wurde er sich dessen bewußt, daß seine Geduld auch ihre Grenzen kannte.

Seine Lippen hatten Wunder auf Adriennes Haut gewirkt. Die Berührungen spürte sie bis in die Zehenspitzen hinein. Alle Sinne schienen sich im Kreis zu drehen, und sie vergaß Alessandros arrogante Worte. Sie vergaß seinen lässig abschätzenden Blick und sogar die kalte Spitze der Messerscheide, die er ihr an die Brust gedrückt hatte.

Als sie einen kühlen Lufthauch fühlte, schlug sie die Lider auf und sah, daß Alessandro auf sie herunterblickte. In seinen glühenden Augen spiegelte sich sein Verlangen. Seine Nasenflügel bebten, und auf der bronzenen Haut, die sich über seinen angespannten Muskeln straffte, lag der Schweiß der Erregung.

Obwohl sie noch unschuldig war, erkannte sie, wie sehr dieser Mann sie begehrte und daß er nur noch einen Atemzug davon entfernt war, sich dieses Begehren zu erfüllen.

Plötzlich ergriff die Panik wieder von ihr Besitz. Zwar befand sich Adrienne in einem Körper, der ihr nicht gehörte, doch durfte sie zulassen, daß ein Fremder sich dieses Körpers bemächtigte? Obwohl dieser Mann sie geküßt, berührt und vor Leidenschaft hatte erbeben lassen, blieb er doch immer noch ein Fremder.

Ohne zu ahnen, woher sie den Mut dazu nahm, hob sie die Hand und legte sie gegen seine Brust. »Alessandro?«

Er bedeckte ihre Hand mit seiner und neigte den Kopf hinunter, um ihre Fingerspitzen mit seinen Lippen zu streifen. »Ja?«

»Bitte, würdet Ihr warten?«

Er zog die Stirn zusammen. »Warten? Worauf?«

Adrienne holte tief Luft, und ehe noch der Mut sie verließ, sprach sie rasch aus, was sie sagen wollte. »Würdet Ihr mit Eurem Liebesspiel warten, bis wir einander nicht mehr so fremd sind?«

Lange schaute er sie an. »Ihr meint es tatsächlich so«, sagte er dann langsam und verwundert. »Ihr meint es wirklich ernst.«

Sie schwieg, doch ihr Blick wich seinem nicht aus.

Alessandro fühlte den Zorn in sich aufsteigen, Zorn über Isabellas unmögliches Ansuchen, Zorn über seine eigene Erregung und Zorn über seinen eigenen Impuls, dem Flehen nachzugeben, das sich so deutlich in ihren Augen spiegelte.

»Versteht Ihr denn nicht?« fuhr er sie an. »Unsere Ehe

hätte eigentlich sogar vor Zeugen vollzogen werden müssen!«

Adrienne sah ihn an, und sie erinnerte sich an Isabellas Worte: »Fünfmal kam Alessandro in dieser Nacht zu mir, und die lüsternen, eifersüchtigen Augen, die uns beobachteten, kümmerten mich nicht. Wieder und wieder erkannte ich das Begehren in seinen Augen, und jetzt weiß ich, daß ich ihn zu einem freiwilligen Sklaven meines Körpers machen werde.«

Die Erkenntnis traf sie wie ein Schlag: Falls dies kein wahnsinniger Traum war, falls sie sich tatsächlich in diesem Augenblick hier an diesem Ort befand, dann hatte sie, Adrienne de Beaufort, schon jetzt in einem kleinen Punkt die Geschichte verändert, die für Isabella di Montefiore Wirklichkeit gewesen war.

»Und dies? Was wird hieraus?« fragte Alessandro so scharf, daß Adrienne zusammenfuhr. Er packte ihre Hand, zog sie herunter und drückte sie um den Beweis seiner Erregung.

Adrienne fühlte ihn gegen ihre Handinnenfläche drängen, und eine ihr unbekannte Hitze überfiel ihren Körper. Sie wollte ihre Hand sofort zurückziehen, doch er hielt sie fest.

»Und was sollen die Zeugen denken, die morgen früh unsere Bettücher untersuchen werden?« Er schleuderte ihre Hand von sich. »Sie werden ganz besonders genau hinsehen nach der netten Szene, die Ihr allen vorgespielt habt.«

Er ballte die Hände zu Fäusten und öffnete sie wieder; anscheinend rang er mühsam um Selbstbeherrschung. »Meint Ihr etwa, daß ich mich gern zum Gespött der Leute machen will, wenn man auf den Laken keine Spur Eures Bluts oder meines Samens findet?«

Seine Augen waren nur noch zwei pechschwarze Schlitze. »Oder versucht Ihr nur, eine Möglichkeit zu finden, wie Ihr die Tatsache verschleiern könnt, daß Euer jungfräuliches Blut schon längst vergossen wurde?« Er griff in ihr Haar und zog sie daran näher zu sich. »Ist es nicht so?«

Adrienne sah wieder die Worte aus Isabellas Tagebuch vor sich: »Mißtrauen stand in seinen Augen, als er zum ersten Mal in meinen Körper drang. Dieses Mißtrauen löste sich erst auf, als er sah, wie mein rotes Blut über sein eigenes Fleisch lief. Ich merkte, wie klug es doch von mir gewesen war, meine Jungfernschaft während all dieser höchst erfreulichen Liebesspiele zu hüten, die Piero und Alfonso mich gelehrt hatten.«

»Ihr tut mir weh.«

Statt sie loszulassen, hielt er ihr Haar noch fester. »Antwortet mir!«

»Glaubt Ihr es mir, wenn ich Euch sage, daß ich noch bei keinem Mann gelegen habe?« Es fuhr ihr wie ein Stich durchs Herz, als sie diese Worte ausgesprochen hatte, die sowohl Wahrheit als auch Lüge waren.

»Schwört Ihr es?«

»Ja.« Sie blickte ihn fest und unverwandt an. »Ich schwöre es beim Leben meines erstgeborenen Sohnes.« Sie hob das Kinn. »Unseres erstgeborenen Sohnes.«

Nun erst ließ er sie los. Er zog ein Knie an, legte die verschränkten Arme darauf, stützte das Kinn auf die Arme und betrachtete die Frau, die seine Gemahlin war. Ich muß den Verstand verloren haben, dachte er.

Er hätte ihr das Reden verbieten und sie auf der Stelle nehmen sollen, bevor sie die Gelegenheit hatte, sich mit ihren Augen, dunkel golden wie der Wein aus Jerez, in seine Seele zu schleichen. Wenn er ihr jetzt nachgab, würde er sich dem Spott, der Schande und der Erpressung aussetzen. Doch noch während er sich das alles vorhielt, erkannte er schon, daß sie gewonnen hatte.

Adrienne beobachtete ihn, wie er wortlos nach dem Dolch griff, den er unter das Kopfkissen geschoben hatte, und als er das scharfgeschliffene Messer aus der juwelenbesetzten Scheide zog, fürchtete sie sich zwar, doch ein sechster Sinn sagte ihr, daß er ihr nichts antun würde.

Mit sicherer Hand zog er die Spitze der Klinge über sein

Handgelenk und sah dann ruhig zu, wie sein scharlachrotes Blut auf das weiße Laken tropfte und sich dort zu einem hellen Fleck ausbreitete.

Von Erregung, Dankbarkeit und Schuldgefühlen erfüllt, richtete sich Adrienne auf den Knien auf, bückte sich hinunter und hob mit zitternden Händen ihr Nachtkleid vom Boden. Rasch riß sie einen Stoffstreifen von dem Gewand und wickelte ihn um Alessandros Handgelenk.

Als sie damit fertig war, befand sich Blut an ihren Händen – sein Blut. Sie schaute es lange an; ihr war es, als hätte er ihr einen Teil von sich selbst geschenkt, und sie fühlte sich auf unerklärliche Weise, doch unwiderruflich mit ihm verbunden. Sie nahm das jetzt ruinierte Nachtgewand wieder auf und wischte ihm und sich selbst langsam das Blut von den Händen.

Danach blickte sie Alessandro lange schweigend an. »Ich danke Euch«, sagte sie schließlich ganz leise und berührte sanft seine Wange. »Das werdet Ihr nicht bereuen.«

Sobald sie das ausgesprochen hatte, legte sich das dunkle Gefühl einer Vorahnung auf ihr Herz. Wie durfte sie ein solch voreiliges Versprechen geben? Diese Nacht war höchstwahrscheinlich ein Streich, den böse Geister ihr spielten. Alles würde so schnell enden, wie es begonnen hatte. Durfte sie da Versprechen machen, die sie nicht halten konnte, weil sie bald gar nicht mehr hier sein würde?

Alessandro bemerkte die Zweifel, die sich in ihrem Blick spiegelten, doch er war zu matt und zu überreizt, um das Bild deuten und einordnen zu können. »Zu Euren Gunsten kann ich nur hoffen, daß es sich so verhält.« Er hielt seine Augen auf ihr Gesicht gerichtet. »Und jetzt bedeckt Euch, ehe ich noch meine Meinung ändere«, schloß er recht schroff.

Adrienne legte sich hin und zog die Bettdecke bis zum Kinn hoch. Alessandro wandte ihr den Rücken zu und streckte sich ebenfalls auf dem weichen Polster aus. Sie beobachtete das Spiel seiner Muskeln unter seiner gebräunten

Haut. Obwohl ihr klar war, daß sie mit dem Feuer spielte, streckte sie die Hand nach ihm aus, denn sie mußte sich noch einmal vergewissern, daß dies hier kein Traum war.

Als sie die Finger auf die warme Haut seines Rückens legte, fühlte sie, daß Alessandro zusammenzuckte, doch er rückte nicht zur Seite.

»Sandro?«

»So nennt mich niemand.«

Adrienne lächelte. »Gut. Dann werde ich Euch so nennen.« Sie streichelte ihn ein ganz klein wenig. »Gute Nacht.«

Er drehte den Kopf, so daß sie sein klares Profil sehen konnte. »Berührt mich nicht noch einmal, Isabella. Es sei denn, es wäre als eine Aufforderung gedacht.«

Sie steckte sich ihre Hand unter die Wange. »Eine weitere Drohung?«

Er hörte ihr das Lächeln an der Stimme an. Bewunderung und Erheiterung widerstritten seiner üblen Laune und gewannen. Als er wieder sprach, war auch ihm das Lächeln anzuhören. »Nein, Isabella. Nur eine weitere freundliche Warnung.«

Mit offenen Augen und angespanntem Körper lag er dann auf dem Bett und hörte, wie Isabellas Atemzüge im Schlaf immer ruhiger und gleichmäßiger wurden. Er drehte sich zu ihr um und betrachtete sie. Wie ein Kind hatte sie den Kopf in ihre Hand gebettet. Gegen die dunkelviolette Seide der Bettdecke schimmerte ihre Haut wie Alabaster.

Das körperliche Bedürfnis war in ihm noch so stark wie zuvor, und die Versuchung, sein unausgesprochenes Versprechen zu brechen und nach Isabella zu greifen, war so groß, daß sein Körper allein bei dem Gedanken daran schon aufs heftigste reagierte.

Wieder schalt sich Alessandro einen Narren, doch er hatte dieses Versprechen nun einmal abgelegt und mit seinem eigenen Blut besiegelt. Obgleich er es öffentlich ungern zugeben würde, war in seinem persönlichen Ehrenkodex ein einer Frau gegebenes Versprechen nicht weniger wert als ein einem Kriegsherrn gegenüber abgelegter Treueschwur.

Während sein Blick auf Isabella ruhte, legte Alessandro Hand an sich selbst, um auf diese Weise die Täuschung eines Ehevollzugs zu vollenden.

Adrienne erwachte aus tiefem Schlaf, und ihr Herz hämmerte, als die ungewohnten Empfindungen auf sie einströmten. Sie befand sich halb unter dem Körper eines Mannes. Eine Hand lag besitzergreifend auf ihren Rippen, wobei die Finger die Unterseite ihrer Brust berührten. Der Mann hatte ein Bein um ihre Schenkel geschlungen.

Benommen, wenn auch durchaus kampfbereit spannte sie die Muskeln und richtete sich auf.

Der Kopf des Mannes ruhte auf ihrem Kissen; das lange schwarze Haar verbarg teilweise das Gesicht, doch das edle Profil ließ keinen Zweifel an der Identität desjenigen, der hier so intim bei ihr lag. Erleichterung durchflutete sie, wiewohl ihr Herz sich keineswegs beruhigte.

Sie sank aufs Kissen zurück und schloß die Augen. Also war es doch kein Traum. Lebhaft stand die vergangene Nacht vor ihren Augen. Adrienne erinnerte sich an sämtliche Gerüche, Geschmäcke und Geräusche. Diese Nacht hatte sie erlebt, wahrhaftig erlebt!

Und was soll ich jetzt tun? Diese Frage hallte in ihrem Kopf wider wie ein endloser Trommelwirbel. Adrienne wußte nicht, welche Macht sie hierher gebracht hatte, doch hier bleiben konnte sie auch nicht. Sie mußte einen Rückweg in ihr eigenes Leben finden.

Im schwachen Morgenlicht, das durch die Fenster hereinschien, fiel ihr alles wieder ein, das gestern abend von dem hitzigen Geschehen in diesem Schlafgemach verdrängt worden war: Es gab Menschen, deren Leben von ihr abhing!

Jean de Lamberts Witwe und das Kind befanden sich in der Geheimkammer, wo sie verhungern und verdursten würden, wenn sie nicht zurückkehrte und die beiden befreite. Und weitere Menschen würden kommen, Leute, die Fabien und seinesgleichen in die Hände fallen würden, wenn sie, Adrienne, nicht zur Stelle war, um sie zu retten.

Sie versuchte, sich unter dem Mann hervorzuwinden und sich von ihm zu befreien, doch er murmelte irgend etwas, bewegte seine Hand höher hinauf und legte sie schließlich um Adriennes Brust.

Glut und Schwäche überfielen sie gleichzeitig. Mit ihm zugewandtem Gesicht blieb sie still liegen. Sandro. Sie kostete das Wort auf ihrer Zunge. Dies war nicht mehr der namenlose Mann, mit dem das launische Schicksal sie zusammengeführt hatte. Dieser Mensch war ihr jetzt nicht mehr fremd. Sie hatte die Nacht an seiner Seite verbracht, und er war ihr aus Isabellas Tagebüchern bekannt.

Sein Gesicht war im Schlaf entspannt. Alle Härte war daraus verschwunden. Adrienne hob die Hand, um ihn zu berühren, denn seine Schönheit führte sie in Versuchung, wie die Schlange mit der Frucht vom Baum der Erkenntnis Eva in Versuchung geführt hatte. Doch dann dachte sie daran, was er gestern nacht über Berührungen und Aufforderungen gesagt hatte, und sie ließ die Hand wieder sinken.

Sie fuhr fort, ihn zu betrachten. Weiß er es? fragte sie sich traurig. Wußte oder ahnte er es, daß ihm niemals Kinder geboren werden würden? Daß sich keiner seiner Pläne, keiner seiner geheimen Wünsche je erfüllen würde? Daß ihn seine Gemahlin verraten und ihn auf diese Weise in einen schrecklichen Tod führen würde?

Adrienne zwang sich dazu, die Augen von ihm zu wenden und sich prüfend im Gemach umzusehen. Wenn sie doch nur einen Hinweis darauf entdecken würde, wie sie hierher gekommen war! Möglicherweise würde ihr das ja helfen, auch den Weg zurück zu finden.

Ihr Blick streifte das Bildnis der Isabella di Montefiore, das sie so gut kannte, lief weiter und kehrte dann zu dem Gemälde zurück. Je länger sie es betrachtete, desto stärker wurde ein merkwürdiges Gefühl der Erregung in ihr, das schließlich ihren ganzen Körper ergriff. Ebenso wie ihre innere Unruhe wuchs, so wuchs auch ihre Gewißheit.

Dieses Bild dort stellte eine sichtbare Verbindung zwischen ihrem und Isabellas Leben dar. Vielleicht war das ein Hinweis, ein Zeichen. Wenn das Porträt in beiden Leben existierte, vielleicht war es dann auf irgendeine geheime Weise das Medium, das sie in diesen Raum befördert hatte. Und wenn es sich so verhielt, dann mochte es auch das Medium sein, welches sie wieder in ihr eigenes Leben zurückbefördern konnte.

Sie bewegte sich vorsichtiger, wenn auch zielbewußter als zuvor und schaffte es auch, sich aus Sandros Umklammerung zu befreien. Wieder murmelte er irgend etwas, wachte jedoch nicht auf. Adrienne glitt aus dem Bett und schloß leise die Bettvorhänge. Auf dem Weg zu dem Gemälde blieb sie stehen. Es war einfach töricht, doch sie mußte ihn noch einmal ansehen.

Sie kehrte zum Bett zurück, lehnte sich gegen einen der Pfosten und betrachtete den jungen, schönen und dem Untergang geweihten Mann. Das Herz wurde ihr so schwer, als trauerte sie bereits um ihn.

»Isabella.«

Entsetzt hörte sie seine schlaftrunkene Stimme. Wie gerne wäre sie, Adrienne, geblieben! Wie gerne wäre sie dagewesen, wenn er ganz erwachte. Wie gerne wäre sie die Ehegattin gewesen, die er verdiente. Doch das war unmöglich. Sie bat ihn stumm um Vergebung, ließ den Vorhang wieder fallen und lief eilig zu dem Gemälde.

Sie bewegte die Hände über die Leinwand, wobei sie halb unbewußt registrierte, daß die Oberfläche glatt war und nicht die Risse in der Farbe aufwies, die drei Jahrhunderte mit sich gebracht hatten. Sie fand nichts. Sie bewegte die Hände noch schneller, und die Panik in ihr wuchs.

»Isabella? Wo seid Ihr?«

Das hörte sich heiser und schläfrig an und schien

Adrienne unwiderstehlich zum Bett zurückzuziehen. Beinahe wäre sie dieser Lockung unterlegen.

»Bitte«, flehte sie flüsternd die unbekannte Macht an, die sie hierher versetzt hatte. »Bitte, bring mich nach Hause zurück.« Ihre Handflächen glitten über die Leinwand.

»Isabella?« Die Stimme klang jetzt klarer, kräftiger und auch ein wenig gereizt.

Eine Bewegung war hinter dem Bettvorhang zu hören, und wieder durchfuhr die Panik Adrienne wie ein Blitzschlag. Sie hatte sich schon halb umgedreht, um zum Bett zurückzukehren, als sie zurück in die tiefe Schwärze katapultiert wurde.

4. KAPITEL

Als Adrienne die Augen öffnete, herrschte Finsternis ringsum. Eine Weile blieb sie ganz still liegen, so als hätte man ihr alle Kraft genommen. Sie keuchte, als wäre sie meilenweit gelaufen. Tief sog sie die Luft ein und versuchte, wieder zu Atem zu kommen.

Der Geruch, den sie wahrnahm, war nicht der eines warmen, luxuriösen Schlafgemachs der Renaissance, in dem es nach türkischem Rosenöl, reifen Früchten und sinnlicher Erregung duftete. Vielmehr konnte sie den Schimmel riechen, der sich überall im Herrenhaus ausbreitete, nachdem sie das Heizen eingestellt hatte, und darüber lag der schwache Salzgeruch des Seewassers.

Mir ist es gelungen, dachte sie freudlos. Ich bin in das Château de Beaufort zurückgekehrt.

Mühsam setzte sie sich auf und schaute an sich hinunter. Sie trug wieder das schlichte Gewand; das Mieder war zerrissen und der Rock bis zu den Knien hochgeschoben. War alles also doch nur ein Traum gewesen? Vielleicht eine Fantasievorstellung, mit der sie sich vor der Wirklichkeit und vor Fabiens Vergewaltigung hatte retten wollen?

Nein, dachte sie, als die Erinnerung wie ein duftender Sommerhauch zurückkehrte. Noch zu genau entsann sie sich der heißen Nacht mit allen ihren Farben und Gerüchen, als daß es ein Traum hätte gewesen sein können.

Sie bewegte sich ein wenig, und ein dünner Mondstrahl fiel über sie. Er beleuchtete einen dunklen Streifen über den Knöcheln ihrer einen Hand. Adrienne berührte ihn leicht mit einem Finger. Ihr Verstand sagte ihr, daß es sich bei diesem Schmierfleck um alles mögliche handeln konnte. In ihrem Herzen allerdings wußte sie mit absoluter Sicherheit, daß es sich bei diesem rostbraunen Streifen um Blut handelte, um das Blut, das Sandro für sie vergossen hatte. Auf irgendeine geheimnisvolle Weise hatte sie das Andenken an sein Opfer über die Jahrhunderte mit sich genommen.

Sie ließ die Stirn auf den Handrücken sinken. Als ihr richtig bewußt wurde, welche grausame Wahl sie getroffen hatte, traten ihr die Tränen in die Augen und rannen ihr über das Gesicht.

Natürlich war sie sich vollkommen im klaren darüber, daß sie es nie mit ihrem Gewissen hätte vereinbaren können, wenn sie nicht zurückgekehrt wäre, um Charlotte de Lambert und deren Kind in Sicherheit zu bringen. Gleichzeitig jedoch fragte sie sich, wie sie mit dem Wissen würde leben können, daß sie Sandro möglicherweise vor Verrat und Tod hätte bewahren können, wenn sie mit ihrer Seele in Isabellas Körper verblieben wäre.

Sie hatte die Entscheidung getroffen – ein Menschenleben für zwei, ein Menschenleben, das sie nichts anging, für zwei Menschenleben, die ihr jetzt anvertraut waren, und auch für alle anderen Leben, welche die Zukunft ihr noch anvertrauen würde. Adrienne wischte sich die Tränen ab und stand vom Boden auf. Ich habe eine Aufgabe zu erfüllen, mahnte sie sich. Und obwohl sich ihr Leben wie eine trostlose Einöde vor ihr ausbreitete, wußte sie, daß sie tun würde, was sie tun mußte.

Plötzlich drang etwas in ihr Bewußtsein; etwas stimmte hier nicht ganz. Sie stolperte zu der großen Terrassentür und schaute zum Himmel hoch, an dem ein fast voller Mond wie ein schiefer Lampion hing.

Sie hielt sich an dem von der jahrelangen Einwirkung der salzigen Seeluft aufgerauhten Holz des Türrahmens fest. Vor zwei Nächten erst hatte sie am Strand gestanden und Vater Durocs Boot mit seiner menschlichen Fracht hinterhergeschaut. Eine dünne Mondsichel hatte die Szene nur schwach beleuchtet. Wie konnte da heute ein Vollmond am Himmel stehen? Sie war doch nur eine einzige Nacht fort gewesen. Oder etwa nicht? In ihrem Kopf drehten sich die Gedanken, während sie nach einer Erklärung suchte.

Sie trat von der Glastür fort und kehrte in den Raum zurück. Als ihr Blick auf das Bildnis fiel, erschrak sie. Das Gemälde sah aus, als wäre es von einem Wahnsinnigen angefallen worden. So viele Schnitte und Einrisse bedeckten es, daß das Porträt kaum noch zu erkennen war. Und das Messer, das sie gegen Fabien eingesetzt hatte, steckte jetzt in Isabellas langem, schlanken Hals.

Adrienne fühlte, wie ihr der kalte Angstschweiß ausbrach. Das war es, was Fabien ihr angetan hätte, wäre sie nicht über die Jahrhunderte hinweg fortgetragen worden! Und das war es, was er ihr möglicherweise noch immer antun würde, wenn sie ihm noch einmal in die Hände geriete.

Das zerfetzte Gemälde jagte ihr einen Schauder nach dem anderen über den Rücken, und am liebsten wäre sie vor ihm davongelaufen, doch sie wußte, was sie zu tun hatte.

Sie trat näher heran. Wie durch ein Wunder war der Teil der Leinwand intakt geblieben, hinter dem sich der Mechanismus befand. Adrienne betätigte ihn, und der Schweiß rann ihr zwischen den Schulterblättern hinab. Als sich der geheime Eingang öffnete, wäre sie vor Erleichterung fast zu Boden gesunken.

Kaum war sie in die Kammer getreten, da wurde sie beinahe tatsächlich umgestoßen, denn Charlotte de Lambert fiel buchstäblich über sie her.

»Gott sei Dank! Ich hatte schon die Hoffnung aufgegeben, daß Sie kommen.« Sie packte Adrienne schmerzhaft am Arm. »Ich habe jedes Zeitgefühl verloren, doch wir sitzen schon tagelang hier drinnen.« Ihre Stimme klang immer höher und hysterischer. »Tagelang!«

»Tagelang?« wiederholte Adrienne bestürzt. »Ich war doch nur eine einzige Nacht dort.«

»Wo? Wo waren Sie?« Charlotte zerrte an Adriennes Arm. »Wie konnten Sie nur ausgehen und uns hier zurücklassen?«

Adrienne mußte an die Veränderung des Mondes denken, die sie vorhin schon verwirrt hatte. Langsam begriff sie, daß die Zeit irgendwie aus den Fugen geraten sein mußte, während sie selbst durch die Jahrhunderte gereist war. Anscheinend hatten sich in der Zwischenzeit wenige Stunden in Tage verwandelt.

Sie befreite sich aus Charlottes Griff und begann auf und ab zu gehen. Sie mußte etwas unternehmen. Sie mußte planen, Vereinbarungen treffen ... Doch noch während sie sich das vorhielt, wußte sie schon, daß sie es nicht riskieren durfte, auch nur eine Stunde länger im Château zu verweilen.

Sie und die Flüchtlinge mußten das Herrenhaus sofort verlassen. Sie mußten verschwinden, solange es noch dunkel war und bevor Fabien zurückkehrte, um das Werk, das er an dem Gemälde begonnen hatte, an ihr zu vollenden. Falls es ihr gelang, Charlotte und das Kind ins Dorf zu schaffen, würde Vater Duroc die beiden verstecken, bis es ihm möglich war, sie über den Kanal nach England zu bringen.

Noch immer recht benommen von den vielen verwirrenden Eindrücken und Erinnerungen, wandte sie sich zu Charlotte um. »Wir müssen das Herrenhaus sofort verlassen. Rasch!« Unwillkürlich legte sie die Hand beruhigend über die Schulter der kleineren Frau. »Werden Sie in der Lage sein, eine kleine Wegstrecke zu Fuß zu gehen?«

Charlotte de Lambert nickte stumm, und Adrienne führte sie und das Kind aus der Geheimkammer.

Durch das Mondlicht gestaltete sich der Abstieg zu dem am Meer gelegenen Dorf sowohl einfacher als auch schwieriger. Einerseits ließ sich der abschüssige, felsige Pfad mit seinen gefährlich steilen Stellen leichter bewältigen, doch andererseits mußten sich Adrienne und Charlotte stets im Schatten der Felsen bewegen, weil sie ja nicht wußten, ob und von wem sie beobachtet wurden.

Als sie in Sichtweite einiger Fischerhütten gelangten, blieb Charlotte furchtsam stehen. »Nein! Zwingen Sie mich nicht, dort hinunterzugehen!« Ihre hohe Stimme klang in dem Wind, der von See her blies, noch höher.

»Ihnen wird nichts geschehen«, meinte Adrienne beruhigend. »Dort unten wohnt niemand, der Ihnen etwas antun will.«

»Das kann man nie wissen!« schrie die Frau, und ihr Blick wirkte irr. »Ich darf es nicht riskieren, daß meinem Baby etwas Böses geschieht.« Sie preßte das Kind fester an sich. »Jetzt, da ich schon so weit gekommen bin.«

»Sie werden sich in Sicherheit befinden.« Adrienne streichelte Charlotte über den Rücken.

»Nein!« jammerte Charlotte laut, und das Kind begann jetzt auch zu weinen. »Nein!«

Adrienne überlegte. Den Fischern würde sie selbst jederzeit ihr Leben anvertrauen, doch dieser Tage waren so viele andere Menschen unterwegs, die nur allzu bereitwillig jedes verdächtige Wort weitermelden würden. Dennoch mußte sie Charlotte zur Vernunft bringen.

Sie faßte sie bei den Schultern und drehte sie zu sich herum. »Kein Wort mehr! Sie werden mit mir kommen.« Ihre Stimme klang energisch, doch nicht unfreundlich, und ihr war die Autorität einer Person anzuhören, die es gewohnt war, Befehle zu erteilen, welchen dann auch ohne weitere Fragen Folge geleistet wurde.

Charlottes Widerstand legte sich so unvermittelt, wie er erwacht war. Sie schwankte ein wenig, als hätte auch die Kraft sie verlassen. Adrienne unterdrückte ihr schlechtes Gewissen. Sie legte ihre Hand an die Wange der Frau. »Tapferes Mädchen. Sie haben es bis hierher geschafft. Es wäre doch eine Schande, jetzt alles aufs Spiel zu setzen, nicht wahr?«

Sie huschten von Schatten zu Schatten und erreichten schließlich die Hütte von Duroc. Wie das ganze Dorf lag auch sie im Dunkeln. Adrienne schlich sich vorwärts und klopfte leise an das Fenster. Von drinnen her hörte sie Gemurmel, dann schlurfende Schritte und danach das Quietschen der Tür.

»Ich bin's, Adrienne de Beaufort«, flüsterte sie drängend.

»C'est la petite comtesse«, sagte Duroc leise über die Schulter hinweg, öffnete die Tür ganz und zog Adrienne in die Hütte.

Adrienne deutete auf Charlotte, die sich in den Schatten des Strohdachs gedrückt hatte, faßte sie bei der Hand und zog sie mit in die Fischerkate.

Drinnen leuchtete ein Licht, und der Gestank des mit Schweinefett getränkten Lumpens, der eine Kerze ersetzte, sowie der Fischgeruch ging sowohl von der ganzen Wohnstatt als auch von ihren Bewohnern aus.

»Comtesse Adrienne!« Der alte Duroc vergaß seine übliche Zurückhaltung wie sein respektvolles Benehmen und faßte Adrienne bei den Händen. »Fabien, dieses dreckige Schwein, hat in der ganzen Gegend das Oberste zuunterst gekehrt und nach Ihnen gesucht. Wo waren Sie denn?«

Adrienne schüttelte den Kopf. »Das ist nicht so wichtig. Hören Sie, Vater Duroc. Diese Frau hier muß fortgebracht werden, und zwar schnell. Männer aus Paris suchen nach ihr. Können Sie ihr helfen?«

Der alte Mann zuckte vielsagend die breiten Schultern und rieb sich mit dem Handrücken das stoppelige Kinn.

»Jedenfalls nicht bei Vollmond. Im Augenblick graben Fabiens Informanten hier überall herum wie die Schweine, die nach Trüffeln suchen, und der Mond beleuchtet selbst die versteckteste Bucht...« Er schüttelte den Kopf.

»Es ist für die Frau zu gefährlich, länger als noch einen, allerhöchstens zwei Tage hierzubleiben.« Adrienne legte eine Hand auf Vater Durocs Arm. »Wenn die Leute das Dorf durchsuchen, werden sie sie finden und erkennen.«

Vater Duroc zog die buschigen Augenbrauen zusammen und blickte zu der jungen Frau hinüber. »Gut.«

Dieses eine karge Wort sagte Adrienne alles, was sie wissen mußte. Sie seufzte erleichtert auf und drückte dem alten Mann rasch einmal die Hand; eine größere Geste hätte ihn auch sehr verlegen gemacht.

»Und Sie, Comtesse Adrienne? Was wird aus Ihnen?«

Adrienne schüttelte den Kopf. »Was soll aus mir werden?«

»Sie können doch auch nicht hierbleiben. Wenn Sie Fabien in die Hände fallen, wird er Sie erst wie die billigste Hure behandeln und dann auf die Guillotine bringen.« Duroc berührte ihre Schulter. »Gehen Sie mit den anderen nach England. Dort werden Sie in Sicherheit sein.«

Adrienne blickte den alten Mann an. »Ich muß hier sein, wenn andere Menschen kommen, die Hilfe benötigen.«

»Wenn Sie bleiben, werden Sie bald niemandem mehr helfen können«, erklärte Duroc recht schroff. »Nicht einmal sich selbst.« Er faßte sie beim Arm. »Ich sage Ihnen, Fabien wird Sie umbringen oder noch Schlimmeres mit Ihnen machen.«

Adrienne blickte Duroc an, und eine noch vage Idee formte sich in ihrem Kopf.

»Comtesse Adrienne, als ich Sie das erstemal sah, waren Sie drei Jahre alt.« Die Stimme des alten Mannes klang jetzt weicher als zuvor. »Sie waren aus dem Herrenhaus fortgelaufen und suchten Muscheln am Strand. Ich würde Sie lieber an die Engländer verlieren als an Fabien.«

Mit glasigen Augen starrte Adrienne Duroc blicklos an. Zwar hörte sie den Klang seiner Stimme; die Worte drangen indessen nicht in ihr Bewußtsein. Die Idee in ihr nahm eine immer deutlichere Gestalt an, bis sie zu einer Vision wurde. Es gibt einen Ort, an den ich mich begeben kann, dachte Adrienne, einen Ort, an den ich gehöre und wo ich gebraucht werde.

»Comtesse Adrienne?«

Sie antwortete nicht. Die Zweifel und Fragen überfielen sie jetzt. Wenn sie sich tatsächlich in jenem Schlafgemach befunden hatte, woher wollte sie dann so genau wissen, daß sie so einfach zurückkehren konnte? Würde Isabellas Porträt sie wieder durch die Jahrhunderte tragen? Würden Adriennes Verstand und ihre Seele wieder Isabellas Körper übernehmen? Und würde sie, Adrienne, mit diesem schönen Fremden leben können, mit dem sie jene seltsame, so wollüstige und doch so züchtige Nacht verbracht hatte?

Er ist jetzt doch kein Fremder mehr, hielt sie sich vor. Er war der Mann, der freundlich zu ihr gewesen war, wo es doch sein Recht gewesen wäre, sie so grob zu benutzen, wie es ihm beliebte. Er war der Mann, dessen Schönheit und Anmut ihr Herz höher schlagen ließ. Er war der Mann, dessen Zukunft sie bis in die blutigste Einzelheit hinein kannte.

Es dauerte nicht länger als einen Atemzug, und dann war ihre Entscheidung getroffen.

Plötzlich wurde ihr bewußt, daß Duroc ihre Schultern schüttelte.

»Comtesse Adrienne, haben Sie überhaupt ein einziges Wort gehört von dem, was ich gesagt habe?«

Sie schüttelte den Kopf, als wollte sie ihre Gedanken sortieren. »Bitte entschuldigen Sie, Vater Duroc.«

Draußen zeigten sich schon die ersten Vorboten der Morgendämmerung, und Adrienne fühlte sich sehr gedrängt. Sie wußte, daß ihr keine Zeit mehr blieb, weder in dieser noch in der anderen Welt. Woher sie das so genau wußte, war ihr allerdings unerfindlich.

»Hören Sie mir zu, Vater Duroc. Ich weiß, wohin ich gehen kann. Der Ort ist weit von hier entfernt.«

Der alte Mann wollte zu sprechen anheben, doch Adrienne schüttelte den Kopf und redete eilig weiter.

»Kümmern Sie sich für mich um die Geflohenen, um sie und um die anderen, die noch kommen werden.« Sie legte die Hand um seinen Arm. »Wollen Sie das für mich tun?«

»Gewiß, doch wohin . . .«

»Ich weiß noch nicht, ob ich dorthin gelangen kann.« Sie drückte dem alten Mann noch einmal die Hand. »Beten Sie für mich, Vater Duroc.«

Adrienne war es, als würde sie körperlich vorangeschoben. Sie eilte zur Tür. Die Stimmen hinter sich, die ihr nachriefen, hörte sie zwar, doch sie ignorierte sie und begann zu laufen. Innerhalb weniger Minuten befand sie sich wieder auf dem Pfad oberhalb des Dorfes.

Immer wieder glitt sie auf dem nassen Felsgestein aus, doch die Schrammen und Prellungen spürte sie gar nicht. Jeder Atemzug brannte wie Feuer in ihrer Kehle, doch Adrienne blieb nicht stehen. Ihre Beine fühlten sich wie Wachs an, das zu lange in der Sonne gestanden hatte, und dennoch lief sie unentwegt weiter.

Das Herrenhaus war schon in greifbarer Nähe; Nebelschleier und graues Morgenlicht hüllten es ein. Da stolperte Adrienne über einen abgebrochenen Ast und stürzte vornüber in den Kies. Unfähig sich zu bewegen, blieb sie liegen. Es schien, als hätte ihr der Sturz den allerletzten Rest ihrer Energie geraubt. In diesem Augenblick hörte sie die Hunde.

Lauf, Adrienne, lauf! befahl sie sich. Dennoch blieb sie mit geschlossenen Augen regungslos liegen, als hätte sie schon vor dem Schicksal kapituliert. Dann erschien Sandros Bild vor ihren Augen, und neue Energie schien davon auszugehen. Trotzdem dauerte es noch lange kostbare Sekunden, ehe Adrienne es schaffte, wieder auf die Beine zu kommen, und nun rannte sie wie eine Wahnsinnige das letzte Wegstück zum Château.

Als sie die Terrassentür erreichte, wurde sie angehalten. Bei der Vorstellung, Fabien hätte sie zum Schluß doch noch eingefangen, schrie sie auf. Sie drehte sich um und sah, daß ihr Ärmel nur an dem zersplitterten Glas hängengeblieben war. Ohne zu merken, daß sie sich dabei in den Daumen schnitt, befreite sie den Stoff und sich selbst und stürzte in das Arbeitszimmer.

Obwohl ihre Beine erneut nachzugeben drohten, warf sie sich dem zerfetzten Gemälde entgegen und strich mit den Händen darüber hinweg. Die Hunde waren inzwischen hörbar näher gekommen. Sie bellten hoch und aufgeregt, und Adrienne erkannte daran, daß die Tiere ihre Fährte aufgenommen hatten.

Wo hatte sie früher immer das Gemälde berührt? Wo nur?

Die Hunde waren jetzt so nahe, daß Adrienne das Geräusch hören konnte, das ihre Pfoten auf dem Kiesweg machten. Plötzlich veränderte sich das Bellen, und als sie über die Schulter zurückblickte, sah sie den Leithund des Rudels in der offenen Glastür stehen. Seine blutunterlaufenen Augen wirkten wild, und die Zunge hing ihm zwischen den furchtbaren Fangzähnen heraus. Innerhalb weniger Momente würde sich die Meute auf ihr Opfer stürzen.

Adrienne kreischte. Ihre Hände lagen noch immer an der Leinwand. Während ihr Aufschrei noch durch das kleine Zimmer hallte, spürte sie einen Stoß, und dann trieb sie wieder durch die schwarze Leere.

Noch bevor sie die Lider aufschlug, wußte Adrienne, daß das Schicksal Mitleid mit ihr gehabt hatte. Tief atmete sie alle die üppigen Düfte ein, die sie so gut erinnerte. Sie öffnete die Augen und sah, daß sie auf dem Boden lag, so nackt, wie sie gewesen war, als sie vor wenigen Stunden aus diesem Raum versetzt worden war.

Sie richtete sich auf und lehnte sich an die Wand. Ihr Kopf reichte bis an den Rahmen von Isabellas Porträt hinauf. Im Gemach war alles still. Die lichtblauen Bettvorhänge waren noch so zugezogen, wie sie sie zurückgelassen hatte.

War sie tatsächlich fort gewesen? Oder war das auch nur wieder ein Traum, ein Alptraum gewesen? Hatte sie die Reise noch vor sich, die nötig war, um Charlotte de Lambert und das Kind aus der Geheimkammer zu befreien?

Sie ballte die Hände zu Fäusten. Der Schmerz in ihrer linken Hand holte sie aus ihrer trägen Benommenheit heraus. Adrienne schaute hinunter und sah den tiefen Schnitt in ihrem Daumenballen, der noch immer blutete.

Mit einem Finger strich sie darüber hinweg, und vor ihr entstand ein so wahrhaftiges Bild, daß sie sogar den salzigen Seegeruch wahrzunehmen meinte. Sie sah sich selbst, wie sie verzweifelt den Ärmel aus der zerbrochenen Scheibe zu lösen versuchte, und sie sah, wie dabei die Glassplitter in ihren linken Daumen schnitten. Sie sah sich, wie sie zu dem zerfetzten Gemälde stolperte.

Sie schaute an ihrem Körper hinunter und suchte nach den anderen Prellungen und Schrammen, die sie sich zugezogen haben mußte, doch ihre schimmernde Haut war glatt und zeigte keinerlei Verletzungen. Adrienne schloß die Augen. Es schien, als wäre ihr die Wunde an ihrem Daumen auf ihrer Reise durch die Zeit als ein Zeichen mitgegeben worden, welches ihr beweisen sollte, daß sie ihre Pflicht getreulich erfüllt hatte.

Sie raffte sich auf und ging zum Bett. Kaum wagte sie es, den lichtblauen Samtvorhang auseinanderzuschieben. Sandro. Er schlief noch so, wie sie ihn zurückgelassen hatte, und sein schönes Gesicht war noch immer wie das eines Kindes halb im Kopfkissen vergraben.

Ein wahrer Irrgarten der Empfindungen entstand in ihrem Inneren. Sie spürte die Zärtlichkeit und das Bedürfnis, diesen Mann vor Unheil zu bewahren, ihn für alle Zeiten zu ehren und zu beschützen. Doch da war noch ein anderes starkes, grenzenloses Gefühl, das in ihrem Herzen lebendig wurde und ihren Puls heftiger schlagen ließ, und für dieses Gefühl hatte sie keinen Namen.

Sie zog den Vorhang zur Seite und beugte sich zu dem Bett hinunter. Während sie sich in die purpurfarbene Seidendecke wickelte, um ihre Nacktheit zu verhüllen, schaute sie zum Fenster und sah das Licht des frühen Morgens. Erleichtert atmete sie auf; anscheinend hatte sie Glück gehabt, denn diesmal schien die Reise vor sich gegangen zu sein, ohne daß inzwischen die Zeit wieder in Unordnung geraten war, was Adrienne beim erstenmal beinahe daran gehindert hatte, Charlotte de Lambert rechtzeitig zu befreien. Lächelnd setzte sie sich und wartete auf Sandros Erwachen.

Die Minuten verrannen so langsam wie der Sand in einem Stundenglas, während Adrienne Sandro im Schlaf beobachtete. Sie hätte ihn so gern berührt, doch sie wartete. Die Luft war warm und wohlduftend. Der Seidenstoff der Bettdecke streichelte Adriennes Körper. Langsam fielen ihr die Lider zu.

Plötzlich wurde sie grob hochgezogen. »Wo wart Ihr, zum Teufel?«

Weil sie so unvorbereitet aus dem Halbschlaf gerissen worden war, schlug ihr das Herz bis zum Hals, und die Stimme versagte ihr den Dienst.

»Antwortet mir!« Sandro warf sie auf die weiche Matratze zurück und riß sie sogleich wieder hoch. Seine Finger preßten sich schmerzhaft in ihre Arme.

Adrienne schüttelte hilflos den Kopf. Selbst wenn sie hätte sprechen können, was sollte sie ihm sagen?

Sandro hob sie an, so daß sie jetzt vor ihm auf den Knien hockte und ihn anschauen mußte. »Als ich gestern aufwachte, wart Ihr fort.« Er schüttelte sie. »Wenn mein Vater nicht der Herrscher über Siena wäre, hätten mich Eure Brüder umgebracht.« Verächtlich verzogen sich seine schönen Lippen. »Sie hätten es vielmehr versucht.«

Lange sah er sie düster und schweigend an. »Ich weiß nicht, was für ein Spiel Ihr treibt, Isabella. Eines hingegen weiß ich genau: Ihr werdet es nicht mit mir treiben!« Er ließ seine Hände zu ihren Schultern hinaufgleiten, um sie ihr schließlich um den Hals zu legen. »Habt Ihr mich verstanden?« Die helle Wut hatte sich hörbar aufgelöst, doch der leise, samtweiche Klang seiner Stimme wirkte noch viel bedrohlicher.

»Eure Brüder haben mich gestern bezichtigt, Euch Gewalt angetan zu haben.« Seine Finger legten sich ein wenig fester um ihren Hals. »Es würde mir äußerst mißfallen, sollten sie recht behalten.« Er preßte seine Daumen leicht gegen ihre Kehle. »Habt Ihr mich richtig verstanden?«

Adrienne nickte heftig.

»Sehr gut.« Sandro gab sie frei, und Adrienne mußte ihre ganze Willenskraft aufbieten, um nicht auf dem Bett zusammenzubrechen.

»Und jetzt wünsche ich eine Erklärung, Madonna.«

Adrienne nahm die Seidendecke wieder auf, um sich damit zu verhüllen, und sie fühlte das Herz unter ihren Händen schlagen. Was soll ich ihm nur sagen? fragte sie sich verzweifelt. Die Wahrheit würde er ihr niemals glauben. Wie sollte er auch? Adrienne glaubte sie ja selbst kaum.

»Ich habe nichts Unehrenhaftes getan.« Aufs neue spürte sie den Anflug von Panik, als sie sich mit einer Stimme sprechen hörte, die ihr nicht gehörte. »Ich mußte nur eine Zeitlang allein sein.«

»Ihr mußtet eine Zeitlang allein sein.« Spöttisch äffte Sandro ihre Worte nach. »Und da habt Ihr mich einfach zum Gespött des ganzen Hofs gemacht und mich Euren Brüdern überlassen, denen der Schaum vorm Mund stand, als wären sie tollwütige Hunde.« Er schnaubte angewidert. »Ihr habt mich dem Urteilsspruch meines eigenen Vaters ausgesetzt, der verfügte, ich sei in meinen Räumen gefangenzuhalten, bis Madonna Isabella gesund und unversehrt zurückkehrte.«

Adrienne kämpfte gegen ihre eigene Angst an. Sie merkte, daß Alessandro nicht nur einfach böse war. Sein

Stolz war verletzt und seine Ehre beleidigt worden. Was dieses für einen Mann wie ihn bedeutete, begriff sie plötzlich sehr genau, wiewohl ihr unerfindlich war, woher sie das wissen wollte.

»Es tut mir leid«, sagte sie leise und war sich ihrer unzureichenden Entschuldigung durchaus bewußt. »Wäre ich dazu imstande, würde ich alles rückgängig machen. Das kann ich jedoch nicht.« Sie lächelte mit bebenden Lippen. »Wollt Ihr mir vergeben, Sandro?«

»Ich habe Euch schon einmal gesagt, daß mich niemand so nennt«, entgegnete er ärgerlich.

Ihr Lächeln wurde etwas mutiger. »Und ich habe Euch gesagt, daß ich es tun würde.«

Er starrte sie an. »Für Eure Unverschämtheit sollte ich Euch verdreschen.« Das hatte sich zwar furchtbar böse angehört, doch Sandro fing zu lachen an, sobald er ausgesprochen hatte. Dieses Lachen machte Adrienne noch mehr Mut, und sie lächelte strahlend. »Was ich indessen nicht tun werde«, schloß er.

Mit einem Finger strich er über ihre Schulter und an ihrem Arm hinab. »Es wäre ja auch eine Schande, eine Haut wie diese zu verunstalten.« Er spürte das heiße Verlangen in sich erwachen. Diesmal, dachte er, diesmal werde ich sie nehmen, und ihr hübsches Flehen wird mich nicht davon abhalten.

Er glitt vom Bett und stand auf. »Kommt. Ihr werdet Euch jetzt zeigen.«

Ohne die Seidendecke loszulassen, stand Adrienne ebenfalls auf. Als Sandro zur Tür ging, erschrak sie. Er verlangte doch nicht etwa, daß sie sich jetzt so zeigte, wie sie war? Doch, das verlangt er tatsächlich, dachte sie und erinnerte sich an das, was sie über die Sitten und Gebräuche dieser Zeit wußte, welche nicht ihre eigene war.

An der Tür blieb Sandro stehen und schaute über die Schulter hinter sich. Isabella stand noch immer so neben dem Bett, wie er sie zurückgelassen hatte.

»Darf ich mich bitte erst ankleiden?« fragte sie.

Sie treibt wieder ihr Spielchen, dachte er, und das macht sie hervorragend, bis hin zu der Furcht, die in ihren Augen steht und die sie so tapfer niederzuringen scheint. Er fragte sich, was ihn eigentlich so drängte, ihr glauben zu wollen und ihr jeden Wunsch zu erfüllen.

Er kehrte zu ihr zurück und stellte sich vor sie hin. »Nein, das dürft Ihr nicht.«

Adrienne wollte sofort zum Widerspruch ansetzen, doch Sandro brachte sie zum Schweigen, indem er seine Finger sanft auf ihre Lippen legte. Er schaute ihr in die Augen und bannte ihren Blick.

An die unbekümmerte Schamlosigkeit seines Zeitalters gewöhnt, fand er Isabellas Verhalten höchst merkwürdig. Ebenso merkwürdig fand er es, daß er selbst dieses Verhalten bedenkenlos akzeptierte.

Er zog ihr die Seidendecke aus den Händen und schlang sie um Isabellas Körper wie eine römische Toga, die nur eine Schulter freiließ. Als er damit fertig war, deutete er stumm befehlend mit dem Kinn zur Tür.

Seite an Seite schritten die beiden vorwärts. Zweimal schlug Sandro mit der Faust an die Tür und trat dann zurück. Als geöffnet wurde, sah er sich seinen zwei blonden, weichlich wirkenden Schwägern gegenüber.

»Isabella, carissima!« riefen die beiden jungen Männer gleichzeitig aus und wollten sofort herantreten, doch Sandros gebieterische Handbewegung ließ sie innehalten. »Ist dir etwas geschehen? Wo warst du? Hat dieser Mann dir irgend etwas Böses angetan?«

Obwohl Adrienne zumindest so züchtig bedeckt war, wie sie es auch in einem Gewand gewesen wäre, errötete sie vor Verlegenheit. »Mir geht es absolut gut.«

»Doch wo warst du denn nur, piccolina?« Der kleinere der beiden Brüder streckte die Hand nach ihr aus. »Und wie war es dir möglich, das Gemach zu verlassen, ohne daß dich jemand dabei gesehen hat?«

Der Mann, der gesprochen hatte, war Piero. An der dünnen weißen Narbe an seinem Kinn erkannte Adrienne ihn. Sie blickte ihm in die Augen und erschrak angesichts der Kälte, die sie dort sah.

»Dies hier ist nicht die einzige Tür«, bemerkte sie.

»Doch wo warst du?« fragte Piero beharrlich.

»Ich habe meinen Gemahl darüber informiert«, erklärte sie klar und deutlich. Pieros Hand übersah sie geflissentlich. »Er ist der einzige, der das wissen muß.«

Sandro beherrschte seine Überraschung über Isabellas Worte. Er streckte die offene Hand aus. »Den Schlüssel.«

»Wir . . .«

»Ich wiederhole mich nur ungern, Messere.«

Wütend schlug Piero Gennaro den Schlüssel in Sandros Hand.

»Grazie tante«, bedankte sich Sandro spöttisch. Er trat einen Schritt vor und tippte Piero mit dem Schlüsselbart auf die Schulter. »Sagt bitte meinem Herrn Vater, daß Donna Isabella gesund und unversehrt zurückgekehrt ist.« Mit einer lässig eleganten Bewegung schlug er die Tür zu und verschloß sie von innen.

Als er sich umdrehte, erkannte Adrienne, daß nun die Schonfrist, um die sie ihn gebeten hatte, abgelaufen war. Statt der Furcht, die sie noch vor wenigen Stunden gehabt hatte, mischten sich nun Spannung und Erregung in ihr.

»Und jetzt, Madonna, wird sich herausstellen, ob es ein schlechter Scherz war oder nicht, als ich mein Blut für Euch vergoß.« Schritt für Schritt trat er auf sie zu, bis sie nur noch eine Handbreit voneinander entfernt waren. »Beleidigt bitte keinen von uns beiden mit Eurem Flehen.«

Adrienne begriff, daß er sie jetzt nehmen würde. Instinktiv begriff sie auch, daß sie selbst geben mußte, bevor er nehmen konnte; nur so gab es für sie beide eine echte Chance.

Plötzlich war alles ganz einfach. Alessandro war nicht mehr der Fremde, der er noch vor wenigen Stunden gewesen war. Vielmehr war er das Schicksal, das sie sich freiwillig und ganz bewußt auserkoren hatte.

»Sandro.« Adrienne legte ihm eine Hand an die Brust.

»Wißt Ihr noch, was ich Euch gesagt habe, Isabella?«

Sie nickte und fühlte sein Herz unter ihrer Hand heftig schlagen.

»Dies ist also eine Aufforderung.«

Unbewußt streichelte sie liebkosend über seine Brust und lächelte. »Ja.«

5. KAPITEL

Adrienne blieb fast das Herz stehen, als sie sah, wie das Feuer in Sandros Augen aufloderte. Sie bekam es nun doch mit der Angst, und sie konnte es nicht verhindern, daß ihr ein Zittern durch den Körper lief. Sofort wollte sie ihre Hand fortziehen, doch Sandro legte seine darüber und hielt sie auf diese Weise fest.

»Wolltet Ihr Eure Aufforderung zurückziehen, Isabella?«

»Nein«, flüsterte sie kaum hörbar.

»Was also dann? Habt Ihr Bedenken?«

Sie wollte dem schwarzen Blick entkommen, der ihr bis in die Tiefen ihrer Seele zu dringen schien, doch statt dessen gewann ihr Stolz die Oberhand. »Ja«, gab sie zu.

Sandro fühlte, wie ihre Hand unter seiner zitterte. »Angst, Madonna?« Obgleich seine Stimme sanft blieb, zog er spöttisch die Augenbrauen hoch.

»Es ist keine Schande, sich zu fürchten.« Kämpferisch hob sie das Kinn. »Schändlich ist es nur, vor dem zu fliehen, was man fürchtet.« Sie machte eine kleine Pause und blickte ihm fest in die Augen. »Und ich habe nicht die Absicht, vor Euch zu fliehen, Messere.«

Seine Finger glitten hinunter und legten sich um Adriennes Handgelenk. »Allerdings seid Ihr schon einmal vor mir geflohen, Isabella.«

»Nicht vor Euch.«

Sandro blickte zu ihr hinunter. Seine eigene Gewaltbereitschaft, seine Eifersucht, die sich wie eine Degenspitze in sein Herz bohrte, entsetzte ihn selbst. Es war eine Eifersucht, die weit über den gesellschaftlich akzeptierten Widerwillen hinausging, die Ehegattin mit einem anderen Mann zu teilen. Dies hier war eine ganz persönliche, intensive Eifersucht.

»Wohin wart Ihr gegangen, Isabella?« Sein Griff um ihr Handgelenk verstärkte sich. »Sagt es mir!«

»Ich kann Euch nicht mehr sagen, als ich Euch bereits gesagt habe.« Sie holte tief Luft. »Es gibt nichts mehr zu sagen.«

»Euch ist doch bekannt, was mit untreuen Ehegemahlinnen geschieht, nicht wahr, Madonna?«

Noch fester umklammerten seine Finger ihr Handgelenk, und Adrienne unterdrückte einen Schmerzensschrei. Plötzlich verwandelte sich das Feuer in ihren Augen in Eis.

»Das Schwert des Henkers ist immer scharf geschliffen«, flüsterte er. »Daran solltet Ihr stets denken.«

Am liebsten hätte Adrienne vor seiner kalten Wut tatsächlich die Flucht ergriffen. Sie beherrschte sich indessen mit großer Mühe und blickte bedeutungsvoll auf seine Finger, die noch immer fest wie ein Schraubstock um ihr Handgelenk lagen. »Ihr tut mir weh.«

Sofort lockerte er seinen Griff, ohne sie indessen freizugeben.

»Es besteht keinerlei Grund, mir zu drohen«, stellte sie fest. »Ich habe nicht gelogen, als ich Euch schwor, Euch eine treue Ehegemahlin zu sein.«

Er lachte rauh auf. »Das wäre das erste Mal, daß ein Sproß der Familie Gennaro nicht lügt und betrügt.«

Die Spur eines Lächelns zog über Adriennes Lippen. »Eines Tages werdet Ihr mich für Eure Worte um Vergebung bitten.«

»Seid Ihr wirklich so mutig, Madonna, oder seid Ihr nur so

unverschämt?« Sandro betrachtete sie mit einem finster abwägenden Blick.

»Ich wünsche Euch ein langes, gesundes Leben, damit Ihr genug Zeit habt, die Antwort auf Eure Frage selbst zu finden.« Adrienne senkte die Lider, weil sie befürchtete, er würde sonst alle Gefühle und Empfindungen lesen können, die sich bestimmt in ihren Augen spiegelten.

Wenn er doch nur ahnte, wie sehr sie ihm das lange, gesunde Leben tatsächlich wünschte und wie sehr sie sich selbst wünschte, ihm diese vielen Jahre schenken zu können!

Sandro zog die Brauen zusammen. Er hatte einen gewissen Unterton aus ihrer Stimme herausgehört, so als enthielten ihre Worte einen doppelten Sinn. Eine unbestimmte Ahnung erfaßte ihn, verschwand jedoch wieder, bevor er sie genauer zu bestimmen vermochte.

Er legte einen Finger unter Isabellas Kinn und hob es an, denn er mußte ihr unbedingt wieder in die Augen schauen. Doch in den goldbraunen Tiefen entdeckte er kein Geheimnis, keine Täuschung, sondern nur ein Lächeln, dem er widersinnigerweise glauben wollte.

»Ich kann mir beim besten Willen keinen Reim auf Euch machen, Isabella.« Er schüttelte den Kopf; Frauen, die ihm Rätsel aufgaben, waren für ihn eine neue Erfahrung.

»Ihr habt ein Leben lang Zeit dazu.«

Er strich mit der Hand an ihrem Arm hinauf und wieder hinunter. Isabellas sanfte Stimme umschwebte ihn so verlokkend wie ein Windhauch in einem Sommergarten. Der Zorn von eben war schon halb vergessen, als Sandro Isabellas Hand hob und sie sich an die Lippen führte, um einen Kuß in ihre Innenfläche zu drücken. Dabei sah er die Druckstellen an ihrem Handgelenk, die schon dunkel zu werden begannen.

Sein Magen zog sich zusammen. Noch niemals zuvor hatte Alessandro Blutergüsse auf der Haut einer Frau verursacht, außer vielleicht in den Turbulenzen der Leidenschaft. Er hatte stets Freuden von den Frauen empfangen, und er hatte auch Freuden gegeben. Wie war es da nur möglich, daß er die Haut seiner Gattin gezeichnet hatte, bevor die Ehe noch richtig begann?

Wieder stieg der kalte Zorn in ihm hoch, Zorn auf sich selbst, weil er die in ihm wohnende Gewaltbereitschaft nicht beherrscht hatte, und Zorn auf Isabella, weil sie ihn so weit getrieben hatte.

Adrienne sah ihm an den Augen an, mit welcher Heftigkeit seine Empfindungen widerstritten, und die Furcht, die in ihr immer noch wach gewesen war, erstarb. Statt ihrer durchströmte sie wieder dieses grenzenlose Gefühl, das sie übermannt hatte, als sie vorhin Sandro im Schlaf betrachtete. Es verlieh ihr den Mut, ihre andere Hand zu heben und mit den Fingerspitzen sein Gesicht zu berühren.

Dies schien eigentlich eine vollkommen ungekünstelte aufrichtige Geste zu sein, doch die Vernunft sagte ihm, daß es sich um nichts weiter als um eine geschickte Verführung handelte. Trotzdem merkte Sandro, daß sein Zorn verflog. Ohne den Blick von Isabellas Augen zu wenden, begann er jetzt selbst mit dem Spiel der Verführung.

Er faßte ihre Finger, führte sie sich an die Lippen und strich sich mit ihren Fingerspitzen, die schwach nach Rosen dufteten, ein- oder zweimal über die Lippen. Er sah, wie sich Isabellas Augen weiteten.

Diese Reaktion und die weiche Haut der Fingerspitzen an seinen Lippen ließ seinen Körper so schnell, so machtvoll zum Leben erwachen, daß der Wunsch in ihm beinahe unbezähmbar wurde, Isabella hier und jetzt und ohne weiteres Vorspiel zu nehmen.

Er gab ihre Hände frei und löste mit einem Finger die purpurfarbene Seidendecke, die noch immer um ihren Körper herum festgesteckt war. Raschelnd glitt der Stoff zu Boden. Für einen Moment ließ Sandro den Blick über ihren Körper gleiten und genoß es, ihre goldene Haut und ihre sanften Rundungen zu betrachten. Dann legte er die Hände um ihre Taille und hob sich Isabella entgegen.

Wie seine Lippen ihre Fingerspitzen liebkost hatten, war so erregend für Adrienne gewesen, daß sie sich jetzt nicht widersetzte, als er den verhüllenden Seidenstoff fortfegte. Sandros feuriger Blick schien ihre Haut in Flammen zu setzen, und bevor Adrienne wußte, wie ihr geschah, legte er schon die Hände um sie und hob sie sich entgegen. Als sie sein erregtes Fleisch zwischen ihren Schenkeln fühlte, schrie sie vor Erstaunen leise auf, und ein Anflug von Furcht mischte sich mit den Empfindungen ihres eigenen Körpers.

Sandro war so von seinem Verlangen erfüllt, daß er nichts weiter hörte als das Rauschen seines eigenen Blutes. Isabellas leiser Ausruf war ihm dennoch nicht entgangen. Schon ließ er die Hände über ihren Rücken gleiten, um sie sich dichter an seinen Körper heranzuheben, als ihn die Erkenntnis traf, daß es nicht allein die körperliche Befriedigung war, die er suchte. Aus irgendeinem ihm vollkommen unverständlichen Grund wollte er mehr von dieser Frau; sie sollte nicht nur der fruchtbare Boden für seinen Samen sein.

»Legt Eure Beine um meine Mitte«, befahl er mit heiserer Stimme.

»Was tut Ihr?« fragte sie leise, gehorchte ihm indessen.

Sandro ließ die Hände zu ihren Hüften hinuntergleiten. »Ich bringe Euch jetzt ins Bett.« Er bewegte sich mit ihr durch das Gemach.

Als er sich auf der weichen Matratze niederließ, fühlte Adrienne seinen erregten Körper unter sich, und ihr Inneres reagierte darauf mit einem merkwürdigen Kribbeln. Da sie diese Empfindung noch einmal spüren wollte, bewegte sie sich ein wenig über ihm und wurde prompt dafür belohnt.

»Ich begehre dich.« Er strich mit den Händen höher, bis seine Fingerspitzen die weiche Rundung ihrer Brust berührten. Es ist mehr als Begehren, erkannte er. Schon früher hatte er Frauen begehrt, doch so wie jetzt hatte er noch niemals empfunden. Dies hier war ein lebenswichtiges Bedürfnis, eine so reine Notwendigkeit wie das Bedürfnis nach Atemluft und Trinkwasser. Wie habe ich nur bis heute ohne diese Frau leben können? fragte er sich.

Sobald sich diese Frage in seinem Geist geformt hatte, verwarf er sie auch schon wieder. Er konnte es sich nicht leisten, ein so dringendes Bedürfnis nach ihr zu haben, denn das würde bedeuten, daß er sich ihrer Macht auslieferte. Und dies wiederum wäre dasselbe, als kehrte er in einer finsteren Gasse seinem Feind den Rücken zu.

Sandro wollte Abstand zu ihr gewinnen, doch sie zog ihn unausweichlich zu sich heran, obwohl sie sich überhaupt nicht bewegte. Als sein Mund über ihren glitt, öffnete sie einladend die Lippen. Er drang mit der Zunge ein und war verloren. Isabella schmeckte wie eine unbekannte süße und verbotene Frucht, und er wurde gierig nach ihr.

Adrienne kämpfte gegen den Zauber an, den Sandros Finger auf ihrer Haut wirkten. Der noch intakte Teil ihres Verstandes mahnte sie, nicht zu vergessen, daß sie nicht Isabella de Montefiore war, sondern Adrienne de Beaufort, die ein eigenes Leben in einer anderen Zeit, an einem anderen Ort besaß. Von Panik erfüllt, fragte sie sich, was sie eigentlich hier in diesem Netz aus übernatürlichen Täuschungen tat.

In diesem Moment drang Sandros Zunge in ihren Mund ein und nahm Adrienne in Besitz, als wäre ihr Körper mit seinem bereits vereinigt. Er erfüllte sie mit seinem Geschmack, und sie erinnerte sich daran, daß sie diesen Mann auserkoren hatte, ihr Schicksal zu sein. Und sich selbst hatte sie dazu bestimmt, seines zu sein.

Mit einem Seufzer gab sie sich seinem Kuß hin. Sie fühlte, wie Sandro seine Hände an ihrem Rücken hinaufgleiten ließ und sie dichter zu sich heranzog, bis sich ihr und sein Körper aneinanderpreßten.

Er sog ihre Zunge in seinen Mund und reizte sie so lange, bis Adrienne sie gegen seine bewegte. Das Blut rauschte heiß durch ihre Adern, und sie legte ihre Hände fest um Sandros schmale Hüften.

Mit einer geschmeidigen Bewegung legte er sich mit ihr zusammen so aufs Bett, daß ihr und sein Gesicht einander zugekehrt waren. Sein Körper lechzte danach, sich mit ihrem zu vereinigen, doch Sandro löste sich von ihr. Er betrachtete sie, wie sie mit geschlossenen Augen und vor Erregung erhitzter Haut vor ihm lag.

»Schaut mich an, Isabella.«

Adrienne öffnete die Augen. Sie sah, daß Sandro sie beobachtete. Seine schwarzen Brauen waren zusammengezogen, und seine Lippen bildeten nur noch eine schmale Linie. Hätte sie, Adrienne, mehr von männlicher Leidenschaft verstanden, würde sie sich jetzt möglicherweise gefürchtet haben. Da sie jedoch recht ahnungslos war, berührte sie wieder sanft sein Gesicht, um ihm irgendwie die Empfindungen zu zeigen, die sie durchströmten.

Er fing ihre Hand ein. »Ihr sollt mich nicht berühren.«

Sie erschrak über seinen schroffen Ton. »Niemals?«

»Seid Ihr tatsächlich so naiv, Isabella? Oder seid Ihr eine so vollendete Schauspielerin?«

Verständnislos schüttelte sie den Kopf.

»Merkt Ihr denn nicht, daß ich am Ende meiner Geduld bin?« Sein tiefer Atemzug hörte sich eher wie ein Seufzer an. »Wenn Ihr mich jetzt berührt, nehme ich Euch ohne Rücksicht auf Eure eigene Freude.«

Freude? Adrienne erinnerte sich schwach an etwas, das ihre Mutter zu ihrer älteren Schwester Antoinette an deren Hochzeitsabend gesagt hatte. Das war freilich schon so lange her, und sie, Adrienne, war damals noch ein kleines Kind gewesen. Auf jeden Fall war von Pflichterfüllung und Schmerz die Rede gewesen und nicht von Freude.

Dennoch bezweifelte sie nicht, daß es keine größere Freude geben konnte, als Sandros Mund an ihren Lippen und seine Haut an ihrer zu fühlen. Gern hätte sie ihm das gesagt, doch sie schwieg.

Als er dann begann, sie zu liebkosen, begriff sie, was er gemeint hatte. Sie ahnte, daß alles was sie bisher empfunden hatte, nur die Vorboten der wirklichen Freude waren.

Sandro zeichnete ihre Lippen mit einem Finger nach, und als Adrienne sie öffnete, tauchte er den Finger in ihren Mund und berührte ihre Zunge. Dabei beließ er es indessen nicht. Er strich mit dem feuchten Finger zu ihrer Halsgrube hinunter, wo ihr Puls einen rasenden Trommelwirbel schlug. Weiter wanderte der Finger zu ihrer linken Brust, wo ihr weiches Fleisch unter dem heftigen Pochen ihres Herzens erzitterte. Schließlich neigte er den Kopf, um zu kosten.

Sie bog sich zu ihm hoch, und langsam verließ ihn seine Beherrschung. Während sein Mund an ihrer Brust blieb, strich seine Hand tiefer hinab. Er erforschte die weichen Kurven und entdeckte immer neue Stellen zum Reizen und Erregen. Als er die Finger durch die weichen Löckchen zwischen Adriennes Schenkeln schob, spreizte sie die Beine so, wie eine belagerte Festung ihre Tore vor dem Eroberer öffnete.

Statt jedoch seinen Beutezug zu der Stelle fortzusetzen, die sie ihm anbot, führte er die Hand weiter an der blütenzarten Haut der Innenseite ihrer Schenkel hinab und wieder hinauf. Erst als sich Adrienne seiner Hand entgegendrängte, ließ er die Finger zwischen die weichen Falten gleiten, die ihr letztes Geheimnis beschützten.

Er hob den Kopf, beobachtete seine eigenen liebkosenden Finger, und die Flammen seines Verlangens loderten höher.

»Seht mich an, Isabella«, flüsterte er heiser und wartete, bis sie die Lider hob. Die Erregung verschleierte ihren Blick. »Sagt mir, was Ihr jetzt wollt.«

»Ich weiß nicht«, murmelte sie trunken, derweil sich ihre Hüften wie von selbst weiter zu ihm heranbewegten.

Sandro beobachtete, wie sich ihre Hüften ihm entgegenwanden, und zum tausendsten Mal fragte er sich, ob Isabella mit ihm nur ihr Spiel trieb. Hatte sie zuvor schon einmal so wie jetzt bei einem Mann gelegen? Hatte sie einen anderen Mann schon einmal mit dieser Mischung aus Verschämtheit und Hingabe in den Strudel des Begehrens getrieben?

Die Vorstellung, daß sie sich so wie jetzt einem anderen geöffnet hatte, reichte aus, um die Wildheit in ihm anzustacheln und die Flammen des Begehrens immer höher lodern zu lassen. Ohne die Hand von ihr zu nehmen, richtete er sich neben Isabella auf den Knien auf.

Als sich Sandro neben ihr auf die Knie erhob, wurde Adrienne für einen Augenblick durch seine Anmut und das Spiel der Sehnen und Muskeln unter seiner bronzenen Haut abgelenkt von der Glut, die ihr Inneres erhitzte. Gleich darauf jedoch flutete der heiße Lavastrom wieder durch ihr Blut und schien sich dort zu sammeln, wo Sandros Hand lag.

Adrienne sah die Empfindungen, die sich auf seinem Antlitz so deutlich zeigten; sie erkannte den Zorn und den Argwohn, und sie wußte, daß er bei Isabella di Montefiore durchaus allen Grund für solche Gefühle hatte – bei der anderen Isabella, doch nicht bei ihr!

Weil sie ihm die Wahrheit nicht sagen konnte, versuchte sie, sie ihm auf irgendeine Weise zu zeigen. Sie hob eine Hand und ließ sie an seinem muskulösen Schenkel entlanggleiten. Als sie seinen scharfen Atemzug hörte, schaute sie ihm erschrocken ins Gesicht.

»Ich habe gesagt, Ihr sollt mich nicht berühren.«

»Ich muß Euch doch berühren, Sandro.« Ihre Hand bewegte sich weiter. »Ich muß Euch doch zeigen, daß . . .«

»Was?« Er legte seine Hand über ihre. »Was müßt Ihr mir zeigen?«

Es gab so vieles, das sie ihm hätte sagen wollen, Dinge, die sie selbst noch nicht genau zu benennen wußte, Dinge, die sie niemals würde laut aussprechen können. Hilflos schüttelte sie den Kopf. »Daß ich Euch gehöre.«

Sie spannte die Bauchmuskeln an, setzte sich auf und streckte ihm die Arme entgegen. Durch diese Bewegung gelangte sie etwas näher an ihn heran, und sie schrie leise auf, als seine Finger dabei unbeabsichtigt über ihre feuchtheiße, weiblichste Körperstelle glitten.

Sandro merkte, daß sich der jämmerliche Rest seiner Zurückhaltung auflöste wie ein durchgescheuertes Tau. Er drückte Isabella auf das Polster zurück und drang mit der Zunge in ihren Mund, als würde er in ihren Körper eindringen. Er legte sich über sie. Die feuchte Hitze, die ihn erwartete, wollte ihn dazu verleiten, sich buchstäblich in sie hineinzustürzen. Doch wenngleich ihn das weißglühende Begehren vorantrieb, hielt er noch inne.

»Schaut mich an, Isabella«, flüsterte er mit heiser klingender Stimme. »Ich will Eure Augen sehen, wenn ich Euch zum erstenmal nehme.«

Als sie die Lider hob, drang er so weit in sie ein, bis er an die Barriere ihrer Jungfräulichkeit stieß. Unbeschreibliche Freude und rein männlicher Stolz durchströmten ihn, und er nahm Isabellas Gesicht zwischen die Hände. »Jetzt seid Ihr mein, Isabella. Mein!«

Er zog sich zurück, kniete sich zwischen ihre Beine, schob die Hände unter sie und hob sie an, so daß sie durch seine Oberschenkel gestützt wurde. Während er sie mit den Fingern liebkoste, vereinigte er seinen Körper wieder mit ihrem.

Als sie fühlte, wie er aufs neue in sie glitt, spannte sich Adrienne an, doch das Spiel seiner Finger wirkte wie Magie auf sie, und selbst der kurze, scharfe Schmerz, als er die Schranke durchstieß, war schnell vergessen, sobald die glutvolle Freude sie ergriff.

Eine kleine Weile hielt Sandro in ihr ganz still, und dann begann er, sich zu regen. Obwohl ihn das Verlangen trieb, bewegte er sich langsam und sanft. Wahrscheinlich hätte er es niemals eingestanden, doch er wollte nicht allein auf diese Reise gehen.

Adrienne fühlte eine ihr bisher vollkommen unbekannte, wunderbare Freude in sich erblühen, während Sandro sie liebkoste, eine Freude, die sie sich selbst im Traum nicht hätte vorstellen können.

Und dann änderte sich etwas. Was eben noch so hell, so unbeschwert gewesen war, wurde mit einem Mal dunkel und wild. Übergangslos und ohne jede Vorwarnung fand sie sich in einem wirbelnden Strudel wieder, den sie nicht aufzuhalten vermochte. Adrienne versank in einem Flammenmeer, das sie zu verzehren drohte.

»Sandro...« Bebend flüsterte sie seinen Namen. Plötzlich stellte er für sie das einzige vertraute Wesen in einem völlig neuen Universum dar, und sie klammerte sich an ihn, um nicht davongetragen zu werden.

Er fühlte, wie sie sich fest um ihn schloß, und im selben Moment flüsterte sie seinen Namen. Sandro wollte sich selbst das Geschenk machen, sie beim Erreichen ihres Höhepunkts zu beobachten, und deshalb versuchte er, die eigene Erfüllung noch hinauszuzögern. Doch als sich Isabella ekstatisch aufbäumte, vermochte er sich nicht länger zurückzuhalten. Mit einem Triumphschrei, der zugleich seine Kapitulation bestätigte, fand er in ihr die Erlösung.

Weil er jetzt unbedingt ihre Haut an seiner eigenen fühlen mußte, beugte er sich hinunter, schob die Arme unter sie und hob sich Isabella entgegen, so daß sie sich nun an seine Brust schmiegte. Er barg das Gesicht in ihrem Haar, das nach Jasmin und Rosen duftete.

Obschon er doch glücklich befriedigt war, merkte er, daß er sie sofort wieder begehrte. Natürlich war sein überwältigender Heißhunger gestillt, und jetzt wollte Sandro sie nur noch Stunde um Stunde lieben, bis sie beide trunken vor Freude und Erfüllung waren.

Dennoch versagte er sich diesen Wunsch zunächst. Er wollte kein neues Liebesspiel beginnen, solange er sie noch so heiß begehrte. Es war erforderlich, daß er der Versuchung ihres Körpers widerstand; damit wollte er sich selbst beweisen, daß Isabella nicht innerhalb einer einzigen Stunde lebensnotwendig für ihn geworden war. Er mußte sich klarmachen, daß er durchaus imstande war, auf die Freuden zu verzichten, die sie ihm so willig bot.

Niemals hätte er zugegeben, daß er sie nur deshalb nicht gleich wieder lieben mochte, weil er sie nicht so grob behandeln und ihr womöglich weh tun wollte. Ebenso hätte er geleugnet, daß er sie in den Armen wiegen und sie in ihrem Schlaf der Erschöpfung anschauen wollte.

Von Sandros Armen umschlungen, ruhte Adrienne an seiner Schulter. Ihr Körper schien vollkommen erschlafft zu sein, und dennoch durchströmte sie eine solche Energie, daß sie sich stärker als je zuvor fühlte. Alle ihre Sinne waren so geschärft, daß die Eindrücke sie zu überschwemmen drohten.

Sie nahm den Geruch seiner Haut und den der erschöpften Leidenschaft wahr. Sandros Hände an ihrem Rücken übertrugen die Schwingungen seines heftig pochenden Herzens. Adrienne strich sich mit der Zunge über die Lippen und wußte, daß es sein Geschmack war, den sie darauf noch immer zu kosten vermochte. Träge und langsam durchzog neues Begehren ihr Inneres.

Sie bog den Kopf in den Nacken, um Sandro anschauen zu können. »Wird es immer so sein?«

Alessandro hatte sich selbst kühle Gelassenheit und Abstand verordnet, doch sein Vorsatz löste sich auf wie Nebel in der Sonne, als er Isabellas verträumtem Blick begegnete. Ehe er sich davor zurückhalten konnte, ließ er die Hände schon über ihren Rücken hinab zu ihren schlanken Hüften gleiten.

»Ich weiß nicht«, antwortete er leise lächelnd und streifte ihre Schläfe mit seinen Lippen. »Wir werden es wohl ausprobieren müssen.« Allein der Gedanke an ein erneutes Liebesspiel versetzte seinen Körper bereits jetzt in erregte Bereitschaft.

»Jetzt?«

»Später.«

Adrienne lachte leise. »Jetzt.« Voller Wollust erinnerte sie sich an die erlebten Freuden. Niemals zuvor hatte sie auch nur einen Kuß genossen, und jetzt wollte sie, daß dieser schöne, gefährliche Mann sie wieder und wieder liebte; wie kam es nur, daß sie so lüstern geworden war?

Ich bin eben nicht mehr Adrienne, sagte sie sich. Ich bin jetzt Isabella. Oder etwa doch nicht?

Sie fühlte die Bewegungen seines Körpers in ihrem, und alle Fragen verwehten. Adrienne drängte sich Sandro auffordernd entgegen, mußte jedoch feststellen, daß ihr zarter Körper dagegen protestierte. Sie zuckte zurück.

»Später.« Sandro merkte, wie er langsam wieder die Beherrschung verlor. Er faßte Isabellas Hüften und hielt sie still.

Behutsam hob er Isabella von sich fort und legte sie auf die Matratze zurück, so wie man es mit einem kleinen Kind tun würde. Sein Verlangen ließ sich freilich nicht so einfach zurückdrängen, und so wandte er sich vorsichtshalber sofort ab.

Als er nach einem Leinentuch griff, bemerkte er den dunkelroten Streifen an seinem noch immer erregten Körper. Für andere Personen wäre dies ein ziemlich dürftiger Beweis für Isabellas Jungfräulichkeit, dachte er. Deshalb pflegten Männer ihre Braut auch immer wie die Barbaren zu nehmen, um sicherzustellen, daß sich danach ja genügend Blut auf den Bettüchern fand. Ihm selbst reichte das Wissen, daß Isabella unberührt in sein Bett gekommen war, vollkommen.

Weil er ihr im Augenblick noch immer zu nahe war, stand er auf und ging zu der Tafel, auf der die Speisen und Getränke aufgebaut waren. Mit der Hüfte lehnte er sich gegen die Tischkante, holte sich eine Birne aus einer der Obstschalen und biß in die saftige Frucht. Er nahm sich vor, nicht zu Isabella zu schauen, doch seine Augen ließen sich nichts befehlen, und so blickte er doch zu ihr hin.

Sie lag zusammengerollt auf der Seite, und ihr hüftlanges goldenes Haar breitete sich über ihren Körper wie ein schimmerndes dünnes Bettuch. Sie bewegte sich nicht im geringsten, doch Sandro wußte genau, daß sie weinte. Weshalb er sich dessen so sicher war und woran er das erkannte, vermochte er sich nicht zu erklären.

Die Tränen, welche Frauen anscheinend so leicht vergossen, hatten ihn bisher noch nie beeindruckt, doch jetzt spürte er das Bedürfnis, Isabellas Tränen zu stillen. Er warf die halb aufgegessene Birne fort und nahm die Schale mit dem »confetti« auf, den kandierten Mandeln, die bei jeder Hochzeit traditionell unerläßliche Süßigkeit. Weil es ihm gerade so in den Sinn kam, brach er noch die Figur einer Nymphe aus der kunstvollen Marzipanskulptur heraus, die den Speisentisch zierte.

Seine Absicht, Distanz zu wahren, war vergessen, und so kehrte er zum Bett zurück.

Adrienne fühlte, wie Sandro ihr das Haar zur Seite strich, doch sie sträubte sich, als er sie zu sich herumdrehen wollte. Sie barg das Gesicht noch tiefer in dem weichen Kopfkissen und bemühte sich angestrengt, ihre Tränen durch reine Willenskraft zurückzudrängen.

Hat Isabella auch geweint? fragte sie sich, während neue Tränen in das Kissen rannen. Hat sich Isabella auch so beraubt und im Stich gelassen gefühlt, nachdem er sich zurückgezogen hatte und sie allein im Bett lag, in dem noch der Geruch der Leidenschaft hing? Hatte sich Isabella auch vergebens gegen ihre Tränen gewehrt?

»Nicht weinen.« Er hob ihr schweres Haar fort und küßte sie hinter das Ohr. Auch hier nahm er den schwachen Rosenduft wahr, und Sandro vergaß, daß er doch eigentlich nur trösten wollte. Er ließ seine Lippen zu ihrer Schulter gleiten.

Schon verlor er sich in dem Geschmack und dem Duft ihrer Haut, als ihn ein kleines Geräusch, das sie machte, daran erinnerte, daß er sie doch gar nicht hatte berühren wollen – und weshalb nicht. Sofort richtete er sich auf. Er ärgerte sich über sich selbst und auch über sie, weil sie imstande war, ihn allein durch ihre Existenz zu verführen.

»Ich hätte Euch nicht für eine Frau gehalten, die so leicht weint«, bemerkte er.

Adrienne hörte Sandros Stimme die Herausforderung und auch die Gereiztheit an. Mit den Händen wischte sie die Tränen fort und drehte sich auf den Rücken, um ihn anzuschauen.

»Ihr habt recht.« Ihre Stimme klang fest, wenn auch noch ein wenig verweint. »Ich pflege nicht so leicht in Tränen auszubrechen.« Ihr erschien es plötzlich überaus wichtig, daß er das wußte.

»Weshalb habt Ihr jetzt geweint?« Er stützte einen Ellbogen auf sein Knie und wartete auf ein Achselzucken, ein Lächeln, irgendeine nichtssagende Erklärung. Isabella hingegen blickte ihm sehr ernst in die Augen.

Wie konnte Adrienne Sandro nahebringen, daß sie sanft umarmt werden wollte? »Weil ich mir so gewünscht hatte, Ihr würdet mich in den Armen halten – hinterher.« Sie vergrub die Finger in der Bettdecke, um sich davor zu bewahren, jetzt die Hand nach ihm auszustrecken.

»Weshalb habt Ihr mich nicht darum gebeten?«

»Hättet Ihr mir meinen Wunsch erfüllt?«

Sandro dachte nach. »Nein«, antwortete er dann aufrichtig und schüttelte den Kopf. Als sie sich daraufhin abwandte, faßte er ihr Kinn und drehte ihr Gesicht zu sich zurück. »Wenn ich Euch umarmt hätte, würde ich Euch auch wieder geliebt haben.«

Adrienne lächelte. »Ist das wahr?«

»Weshalb sollte ich lügen, wenn ich zugebe, daß ich Euch nicht hätte widerstehen können?« Er ließ sie los und wandte sich schmollend ab.

Adrienne setzte sich auf und streckte die Hand nach ihm aus. Im letzten Moment erinnerte sie sich wieder an seine Warnung, ihn nicht zu berühren, und sie ließ die Hand sinken. »Und das macht Euch zornig?«

»Ja, zum Teufel.« Er fuhr wieder zu ihr herum und starrte sie mit zornigen Augen ärgerlich an. Er hatte schon genug Männer gesehen, die so in eine Frau vernarrt waren, daß sie ihre eigene Rückendeckung vergaßen. »Ihr seid meine Feindin.«

»Ich bin Eure Gemahlin.«

»Und wie lange wird es dauern, bis mich meine Gemahlin«, das letzte Wort betonte er verächtlich, »an ihre Brüder verkauft? Oder an sonst jemanden, der möglicherweise einen höheren Preis bietet?«

Diese Rede traf sie wie ein Peitschenhieb. Sandro hatte also die Gefahr gekannt, und trotzdem war er in die Falle gegangen! Adrienne, die ihm nichts Böses wollte, konnte nur hoffen, daß sie das Unheil von ihm abzuwenden vermochte.

»Könnt Ihr nicht vergessen, daß ich von Geburt eine Gennaro bin?« fragte sie leise. »Könnt Ihr mich nicht so nehmen, wie ich bin? So wie Ihr mich vorfindet?«

»Wie ich Euch vorfinde?« Er wickelte sich eine Strähne ihres Haars um die Hand. »Ihr seid Delila, die verführerische Philisterin, die in Ruhe abwartet, um dann Simson das Haar abzuschneiden.« Er ließ ihre Strähne los und faßte Isabella um den Nacken. »Ihr seid Judith, die Holofernes nach einer Liebesnacht den Kopf abschlägt.« Gerade weil er Isabella eigentlich liebkosend streicheln wollte, verstärkte er seinen Griff um ihren Hals.

Sein Handballen drückte sich gegen ihre Kehle, doch Adrienne wich nicht zurück. »Ist das alles, was Ihr vorfindet, Sandro?« Sie legte ihre Hände gegen seine Brust. »Wirklich alles?«

Er öffnete den Mund, um ihr zu sagen, sie solle ihre Hände fortnehmen, statt dessen jedoch lockerte er seinen Griff.

»Geht das Risiko ein, und urteilt nach dem Grundsatz, ›im Zweifel für den Angeklagten‹. Ihr seid doch ein mutiger Mann, Sandro.«

»Mutig, doch nicht töricht, Madonna. Mein Leben ist mir zu viel wert, um es für Eure Loyalität zu verpfänden.«

Sie nickte; im Augenblick war sie bereit, sein Mißtrauen zu akzeptieren. »Ich werde beweisen, daß Ihr mir vertrauen könnt. Ich kann warten.« Sie lächelte. »Seid Ihr fürs erste mit einem Waffenstillstand einverstanden?«

Sandro blickte sie lange schweigend an. Ich bin ein Narr, hielt er sich vor. Hinter ihren sanften, unschuldigen Augen verbergen sich ohne Zweifel Falschheit und Tücke. Dennoch wollte er zu seiner eigenen Verblüffung nur zu gern an Isabellas Unschuld glauben. Es konnte wohl kaum Schaden anrichten, wenn er sich für eine Stunde, für einen Tag an diesem heuchlerischen Spiel beteiligte.

Er griff nach den Süßigkeiten und hielt ihr ein Stück von der Marzipanfigur an die Lippen. »Waffenstillstand also. Ich habe Euch sogar eine Friedensgabe mitgebracht.«

Adrienne biß ein Stückchen von dem Marzipan ab und beobachtete dann fasziniert, wie er das angebissene Ende an seinen Lippen entlangführte. Als er sich schließlich das Marzipan aufreizend langsam in den Mund schob, verwandelte sich ihr Blut wieder in flüssiges Feuer.

»Werdet Ihr mich jetzt umarmen?« flüsterte sie heiser.

»Ihr spielt mit dem Feuer, Isabella.«

»Ja«, sagte sie und streckte ihm die Arme entgegen.

6. KAPITEL

Von irgendwoher kam leises Stimmengewirr. Adrienne bewegte sich ein wenig. Noch im Halbschlaf, rekelte sie sich und fühlte das leise Ziehen in Muskeln, von denen sie gar nicht gewußt hatte, daß sie sie überhaupt besaß. Sie drehte sich auf die Seite und vergrub das Gesicht im Kopfkissen; sie wollte noch ein wenig länger schlafen.

In diesem herrlichen, schwebenden Zustand zwischen Schlafen und Wachen erinnerte sie sich, daß sie einen so merkwürdigen Traum gehabt hatte. Merkwürdig, doch wunderbar und so verwickelt wie ein orientalisches Märchen war dieser Traum gewesen und so lebhaft, daß es immer noch in ihrem ganzen Körper kribbelte.

»Sagt Piero, daß wir kommen.«

Sie hörte die Stimme, die jedoch aus so weiter Ferne zu

kommen schien, daß Adrienne die Worte nicht zu verstehen vermochte. Gehörte diese Stimme noch zu ihrem Traum? Immer mehr Einzelheiten dieses Traums kehrten jetzt in ihr Gedächtnis zurück – Bilder, Gerüche, Geschmäcke.

Wieder rekelte sie sich, wieder protestierte ihr Körper dagegen, und Adrienne lächelte in ihr Kopfkissen. Sie hatte den Eindruck, als hätte sie diesen Traum tatsächlich gelebt und nicht nur im Schlaf gesehen.

»Aufwachen, Isabella! Wir verspäten uns.«

Ihr letzter Gedankengang traf mit den Worten zusammen, die sie jetzt deutlich verstehen konnte. Einen Wimpernschlag später war Adrienne hellwach und entsann sich an das, was geschehen war.

Nein, das war nicht die richtige Formulierung – was sie getan hatte, mußte es heißen. Sie hatte sich in voller Absicht in ein übernatürliches Abenteuer gestürzt, das sie das Leben kosten konnte.

Die Panik sprang sie mit solcher Macht an, daß ihr förmlich die Luft wegblieb. Wo bin ich? Wer bin ich? fragte sie sich. Sie fühlte sich wie eine Marionette, die aus Teilen zusammengesetzt war, welche nicht zueinander paßten, und deren Fäden in alle möglichen Richtungen gezerrt wurden.

Genauso plötzlich, wie die Panik gekommen war, so verschwand sie auch wieder, und an ihre Stelle trat die heiße, süße Erinnerung an die vergangenen Stunden.

Sandro hatte sie wieder und immer wieder geliebt, bis all ihre Sinne am Ende nur noch von ihm erfüllt waren, bis sie in einem Freudenrausch versank.

Er hatte ihr gesagt, daß er sie begehrte. Er hatte es ihr nicht nur mit seinem Körper, sondern auch mit Worten gesagt. Er hatte ihr Früchte und süße Mandeln zu essen gegeben und sie mit einer Zärtlichkeit in seinen Armen gewiegt, die seine gefährlichen Augen Lügen strafte.

Obwohl ihre Panik jetzt verflogen war, pochte ihr Herz noch immer heftig, und Adrienne preßte sich die Hand gegen die Brust, als könnte sie es auf diese Weise beruhigen.

Wessen Herz war es eigentlich? Adriennes? Isabellas? Wessen Verstand war es, in dem sich die zahllosen unbeantworteten Fragen im Kreis drehten? Stand ihr, Adrienne, Isabellas schreckliches Schicksal bevor? Oder würde es ihr gelingen, ein neues Schicksal für sich selbst zu erschaffen?

An dem letzten Gedanken hielt sie sich fest, denn er führte sie zu einem Gefühl der Freiheit. Ja, ich will Isabella di Montefiore sein, schwor sie sich. Ich will Isabella sein, weil ich mir das selbst so ausgesucht habe. Doch bei allem will ich ich selbst bleiben.

»Wacht auf, Madonna. Ich habe bereits nach Euren Zofen geschickt, die Euch beim Ankleiden helfen werden.«

Adriennes Atemzüge gingen inzwischen schon ein wenig ruhiger. Sie setzte sich in den Kissen auf und öffnete die Lider. Sandro stand vor ihr, die Hände auf die Hüften gestützt. Er trug einen reich bestickten Hausmantel aus weinrotem Samt, der seine Haut wie dunkles Gold aussehen ließ.

Die Erinnerung an die vergangenen Stunden wärmte noch immer ihre Sinne, und Adrienne hätte Sandro so gern berührt, doch sie sah die Falte zwischen den schwarzen Brauen und seinen düsteren, abweisenden Blick.

»Ist etwas Unangenehmes geschehen?« Sie wickelte sich noch fester in die Bettdecke.

»Wir werden zu spät zum Festbankett kommen. Zwei Boten waren bereits hier – einer von meinem Vater und einer von Euren Brüdern –, um sicherzustellen, daß wir auch wirklich erscheinen. Und zwar wir beide«, fügte er gereizt hinzu und ärgerte sich sogleich selbst über seinen verdrießlichen Ton. »Wir kommen zu spät.«

Erleichtert atmete Adrienne auf. »Ihr wirkt eigentlich nicht gerade wie jemand, den es besonders kümmert, wenn er zu spät zu einem Bankett kommt.« Sie lächelte, um ihren herausfordernden Ton ein wenig abzumildern. »Weshalb habt Ihr mich nicht früher geweckt?«

Er zuckte die Schultern. »Ihr wart müde.«

»Und Ihr seid noch immer böse.« Adrienne seufzte.

»Würdet Ihr Euch bitte einen Moment hinsetzen?« Sie legte die Hand neben sich auf das zerknüllte Bettlaken.

Sandro wollte sich nicht auf das Bett setzen, in dem ihr und sein Geruch hingen – und der Geruch der Liebesnacht. Er wollte nicht so nahe bei Isabella sitzen, denn das würde es ihm viel zu leicht machen, sie zu berühren, sie zu liebkosen. Mit dem Vertrauen in seine eigene Disziplin jedoch trat er heran und setzte sich aufs Bett.

»Es dürfte schwierig werden, unserer Ehe zu einem Erfolg zu verhelfen, wenn die einzigen Empfindungen, die Ihr mir entgegenbringt, der Zorn und die Leidenschaft sind, Sandro.« Sie legte die Hände fest zusammen, um sich davor zu bewahren, ihn zu berühren. »Und ich will, daß unserer Ehe ein Erfolg beschieden wird.«

»Ich habe mir Euch nicht erwählt, Madonna, und Ihr mich ebenfalls nicht«, gab er ärgerlich zurück. »Und der Erfolg unserer Ehe wird nach der Anzahl der Söhne beurteilt, die Ihr mir gebiert.«

Das klang so eiskalt, daß Adrienne zurückwich, als wäre sie geschlagen worden. War das derselbe Mann, der sie noch vor wenigen Stunden so leidenschaftlich und so zärtlich geliebt hatte?

Wie konnte er sie jetzt so gefühllos und unergründlich mit den Augen eines Fremden anstarren, nachdem zuvor sein Blick noch so voller Glut und Verlangen gewesen war? Wie hatte er ihre Aufrichtigkeit anzweifeln können, als sie ihn um sein Vertrauen bat? Wie konnte er ihr dieses Vertrauen versagen, wenn sie doch ihr eigenes Leben aufgegeben hatte, um seines zu retten? Sie senkte die Lider, und ihr Herz schmerzte sehr.

Natürlich hat er gute Gründe für seine Zweifel, bessere Gründe, als er selbst ahnen kann, hielt sich Adrienne vor. Sandro konnte nicht wissen, was sie ihm zuliebe aufgegeben hatte. Ihr war klar, daß sie das jetzt nicht mehr rückgängig machen konnte, und vielleicht gerade deswegen regte sich nun auch in ihr der Zorn. Das war ihr nur recht, und sie hoffte, daß ihr dieser Zorn dabei helfen würde, die Prüfungen des ihr bevorstehenden Tages zu überstehen.

Alessandro ertrug den verzagten Ausdruck ihrer Augen nicht, den er selbst verursacht hatte. Gewiß, er hatte Isabella provozieren, vielleicht sogar verletzen wollen, doch er hatte sich gewünscht, daß sie mit demselben Kampfgeist zurückschlagen würde, den sie bei ihrem Wiederauftauchen im Schlafgemach bewiesen hatte. In den Stunden der heißen Liebesnacht war sie doch genauso leidenschaftlich gewesen wie er selbst.

Er wollte schon die Hand nach ihr ausstrecken, als sie das Gesicht zu ihm hob. Ihre Augen sprühten Zorn.

»Wie gut kennt Ihr mich, Sandro?«

»Das ist eine seltsame Frage.« Er zog die Stirn zusammen. »Ihr wißt ebensogut wie ich, daß wir einander vor unserer Trauung nur aus der Ferne gesehen haben.« Er blickte sie argwöhnisch an. »Wenn Papst Alexander nicht beschlossen hätte, sich als Ehevermittler zu betätigen, würden die Gennaros noch immer in dunklen Gassen lauern und versuchen, die Gurgel aller derjenigen durchzuschneiden, die auch nur ganz entfernt mit den Montefiores verbunden sind«, stellte er voller Verachtung fest.

Er sah, wie es in den Augen seiner Gattin bei diesen Worten kurz aufblitzte. »Ich bin noch nicht einmal davon überzeugt, daß die Gennaros das Lauern jetzt aufgegeben haben.« Wieder bemerkte er dieses Aufflackern, und diesmal faßte er Isabellas Handgelenk. »Oder heuert man heutzutage lieber Meuchelmörder für so etwas an?«

Adrienne versuchte, ihre Hand aus seinem Griff zu ziehen, doch er hielt sie um so fester. »Ihr werdet ein armseliger Nachfolger Eures Vaters sein«, erklärte sie scharf, »wenn Ihr alles und jeden mit Intoleranz und Vorurteilen betrachtet, bevor Ihr Euch der Mühe unterzieht, Euch mit den Gegebenheiten näher vertraut zu machen.«

»Ich empfehle Euch, damit aufzuhören, mir Vorträge zu halten, Madonna.«

»Und ich empfehle Euch, damit aufzuhören, meine Haut zu zeichnen, Messere.« Sekundenlang spürte Adrienne nichts als reinen Haß. O Gott, dachte sie entsetzt, ist es das, was Isabella auch gefühlt hat?

War dieses übernatürliche Abenteuer jetzt noch einen Schritt weiter gegangen? Verwandelte sie, Adrienne, sich jetzt in die andere Isabella mitsamt deren Grausamkeiten und Täuschungen? Hatte sie ihr eigenes Leben aufgegeben, nur um dieselbe hinterhältige, perfide Frau zu werden, die Isabella di Montefiore gewesen war?

Die Flammenblitze, die Sandro aus ihren Augen entgegenschlugen, brachten ihn wieder zur Vernunft. Er senkte seinen Mund über das Handgelenk, das er noch immer festhielt, und auf diese Weise entging ihm ihr entsetzter Gesichtsausdruck. Sandro ließ die Lippen über die weiche Haut an der Innenseite des Handgelenks gleiten und merkte, daß sein Verlangen wieder hervorbrechen wollte, obwohl sein Körper doch eigentlich gesättigt sein sollte.

Er hörte, daß die Tür geöffnet wurde, und hob den Kopf. »Ich bin halb und halb versucht, Eure Kammerfrauen wieder fortzuschicken und das Bankett, meinen Vater und Eure Brüder zum Teufel zu wünschen.«

Nichts wäre Adrienne lieber gewesen, als hier in diesem wohlduftenden Schlafgemach bleiben zu dürfen und sämtliche Zweifel von der Hitze der Leidenschaft vertreiben zu lassen. Doch es gab noch zu viele Dinge, die sie in Erfahrung bringen mußte.

Sie lächelte Sandro zu und berührte seine Wange leicht mit den Fingerspitzen. »Auf die Gefahr hin, hören zu müssen, ich hielte Euch wieder Vorträge, möchte ich Euch ermahnen, daß etwas Entsagung gut für Eure unsterbliche Seele ist. Ich bin mir sicher, Euer Beichtvater würde mir beipflichten.« Sie senkte die Lider ein wenig, wodurch ihre Augen verträumt und sehr verführerisch wirkten. »Und Ihr habt Euch in der letzten Zeit nicht gerade großer Entsagung befleißigt.«

»Hexe.« Ohne den Blick von ihren Augen zu wenden, tupfte er noch einen Kuß auf ihr Handgelenk und stand dann auf. »Wir werden später noch genug Zeit haben, die Rechnung zu begleichen.« Bevor er es sich noch anders überlegte, drehte er sich um und ging an den Frauen vorbei, die eingetreten waren, um Isabella beim Ankleiden zu helfen.

Adrienne schaute Sandro nach, bis sich die Tür hinter ihm geschlossen hatte. Erst danach wandte sie sich zu den Zofen um, die ruhig und schweigend auf die Anweisungen der Herrin warteten. Obwohl die Frauen hohe Stapel von Leinentüchern auf den Armen trugen, knicksten sie anmutig und traten dann näher an das Bett heran.

Als die drei nahe genug herangekommen waren und Adrienne ihre Gesichter erkennen konnte, senkte sie den Blick auf ihre Hände, um sich den Schrecken nicht ansehen zu lassen. Sie kannte diese Frauen! Sie hatte sie nie zuvor gesehen, doch sie wußte den Namen jeder einzelnen von ihnen – Angela, Lucrezia und Renata.

Das seltsame, verwirrende Gefühl, selbst nur aus Bruchstücken zu bestehen, das ihr vorhin beim Aufwachen begegnet war, kehrte zurück. Wer war sie? Als sie sich zum allerersten Mal in diesem Gemach wiedergefunden hatte, konnte sie die Personen anhand der Beschreibungen erkennen, die sie in Isabellas Tagebuch gelesen hatte – Piero und Alfonso, Luisa und Gianni, den Zwerg. Diese Frauen hier indessen ... Adrienne kannte sie einfach. Irgend etwas hatte sich in der Zwischenzeit entscheidend verändert. Doch was?

Sie schloß die Augen, weil sie sich erst einmal fassen und an die neue Situation gewöhnen mußte. Ihr Geist ließ ihr freilich keine Zeit dazu, sondern zeigte ihr Sandros Bild so, wie er ausgesehen hatte, als er sie zum erstenmal genommen hatte – triumphierend und mit Augen, aus denen die Leidenschaft loderte.

Das war es, was sich in der Zwischenzeit verändert hatte! War die Vereinigung eine Art Zauber gewesen, der aus ihr, Adrienne, die tatsächliche Isabella gemacht hatte?

Sie erinnerte sich wieder an den Anflug von Haß, den sie vorhin Sandro gegenüber empfunden hatte. Das verängstigte sie, doch sie dachte an das Versprechen, das sie sich selbst gegeben hatte: Sie wollte stets sie selbst bleiben. Sie wiederholte diesen Schwur wie ein inbrünstiges Gebet.

Als sie die Augen wieder öffnete, sah sie eine hochgewachsene Frau, die einen großen Wasserzuber und einen Korb voller kleiner Tiegel und Flaschen hereintrug. Sie war mit ihrer braunen Tunika und dem Flechtgürtel wesentlich schlichter gekleidet als die anderen drei. Ihr flachsfarbenes Haar war zu einem Zopf geflochten fest auf dem Kopf aufgesteckt und zeigte keinerlei Schmuck, mit dem die Frisuren der anderen Frauen so reich dekoriert waren. Mit niedergeschlagenen Augen kniete sie sich neben das Bett.

»Darf ich Madonna jetzt baden?« Die Frau sprach mit einem harten, fremdländischen Akzent.

Adrienne schaute auf den hellblonden Kopf hinunter und wußte, daß diese Frau ein Geschenk war, das Isabella zu ihrem elften Geburtstag vor fünf Jahren von ihrem Vater erhalten hatte, eine Sklavin, die an einem Flußufer im fernen Rußland gestohlen worden war. Daria. Ihr Name lautete Daria.

Adrienne runzelte die Stirn. Woher kannte sie diesen Namen? Isabella hatte sie in den Tagebüchern doch immer nur Barbara genannt. Irgendwie ging der Name Daria Adrienne jedoch nicht aus dem Sinn. Dies ist ein weiteres Rätsel, das ich lösen muß, dachte sie.

Sie schwenkte die Beine aus dem Bett und stand auf. Das Bettuch, das sie bedeckte, ließ sie zu Boden gleiten. »Du mußt dich beeilen, Daria. Don Alessandro hat mich zu lange schlafen lassen.«

Der Kopf der Frau fuhr hoch, und Adrienne war verblüfft über den Ausdruck in diesen unglaublich türkisfarbenen Augen. Was war es – Haß? Überraschung? Furcht? Der Kopf senkte sich indes so rasch wieder, daß sie nicht genau wußte, was sie nun eigentlich gesehen hatte.

Sie wandte sich an die anderen Frauen, die immer noch mit ihrer bunten Last dastanden. »Legt alles irgendwo ab. Ich rufe euch, falls ich euch brauche.« Sie bemerkte, wie sich die Zofen verstohlene Blicke zuwarfen, bevor sie wieder knicksten und dann das Gemach verließen.

Rasch und geschickt wusch Daria ihre Herrin in dem warmen, nach Rosen duftenden Wasser. Adrienne fand es eigenartig, wie ein kleines Kind gebadet zu werden, und noch viel eigenartiger fand sie es, daß sie das überhaupt nicht verlegen machte. War etwa ihre Schamhaftigkeit auch etwas, das sie hinter sich gelassen hatte?

Daria salbte ihre Haut mit süßen, aromatischen Ölen und hockte sich dann vor ihr nieder. »Soll ich jetzt die anderen rufen, Madonna?«

Adrienne blickte die Frau an, aus deren Frage sie entnahm, wofür Isabella eine besondere Vorliebe gehabt hatte. Das mochte vielleicht nur eine unbedeutende Kleinigkeit sein, doch es erleichterte sie ungemein, daß sie wohl doch nicht alle Eigenschaften Isabellas übernommen hatte. Vor lauter Freude über diese Erkenntnis schwindelte es ihr, und ihr blieb buchstäblich die Luft weg.

»Nein«, antwortete sie und lächelte Daria strahlend an. »Es sei denn, es gibt etwas, das du nicht allein schaffst.« Irgendwie fühlte sie sich mit der Frau verbunden, die genausoweit von ihrer Heimat entfernt war wie Adrienne von ihrer eigenen.

Daria neigte den Kopf. »Sehr wohl, Madonna.«

Mit schnellen und geschickten Handgriffen kleidete die junge Sklavin ihre Herrin an. Die Unterkleidung bestand aus so fein gewebtem Leinen, daß sie beinahe durchsichtig wirkte. Der unter dem Gewand getragene Rock bestand aus smaragdgrüner Seide und das Gewand selbst aus schwerem weißen Brokat. Mit Goldfäden gestickte winzige Blümchen sowie Saphire und Rubine schmückten es. Der Gürtel bestand aus miteinander verschlungenen weißen und grauen Perlenschnüren.

Als Adrienne auf einem Hocker vor dem Spiegel saß und Daria dabei zuschaute, wie sie ihr, Adriennes, Haar frisierte, merkte sie erst, wie hoffnungslos zerzaust ihre hüftlangen Strähnen von den vielen Stunden des Liebesspiels waren. Obwohl Daria den edelsteinbesetzten Elfenbeinkamm langsam und vorsichtig durch das Haar führte, blieb er einmal darin hängen.

Adrienne zuckte zurück, verzog das Gesicht und hob dann die Hand, um über die schmerzende Stelle zu reiben. Als sie in den Spiegel blickte, sah sie, wie Daria den Kopf zwischen die Schultern zog.

Adrienne errötete bei der Erkenntnis, daß die Sklavin offensichtlich erwartete, geschlagen zu werden. Als sie Darias Spiegelbild genauer betrachtete, bemerkte sie die Narbe unter einem ihrer breiten, hohen Wangenknochen, und plötzlich war sie sich ganz sicher, daß Isabella diese Verletzung verursacht hatte.

Wie vieler Grausamkeiten hatte sich die andere Isabella schuldig gemacht? Für wieviel konnte Adrienne jetzt zur Rechenschaft gezogen werden? Und würde sie in der Lage sein, alle diese Untaten wiedergutzumachen? Hatte sie sich eine Aufgabe gestellt, die sie nie würde erfüllen können?

Daria flocht ihr das Haar zu einem einfachen, losen Zopf, den sie mit Perlenschnüren durchzog. Eine Perlenkette, an der ein tränenförmiger Saphir hing, legte sie ihr um den Hals. Danach hielt sie ihrer Herrin ein samtbezogenes Tablett hin, auf dem eine große Anzahl von Ringen lag.

Adrienne hatte noch niemals soviel Gold und glitzernde Steine auf einmal gesehen. Sie zögerte nur einen kurzen Moment, folgte dann ihrem eigenen Geschmack und wählte zwei der weniger auffälligen Ringe. Daria warf ihr einen kurzen Blick zu, kaum mehr als ein Wimpernzucken, und Adrienne wußte, daß sie wieder einmal aus der Rolle gefallen war.

Sie hörte, daß die Tür geöffnet wurde, und im Spiegel sah sie Sandro ins Gemach treten. Mit einem Mal schien es in diesem Raum unerträglich heiß zu werden, und das Blut pulsierte schneller durch ihre Adern. Ihr Herz schlug freudiger. Das Bedürfnis, mit ausgebreiteten Armen auf Sandro zuzulaufen, war so groß, daß sie ihm beinahe nachgegeben hätte. Statt dessen jedoch verschränkte sie die Hände und betrachtete ihn, wie er zu ihr herankam.

Ein paar Schritte von ihr entfernt blieb er stehen und schaute sich im Gemach um. »Wo sind Eure Damen, Madonna?« erkundigte er sich.

Adrienne drehte sich auf ihrem Hocker zu ihm herum. »Ich habe sie fortgeschickt.«

»Ihr bereitet Euch auf das Bankett nur mit der Hilfe einer Sklavin vor?«

Als Antwort hob Adrienne die rechte Hand. »Eure Hand, Don Alessandro, um mir beim Aufstehen zu helfen.«

Das hatte so gebieterisch geklungen, daß er die Brauen hochzog, doch er gehorchte und trat näher heran. Sie legte ihre Hand auf seine und erhob sich. Als er sich zurückziehen wollte, hielt sie seine Finger fest.

»Gibt es etwas Bestimmtes, das Ihr an mir auszusetzen habt, mein Gemahl?« fragte sie leise.

Alessandro wollte sie nicht allzu genau anschauen, denn schon ihr Duft erhitzte sein Blut. Trotzdem trat er einen kleinen Schritt zurück und ließ den Blick langsam über ihre Gestalt gleiten.

»Es würde jedem Mann schwerfallen, an Isabella la Bella etwas auszusetzen zu finden.« Er zwang sich dazu, möglichst spöttisch zu sprechen, um sich nicht anmerken zu lassen, wie sehr er von ihrer Schönheit beeindruckt und bewegt war. Wieder wollte er seine Hand zurückziehen, und wieder ließ Isabella das nicht zu.

Jetzt trat auch Adrienne ein wenig zurück und betrachtete ihn prüfend. Er war heute in goldfarbenen, mit scharlachroter Seide unterlegten Brokat gekleidet, der etwas heller schimmerte als seine Haut. Weil er die samtenen

Schlupfschuhe des Höflings ablehnte, trug er schenkelhohe Stiefel aus weichstem Ziegenleder.

Adriennes Blick fiel auf den juwelenbesetzten Dolch an seinem goldbeschlagenen Gürtel, und sie bewegte ihre Finger über Sandros noch gefangene Hand, um ihm zu sagen, daß sie nichts vergessen hatte. Dann ließ sie ihn los, hob die Hand und zog sein Barett aus weißem Samt auf einer Seite etwas weiter zu seiner Schläfe hinunter, was ihm ein kühneres Aussehen verlieh. Mit einem kleinen anerkennenden Lächeln schaute sie ihm ins Gesicht.

»Ich glaube, was Luisa sagte, trifft zu«, hauchte sie mit leiser Stimme.

Sandro hatte den Eindruck, als striche ihm Isabellas Flüstern wie eine Feder über die Haut. Er zog die Augenbrauen zusammen, um sich gegen dieses Gefühl zu wehren. »Was hat sie gesagt?«

»Daß Ihr der schönste Mann von ganz Siena seid.« Sie legte ihm ihre Hand auf die Schulter, doch weil sie ihn unbedingt noch einmal berühren mußte, wickelte sie sich eine seiner schwarzen Locken um den Zeigefinger und rieb mit dem Daumen darüber hinweg.

»Wie viele Frauen seid Ihr, Isabella?« fragte er mit leiser, rauher Stimme. »Verführerin und Unschuldsengel. Gebieterische Dame und scheue Maid.« Er ballte die Hände zu Fäusten, um sich daran zu hindern, seine Gemahlin zu berühren.

Sie ließ sein Haar los und strich mit den Fingerspitzen zu seinem Kinn hinunter. »Mindestens eine mehr, als Ihr meint, Sandro.«

Sie lächelte so wehmütig und versonnen, daß er auf einer näheren Erläuterung ihrer rätselhaften Antwort bestehen wollte, doch er hörte das drängende Klopfen hinter sich. Also bot er ihr den Arm, und zusammen begaben sie sich zur Tür.

Je näher sie der Bankettshalle kamen, desto heftiger pochte Adriennes Herz. Als sie die große Eingangstür erreichten, schlug ihr das laute Stimmengewirr, das Gelächter und die Musik entgegen wie eine Flutwelle, und ihr Herz hämmerte noch heftiger. Jeder Muskel in ihrem Körper schien sich anzuspannen, so daß sie meinte, bald keinen einzigen Schritt mehr vorangehen zu können.

Bis jetzt hatte sie alle Forderungen erfüllt, die das neue Leben an sie stellte. Nunmehr würde sie den Menschen gegenübertreten, die Isabella kannten – gut kannten. Adrienne sah aus wie Isabella, und anscheinend sprach sie auch wie diese. Doch was würde geschehen, wenn sie sich nicht so verhielt, wie Isabella es getan hätte?

Wie lange würde es dauern, bis die Leute mißtrauisch wurden – ihre Brüder, Luisa? Wie lange würde es dauern, bis man merkte, daß sie eine Schwindlerin war? Und was würde man mit ihr dann tun? Sie in den Kerker werfen? Als Hexe verbrennen?

Würde Sandro – konnte Sandro sie beschützen? Würde er das wollen? Ein Schauder lief ihr über den Rücken. Sie bewegte die Schultern, um ihn abzuschütteln, doch sie vermochte das Zittern ihrer Hand nicht zu verhindern, die auf Sandros Arm lag.

Schweigend und tief in Gedanken schritt Sandro an Isabellas Seite. Als er fühlte, daß ihre Hand auf seinem Arm zitterte, warf er einen Blick zu seiner Gemahlin hinüber und erkannte, daß sie entsetzliche Angst hatte, obwohl sie sich darum bemühte, sich das auf keinen Fall anmerken zu lassen. Offensichtlich war es nur ihr Stolz, der sie jetzt stützte. Sandro versuchte, sie mit seinen Gedanken zu zwingen, ihn anzuschauen.

Adrienne hätte sich am liebsten umgedreht und wäre geflohen, doch sie fühlte Sandros Blick auf sich ruhen. Sie wandte ihm das Gesicht zu. Er sagte nichts, hob jedoch ein wenig die Brauen, und ein sehr herausforderndes Leuchten trat in seine Augen.

Sofort hob sie ihr Kinn. Sie fühlte, daß ihr Herz sich beruhigte und ihre Hände nicht mehr zitterten. Obwohl sie Sandros unausgesprochenen Spott mit Trotz beantwortete, war sie ihm dankbar. Ist das vielleicht seine Art, mir im Moment meiner Schwäche ein wenig Beistand zu geben? fragte sie sich. Das würde ja bedeuten, daß er für sie etwas mehr empfand als nur das leidenschaftliche Verlangen, dem er in den vergangenen Stunden so heftig Ausdruck verliehen hatte. Diesen Gedanken verwarf sie freilich sogleich wieder, denn sie konnte nicht ahnen, wieviel Macht sie an einem einzigen Tag über diesen Mann gewonnen hatte.

Die großen Türflügel der Halle öffneten sich vor ihnen, und die zwei Herolde in der blauweißen Livree des Hauses Montefiore, die zu beiden Seiten des Eingangs standen, kündigten das Paar durch einen Fanfarentusch an.

Als Sandro und Adrienne eintraten, verstummten die lauten Stimmen, das Gelächter und die Musik. Schweigend schritten die beiden über die schwarzweißen Marmorfliesen durch die riesige Halle zu der Empore, wo sie von Francesco di Montefiore, dem Herzog von Siena, erwartet wurden.

7. KAPITEL

Herzog Francesco erhob sich, um seinen Sohn und dessen Braut zu begrüßen. »Evviva.« Obwohl sein Hochruf durch den Saal hallte, fehlte seiner volltönenden Stimme jede freundliche Wärme.

Auf sein Zeichen hin hoben die Herolde auf der Galerie ihre langen Trompeten, welche das blauweiße Banner mit dem Wappen des Hauses Montefiore zierte. Eine vielstimmige Fanfare ertönte, und Evviva-Rufe aus der Halle begleiteten sie.

Sandro verneigte sich, Adrienne versank in einem tiefen Hofknicks, und Francesco stieg die Stufen der Empore hinunter. »Willkommen, mein Sohn, Donna Isabella«, sagte er so laut, daß es jedermann in dem großen Saal hören konnte. »Ich erwarte eine Erklärung – von euch beiden«, fügte er mit gedämpfter Stimme hinzu, was sich trotz des Flüstertons sehr streng anhörte.

Sandro sah seinem Vater fest in die Augen. »Eine Erklärung wird es nicht geben – von keinem von uns.«

Francesco blickte Sandro gereizt an. »Ich werde mich hier in aller Öffentlichkeit nicht mit dir streiten, mein Sohn, doch wir werden uns noch sprechen.«

»Gewiß werden wir sprechen, mein Vater.« Sandro hob das Kinn ein wenig höher. »Allerdings nicht über dieses Thema.« Er hätte nicht sagen können, weshalb er dazu bereit war, sich seinem Vater zu widersetzen, dessen Zustimmung er doch sonst immer gesucht hatte. Ebensowenig hätte er erklären können, weshalb es ihn so drängte, die Frau an seiner Seite zu beschützen, obwohl die Zweifel und das Mißtrauen in ihm noch sehr wach waren.

Francesco ging fürs erste nicht auf Sandros Äußerung ein, sondern legte seinem Sohn die Hände auf die Schultern und gab ihm den traditionellen Kuß auf beide Wangen. Dann wandte er sich zu Adrienne um und wiederholte diese Geste bei ihr. »Zwist zu säen, kann sich als ein recht ungesundes Vergnügen erweisen, Madonna. Denkt daran.«

So rasch und leise hatte der Herzog das geflüstert, daß es für niemanden außer für Adrienne hörbar gewesen war; sie jedoch hatte sowohl die Worte als auch deren Bedeutung sehr wohl verstanden.

Nachdem sie und Sandro auf der Empore am anderen Ende der damastgedeckten Tafel Platz genommen hatten, die sich über die ganze Breite der Halle erstreckte, erhob sich Herzog Francesco wieder. Diesmal hielt er einen juwelenbesetzten Pokal aus gehämmertem Gold in der Hand.

»Meine Freunde, laßt uns auf Alessandro, unseren geliebten Sohn und Erben, und auf die schöne Isabella trinken. Möge sie ihm viele Söhne schenken.«

Hochrufe und Glückwünsche erschollen in der großen Halle. Sandro hob seinen eigenen Pokal hoch und reichte ihn seiner Braut hin.

Adrienne nahm den Weinkelch nicht entgegen, weil sie das Gefühl hatte, eine für jedermann sichtbare Geste zeigen zu müssen. Sie legte also ihre Hand über Sandros, neigte den Pokal zu sich hin und trank dann von dem rubinroten Wein, der auf den Hügeln der Umgebung wuchs.

Als er ihre kühle Hand auf seiner fühlte, flammte die Erregung in ihm auf, und gleichzeitig durchströmte ihn eine sanftere, zartere Empfindung. Ohne den Blick von seiner Braut zu wenden, drehte er den Pokal so, daß seine Lippen den Rand dort berührten, wo zuvor ihr Mund gewesen war.

Beifall und weitere Hochrufe brandeten auf; mehr oder weniger lästerliche Ermutigungen waren nicht zu überhören, und Sandro entging auch nicht das spöttische Lachen einer Frau. Er setzte den Pokal ab und umfaßte Isabellas Kinn. Während er seine Lippen auf ihre preßte, hörte er aufs neue dieses laute Frauenlachen.

Mit einem Fanfarenstoß wurde das Bankett eröffnet. Eine unendlich lange Prozession von Domestiken strömte in den Saal, die riesige Platten voller Speisen hereintrugen, welche sowohl den Gaumen als auch das Auge erfreuen sollten.

Es gab gebratene Pfauen, die mit ihrem eigenen bunt schillernden Gefieder geschmückt, und gesottenes Wildbret, das mit den entsprechenden Köpfen und Fellen dekoriert war. Spieße von der Länge eines Fechtdegens steckten voller winziger gebratener Singvögel. Große Schüsseln mit Krabben, Tintenfisch und Austern, die mit gerösteten Froschschenkeln umlegt waren, wurden hereingebracht. Dutzende edelsteinbesetzter Schalen enthielten Würzen und Saucen sowie gekochtes Gemüse, rohes Salatgemüse und kunstvoll angerichtete Käsesorten und Würste.

Jederman aß und trank mit Hingabe, und Adrienne stellte zu ihrem Erstaunen fest, daß die hier üblichen Tischmanieren für sie nichts Rätselhaftes waren. Trotz ihrer Angst merkte sie, daß sie einen Heißhunger verspürte. Sie aß mit großem Genuß, trank indessen nur wenig, denn sie wußte, daß sie einen klaren Kopf behalten mußte.

Sie spießte sich ein saftiges Stück Wildbret auf ihre silberne Gabel und führte es zum Mund. Dabei begegnete sie Sandros Blick. In dem Lärm und dem Getriebe der Banketthalle hatten sie bisher kaum miteinander geredet, doch nun ließen sie ihre Augen sprechen.

Während Adrienne von dem mit Weinessig und Wacholderbeeren gewürzten Fleisch abbiß und kaute, wurde sie von einer Hitze überflutet, die nichts mit dem Wein zu tun hatte, welchen sie getrunken hatte.

Sandro legte seine Hand über Isabellas, die noch immer die Gabel hielt. »Wollt Ihr diesen Bissen mit mir teilen, Madonna?« fragte er.

Die Fackeln, welche die Halle beleuchteten, spiegelten sich als kleine goldene Punkte in seinen schwarzen Augen und verstärkten das Feuer, das Adrienne darin sah. »Ja«, flüsterte sie und dachte dabei an weit mehr als an den Bissen auf ihrer Gabel.

Sandro zog ihre Hand zu sich heran und biß ein Stückchen Wildbret ab. Dann zupfte er das restliche Fleisch mit den Fingern von der Gabel und hielt es Isabella an den Mund.

Adrienne nahm dieses Geschenk entgegen. Sie hätte nie gedacht, daß das Speisen ein ebenso sinnlicher Vorgang sein konnte wie die kühnste Liebkosung. Sie mußte leise lächeln, als sie sich vornahm, diese neue Erfahrung in der Abgeschlossenheit ihres gemeinsamen Schlafgemachs zu wiederholen.

Die leichte Bewegung ihrer Lippen an seinen Fingern war eine Prüfung für Sandros Selbstbeherrschung. Er zog sich ein wenig zurück, denn er wußte, daß es noch viele Stunden dauern würde, bis sie wieder miteinander allein waren. »Versucherin!«

Begehren war in seinen Augen zu erkennen, doch auch der Zorn, der ihm immer so nahe war. Adrienne sah, wie sich der von ihr auserkorene Mann von ihr abwandte, und der Schmerz in ihrem Herzen war beinahe körperlich zu fühlen. Einen Moment lang wollte sie resignieren, doch dann regte sich wieder ihr Stolz und mit ihm ihr Optimismus, der es nicht zuließ, daß sie die Zuversicht für länger als ein paar Sekunden verlor.

Während des restlichen, scheinbar endlosen Mahls hüllte sich Sandro in düsteres Schweigen, obwohl er sich der Frau an seiner Seite deutlich bewußt war. Er sagte sich jedoch, daß er damit leben konnte, und nahm sich vor, sich demnächst selbst zu beweisen, daß er andere Frauen ebenso begehrenswert fand.

Schwieriger war es schon, dieses zärtliche Gefühl einzuordnen, das ihn immer wieder so unerwartet überfiel, daß er sich dagegen nicht zu wehren vermochte. In solchen Momenten wollte er seine Finger mit Isabellas verflechten, nur um sie irgendwie berühren zu können. Und dabei war er nie ein Mensch gewesen, der irgend jemanden grundlos anfaßte.

Ein paar Stunden später war das damastene Tischtuch mit Essensabfällen übersät, und seine Ränder waren beschmiert von den Mündern und Händen, die sich die Tafelgäste daran abgewischt hatten. Jetzt wurde der Nachtisch serviert. Schalen voller duftender Früchte und zahllose Platten mit winzigen mythologischen Figuren, die aus Marzipan und Zuckerteig geformt und mit Puderzucker und Goldstaub verziert waren, wurden aufgetragen.

Sobald die Diener den Gästen Schüsseln mit nach Orangen duftendem Wasser zum Händewaschen angeboten hatten, wechselte die Musik. Statt Lieder zur Laute, die das Mahl begleitet hatten, erklangen nun die ersten gemessenen Takte eines würdevollen Schreittanzes, der Pavane.

Francesco bedeutete seinem Sohn, er möge den Tanz eröffnen, und Sandro bot seiner Braut seinen Arm.

»Muß das sein?« flüsterte Adrienne erschrocken. Da sie ihr ganzes Leben auf dem Land verbracht hatte, kannte sie bestenfalls die Reigentänze der französischen Landbevölkerung. Sie wußte zwar, was zu tun war, wenn eine Stute fohlte, doch sehr zum Kummer ihrer Mutter hatte sie nie die Feinheiten von Menuetts und dergleichen gemeistert.

Sandro runzelte die Stirn. »Was habt Ihr denn, Isabella?«
»Ich kann nicht.«

»Was soll das heißen, Ihr könnt nicht?« fragte er recht ungehalten.

»Ich kann nicht tanzen.«

»Wollt Ihr mich zum Narren halten?« Er blickte sie böse an. »Ich habe Euch doch selbst schon tanzen gesehen.«

Sie wollte rasch irgendeine Ausrede erfinden, doch schon ergriff Sandro sie bei der Hand und führte sie die erste Stufe von der Empore hinunter. Ich muß mir unbedingt etwas einfallen lassen, dachte sie. Schlimmstenfalls würde sie eben in Ohnmacht sinken müssen.

Als sie beide sich dann jedoch durch die erste Tanzfigur der Pavane bewegten, merkte Adrienne, daß sie jeden Schritt, jede Verneigung, jede Drehung und jede Geste mit vollkommener Anmut ausführte.

Noch hatte sie sich nicht ganz von ihrer Überraschung erholt, da endete die erste Figur; Sandro und sie gingen zu einem neuen Partner über.

»Nun, Schwesterchen, du siehst ja gar nicht so besonders erschöpft aus.«

Adrienne hob den Kopf und sah in das lachende Gesicht ihres Bruders. Nein! berichtigte sie sich sofort energisch. Ich darf ihn in Gedanken nicht meinen Bruder nennen. Niemals. Er ist Alfonso Gennaro, Sandros Feind und deshalb auch meiner!

Doch während sie diese Worte im stillen unausgesetzt wiederholte, wurde ihr klar, daß sie sich aus Isabellas Leben nicht einfach nur das aussuchen konnte, was ihr paßte. Wenn sie erfolgreich sein wollte, dann mußte sie vieles andere ebenfalls akzeptieren. Sie mußte mit diesen Dingen leben und lernen, sie so einzusetzen, daß sie selbst einen Nutzen daraus zu ziehen vermochte – für sich und Sandro.

Sie betrachtete Alfonsos auf weichliche Weise gutaussehendes Gesicht, und eine merkwürdige Empfindung schlich sich in ihr Inneres. Während sich Adrienne wie ohne ihr Dazutun durch die würdevollen Schritte der Pavane bewegte, versuchte sie, diese Empfindung zu definieren, weil es nötig war, daß sie den Ursprung aller ihrer Gefühle richtig ergründete. Sie mußte wissen, woher das alles kam – aus ihrem eigenen Herzen oder aus Isabellas.

Leider blieb ihr dies jedoch schleierhaft, ganz so als wäre die Zeit für Enthüllungen noch nicht gekommen. Dennoch spürte Adrienne wieder diese Spur von Zuneigung, die sie dazu verleiten wollte, Alfonsos Lächeln zu erwidern.

»War es die Sache nun wert, Bella? Hat es sich gelohnt, daß du dir deine Jungfräulichkeit für Montefiore aufgespart hast, oder hätten vielleicht ein klein wenig Schauspielerei und ein Fläschchen Hühnerblut ausgereicht?«

Das Lächeln, das sich schon auf Adriennes Lippen angekündigt hatte, erstarb.

»Was ist denn, Bella?« Aus Alfonsos Lächeln wurde düsteres Schmollen. »Hat dir eine mit Montefiore durchtobte Nacht den Verstand geraubt?« Er blickte seine Schwester verblüfft an und fragte sich, weshalb in aller Welt sie ihn so strafend wie eine keusche Nonne ansah, statt ihm so frech zu antworten, wie er sie gefragt hatte.

Die Zuneigung, die Adrienne noch vor wenigen Augenblicken gespürt hatte, schien sich aufzulösen bei Alfonsos vulgären Worten – vor allem bei dem, was sie andeuteten.

Mit einem Mal hörte sie wieder dasselbe spöttische Lachen, das ihr schon aufgefallen war, als Sandro sie bei Tisch geküßt hatte. Sie richtete sich gerade auf. Zielt dieses Lachen auf mich? fragte sie sich.

Sie warf einen Blick über die Schulter und sah, daß das Gelächter von Luisa kam, doch diese schaute Adrienne gar nicht an, sondern lächelte in die Augen ihres Tanzpartners. Und ihr Tanzpartner war Sandro.

Adrienne wandte sich ab. Der Anflug reiner Eifersucht, der sie traf, verwirrte und bestürzte sie. Diese Verwirrung spiegelte sich noch immer in ihren Augen, als sie Alfonso wieder anblickte.

»Weshalb starrst du mich denn so an, Bella?« fragte er wie ein mißmutiges Kind. »Wachsen mir plötzlich zwei Hörner auf der Stirn?«

Adrienne merkte, wie sehr seine zuvor geäußerte Stichelei sie noch immer ärgerte. »Paß nur auf, Bruder, daß dir nicht tatsächlich noch Hörner sprießen!« Mit einer Kopfbewegung deutete sie über ihre Schulter hinweg.

Diese für sie so uncharakteristische Bemerkung erschreckte Adrienne. Ihr schien es fast, als wären die Worte ihr unter Umgehung des Verstandes aus dem Mund geschlüpft, doch einen Moment später setzten sich die Mosaiksteinchen ganz von selbst zusammen.

Adrienne erkannte, daß sie wußte, daß Luisa Barbiano Alfonsos Mätresse war. Sie erkannte, daß niemand – weder Alfonso noch sie selbst – zwischen Luisa und deren Ambitionen stehen würde. Und sie wußte, daß sie selbst nicht die Absicht hatte, gleichmütig dabei zuzuschauen, wie Luisa Alessandro di Montefiore betörte.

Alfonsos ärgerliche Erwiderung nahm sie nicht zur Kenntnis, sondern schaute wieder über die Schulter zurück zu Luisa, die noch immer über etwas lachte, das Sandro gesagt hatte. Adrienne versuchte, die Frau mit ihren Augen zu zwingen, zu ihr herüberzuschauen, und tatsächlich trafen sich einen Moment später ihre Blicke.

Luisa schien die stumme Warnung auf der Stelle zu verstehen. Ihr Gesichtsausdruck veränderte sich, und Adrienne erkannte, daß diese Frau nicht mehr die Freundin und Vertraute aus Isabellas Aufzeichnungen war. Ihr wurde bewußt, daß sie sich eine Feindin gemacht hatte.

Obwohl eine leise Furcht sie beschlich, mußte Adrienne lächeln. Sie hatte nämlich wieder geändert, was das Buch der Geschichte geschrieben hatte.

Der nächste lange, gleitende Tanzschritt führte sie ihrem neuen Tanzpartner zu, und sie spürte, wie sich ihr Magen zusammenzog. Der Mann hatte zwar das gleiche weiche Kinn wie Alfonso, doch die Linien um Pieros Mund herum deuteten auf Bösartigkeit und Grausamkeit hin. Er würde sicherlich nicht so leicht abzuwehren sein wie sein Bruder. Dennoch konnte sie nicht leugnen, daß sich diese merkwürdige Zuneigung in ihr wieder regte.

»Was hast du dir eigentlich dabei gedacht?« fragte er leise, und sein Flüstern klang, als zischte eine Schlange. »Was hatte dein kindisches Verschwinden zu bedeuten? Wo bist du überhaupt gewesen?«

Adriennes Hals war wie zugeschnürt, dennoch blickte sie Piero fest in die Augen. Verglichen mit seinem boshaften Ton wirkte Alfonsos unbekümmert obszöne Rede im nachhinein beinahe wohlwollend. Habe ich mir mehr vorgenommen, als ich bewältigen kann? fragte sie sich angesichts der enormen Aufgabe, die ihr bevorstand. Wenn sie nicht einmal mit ihrem eigenen Bruder fertig wurde, wie sollte sie dann den anderen, viel größeren Gefahren trotzen, die sie auf sich zukommen sah?

»Ich habe nicht die Absicht, dir irgend etwas zu erzählen, Piero.« Die gemessenen Tanzschritte wirkten sich anscheinend beruhigend auf ihre Nerven aus. »Besonders dann nicht, wenn du dich nicht entschließt, deinen Ton zu mäßigen. Ich bin weder eine deiner Sklavinnen noch deine Mätresse.«

Ein lüsterner Ausdruck trat in seine braunen Augen, und Piero strich sich mit der Zunge über die Lippen. »Noch nicht.« Er neigte sich hinunter und berührte Isabellas Handgelenk mit seinem Mund. »Doch eines Tages schon. Vergiß dein Versprechen nicht, Bella.«

Adrienne stolperte prompt, als sie seine feuchten Lippen an ihrem Handgelenk fühlte. Am liebsten hätte sie ihre Hand sogleich fortgerissen und wäre geflohen, um Sandro zu Hilfe zu rufen. Statt dessen fixierte sie Piero mit einem eiskalten Blick. »Ich verbiete dir, mich auf diese Weise zu berühren, Piero.« Ihr schwindelte es, als ihr die verderbte Beziehung der Geschwister Gennaro zueinander dämmerte.

»Du verbietest es mir?« stieß er hervor. »Wie kannst du es wagen?«

Obwohl es ihr vor Entsetzen über ihre Entdeckung zum Speien übel wurde, zwang sie sich dazu, ihre gelassene Haltung beizubehalten. Sie hoffte nur, daß sie die Sache mit Mut und Frechheit würde durchstehen können.

»Du scheinst zu vergessen, daß ich jetzt Alessandro di Montefiores Gemahlin bin.«

»Ach ja? Dieser Gedanke hat dir doch früher keine Sorgen bereitet.«

»Genau – früher.«

»Und was hat sich jetzt geändert? Abgesehen davon natürlich, daß der Kerl dir deine Jungfräulichkeit geraubt hat.« Seine zornig glitzernden Augen setzten die Rede fort: ». . . die mir hätte gehören sollen.«

Adrienne wollt etwas entgegnen, das diese abscheuliche Unterhaltung beenden würde. Ich muß mich ein für allemal von diesem Mann distanzieren, dachte sie. In diesem Moment jedoch endete der Teil des Tanzes, und sie bewegte sich schon wieder weiter zu ihrem nächsten Partner.

Es war schon sehr spät, als sich das Brautpaar in seine Gemächer zurückzog. Vor seelischer und körperlicher Erschöpfung drehte sich alles in Adriennes Kopf. Sie spürte Sandros Blick auf sich gerichtet, während sie Seite an Seite schweigend durch die mit Fackeln beleuchteten Korridore gingen.

Was wird er mir sagen, wenn wir allein sind? fragte sie sich. Hatte er vielleicht ihre Verhaltensweise befremdlich und ihre Worte unschicklich gefunden? Würde er sie voller Verlangen und mit dieser Zärtlichkeit anschauen, die ihr soviel Hoffnung machte?

An der Tür zu ihrem Schlafgemach trat Sandro zurück und ließ ihr den Vortritt. Gerade als Adrienne sich zu ihm umdrehen und etwas sagen wollte, fuhr er herum und ging schnellen Schrittes zornig davon, ohne ihr ein weiteres Wort oder auch nur einen Blick zu gönnen.

Als er fort war, wurde Adrienne klar, wie sehr sie sich gewünscht hatte, er möge bleiben, und wie sehr sie ihn nach dem langen, anstrengenden Abend gebraucht hätte. Die Stunden, die sie zusammen mit ihm verbracht hatte, ergaben insgesamt nicht einmal einen ganzen Tag, und dennoch war er der einzige Fixstern in ihrem aus den Fugen geratenen Universum.

Die drei jungen Frauen, die ihr früher an diesem Abend die Kleidung gebracht hatten, erwarteten sie schon, doch Adrienne, die sich durch Sandros wortlose Zurückweisung sehr verletzt fühlte, war nicht in der Lage, die Gegenwart dieser Fremden zu ertragen, die sie beobachteten und sich jedes ihrer Worte, jede Geste merken würden, um davon denen zu berichten, die daran interessiert waren.

»Verschwindet – alle außer Daria!« befahl sie.

Die drei Hofknickse schaute sie sich nicht an, sondern ging zu dem Hocker vor dem Ankleidetisch. Kaum hatte sie ihn erreicht, da gaben ihre Muskeln nach, und Adrienne sank auf den Sitz. Sie starrte in den Spiegel, legte sich beide Hände ans Gesicht und zeichnete es nach, als müßte sie sich davon vergewissern, daß es wirklich ihr Antlitz war, das sie sah.

Weil ihr gegenwärtig nichts mehr wahrhaftig, nichts mehr logisch erschien, begann sie die Frau zu analysieren, zu der sie geworden war.

Sie besaß Isabellas Gesicht und deren Körper. Sie sprach Italienisch mit Isabellas Stimme, und sie verfügte offensichtlich auch über Isabellas Kenntnisse, ob es sich nun um Tischmanieren, Tanzschritte oder Menschen handelte, die sie erkannte und auf die sie reagieren konnte. Sogar einen Teil von Isabellas Emotionen hatte sie übernommen wie zum Beispiel diesen Anflug von Zuneigung deren Brüdern gegenüber.

Was sie hingegen nicht besaß, das waren Isabellas Erinnerungen und die Fähigkeit, so zu handeln wie Isabella, selbst wenn sie es gewollt oder gemußt hätte. Es waren also noch immer Adriennes Herz und Seele, die in Isabellas Welt gefangen waren.

Und wie sollte sie nun eine Brücke schlagen zwischen sich selbst und der sittlich verkommenen, gezeichneten Frau, die Isabella gewesen war? Adrienne fühlte, daß der Mut aus ihr herausströmte wie Blut aus einer großen Wunde.

Ihre Augen füllten sich mit Tränen, ihr Spiegelbild flimmerte und verschwamm. Der ganze Raum schien zu schwanken. O Gott, dachte sie, kehre ich jetzt wieder in meine eigene Zeit, in meinen eigenen Körper zurück? Nein! Nein! Sie wollte schreien, brachte indes keinen einzigen Ton heraus und war zu keiner Bewegung fähig. Man darf mich nicht von Sandro fortnehmen! dachte sie verzweifelt. Man darf mich nicht von dem Mann fortnehmen, den ich liebe!

So plötzlich, wie sie gekommen war, verschwand die bizarre Vorstellung auch wieder, so als hätte sie nur auf ein bestimmtes Stichwort gewartet. Adrienne starrte wieder das Spiegelbild an. Ihre Gesichtszüge waren noch dieselben, nur die Augen hatten sich verändert; in ihnen zeigte sich jetzt ein Bewußtsein, das zuvor nicht dagewesen war.

Innerhalb von Sekunden war ihr Trachten zu einer sehr persönlichen Sache geworden. Innerhalb dieser wenigen Sekunden hatte sie erkannt, daß sie Alessandro di Montefiore über alle Maßen liebte.

Adrienne barg das Gesicht in den Händen und begann lautlos zu weinen.

8. KAPITEL

Daria kniete neben dem Fußende des Bettes und beobachtete offenen Mundes verblüfft, daß ihre Herrin weinte. Die Sklavin hatte Isabella früher schon weinen sehen, doch niemals ohne erkennbaren Grund, niemals so leise und ganz besonders niemals ohne ein angemessenes Publikum, das ihre Vorstellung zu würdigen wußte.

Fünf schreckliche Jahre lang war Daria Isabellas Sklavin gewesen und kannte sie besser, als es ihr lieb sein konnte. Noch nie jedoch hatte sie sie so wie heute erlebt. Jetzt richtete sie, Daria, sich auf. Sie ging zu einem »cassone«, einem der bemalten Kästen, welche den Zierat enthielten, der ein Teil von Isabellas Aussteuer war. Dieser Truhe entnahm sie ein zartes Leinentaschentuch und kniete sich damit wartend neben ihre Herrin.

Sie merkte, daß diese nicht mehr so sehr schluchzte, dann das Weinen ganz einstellte und schließlich einmal tief und bebend durchatmete. Die Sklavin wartete nun auf unwirsche, zornige Worte; vielleicht versetzte Isabella ihr jetzt auch einen ihrer gefürchteten Schläge mit dem Handrücken, die sie so gerne zu verteilen pflegte.

Daria strich ganz bewußt mit dem Finger über die Narbe unter ihrem Wangenknochen, die von Isabellas Ring herrührte, doch der Haß, der sonst ihr einziger Kraftquell war, stellte sich nicht ein, sosehr sich Daria das auch wünschte.

Lag das daran, weil Isabella sie heute zum erstenmal mit ihrem richtigen Rufnamen angeredet hatte? Fünf Jahre lang hatte sie sie immer nur mit einem spöttischen Glitzern in den Augen Barbara genannt. Heute jedoch hatte sie sie so angeschaut, als betrachte sie ihre Sklavin als einen wirklichen Menschen, und sie hatte sie Daria genannt.

Aufgeschreckt von der leichten Bewegung an ihrer Seite, hob Adrienne den Kopf. Neben ihrem Hocker kniete Daria und hielt ihr ein Taschentuch hin, das wie eine Opfergabe auf den gekreuzten Händen der Sklavin lag. Adrienne nahm das Tuch entgegen und bemerkte dabei, daß die junge Frau sie unter gesenkten Wimpern hervor beobachtete.

»Weshalb siehst du mich so an, Daria?« Adrienne bekam plötzlich Bedenken; könnte es sein, daß Isabellas Sklavin die einzige Person war, die in ihr, Adrienne, eine Schwindlerin erkannt hatte?

Die junge Frau senkte sofort den Kopf zu ihren Knien hinunter und zog ihn zwischen die Schultern, weil sie jetzt die Schläge erwartete. »Vergebt mir, Madonna«, flüsterte sie furchtsam.

Adrienne berührte ihre Schulter. »Schau mich an, Daria.«

Die junge Sklavin kauerte sich nur noch mehr zusammen. »Vergebt mir«, wiederholte sie. »Madonna haben mich bei Androhung der Peitsche oft genug ermahnt, meine unwürdigen Augen gesenkt zu halten.«

»Niemand droht dir hier mit der Peitsche, Daria. Ich befehle dir, mich anzusehen.«

Zaudernd richtete sich Daria auf und hob den Blick zu dem Gesicht ihrer Herrin. Verwirrung malte sich in ihren Augen.

Adrienne beschloß, ein Risiko einzugehen. Sie brauchte dringend eine Freundin, und ob diese Freundin eine Dame oder eine Sklavin war, interessierte sie nicht.

»Du findest, daß ich mich sehr verändert habe, nicht wahr?«

Daria nickte einmal kurz und hastig und senkte dann rasch wieder den Kopf.

Adrienne hob jedoch das Gesicht der jungen Frau erneut an. »Antworte mir«, sagte sie leise. »Ich befehle es dir.«

Daria zögerte lange, ehe sie zu reden begann. »Madonna haben die anderen Frauen fortgeschickt. Madonna haben mir erlaubt, sie für das Bankett anzukleiden. Madonna haben sich nur zwei Ringe als Schmuck ausgesucht.«

Daria wollte gleich wieder zu Boden blicken, doch Adrienne hielt ihr Kinn fest, denn sie mußte die Empfindungen sehen, die sich in den Augen der Sklavin spiegelten. »Das ist doch noch nicht alles, oder?«

Daria schüttelte den Kopf, blieb aber stumm, bis Adrienne ihren Befehl wiederholte.

»Madonna Isabella haben mich nicht geschlagen, als ich ihr das Haar kämmte. Und zum ersten Mal haben mich Madonna nicht Barbara genannt, sondern mich mit meinem richtigen Namen angeredet.« Daria hielt den Atem an und wartete auf den Schlag, der nun ganz gewiß folgen würde.

»Du weißt, weshalb ich dich Barbara genannt habe?« Sie stockte. »Früher«, setzte sie hinzu.

»Ja, weil Barbara ›barbarisches Weib‹ heißt.«

Adrienne hätte am liebsten die Lider geschlossen, weil sie sich so schämte. Sie wollte Daria um Vergebung bitten. »Ich werde dich nie wieder Barbara nennen«, versicherte sie; mehr durfte sie nicht sagen. Sie sah die unausgesprochene Frage in den Augen des Mädchens, doch die Antwort darauf wagte sie nicht zu geben.

Daria schaute ihre Herrin an. Die Sklavin hatte die Veränderungen aufgezählt, die ihr an Isabella aufgefallen waren, doch die größte Verwandlung hatte sie nicht erwähnt: Früher hatte eine solch rücksichtslose Kälte die Augen der Herrin beherrscht, daß einem dabei das Blut in den Adern gefror; heute war ihr Blick voller Wärme und Güte.

Wann hatte sich Donna Isabella verändert und warum? Hatte das Ehebett das bewirkt? Oder war ihr seltsames Verschwinden, über das jedermann tuschelte, der Anlaß dafür? Hatte ein guter Geist dieses Wunder zustande gebracht oder war es etwa Hexerei gewesen?

Daria mit ihrer russischen Seele war bereit, beides zu glauben. Heimlich drückte sie unter ihrer Brust den linken Daumen und die ersten beiden Finger ihrer rechten Hand zum Kreuzeszeichen zusammen.

Adrienne ließ ihre Hand wieder in den Schoß sinken und wandte sich ab von den fragenden türkisfarbenen Augen. »Löse bitte als erstes den Schmuck aus meinem Haar, Daria.«

Sandro blieb auf der Schwelle des Schlafgemachs stehen. In dem weißleinenen Nachtgewand sah seine Gemahlin so rein und jungfräulich aus wie eine der Madonnen auf Mantegnas Gemälden.

Er sah zu, wie die Sklavin Isabellas Haar kämmte, und fühlte, wie sich die Hitze in seinen Lenden ausbreitete. Allein bei dem Gedanken daran, seine Hände in diesen seidigen goldenen Strähnen bergen zu können, erwachte sein Körper zu drängendem Leben.

Sie hat mich verhext, dachte er. Ich habe bei ihr gelegen, und jetzt bin ich süchtig nach ihr. Hätte es ihn ausschließlich nach ihrem Körper gelüstet, würde er sich daran befriedigt und sich weiter keine Sorgen gemacht haben. Doch es handelte sich um mehr, wie er sich eingestehen mußte. Von dem Augenblick an, als er zu seinem Dolch gegriffen und sein eigenes Blut statt Isabellas vergossen hatte, war es schon mehr gewesen.

Er wußte genau, daß es klüger war, heute nacht ihrem Bett fernzubleiben. Er hätte beweisen müssen, daß er ihren sanften goldbraunen Augen und ihrer zarten Berührung keineswegs verfallen war. Er hätte zeigen müssen, wie wenig es ihn kümmerte, daß ihr Bruder ihre Hand wie ein Liebhaber geküßt hatte. Doch so unausweichlich, wie es die Biene zum Blütennektar zog, zog es ihn zu Isabella. Und für diese Schwäche haßte er sich.

Als das Sklavenmädchen den Kamm aus der Hand legte und das Haar seiner Herrin zu einem Zopf zu flechten begann, trat Sandro heran.

Adrienne hatte die Augen geschlossen. Während Daria ihr eine Strähne nach der anderen durchkämmte, versuchte sie, die Angespanntheit der letzten Stunden aus sich und ihren Muskeln zu vertreiben. Doch ihre Anspannung wuchs immer mehr, bis sie selbst einen Zustand erreichte, in dem sie beim kleinsten Anlaß die Fassung verloren hätte.

»Madonna.«

Die Freude und Erleichterung, die Adrienne beim Klang von Sandros Stimme fühlte, waren schon fast schmerzhaft. So heftig drehte sie sich zu ihm herum, daß sie dabei ihren Zopf aus Darias Hand riß.

»Sandro!« Doch sofort erstarb ihr Lächeln, und ihre Hände, die sie schon zu ihm erhoben hatte, sanken zurück, als sie sein finsteres Gesicht sah.

Die Freude in ihrem Blick und ihr Lächeln schienen so ungekünstelt und so aufrichtig zu sein, daß Sandro die Fäuste in den Falten seines Hausmantels ballen mußte, um Isabella nicht in die Arme zu nehmen. Er beobachtete, wie das glückliche Leuchten aus den goldbraunen Augen verschwand, und zwang sich dazu, nicht etwa fortzuschauen.

»Laß uns allein, Daria«, sagte Adrienne leise, ohne den Blick von Sandro zu wenden. Dann faltete sie die Hände und wartete.

Eine lange Zeit beobachteten Sandro und Adrienne einander stumm wie zwei wilde Tiere, die sich gegenseitig abschätzten und darauf warteten, daß das andere als erstes zum Sprung ansetzte.

»Nun? Habt Ihr mir nichts zu sagen?« fragte Sandro schließlich; es ärgerte ihn, daß sie wieder einmal das Unerwartete getan und nicht den Versuch unternommen hatte, seinen Zorn mit Scherz oder Schmeichelei zu vertreiben.

»Nicht, bevor ich nicht weiß, wogegen ich mich verteidigen soll.«

Die so gelassen gesprochenen Worte erzürnten Sandro um so mehr. Sie ist wohl noch unverschämter als angenommen, dachte er. Oder sie ist noch unschuldiger. Diesen unbequemen Gedanken strich er gleich wieder.

»Man munkelt, Eure Beziehung zu Euren Brüdern sei ... nun, sagen wir: intimer als allgemein üblich, Madonna. Was ich heute abend gesehen habe, scheint diese Gerüchte durchaus zu bestätigen.«

Also sind ihm Pieros abstoßende Annäherungsversuche nicht entgangen, dachte Adrienne. Am liebsten hätte sie Sandro ins Gesicht geschrien, daß diese Gerüchte die andere Isabella betrafen und nicht sie.

Doch was konnte sie sagen? Gab sie Sandro Pieros Worte wieder, würde er diesen umbringen. Obwohl eine innere Stimme sie daran erinnerte, daß Piero die Hoffnung noch nicht aufgegeben hatte, die Montefiores als Herrscher Sienas zu verdrängen und deshalb weiter gegen Sandro und den Herzog intrigieren würde, konnte sie sich nicht dazu überwinden, den Stab über ihn zu brechen.

»Mein Bruder schlägt manchmal ein wenig über die Stränge.«

»Dann empfehle ich, daß Ihr ihm ratet, sich zu zügeln.« Er trat näher heran. »Habt Ihr mich verstanden, oder muß ich noch deutlicher werden?« Er bemühte sich um eine möglichst gemäßigte Stimme, weil er sich selbst seine rasende Eifersucht nicht eingestehen wollte.

»Ich verstehe nur, daß ich nichts Falsches getan habe und daß Ihr mir das Benehmen meines Bruders vorwerft.« Sie blickte ihm direkt in die Augen. »Allerdings habe ich sehr wohl verstanden, wo Ihr die Grenze gezogen habt, und ich werde meinen Bruder entsprechend informieren.«

Ohne daß er es eigentlich wollte, mußte Sandro ihren Mut aufrichtig bewundern.

»Und da wir schon von Grenzlinien reden, will ich Euch folgendes sagen.« Bei Sandros grimmigem Geichtsausdruck hätte Adrienne fast die Courage verloren, doch dann dachte sie daran, wie er Luisa zugelächelt hatte. Sie holte tief Luft. »Ich werde nicht dabeistehen und zusehen, wie Ihr Euch eine Mätresse nehmt und Bastarde zeugt.«

Sandro war es, als hätte sie ihm einen kräftigen Hieb in die Magengrube versetzt; ihm blieb die Luft weg. An das Wort »Bastard« hatte er sich in seinen vierundzwanzig Lebensjahren doch schon gewöhnt. Schmerzte es ihn deshalb jetzt so, weil es aus Isabellas Mund kam?

»Was erwartet Ihr, Madonna, von einem Mann, der selbst nichts als ein Bastard ist?«

Adrienne erschrak, als sie den Schmerz in seinen Augen aufflammen sah. Wenn es möglich gewesen wäre, hätte sie dieses eine Wort sofort zurückgenommen. Sie würde Sandro gern berührt haben, wenn sie nicht gewußt hätte, daß er sie zurückweisen würde. Also legte sie die Hände noch fester zusammen.

»Die Gemahlin Eures Vaters konnte keine Kinder gebären. Bevor Ihr Euch anderen Frauen zuwendet, bitte ich nur darum, daß Ihr mir die gleiche Chance zugesteht, wie er sie seiner Gattin eingeräumt hat.« Während sie sprach, erinnerte sich Adrienne daran, daß Isabella zwei Fehlgeburten gehabt hatte, und sie erinnerte sich auch an die Umstände.

Da sie jedoch entschlossen war, die alte Form zu zerbrechen, hob sie kämpferisch das Kinn. »Ich werde keine wohlgefällige Ehegattin sein, Sandro.«

Sandro betrachtete sie. Die Hände hatte sie noch immer auf ihrem Schoß gefaltet, doch das war auch die einzige demütige Geste an ihr. Ihre Augen sprühten Feuer, und die Luft um Isabella herum schien so aufgeladen wie die Atmosphäre vor einem Sommergewitter. Für einen Moment schwankte Sandro zwischen Erheiterung und Zorn hin und her.

»Soll das eine Drohung sein, Madonna?« Unwillkürlich mußte er ein wenig lächeln.

Adrienne hob die Augenbrauen. »Bin ich eine Barbarin, Don Alessandro?« fragte sie und wiederholte damit das, was er einmal zu ihr gesagt hatte. »Das ist nur eine freundliche Warnung.«

Weil Sandro Isabella unbedingt berühren mußte, trat er näher. Weil er jedoch ebenso unbedingt Abstand halten mußte, hob er ihren Zopf an und begann die Flechten zu lösen. Als ihr Haar offen war, kämmte er die goldenen Strähnen mit seinen Fingern.

Er hatte nicht vorhergesehen, wie erregend eine so simple Geste sein konnte, und weil er noch mehr brauchte, hob er die noch mit dem goldseidenen Haar gefüllten Hände und legte sie um Isabellas Gesicht und an ihren Hals. Als sie glücklich seufzte, blickte er in den Spiegel.

Sie hatte den Kopf zurückgeneigt, und Sandros Hände sahen dunkel und hart auf ihrer zarten Haut aus. Unwillkürlich zog er Isabella dichter zu sich heran.

Die Berührung mit seinem erregten Körper nahm Adrienne den Atem. Im Spiegel beobachtete sie fasziniert, wie Sandro die Hände hinuntergleiten ließ, um das Band zu lösen, welches den Ausschnitt ihres Nachtkleides zusammenhielt. Er schob ihr den Stoff von den Schultern, ließ die Hände noch tiefer gleiten und legte sie schließlich um Adriennes Brüste, die sich schon dieser Berührung entgegendrängten.

So mühelos, als wäre sie ein kleines Kind, hob er Isabella hoch, trug sie zum Bett und legte sie darauf nieder. Er ließ seinen Hausmantel zu Boden fallen und setzte sich auf die Bettkante. Weil er sich so danach sehnte, seine Gemahlin zu berühren, berührte er sie überhaupt nicht, sondern schaute sie nur immerfort glutvoll an.

Adrienne fühlte seinen Blick, als wären es seine Hände, die über ihre Haut wanderten, und sie spürte, daß allein dieser Blick ihren Körper in Brand setzen konnte. Erst meinte sie, in ihrem Inneren tanzten Funken, und dann loderte die Flamme des Begehrens auf.

War ihr Empfinden anders, seit sie wußte, daß sie ihn liebte? War es intensiver, noch erregender? Oder hatte sie ihn schon von Anfang an geliebt? Oder noch früher? Weil sie sich beweisen mußte, daß er hier bei ihr war, daß er wahrhaftig existierte, legte sie ihm ihre Finger an den Mund.

Solange er sie nicht berührte, konnte er sich einreden, daß ihm noch die Wahl blieb. Doch jetzt, da ihre Finger ganz leicht über seine Lippen glitten, kapitulierte er. Er hielt ihre Hand fest und drückte seinen Mund hinein.

»Ihr seid mein, Isabella, ganz allein mein.«

Adrienne lächelte. »Beweist es mir.«

Er legte sich an ihre Seite und schob seine Hand zwischen die schon willig gespreizten Schenkel. Isabella war heiß und feucht, und wenn Sandros ganze Aufmerksamkeit nicht ausschließlich auf sie gerichtet gewesen wäre, hätte er wahrscheinlich den winzigen, kaum vernehmbaren Ausruf nicht gehört und auch nicht gespürt, daß sich ihr Körper kaum merklich anspannte. Und wäre ihm alles mit Ausnahme seines eigenen Vergnügens gleichgültig gewesen, dann hätte er beides nicht zur Kenntnis genommen.

»Weshalb sagt Ihr mir nicht, daß ich Euch weh tue?« fragte er schroff, weil er sich wegen seiner eigenen Gedankenlosigkeit schalt. Er hatte Isabella einen ganzen Tag lang geliebt; hatte er sich etwa vorgestellt, er würde sie während der ganzen Nacht ebenfalls lieben können?

»Ich kann Euch wohl kaum davor warnen, Euch mit anderen Frauen abzugeben, und Euch dann im selben Atemzug meinen Körper vorenthalten.«

Weil ihn ihre schlichten Worte so berührten, machte er ein besonders grimmiges Gesicht. »Es bereitet mir kein Vergnügen, Frauen zu lieben, die Schmerzen dabei leiden.«

»Ich könnte jetzt Anstoß nehmen an der Verwendung des Plurals, Sandro, doch ich will es diesmal noch durchgehen lassen.« Adrienne lächelte, obwohl ihr Anflug von Eifersucht noch nicht ganz verflogen war.

»Es muß auch recht schwierig sein, sich umzustellen – von dem Vergnügen mit der Hälfte aller Italienerinnen auf nur eine einzige Ehegattin.« Mit einem Finger zeichnete sie die edle Linie seiner Wangenknochen nach.

Isabella lächelte zwar, doch Sandro konnte auch das Feuer in ihren Augen erkennen. Er erinnerte sich an das, was er sich früher an diesem Abend geschworen hatte, nämlich sich selbst zu beweisen, daß er andere Frauen ebenso begehrenswert finden konnte. In mehr als einer Hinsicht dürfte sich das als schwieriger denn erwartet gestalten, dachte er.

Da er jetzt wieder Distanz benötigte, schwenkte er die Beine über die Bettkante und langte nach seinem Hausmantel. Als er Isabellas Hand an seiner Hüfte fühlte, erstarrte er.

»Würdet Ihr bei mir schlafen, Sandro?«

Er blickte über die Schulter zurück und hob spöttisch die Augenbrauen. »Wollt Ihr mich wie ein Äffchen ans Bett ketten, um sicherzustellen, daß ich nicht streune?«

»Nein. Ich vertraue darauf, daß Ihr es nicht tut.« Sie lächelte ein wenig traurig und wünschte, sie könnte ihm sagen, was ihr auf dem Herzen lag. »Ich möchte Euch nur gern während der Nacht an meiner Seite fühlen.«

Sandro wappnete sich gegen die Liebe in ihren Augen, doch es war vergeblich. »Ich habe Euch allerdings keine Versprechen gegeben, Isabella.«

»Ich weiß.« Sie legte ihre Hand mit gespreizten Fingern an seinen Rücken. »Ich habe auch keine verlangt.« Sie würde keine besseren Worte gefunden haben, und hätte sie sie auch auf der Goldwaage abgewogen.

Entwaffnet durch ihre Rede und ihre Berührung, welche nichts verlangte, wenn auch zu allem einlud, ließ Sandro den Hausmantel zum zweitenmal zu Boden fallen und legte sich neben seine Gemahlin.

Am liebsten hätte er sofort von ihrem Mund Besitz ergriffen, doch er widerstand der Versuchung. Er drehte Isabella auf die Seite und zog sie sich an den Körper.

Adrienne wollte ihn ein allerletztes Mal anschauen, bevor sie einschlief. Deshalb drehte sie sich noch einmal zurück, wobei sie gegen seinen noch immer erregten Körper rieb. Sandro legte seine Hand an ihre Hüfte, und sofort lag Adrienne ganz still.

»Ihr macht es für mich nicht eben leicht«, beklagte er sich.

»Das tut mir leid.« Ihr Herz war so voll, daß es überlief und die Worte aus ihrem Mund kamen, bevor sie sie zurückzuhalten vermochte. »Sandro, ich . . .« im letzten Moment unberbrach sie sich, weil sie erkannte, daß Sandro ihr niemals glauben würde.

»Was?«

Sie schüttelte den Kopf. »Gute Nacht.«

Sandro schlang einen Arm um Isabella, und seine Hand ruhte auf ihrer weichen Brust. Selbstverständlich hätte er es nie zugegeben, doch auf der ganzen Welt gab es keinen Ort, wo er jetzt lieber gewesen wäre.

9. KAPITEL

»Madonnas Brüder und Donna Luisa sind hier.«

Adrienne schaute zu Angela auf und lächelte. Von allen ihren Hofdamen mochte sie die kokette junge Frau mit den fröhlichen dunklen Augen am liebsten.

»Veranlasse, daß ihnen Wein und Obst in die Bibliothek gebracht wird, Angela. Und richte ihnen aus, daß ich in wenigen Minuten bei ihnen sein werde.«

»Don Piero bittet um Erlaubnis, Madonna in ihren Gemächern aufsuchen zu dürfen.«

»Nein!« lehnte Adrienne sofort ab, und dann stockte sie. Verzweifelt suchte sie nach einer Entschuldigung, doch am Ende entschied sie, daß eine Isabella die Montefiore sich nicht zu entschuldigen brauchte. »Bitte Don Piero, mit den anderen zusammen zu warten.«

Adrienne starrte blicklos in den Spiegel. Er sieht nicht so aus, als würde mir Alfonso Schwierigkeiten bereiten, dachte sie. Was immer zwischen ihm und Isabella in der Vergangenheit gewesen sein mochte – jetzt war er jedenfalls zu sehr darauf bedacht, Luisa Barbianos Gunst zu genießen, als daß er mehr als ein flüchtiges Interesse an seiner Schwester gehabt hätte. Doch mit Piero lagen die Dinge anders. Wie sie sich ihm gegenüber verhalten sollte, war Adrienne noch nicht ganz klar.

Während der gesamten Hochzeitsfeierlichkeiten, die mehrere Wochen angedauert hatten, war er ihr nachgestiegen. Es war verhältnismäßig einfach gewesen, dafür zu sorgen, daß sie nie mit ihm allein sein mußte. Dennoch hatte sie ständig seinen Blick auf sich gerichtet gefühlt, und Sandro war dies ebenfalls nicht entgangen.

Die Festivitäten waren nun abgeschlossen, und da es jetzt keine Bankette, keine Jagden, keine Theateraufführungen, keine Akrobaten, keine Musikanten und keine Paraden mehr gab, war Adriennes Freizeit nur spärlich ausgefüllt.

Sandro war an seine Arbeit zurückgekehrt; er bildete Sienas Truppen aus, die zusammen mit seinen eigenen militärischen Diensten dem Stadtstaat einen guten Teil seiner Einnahmen verschafften. Adrienne sah sich nun vor die Alternative gestellt, sich entweder in ihren Gemächern einzuschließen oder ihrem Dilemma ohne Umweg gegenüberzutreten.

Von zwei ihrer Damen begleitet, begab sie sich in die Bibliothek. Alfonso hatte Luisa in eine Ecke des großen Raums gedrängt, während Piero mit einem Weinkelch in der Hand ruhelos auf und ab ging. Sobald er seine Schwester erblickte, setzte er seinen Kelch so unbekümmert ab, daß der Wein über den Rand schwappte, und eilte heran.

Er nahm ihre beiden Hände in seine und berührte ihre Fingerknöchel mit seinen Lippen. »Du siehst so reizend aus wie immer, piccolina.« Während er sie dann auf beide Wangen küßte, flüsterte er ihr zu: »Ich will heute mit dir unter vier Augen sprechen, Bella. Keine Ausreden.«

Adrienne bedachte ihn mit einem Lächeln, das ihre Augen nicht erreichte. »Mein Leben ist nicht mehr so schlicht wie zu der Zeit, da ich einfach nur Isabella Gennaro war.«

»Was soll das heißen?«

»Ich habe mir sagen lassen, Isabella di Montefiores Stand erfordere es, daß sie ständig von mindestens zwei ihrer Damen begleitet wird.« Sie senkte die Stimme zu einem Flüstern. »Und ich glaube, es wäre diplomatisch, wenn meine Führung über jeden Tadel erhaben bleibt.« Pieros Griff um ihre Hände verstärkte sich. »Im Moment«, fügte sie hinzu.

Sie entzog Piero ihre Hände und deutete auf die beiden Frauen, die ein paar Schritte hinter ihr stehengeblieben waren. »Ich glaube, ihr alle kennt Angela und Lucrezia. Sie werden mir heute aufwarten.«

Sie hörte, wie Piero abgewandt etwas Obszönes murmelte, doch sie nahm das nicht weiter zur Kenntnis, sondern drehte sich zu Alfonso um.

Dieser drückte seiner Schwester einen flüchtigen Kuß auf

die Wange. »Mir scheint, die Ehe bekommt dir ausgezeichnet, Bella.« Er lächelte vielsagend. »Meinst du nicht auch, Piero?«

Piero äußerte irgend etwas – möglicherweise war es eine Zustimmung – und wandte sich dann ab.

Als Luisa heranschwebte und zur Begrüßung ihre beiden Hände faßte, vermochte Adrienne kaum, ihren Widerwillen gegen diese Berührungen zu unterdrücken.

»Selbstverständlich bekommt ihr die Ehe. Schließlich hat sie auch den schönsten Mann von ganz Siena in ihrem Bett.«

Adrienne beobachtete, wie sie ihrem Liebhaber unter halbgeschlossenen Lidern hervor einen Blick zuwarf, der ihre Worte Lügen strafte. Alfonso richtete sich auf wie ein Pfau, der sein Rad schlug.

Es entging Adrienne jedoch auch nicht, daß Luisa Piero ebenfalls verstohlen mit einem Blick streifte und daß ein bösartiges Glitzern in ihre Augen trat, nachdem sie gesehen hatte, daß seine Miene immer finsterer wurde. Das Ganze hatte nur wenige Sekunden gedauert, doch Adrienne verstand jetzt, was für ein verwirrendes Spielchen Luisa trieb, und wie hervorragend sie es beherrschte.

Jetzt drehte sich Luisa um, sah Adrienne direkt ins Gesicht, und für die Spanne eines Moments leuchtete die Provokation unverkennbar aus ihren himmelblauen Augen. Sofort jedoch wurde ihr Blick wieder weicher und nahm den ganz bewußt eingeübten Ausdruck freundlicher Wärme an.

Adrienne erkannte, daß die wortlose Warnung, die sie vor Tagen zu Luisa geschickt hatte, die beabsichtigte Wirkung nicht erzielt hatte. Der Fehdehandschuh war so unmißverständlich geworfen worden, als läge er jetzt auf dem Boden zwischen ihnen beiden.

Die sechsköpfige Reisegesellschaft begab sich hinaus nach Vignano, wo die neue Sommervilla der Gennaros errichtet wurde und kurz vor ihrer Fertigstellung stand. Es war ein weitläufiges, lichtdurchflutetes Gebäude; die allerbesten

Handwerker und die hervorragendsten Künstler hatten es ausgestattet, die für das Geld zu haben waren, das Generationen von Bankkaufleuten zusammengetragen hatten.

Auf der offenen Terrasse war unter schattenspendenden alten Eichen ein köstliches Mahl aufgetragen worden. Kaltes Rebhuhn, verschiedene Käsesorten, Mailänder Würste und hauchdünn aufgeschnittener Parmaschinken türmten sich auf der Tafel.

Nach dem Essen zog Alfonso Luisa mit kaum verhohlener Hast in die Villa – angeblich um ihr eine bauliche Einzelheit zu zeigen. Adrienne schnitt sich derweil umständlich einen Apfel auf, den sie gar nicht essen wollte.

Piero erhob sich und bot ihr harmlos lächelnd seine Hand. »Sollen wir einmal sehen, ob die Gartenanlage deinem Geschmack entspricht, Schwesterchen?«

»Verlange nicht, daß ich meine Damen zurücklasse, Piero«, sagte Adrienne leise, als sie seinen Arm nahm. Sie sah die Wut in Pieros Augen aufflammen, doch bevor er etwas äußern konnte, sprach sie rasch weiter. »An diesen neuen Umstand in meinem Leben werden wir uns gewöhnen müssen.« Sie tippte auf seine Hand. »Bitte, ja?«

Er bedachte sie mit einem finsteren Blick und nickte.

Die Gärtner hatten den Kies auf dem Pfad durch die Gartenanlage zu einem Muster geharkt, das Adrienne sofort an das Château de Beaufort und an die Menschen erinnerte, die dort auf den Wegen entlangspaziert waren.

Überraschend und höchst unerwünscht kamen ihr die Tränen, und für einen Moment trauerte sie um ein Leben, das für sie nicht mehr existierte. Während der vergangenen Wochen war das Leben der Adrienne de Beaufort in irgendwelche nebligen Bereiche am Rand ihres Bewußtseins zurückgewichen, doch jetzt war die Erinnerung daran wieder so lebhaft, daß es sich kaum ertragen ließ.

Als Adrienne sich verstohlen die Augen trocknen wollte, blieb Piero stehen, hob ihr Gesicht zu sich hoch und blickte sie liebevoll und aufrichtig besorgt an.

»Was hast du denn, Isabella?« fragte er leise und streichelte sanft ihre Wange.

Sie schüttelte nur den Kopf; sprechen konnte sie nicht.

Unvermittelt verzerrte der Haß Pieros Gesicht. »Falls dieser Bastard dich grausam behandelt, dann werde ich ihn umbringen wie einen tollen Hund, ohne erst lange auf eine günstige Gelegenheit dazu zu warten.«

Benommen starrte Adrienne ihn an, während ihr seine bösartigen Worte langsam ins Bewußtsein drangen. O Gott, dachte sie, wie soll ich es denn jemals schaffen, all diese widerstreitenden Emotionen miteinander zu vereinbaren?

Sie hatte es geahnt, daß Piero Sandro nach dem Leben trachtete. Nein, sie hatte es sogar gewußt, und zwar schon lange bevor sie auf wundersame Weise in Isabellas Körper geschlüpft war. Doch Isabellas Bruder solche Absichten laut aussprechen zu hören, machte dieses Wissen noch erschreckender. Und durch dieses Wissen wurde Adrienne zur Mitschuldigen.

Ihre Gedanken überschlugen sich. Sobald sie in die Stadt zurückgekehrt war, wollte sie zu Sandro gehen und ihm alles berichten. Sie wollte ihm sagen, daß Piero beabsichtigte, ihn zu ermorden, und daß er vorhatte, auf die eine oder andere Weise der Herrscher über Siena zu werden. Und daß es ihn nach ihr gelüstete.

Sogleich dachte sie daran, was Piero dann bevorstehen würde: Verhör und Mißhandlung, Strafprozeß und Verurteilung zum Tod, bestenfalls zu lebenslänglichem Kerker. Doch wie konnte sie ihm das antun, wo er sie doch eben noch so freundlich und voller brüderlicher Besorgnis angeschaut hatte?

Sie wandte sich von ihm ab und ging, nein, rannte den Pfad hinunter. Freilich kam sie nicht sehr weit, denn ihre schweren, hinderlichen Kleider machten das Laufen so anstrengend, daß sich Adrienne bald gegen eine Statue lehnen mußte, um wieder zu Atem zu kommen.

Nein, dachte sie, das ist so nicht richtig, ganz und gar

nicht. Wenn sie hierher gekommen war, um Sandros Schicksal zu ändern, dann würde sie doch sicherlich auch Pieros Schicksal ändern können. Falls sie Sandros Leben rettete, würde sie verhindern, daß sein Blut an Pieros Händen klebte.

Ihr aus der Verzweiflung geborener Plan hatte in ihrem Kopf schon eine feste Form angenommen, als Piero sie erreichte. Sie fuhr zu ihm herum und begegnete ihm mit einer Wut, die nur unwesentlich übertrieben war.

»Du bist ein Dummkopf, Piero«, herrschte sie ihn an. »Hast du etwa dein ganzes Leben lang geplant, intrigiert und bestochen, nur um alle deine Vorhaben mit einem einzigen Stoß deines Dolches zunichte zu machen und deinen männlichen Stolz zu befriedigen?«

»Wovon redest du denn? Ich will dich doch nur beschützen.« Er wollte sie berühren und streckte den Arm nach ihr aus, doch sie schlug seine Hand fort.

»Wenn du mich tatsächlich beschützen willst, dann wirst du gefälligst die Zeit abwarten!«

Er starrte sie böse an. »Wir hatten abgemacht, daß wir nur so lange warten würden, bis du einen diskreten Weg gefunden . . .« Er unterbrach sich, warf einen Blick zu den beiden Frauen hinüber und schaute dann wieder seine Schwester an.

»Es gibt bessere Möglichkeiten.« Adrienne hoffte nur, daß sie jetzt keinen furchtbaren Fehler machte. »Hör mir zu. Wenn wir jetzt handeln, könnten uns die Vermutungen und Gerüchte ruinieren.«

»Weshalb ist dir das nicht schon früher eingefallen? Oder willst du nur Zeit gewinnen, weil du noch nicht auf die . . . Dienste deines Gemahls verzichten möchtest?«

»Du bist noch viel schwachköpfiger, als ich dachte, Piero.« Sie verbarg ihr Entsetzen hinter Verachtung. »Wenn wir der Natur ihren Lauf lassen . . .« Sie sah, daß Piero Luft holte, um sie zu unterbrechen. Mit erhobener Hand brachte sie ihn zum Schweigen. ». . . und vielleicht diskret ein wenig nachhelfen, falls dies nötig werden sollte«, setzte sie ihre Rede fort, »dann würde doch alles wesentlich einfacher sein.«

Sie senkte die Stimme. »Wenn der Herzog von Montefiore stirbt, wird mein Gemahl sein Nachfolger. Falls dieser stirbt, wird mein Erstgeborener nachfolgen. Und wer könnte meinen Sohn wohl besser durch seine Minderjährigkeit leiten als sein Onkel?«

»Das ist es nicht, woran ich interessiert bin, und das weißt du auch ganz genau, Schwesterchen. Ich habe nicht die Absicht, jahrelang zu warten, nur um den Regenten für einen Sproß der Montefiores zu spielen.« Er schaute sie argwöhnisch an. »Weshalb hast du deine Meinung geändert, Bella? Unsere Pläne . . .«

»Vergiß doch einmal für einen Moment unsere Pläne!« Sie stampfte mit dem Fuß auf. »Begreifst du denn nicht, wie sehr das die Sache für uns vereinfachen würde?« Sie drückte sich die geballten Fäuste an die Stirn. »Du würdest auf völlig legitimem Weg in diese Position gelangen. Es wäre eine hübsch saubere Angelegenheit.«

»Was kümmert mich die Legitimität?« Er machte eine obszöne Handbewegung. »Sieh dich doch um, Bella. Wer schert sich um Rechtmäßigkeit? Das einzige, was mich interessiert – und jeden anderen auch –, das ist die Macht.«

»Ich sage dir doch, du wirst Macht haben. Ich benötige ein wenig Zeit, und dann werde ich dir die Macht auf dem Silbertablett servieren.« Sie lächelte kalt.

»Und die Montefiores?«

»Überlaß die nur mir, Piero. Für sie werde ich Zeit und Ort bestimmen.«

»Nein!« Zornig wandte er sich ab. »Sie gehören mir, alle beide. Besonders der Bastard.« Er senkte die Stimme zu einem heiseren Flüstern. »Ganz besonders der Bastard!«

Adrienne trat einen Schritt zurück und blickte Piero von oben bis unten an. Zwar schnürte ihr die Angst den Hals zu, doch als sie Piero wieder ins Gesicht sah, stand die kalte

Verachtung in ihren Augen. »Du ziehst es also vor, alles mit Schmutz und Blut zu überziehen. Brauchst du das, um dir zu beweisen, daß du ein Mann bist?«

Sein Gesicht war so wutverzerrt, daß sie schon dachte, sie wäre zu weit gegangen. Ein paar Momente später verschwand die Wut jedoch, und an ihre Stelle trat jener lüsterne Ausdruck, den Adrienne schon zu gut kannte.

»Nein, Bella.« Seine Stimme klang jetzt weich und verführerisch. »Du weißt doch besser als jeder andere Mensch, was ich brauche.« Wieder streckte er die Hand nach ihr aus, um sie zu berühren.

»Laß das.« Sie trat zurück. »Vergiß nicht, daß wir nicht allein sind.« Mit den Augen deutete sie zu der Frau, die zu weit von ihnen entfernt stand, um etwas von dem Gespräch mithören zu können.

»Wann, Bella?« drängte er. »Sag mir, wann.«

»Wirst es auf meine Weise machen?«

Piero sah, daß seine Schwester fest entschlossen war. »Nun gut«, stimmte er zu. Er wußte ja, wie heikel Isabella sein konnte, wenn man sie verärgerte. Und wenn es auf ihre Weise zu lange dauert, dann habe ich ja immer noch meinen Dolch, sagte er sich im stillen, oder die Mittel, um für die Waffe eines anderen zu bezahlen.

»Schwöre es!«

»Ich schwöre es bei den Gräbern unserer Eltern«, sagte er leichthin und ohne die geringsten Bedenken gegen einen Meineid. Danach packte er ihren Arm. »Ich habe dir also zugestanden, was du wolltest. Und jetzt wirst du mir sagen, wann du mir zugestehen wirst, was ich will und was du mir versprochen hast.«

Ihr Blick lief von seiner schmerzhaft um ihren Arm geschlossenen Hand zu seinen Augen. Erst nachdem Piero sie losgelassen hatte, sprach sie wieder.

»Es gab Gerüchte, Piero. Und ich will auf keinen Fall, daß die Vaterschaft meines Kindes angezweifelt wird.« Sie sah, daß sich seine Lippen wieder vor Wut verzogen, und hob sofort die Hand. »Du hast geschworen, es auf meine Weise zu machen. Vergiß das nicht.«

Piero ballte die Fäuste. »Ich werde warten, bis Montefiore seinen Samen in deinen Bauch gesenkt hat, Schwesterchen.« Das hörte sich gallebitter an. »Und dann werde ich mir nehmen, was mir schon immer gehörte.«

Bei seinen Worten fühlte sie nichts als Ekel und Abscheu; dennoch war sie erleichtert. Sie hatte ein wenig kostbare Zeit gewonnen. Ihr Plan hielt Piero in Schach, hielt ihn von Sandro fern, von dessen Vater und von ihr selbst. Sie hatte also zumindest einige Monate gewonnen, und in dieser Zeit konnte sehr viel geschehen.

Francesco di Montefiore stand am Fenster seines Arbeitsraumes und ließ den Blick über die Personen schweifen, die gerade in die Piazza einritten. Erst als er sah, daß seine Schwiegertochter mit ihrem Bruder Piero zur Seite die Gruppe anführte, schaute er genauer hin. Die beiden waren zu weit entfernt, so daß er ihre Mienen nicht zu deuten vermochte, doch ihre steife Körperhaltung sagte ihm, daß weder Isabella noch Piero guter Dinge waren.

»Richte Donna Lucrezia aus, sie möge sich unauffällig von ihrer Herrin entschuldigen. Ich wünsche ihren umgehenden Bericht.« Er hatte mit seinem Schreiber gesprochen, der hinter ihm saß.

Nachdem der Mann aus dem Raum geeilt war, seufzte Francesco. Es gab so vieles, das er seinem einzigen Sohn nicht hatte geben können. Er hätte sich gewünscht, ihm wenigstens eine Frau zuführen zu können, der er vertrauen durfte und deren Charakter nicht höchst zweifelhaft war.

Fast eine Stunde später, nachdem die Hofdame längst schon wieder gegangen war, hatte sich Francesco noch immer nicht von seinem Posten beim Fenster fortbegeben. Er hörte, daß hinter ihm die Tür geöffnet wurde, und er hörte den Kämmerer, der Isabella ankündigte, doch noch immer rührte sich der alte Herzog nicht von der Stelle.

Während der Festwochen hatte er seine Schwiegertochter beobachtet wie ein Raubtier seine Beute, doch er hatte weder von der herrischen Arroganz noch von dem verderbten Zauber etwas bemerkt, für den sie doch so berühmt war und der es bewirkte, daß ihr jeder Mann zu Füßen fiel, den sie nur einmal angeschaut hatte.

Francesco mußte an ihre großen, angsterfüllten Augen denken, als sie mitten unter den lärmenden Leuten gestanden hatte, die zum Hochzeitsbett der Frischvermählten gekommen waren. Er erinnerte sich an ihren unschuldigen Blick, den sie auf Alessandro gerichtet hatte. Es ist, als gäbe es zwei Isabellas, dachte der Herzog.

Ja, und dann war da noch ihr so mysteriöses Verschwinden; sowohl sie als auch Alessandro weigerten sich hartnäckig, darüber zu sprechen.

Das Wort »Hexe« kam ihm in den Sinn, doch diesen grauenvollen Gedanken schlug er sich sofort wieder aus dem Kopf. Dennoch machte er hinter vorgehaltener Hand das Kreuzeszeichen gegen den bösen Blick, als sie jetzt hereinkam und er sich zu ihr umdrehte.

»Donna Isabella.«

»Hoheit.«

Er beobachtete ihr Gesicht genau, als sie sich von ihrem tiefen Hofknicks wieder erhob, doch er vermochte in ihren Augen keine Ungehaltenheit oder Verärgerung über sein Verhalten zu entdecken, keine Andeutung von Verachtung wegen des Titels, den er für zwanzigtausend Dukaten und eine doppelt so teure goldene Amtskette gekauft hatte.

Adrienne blickte ihren Schwiegervater an und versuchte zu erraten, weshalb er sie zu sich befohlen hatte. Bereits am allerersten Tag hatte sie gemerkt, daß er sie weder mochte noch ihr traute. Nun ja, sie hatte diesen kalten, etwas gequälten Ausdruck in seinen Augen gesehen, wann immer er Sandro anschaute, und sie mochte den Mann schließlich auch nicht so besonders gut leiden.

Lange sagte er nichts, sondern betrachtete sie nur mit seinen matten, blassen Augen. Mit den gebeugten Schultern wirkte er sehr alt und sehr müde, und mit einem Mal spürte sie ein großes Mitgefühl für diesen Menschen, der schon die Krankheit in sich trug, die ihn, wie Adrienne wußte, in ein frühes Grab bringen würde.

Das ist etwas, das ich nicht zu ändern vermag, dachte sie traurig. Sie versuchte, sich das Erschaudern nicht anmerken zu lassen, das sie durchrieselte, und in diesem Augenblick wünschte sie, ihr wäre nicht bekannt, was die Zukunft bringen würde.

Es irritierte Francesco ein wenig, daß sie da so still und abwartend stand. Von der für die Familie Gennaro so typischen Überheblichkeit, mit der er nur allzu vertraut war, konnte er keine Spur entdecken. Es wäre ihm entschieden leichter gefallen, unfreundlich zu ihr zu sein.

Wäre es möglich, daß ich sie falsch eingeschätzt habe? fragte er sich. War es ungerecht von ihm gewesen, sie nach dem Verhalten ihrer Familie zu beurteilen, die ihm seit vielen Jahren nichts als Schwierigkeiten und Ärger eintrug? Francesco hatte Alessandro über Isabella ausfragen wollen, doch dieser hatte ihm kalt in die Augen geblickt und erklärt, daß seine Ehe nur ihn allein etwas anginge.

Auf einmal kam sich Francesco töricht vor, weil er Isabella zu sich befohlen hatte. Was hatte er ihr vorzuwerfen? Daß sie einen Tag zusammen mit ihren Brüdern verbracht hatte? Daß sie anscheinend einen lebhaften Streit mit ihrem Bruder Piero gehabt hatte? So eindringlich er, Francesco, Donna Lucrezia auch befragt hatte, die Hofdame war beharrlich dabei geblieben, Isabellas Verhalten sei makellos gewesen.

»Ich habe nicht die Absicht, Euch die Gesellschaft Eurer Brüder zu verbieten, Madonna«, sagte er in einem höflicheren Ton als sonst für ihn üblich. »Ich würde es jedoch mit größerem Wohlgefallen sehen, wenn Ihr die Zeit ein wenig beschränkt, die Ihr mit ihnen verbringt.«

Am liebsten hätte Adrienne bei seinen Worten vor

Freude gejubelt. Jetzt hatte sie doch wenigstens einen Grund, einen Vorwand dafür, sich von Piero und Alfonso fernzuhalten.

Sie hob indessen nur die Brauen und blickte dem Herzog fest in die Augen. »Habt Ihr einen bestimmten Anlaß für diese Anordnung, Altezza?«

»Ihr seid eine intelligente junge Frau, Donna Isabella, und Ihr besitzt Augen und Ohren.« Er verschränkte die Armen. »Ich denke, Ihr kennt den Grund sehr genau.«

»Die ganze Aufregung wegen ein wenig Klatsch?« Sie haßte ihren kühlen, leicht spöttischen Ton, doch sie wußte, daß sich die andere Isabella der Anordnung des Herzogs nicht so ohne weiteres gebeugt hätte.

»Ich will nur das Beste für meinen Sohn.« Francesco merkte, daß ihn der selbstgefällige Blick dieses Mädchens langsam doch verärgerte.

»Ach ja?« Plötzlich fiel es ihr ganz leicht, diesen Mann zu verachten, der von dem redete, was er für seinen Sohn wollte, und dennoch derjenige gewesen war, der Sandro den größten Schmerz zugefügt hatte.

»Was soll das heißen?« Er trat einen Schritt auf sie zu.

»Ihr habt es selbst gesagt: Ich bin eine intelligente Frau und besitze Augen und Ohren.«

»Und?«

»Euer Kopf mag für Euren Sohn das Beste wollen, doch Euer Herz kann es ihm nicht geben.« Während sie sprach, vergaß sie, die Rolle der Isabella zu spielen, so daß ihr Blick und ihre Stimme weicher geworden waren.

Der Herzog blickte in ihre Augen, die jetzt keinen Spott mehr zeigten, sondern von Wärme und Traurigkeit erfüllt waren. Er schüttelte den Kopf, als könnte er ihn so klären. »Was wißt Ihr, eine Gennaro, schon über das Herz?« fragte er höhnisch.

Seine Worte schmerzten, obwohl Adrienne natürlich wußte, daß sie sich nicht eigentlich gegen sie, sondern gegen die andere Isabella richteten.

»Seit ich Eure Schwiegertochter geworden bin, gibt es Tage, an denen ich mehr über das Herz erfahre, als mir lieb sein kann«, sagte sie leise wie zu sich selbst. Sie wandte sich ab, weil sie nicht wollte, daß er ihr den Schmerz ansah, der jetzt sicherlich ihrem Gesicht abzulesen war.

Das erstemal war sie durch irgendeinen Zufall in Sandros Leben geraten, das zweitemal aus eigenem Antrieb. Sie hatte genau gewußt, was sie wollte – nein, was sie tun mußte. Ganz bestimmt jedoch hatte sie dabei nicht an die Auswirkungen und Kosten gedacht, die auf sie selbst zukommen würden.

Sie hatte nicht vorhergesehen, daß sie sich in Alessandro di Montefiore verlieben würde, und selbst wenn sie es gewußt hätte, würde dieser Gedanke sie nicht erschreckt haben. Wahrscheinlich hätte sie sich sogar darüber gefreut, denn während ihres ganzen Lebens hatte sie davon geträumt, daß es eines Tages für sie jemanden geben würde, der ihr Leben mit Licht erfüllte.

Allerdings hatte sie nicht gewußt, wie weh Liebe tun konnte. Sie hatte nicht geahnt, wie hilflos es sie machen würde, das Verlangen in Sandros Augen zu erkennen und gleichzeitig zu wissen, daß die Schatten des Mißtrauens zurückkehren würden, sobald dieses Verlangen gestillt war.

Manchmal verließ er nach dem Liebesspiel ihr Bett, als könnte er das Zusammensein mit ihr nur ertragen, solange es mit der Leidenschaft zusammenhing.

Das einzige, was ihr Hoffnung gab, waren jene zärtlichen Momente, wenn er nach erfüllter Liebesvereinigung noch bei ihr lag und seine Finger über ihre Haut streichen ließ, wenn er verträumt mit ihrem Haar spielte oder wenn er im Schlaf ihren Namen murmelte und sie sich an den Körper zog.

Adrienne hörte die Schritte des Herzogs hinter sich und atmete tief durch, um so den Schmerz aus ihrem Gesicht zu verbannen. Es war schließlich ihr eigener Schmerz, genauso wie es ihre eigene Liebe war, und sie war nicht bereit, das mit dem Mann zu teilen, der Sandro niemals gegeben hatte, was dieser von ihm gebraucht hätte.

Als sie sich wieder zu Francesco di Montefiore herumdrehte, hatte der Stolz ihren Rücken gestrafft, und ihre Miene wirkte gelassen.

»Wüßte ich nicht genau, daß Ihr Isabella Gennaro seid, würde ich beschwören, daß das nicht der Fall ist«, sagte er sehr leise.

Sie erschrak über die Maßen. Um das zu überspielen, zuckte sie nur die Schultern und wollte sich wieder abwenden, doch der Herzog legte seine große Hand um ihre Schulter und drehte Adrienne zu sich zurück.

Sie blickte ihm in die Augen. »Ich bin nicht Isabella Gennaro, Altezza.« Sie bemerkte seine Bestürzung und hob stolz das Kinn. »Ich bin Isabella di Montefiore.« Und in diesem Augenblick erkannte Adrienne ohne jeden Zweifel, daß sie das auch wahrhaftig war.

Der Herzog sah sie lange schweigend an. Schließlich ließ er seine Hand von ihrer Schulter fallen und nickte einmal kurz und wie zur Bekräftigung.

»Ihr liebt ihn.« Das war eher eine Feststellung als eine Frage.

Adrienne hob den Kopf noch höher. »Jawohl.«

»Und Alessandro?« Francesco sah den Schmerz über ihr Gesicht fliegen, doch ihr Kopf blieb erhoben.

»Ich spreche nicht für Alessandro. Ihr werdet ihn selbst befragen müssen.«

Der Herzog trat von ihr fort. Er wußte nur zu gut, daß er nicht das Recht besaß, seinem Sohn eine derartig intime Frage zu stellen. Die Eifersucht überfiel ihn bei dem Gedanken, daß diese junge Frau, nachdem sie ein paar Wochen das Bett mit seinem Sohn geteilt hatte, diesem viel näher gekommen war, als er, Francesco, das innerhalb von vierundzwanzig Jahren geschafft hatte.

Zwischen ihm und Alessandro hatte schon immer ein tiefer Abgrund geklafft. Das war von dem Moment an so gewesen, da er das Neugeborene zum ersten Mal in den Armen der Frau gesehen hatte, die er sich in sein Bett geholt hatte, weil seine Gattin ihm den Sohn nicht gebären konnte, den er brauchte. Und dieser Abgrund bestand noch immer, weil er, Francesco, unfähig war, ihn zu überbrücken.

»Möglicherweise habe ich Euch falsch beurteilt, Donna Isabella«, meinte er, als er sich wieder zu ihr wandte. »Ich hoffe es meinem Sohn zuliebe.«

Mehr sagte er nicht, doch Adrienne begriff die unausgesprochene Bedeutung dieser Worte: Sie würde weiterhin unter Beobachtung stehen. Doch sie erkannte auch, daß sie möglicherweise eines Tages einen Verbündeten haben würde, wenn auch einen unfreiwilligen.

Sie vollführte einen Hofknicks, und als sie sich daraus wieder erhob, blickte sie dem Herzog noch einmal in die Augen. Danach drehte sie sich um und verließ den Raum.

10. KAPITEL

Auf dem Ritt der Stadt entgegen hörte sich Sandro Michele Vanuccis amüsanten Bericht über dessen neueste Liebesabenteuer nur mit halbem Ohr an.

Während der vergangenen Tage hatte Sandro seine Männer hart drangenommen, und ihm war klar, daß er sowohl mit seinen Soldaten als auch mit seiner Ausrüstung vollauf zufrieden sein konnte. Weshalb war er dann so verbittert und mißmutig? Weshalb spürte er in sich eine Ungeduld, die ihn plagte wie ein Dorn im Fleisch?

Das kommt nur von dem erzwungenen Müßiggang der letzten Monate, dachte er. Und in den kommenden Monaten stand ihm weitere Untätigkeit bevor. Der Vertrag, der ihn verpflichtete, erforderlichenfalls für das Papsttum zu kämpfen, lief zwar erst in ein paar Monaten aus, dennoch waren die Chancen gering, daß seine Männer mehr zu sehen bekamen als die direkte Umgebung ihres Lagers.

Italien erfreute sich gegenwärtig einer der seltenen Friedenszeiten. Zwar liefen Gerüchte um, nach denen Ludwig, der König von Frankreich, eine neue italienische Kampagne plante, doch das schienen eben auch nur Gerüchte zu sein.

Sandro würde also kaum etwas anderes zu tun haben, als tagsüber mit seinen Leuten zu exerzieren und sie abends mit genug Wein und Huren zu versorgen, um sie bei der Stange zu halten. Mich macht nur die viele freie Zeit ruhelos, sagte er sich immer wieder, obwohl er genau wußte, daß er sich damit selbst belog.

»Und dann habe ich sie mir über die Schulter geschlungen und sie die große Treppe hinuntergetragen, vorbei an ihrem Vater und ihren Brüdern, die mir applaudierten und mich weiterwinkten, bis ich auf der Straße stand.«

»Du hast was getan?« Mit finsterer Miene drehte sich Sandro zu seinem Leutnant und besten Freund um.

Michele lachte aus voller Kehle und so laut, daß er einen Schwarm Stare aus einem in der Nähe befindlichen Weingarten aufscheuchte, in dem die Trauben schon ihre dunkle Purpurfarbe annahmen. »Ich wollte nur feststellen, ob du mir auch wirklich zuhörst, Alessandro.«

»Ich habe zugehört.« Der Klang seiner Stimme und sein Gesichtsausdruck wirkten recht trübsinnig.

»Doch der größte Teil deiner Gedanken befand sich ganz woanders, stimmt's?« Grinsend beugte sich Michele hinüber und gab Sandro einen freundschaftlichen Stoß gegen die Schulter. »Und ich kann mir auch ziemlich gut vorstellen, wo sie waren.«

Sandro bedachte seinen Freund mit einem düsteren Blick und brummte ein kurzes und obszönes Wort vor sich hin. Damit muß jetzt wirklich Schluß sein, befahl er sich im stillen streng und ärgerlich.

Seit er vor Wochen zum erstenmal an der Tür zum Schlafgemach seiner Braut gestanden hatte, war sie tagsüber durch seine Gedanken und nachts durch seine Träume gewandelt. Selbst wenn er von dem Geruch nach Schmutz und

Schweiß umgeben war, hatte er nichts als Isabellas Duft in der Nase. Wenn er das Heft seines Säbels in der Hand hielt, wußte er, wie sich ihre Haut anfühlte. Ständig schwebte ihm lockend ihr Bild vor den Augen und lenkte ihn ab.

»Weshalb sträubst du dich so dagegen, Alessandro?« fragte Michele, und aus seinen braunen Augen sprach die aufrichtige Zuneigung. »Sei doch froh, daß man dir eine so schöne Gattin zugeführt hat, und genieße sie. Stell dir vor, man hätte dir eine dicke, krummbeinige Vettel gegeben!« Er lachte wieder. »Dann hättest du dir die Augen verbinden und an Mona Dianas Frauen denken müssen, um deine Söhne zeugen zu können.«

Mit verdrossenem Gesicht starrte Sandro geradeaus. Trotz der Aura von Unschuld und Reinheit, die sie zu umgeben schien, mißtraute er Isabella noch immer, ebenso wie er ihren Brüdern mißtraute. Trotzdem gelang es ihm nicht, sich von ihr fernzuhalten. Wie könnte er Michele erklären, daß sie ihn, Alessandro, in nur wenigen Wochen vollkommen für sich eingenommen hatte? Seine Hingabe ging über das Verlangen weit hinaus, und daß er die Kontrolle über dieses Verhältnis verloren hatte, machte ihm wirklich angst.

»Weil wir gerade von Mona Diana sprechen...« Michele gab Sandro einen Stoß mit dem Handrücken, und seine Augen blitzten mutwillig. »Was würdest du davon halten, wenn wir ihr heute abend einen Besuch abstatteten? Vielleicht gelingt es einer ihrer Schönen, deine Gedanken von deiner Gattin abzulenken.« Er grinste. »Falls du das überhaupt wirklich willst.«

Sandro nickte einverstanden, doch diese Aussicht bereitete ihm kein Vergnügen und hob auch seine Stimmung nicht.

Die Frauen in Mona Dianas Freudenhaus waren hübsch, gut ausgebildet und gesund, doch Sandro hatte nicht die geringste Lust, ihre Reize zu kosten. Als die Männer jedoch den Palazzo Montefiore erreichten, war er soweit, daß er sich sagte, Michele hätte vielleicht recht. Möglicherweise war es tatsächlich das, was er brauchte.

In der Eingangshalle war es kühl und dunkel. Die Stiefelabsätze der beiden Männer klapperten laut auf den Marmorfliesen. Im Gehen zogen sich Sandro und Michele die Handschuhe und die kurzen Umhänge aus und warfen sie den Lakaien zu, die zum Empfang herbeigeeilt waren.

»Und jetzt etwas zum Essen und einen Becher Wein, um den Staub des Tages fortzuspülen, Michele.«

Sandro löste die Verschlüsse seines Lederwamses. Mit einem Fuß schon auf der untersten Stufe der Treppe winkte er einen der Lakaien heran, so daß er ihm seine Befehle erteilen konnte. In diesem Moment schaute er zufällig die Treppe hinauf und sah Isabella.

Sie stand auf halber Höhe der breiten Treppe und hatte sich gerade eben die langen Perlenschnüre aus dem Haar gezogen, das wie üblich zu einem schlichten Zopf geflochten war. Die Ketten hingen von ihren Fingern wie ein milchiger Wasserfall. Isabella sagte kein Wort, doch sie lächelte und ging Sandro ein paar Stufen entgegen.

Er vergaß Michele, und er vergaß die Befehle, die er hatte erteilen wollen. Er ging die Treppe weiter hinauf und blieb eine Stufe unter Isabella stehen. Ihr und sein Gesicht befanden sich jetzt auf einer Höhe.

»Madonna«, grüßte er mit einem kurzen Nicken. Er war es nicht gewohnt, Schuldgefühle zu haben, doch jetzt plagten sie ihn, und er fragte sich, ob Isabella sie ihm wohl an den Augen anzusehen vermochte.

»Ich bin sehr erfreut, Euch zu sehen, Don Alessandro.« Sie neigte den Kopf ein wenig zur Seite und lächelte. »Insbesondere weil Ihr Euch heute abend in einer so bezaubernden Stimmung befindet«, spöttelte sie freundlich.

Sandro blickte zur Seite und versuchte, nicht daran zu denken, wie es sich anfühlen würde, wenn er ihr dieses Lächeln von den Lippen küßte.

»Werden wir das Vergnügen haben, beim Nachtmahl durch Eure Anwesenheit geehrt zu werden?«

»Nein«, antwortete er schroff. »Ich werde mit Michele ausgehen.« Er schickte noch einen düsteren Blick hinterher, denn er ärgerte sich über sich selbst, weil er sich veranlaßt gesehen hatte, sein Nein noch zu erläutern.

Ohne hinter sich zu sehen, schnippte er mit den Fingern einen wortlosen Befehl und ging dann an Isabella vorbei weiter nach oben. Er wußte, daß er seinem Bedürfnis, sie zu berühren, nicht länger widerstanden hätte, wäre er noch länger geblieben.

Adrienne lag in dem weichen, breiten Bett und schaute zu den Göttern und Nymphen hinauf, die sich am Baldachin miteinander vergnügten.

Für Sandro bin ich immer noch wie eine dieser Nymphen dort oben, dachte sie, ein Körper, den man benutzt und dann fortwirft. Ihr war selbstverständlich vollkommen klar, weshalb er ihr noch immer nicht vertraute und weshalb er sie nicht hinter die Mauer ließ, mit der er sich umgab. Die Erkenntnis schmerzte trotzdem.

Es wäre vielleicht erträglicher gewesen, wenn ihr eine unbegrenzte Zeit zur Verfügung gestanden hätte, doch das war ja nicht der Fall. Die Bürde des Wissens drückte sie schwer, eines Wissens, das sie mit niemandem teilen konnte.

Sie wußte, daß König Ludwig von Frankreich bereits nach Italien aufgebrochen war und Zwietracht mit sich brachte. Ihm folgte Cesare Borgia, zerfressen von dem Ehrgeiz, sich sein eigenes Herzogtum aus den Stadtstaaten Mittelitaliens zu formen.

Adrienne preßte sich die Handballen in die Augen und überlegte hin und her, wie sie diese fürcherliche Kenntnis, die sie über die Zukunft besaß, verwenden konnte, ohne als Hexe verbrannt zu werden.

In einem Punkt jedoch versagte ihr Wissen: Sie wußte nicht, wieviel Zeit ihr blieb. Unwillkürlich fiel ihr Blick auf

Isabellas Porträt an der gegenüberliegenden Wand. Es war für sie eine ständige Mahnung.

Sie wußte nicht, ob sie nicht vielleicht in Adrienne de Beauforts Leben aufwachte und feststellen mußte, daß ihr das Universum einen bösen Streich gespielt hatte. Wie immer lief ihr allein bei dieser Vorstellung ein grausiger Schauder über den Rücken.

Sie hörte, daß die Tür geöffnet wurde. An den gleitenden Schritten erkannte sie, daß Daria hereingekommen war, die ihr einen Becher mit Honig gesüßter und mit Orangenöl und Zimt gewürzter Stutenmilch brachte. Adrienne setzte sich im Bett auf, nahm der jungen Sklavin den Becher ab und begann zu trinken.

Daria kniete sich neben das Bett und sah ihrer Herrin beim Trinken zu. Sie hatte die Hände gefaltet und konnte die Metallkapsel fühlen, die sie in ihre Tunika eingenäht hatte.

Wie oft hatte sie Isabella schon die Milch gebracht, und an wie vielen Abenden hatte sie schon den Inhalt der Kapsel in das Getränk schütten wollen? Und wie oft hatte sie schon den leeren Becher fortgetragen und dabei ihre eigene Feigheit verflucht, weil sie ein Leben voller Schmerz und Schrecken dem raschen Tod ihrer Herrin vorzog?

Doch seit nun die Zauberin – so nannte Daria sie heimlich – den Körper ihrer Herrin übernommen hatte, war sie über ihre Feigheit nur froh. Zwar war sie selbst besudelt und durfte deshalb niemals wieder heimkehren, doch sie konnte immer noch Sonnenuntergänge betrachten und an Blumen riechen.

Adrienne leerte den Becher. Der Geschmack der Stutenmilch war ihr so vertraut, als hätte sie ihr ganzes Leben nichts anderes getrunken. Als sie sich umdrehte, um der jungen Sklavin den Becher zurückzugeben, hörte sie Stiefeltritte draußen auf den Fliesen.

Die Tür wurde aufgestoßen, und auf der Schwelle stand Sandro. Das flackernde Kerzenlicht warf Schatten über sein Gesicht.

Er blickte zu seiner Gemahlin hinüber. In dem großen Bett wirkte sie klein und zerbrechlich, obwohl sie, wie er wußte, weder das eine noch das andere war. Er wollte sie hassen und wußte, daß er das nicht konnte. Er wollte sie lieben. Er weigerte sich, dem Wahnsinn einen Namen zu geben, doch wie immer das, was er für Isabella fühlte, heißen mochte – es raubte ihm die Luft zum Atmen.

Er hatte gerade den enttäuschendsten Abend seines Lebens hinter sich. Einen Becher Wein nach dem anderen hatte er getrunken, Mona Dianas hübscheste Frauen hatten ihn umschwärmt und ihre ganze Kunst aufgeboten, um ihn zu erregen, doch er hatte es nicht über sich gebracht, auch nur eine von ihnen zu berühren.

Wütend marschierte Sandro durch das Gemach und blieb neben dem Bett stehen.

Adrienne schaute zu ihm hoch und sah ihm die Wut an den Augen an. Sie nahm einen Hauch des Weingeruchs wahr und konnte das schwersüße Parfüm riechen. Innerhalb eines Atemzuges ließ sich ihre Wut durchaus mit Sandros messen.

»Wie könnt Ihr es wagen, an mein Bett zu treten, wenn Ihr nach Wein und anderen Frauen riecht?«

Er wollte nach ihr greifen, doch sie schlug seine Hand fort. Der viele Wein hatte seine Reflexe nicht beeinträchtigt, und er packte ihre Handgelenke so blitzschnell, daß ihr die Luft wegblieb.

»Laßt mich los!« Sie versuchte, sich seinem Griff zu entwinden, doch Sandro hielt sie fest, als wären seine Finger eiserne Fesseln.

Er zog sie auf die Knie hoch, und noch immer sah er keine Furcht in ihren Augen, nur wilde Wut, und das heizte seinen Ingrimm um so mehr an.

»Ihr seid eine Hexe.« Seine Nasenflügel bebten vor Erregung. »Innerhalb weniger Wochen habt Ihr mich an den Rand des Wahnsinns gebracht, Isabella. Mit jedem Atemzug sauge ich nur Euren Geruch ein.«

Er atmete tatsächlich ein und nahm ihren Duft wahr. Beinahe hätte er wie im Rausch die Augen geschlossen. »Jedesmal wenn ich eine andere Frau anschaue, sehe ich nur Euer Gesicht.« Obwohl es ihm nicht bewußt war, lösten sich seine Finger, und sein gnadenloser Griff verwandelte sich in eine sanfte Liebkosung.

Jetzt hätte sich Adrienne ihm leicht entziehen können, doch sie ließ ihre Hand, wo sie war.

»Ich habe den Abend im Kreise schöner Frauen verbracht, doch keine von ihnen vermochte ich zu berühren – Euretwegen.«

Sein Zorn verschwand so schnell, wie er über ihn gekommen war. Adrienne biß sich auf die Lippe, um ihr Lächeln zu unterdrücken. Sandro redete jetzt wie ein quengelnder kleiner Junge, der sich darüber beklagte, daß er keine Süßigkeiten mehr essen konnte, weil er schon zuviel davon gegessen hatte.

Adrienne legte ihre Hände an seine Brust. »Und jetzt soll ich Euch deshalb furchtbar bemitleiden, ja?«

Sandro blickte auf sie hinunter. Ihre Miene war völlig ernst, doch ihre Augen lächelten zu ihm hoch. In diesem Moment ging etwas in ihm vor. Eine Schleuse öffnete sich, und eine Empfindung durchströmte ihn wie eine Flutwelle. Hätte er nicht zuvor zuviel Wein getrunken, würde er diese Empfindung als das gedeutet haben, was sie war. Doch in diesem Fall würde er es geleugnet haben.

Adrienne wußte freilich, was es war. Wäre sie eine andere Frau gewesen, die andere Isabella, dann hätte sie jetzt vielleicht triumphiert. Statt dessen war sie nur von Dankbarkeit, Hoffnung und unendlicher Freude erfüllt. Sie ließ den Kopf nach vorn sinken, so daß ihre Stirn jetzt an Sandros Brust ruhte. Sein Herz schlug schnell und ein wenig unregelmäßig. Das schien sich auf sie zu übertragen, und am Ende schlugen beide Herzen im selben Rhythmus.

»Isabella.«

Sie hob den Kopf. Die Worte der Liebe lagen ihr auf den

Lippen, doch sie wußte, daß sie noch warten mußte, bevor sie in der Lage war, sie auszusprechen. Sie spürte die Angst in sich aufsteigen. O Gott, betete sie im stillen, bitte laß mich dann zur Stelle sein, um die Worte zu sagen.

Sandro erkannte das kurze Aufflackern der Furcht in den Augen seiner Gemahlin. Er dachte daran, wie er Isabella vom Bett in die Höhe gezerrt hatte, und bekam heftige Gewissensbisse.

»Habt doch keine Angst, Isabella.« Ohne ihre Handgelenke loszulassen, kniete er sich auf die Bettkante. »Ich will Euch doch nicht weh tun.«

Er küßte nacheinander jeden einzelnen ihrer Finger und senkte dann seinen Mund in ihre Handinnenfläche.

Adrienne beobachtete Sandro, wie er ihre Finger küßte. Zu sehen, wie sich sein Mund über ihre Hände bewegte, erregte sie noch mehr, als seine Lippen auf ihrer Haut zu fühlen. Jetzt drehte er eine Hand um und senkte seinen Mund über die Innenfläche. Sein heißer Atem schien sie zu versengen. Mit der Zungenspitze zeichnete er einen Kreis hinein, und bei jeder Berührung stöhnte Adrienne leise auf.

Ohne ihre Hand von seinem Mund zu heben, blickte Sandro zu seiner Gemahlin hoch. Ihre Augen waren halb geschlossen und ihre Lippen ein wenig geöffnet, als warteten sie schon auf seinen Kuß. Hat mir Isabella mein ungehöriges Benehmen wirklich vergeben? fragte er sich.

Adrienne schaute auf Sandro hinunter. Zum ersten Mal erkannte sie in seinem Blick die Unsicherheit und die Verletzlichkeit, hervorgerufen durch seine neuen, uneingestandenen Empfindungen. Langsam ließ sie ihre Hand von seinem Mund über seine Wange weitergleiten und schob ihre Finger schließlich in sein Haar. Sie faßte die seidigen schwarzen Strähnchen und zog seinen Kopf daran tiefer, bis sich sein Gesicht an ihren weichen Leib schmiegte.

Als ihn die Glut durchfuhr, erkannte er, daß Isabella ihm die Antwort auf seine unausgesprochene Frage gegeben hatte. Er hob den Kopf und führte ihre Hände zu dem Schnürverschluß seines Hemdes.

Ohne die Blicke von Sandros Augen zu wenden, begann sie, ihren Gatten zu entkleiden.

11. KAPITEL

Adrienne führte fleißig die Nadel. Meine Hoffnungen haben sich nun doch nicht ganz erfüllt, dachte sie traurig.

Mehrere Wochen waren vergangen seit der Nacht, in der sie in Sandros Augen eine so tiefe Empfindung erkannt hatte. Diese Empfindung hatte sich jedoch nie wieder gezeigt, und langsam bezweifelte Adrienne schon, daß sie überhaupt jemals vorhanden gewesen war. Vielleicht habe ich mir alles nur eingebildet, weil ich es mir so sehr gewünscht hatte, überlegte sie.

Sandro ging ihr aus dem Weg. Tag für Tag ritten er und Michele zum Heerlager hinaus, obwohl Adrienne gelegentlichen Bemerkungen entnommen hatte, daß sich die Soldaten in bester Verfassung befanden und seine ständige Anwesenheit eigentlich nicht erforderlich war.

Oft genug kehrten die beiden Männer abends nicht in die Stadt zurück, sondern übernachteten in einer Sommervilla in Costalpino, einem Dorf auf halbem Wege zwischen der Stadt und dem Lager. Gegen ihren Willen ertappte sich Adrienne manchmal bei der Frage, in wessen Gesellschaft Sandro wohl diese Abende verbrachte.

Da sie nun ganz auf sich selbst gestellt war, schienen sich die heißen Sommertage endlos dahinzuschleppen, und bald entschloß sie sich, etwas zu unternehmen. Sie wußte nicht genau, wie Isabella ihre Zeit zu verbringen pflegte. Nach dem, was Adrienne den Tagebüchern entnommen und sich später selbst zusammengereimt hatte, war Isabella wohl ausschließlich mit dem Streben nach Sinnenlust beschäftigt gewesen. Sie hatte für eine endlose Prozession liebeskranker

Männer hofgehalten und erwartet, ständig amüsiert und unterhalten zu werden. Falls das nicht der Fall war, reagierte sie schnell und grausam.

Adrienne sah ein, daß es Gefahren mit sich brachte, wenn sie dieses Verhalten allzu radikal änderte, doch ihr war ebenso klar, daß sie es nicht ertragen würde, Isabellas träges, genußsüchtiges, egoistisches Leben zu führen.

Gerade hatte sie das winzige, fertiggesäumte Leinenhemdchen aus der Hand gelegt und das nächste aufgenommen, als sich an der Tür etwas tat. Die anderen Frauen hielten mit dem Nähen inne, und der Zwerg Gianni, der gerade mit seinem erstaunlich reinen Tenor zur Laute gesungen hatte, brach seine Canzone ab, als Luisa hereingerauscht kam. Sie trug ein Gewand von strahlendem Blau, das zu ihren Augen paßte, und war in eine widerlich süße Duftwolke gehüllt.

»Es stimmt also!« rief sie. Wie eine Karavelle unter vollem Tuch segelte sie durch den Raum heran und riß Adrienne das Leinenhemdchen aus den Fingern. »Du hast dich tatsächlich in deine Gemächer zurückgezogen und nähst für die Armen. Großer Gott, Isabella, da hättest du ja gleich den Schleier nehmen können!« Sie hockte sich nieder, wobei sich der weite Rock um sie herum bauschte. »Hat man dich dazu gezwungen, cara?«

Schweigend streckte Adrienne die Hand nach dem Leinenhemdchen aus, und als Luisa es ihr zurückgab, nahm sie ihre Näharbeit wieder auf.

»Kein Mensch zwingt mich zu irgend etwas, Luisa«, sagte Adrienne ruhig. »Und an dieser Tätigkeit ist nichts Ungewöhnliches. Meine Verpflichtungen haben sich geändert, und ich habe mich mit ihnen geändert.« Sie hob kurz den Kopf und warf Luisa einen Blick zu.

»Und diese Geschichte, daß du deine Brüder nicht mehr treffen darfst – was soll das?«

»Ich kann mich wohl kaum einer Forderung meines Schwiegervaters verschließen.« Jemand, der die Zusammenhänge nicht kannte, hätte geschworen, sie sei von rechtschaffener Empörung erfüllt gewesen.

Adrienne ließ ihre Näharbeit sinken und blickte Luisa direkt ins Gesicht. »Ich habe Piero und Alfonso alles erklärt und ihnen nahegelegt, die Angelegenheit mit dem Herzog zu besprechen, falls sie es wünschten. Offensichtlich haben sie es vorgezogen, dich zu mir zu schicken.« Sie lächelte, um ihren Worten die Härte zu nehmen. »Oder täusche ich mich?«

Sie erhob sich, und Luisa stand ebenfalls auf. Dabei stolperte sie über Gianni, der zu Adriennes Füßen gesessen hatte. »Geh mir aus dem Weg, du Mißgeburt«, sagte sie gereizt. Sie wollte nach ihm treten, doch überraschend behende schlug er einen Purzelbaum zur Seite. Mit einem Schulterzucken drehte sich Luisa wieder zu Adrienne um.

Diese schaute ihre Besucherin kühl von oben bis unten an. »Luisa, es ist ausschließlich an mir, diejenigen, die mir dienen, zu belohnen oder zu bestrafen. Ausschließlich!« Sie hatte zwar leise, doch unmißverständlich im Befehlston gesprochen. »Ich würde dich doch sehr bitten, dies zu beachten.« Sie drehte sich um und ging zum Fenster.

»Bella.« Luisa folgte ihr und legte ihr eine Hand auf den Arm. »So wie jetzt kenne ich dich ja überhaupt nicht. Ich bitte dich, sprich mit mir. Ich bin doch deine älteste, deine beste Freundin.«

O ja, dachte Adrienne, und du würdest nicht zögern, die Mätresse meines Gemahls zu werden, falls das deine Macht vergrößert. Sie wich zurück, um sich Luisas Berührung zu entziehen, und hielt das Gesicht dem Fenster zugewendet, weil sie genau wußte, daß ihr sonst ihre Gefühle an den Augen abzulesen sein würden.

»Luisa, ich kann dir nur eines sagen: Mein Leben hat sich verändert, ob ich es nun will oder nicht, und ich muß einsetzen, was ich habe, um das Beste daraus zu machen.« Und das ist noch nicht einmal allzu weit von der Wahrheit entfernt, dachte sie traurig.

»Und die Sache mit diesen Hospitälern?« fragte Luisa. »Du könntest dich dort mir irgendeiner Krankheit anstecken.« Sie gestikulierte theatralisch. »Alfonso und Piero leiden Todesängste um dich.«

»Sie brauchen sich keine Sorgen zu machen«, wehrte Adrienne ab. »Ich pflege die Kranken schließlich nicht selbst. Ich versuche nur sicherzustellen, daß sie alles haben, was sie benötigen.« Ihre Stimme klang jetzt weicher. »Und was die Kinder im Findelheim betrifft, so ist die Einsamkeit die einzige Krankheit, an der sie leiden.«

»Spricht hier wirklich meine alte Freundin Bella?«

Bevor Adrienne Luisas Hand ausweichen konnte, hatte die Frau sie schon bei der Schulter gefaßt und herumgedreht, so daß sie einander jetzt gegenüberstanden. Adrienne versuchte, sich ihre Angst nicht ansehen zu lassen.

»Ach, daran liegt es also.« Luisas himmelblaue Augen leuchteten auf; das plötzliche Begreifen und die Bösartigkeit spiegelten sich darin.

»Woran liegt was?« Adrienne wurde fast übel, und unwillkürlich preßte sie sich eine Hand an den Leib. »Ich weiß gar nicht, wovon du redest.«

»Du bekommst ein Kind, meine Kleine. Ich sehe es dir an den Augen an.« Sie lachte leise. »Du hast genau den gleichen Blick wie eine von den Madonnen des Botticelli.« Mit scheinbar aufrichtiger Zärtlichkeit legte ihr Luisa die Hand unters Kinn. »Dann ist es ja auch kein Wunder, daß du dich ein wenig eigenartig verhältst.«

Das war es also! Adrienne schwankte ein wenig, als die Erkenntnis sie traf. Der Tatsache, daß ihre Monatsregeln ausgeblieben waren, hatte sie nur flüchtige Beachtung geschenkt, und für einige andere Veränderungen in ihrem Körper hatte sie die Sommerhitze verantworlich gemacht.

Sie trug Sandros Kind unter dem Herzen! Die übergroße Freude darüber durchflutete sie, doch gleichzeitig dachte sie an das, was sie zu Piero gesagt hatte, und an das, was sie aus Isabellas Tagebuch wußte. Ein eiskalter Schauder lief ihr über den Rücken.

Ich befinde mich hier, um die Geschichte zu verändern, mahnte sie sich, und das werde ich auch tun. Ihre Hand lag noch immer an ihrem Leib, als wollte sie das darin entstehende Wesen beruhigen. Voller Inbrunst schwor sie ihrem Sohn im stillen, daß sie ihn beschützen würde.

»Ich weiß wirklich noch nicht genau, ob ich schwanger bin.« Scheinbar leichthin zuckte sie die Schultern.

»Ach, meine arme Kleine, selbstverständlich ist es so«, flötete Luisa honigsüß. »Nun, vielleicht hast du Glück, und deine Zeit wird nicht allzu beschwerlich.«

Adrienne konnte förmlich sehen, wie es in Luisas berechnendem Hirn arbeitete. Sie holte ganz tief Luft und ballte die Fäuste, um nicht doch noch auszuholen und Luisa deren abscheuliche Gedanken buchstäblich aus dem Kopf zu schlagen.

»Du mußt mich jetzt entschuldigen, Luisa.« Adrienne trat zurück; ihre Stimme klang kühl. »Ich habe der Mutter Oberin des Findelheims diese Hemdchen bis morgen früh versprochen. Du kannst uns gern beim Nähen helfen. Wir sind für jede fleißige Hand dankbar.«

Luisas Lachen klang silberhell durch den Raum. »O cara, du bist tatsächlich nicht mehr du selbst.« Sie drückte ihre parfümierte Wange an Adriennes und schwebte dann aus dem großen Gemach.

Adrienne kehrte zu ihrem Platz zurück, nahm ihre Näharbeit wieder auf und begann zu planen.

Der Morgen dämmerte noch kaum, als Adrienne aufwachte. Sie hatte ihre Dienerinnen und ihre Damen bis Mitternacht mit den Vorbereitungen beschäftigt, und nun konnte sie es kaum erwarten, nach Costalpino aufzubrechen. Die Reise dorthin war zwar nur kurz, doch Adrienne machte sich keine Illusionen darüber, wie lang der Weg tatsächlich war, den sie hinter sich zu bringen hatte.

Sie hatte dem Herzog eine Nachricht gesandt und diese so abgefaßt, daß er sie keinesfalls als eine Bitte um Erlaubnis betrachten, sondern nur für eine höfliche Mitteilung über das Vorhaben seiner Schwiegertochter ansehen konnte.

Die Sänfte, die ein Teil von Isabellas Mitgift war, stand schon im Hof bereit, als Adrienne und ihre von ihr auserwählte Reisebegleitung die Treppe hinunterschritt. Die Sänfte stellte eine recht auffällige, prunkvolle Angelegenheit dar. Der hölzerne Unterbau war mit getriebenem Gold verziert und der Rahmen azurblau gestrichen. Doppelte Vorhänge aus Goldbrokat und weinrotem Samt schützten den Innenraum vor Straßenstaub.

»Donna Isabella.«

Adrienne drehte sich um. Ihr Schwiegervater stand unter einem der Rundbögen der Arkade, die sich über drei Seiten des Hofes erstreckte. Sein Gesicht war ernst und streng.

»Alessandro wird zum Ende der Woche anläßlich der Ratsversammlung in die Stadt zurückkehren«, erklärte er.

»Ich habe Nachrichten für ihn, die nicht so lange warten können«, erwiderte sie.

»Nachrichten?« Der Herzog straffte sich und zog die Brauen zusammen. »Was für Nachrichten?«

Adrienne senkte den Kopf ein wenig, als bäte sie um Vergebung. »Nachrichten, die Alessandro als erster hören sollte, Altezza.«

Den Augen des Herzogs war anzusehen, daß er begriffen hatte. Fast lächelte er. »Zusätzliche Bewaffnete werden mit Euch reiten.« Er hob den Kopf, als wollte er einen erwarteten Widerspruch im Keim ersticken. »Sie werden dafür sorgen, daß Euch Eure Pferde keine Schwierigkeiten machen.«

Adrienne nickte zum Einverständnis und wandte sich dann zum Gehen.

Die Reise nach Costalpino nahm kaum zwei Stunden in Anspruch, und dennoch erschien sie Adrienne, die auf den blauseidenen Kissen ruhte, wie eine Ewigkeit.

Gianni spielte seine Laute, und Daria bewegte einen großen Fächer aus bunter chinesischer Seide hin und her in der vergeblichen Bemühung, die heiße, stehende Luft in der Sänfte abzukühlen. Als die Pferde endlich vor dem hohen schmiedeeisernen Tor der Villa stehenblieben, war Adrienne schon halb erstickt, und ihr Magen rebellierte gegen das unausgesetzte Schwanken der Sänfte.

Sie riß die Vorhänge auseinander, aus denen eine Staubwolke aufstieg, und sog gierig die frische Luft ein. Sandros Kammerherr stand schon am Tor und verneigte sich tief vor ihr.

»Wann wird Euer Herr zurückkehren?« erkundigte sie sich, während einer der Bewaffneten ihr aus der Sänfte half.

»Gegen Abend, Madonna Isabella.«

»Gut.« Adrienne nickte. »Führt mich in Don Alessandros Gemächer und laßt mein Gepäck holen. Und schickt mir den Koch, Peppino.« Daß sie den Kosenamen des Mannes benutzt hatte und ihm auch noch ein herzliches Lächeln schenkte, machte ihn zu ihrem lebenslänglich ergebenen Sklaven. »Er soll nämlich für das heutige Nachtmahl etwas ganz Besonderes zubereiten.«

Schon länger als eine Stunde war Adrienne im Gemach auf und ab gegangen, als sie die Pferde hörte. Am liebsten wollte sie sofort zum Eingang laufen, doch sie zwang sich dazu, auf der Schwelle des Raums stehenzubleiben.

Als die Eingangstür geöffnet wurde, war weibliches Lachen zu hören. Das freudige Lächeln auf Adriennes Gesicht erstarrte, und sie wäre geflohen, hätte ihr Stolz das zugelassen.

Sandro kam in die Villa, und ihm folgte Michele, der seinen Arm um die Schultern eines Mädchens in schlichter Bauernkleidung geschlungen hatte.

»Ich entbiete Euch einen guten Abend, Don Alessandro.« Adrienne hatte kühl und herablassend gesprochen, weil sie sich nicht anhören lassen wollte, wie verletzt sie war. Ihre Stimme hallte in dem großen Vorraum wider.

Sandro, der seinen kurzen Umhang sowie die Handschuhe noch in den Händen hielt, fuhr herum und schaute zum anderen Ende der Halle hinüber. Wie eine liebliche Vision in einem smaragdgrünen Gewand stand Isabella dort auf der Schwelle.

Freude und Entzücken erwachten so plötzlich in ihm, daß er sich nicht mehr dagegen zu wappnen vermochte. Einen Moment später indessen hatte er sich wieder in der Gewalt und mahnte sich, daß derartige Empfindungen für ihn nicht wünschenswert waren.

Er warf Handschuhe und Umhang einem wartenden Diener zu und schritt auf Isabella zu. Seine Brauen waren finster zusammengezogen.

Adriennes Herz schlug höher, als sie die Freude in seinen Augen aufleuchten sah, doch das war rasch vorbei. Jetzt kam er auf sie zu, und seine Bewegungen glichen denen einer Raubkatze, die zum Sprung bereit war.

»Auch Euch einen guten Abend, Madonna.« Er faßte ihre Finger und stellte überrascht fest, daß sie ein wenig bebten, was ganz im Gegensatz zu Isabellas kühlem Gesichtsausdruck stand. Als er den Kopf über die Hand neigte, nahm er einen Hauch von Rosen wahr.

Sandro wußte, daß er denselben Duft auch in Isabellas Halsgrube und in dem Tal zwischen ihren Brüsten finden würde, und sofort überfiel das Begehren seine Sinne derart, daß er ihm nicht Einhalt zu gebieten vermochte. Da er es jedoch unbedingt niederringen mußte, berührte er ihre Finger nur zu einem eher angedeuteten Kuß und ließ dann ihre Hand gleich wieder los.

»Was tut Ihr hier?« Seine Stimme klang leise und gereizt. »Ich entsinne mich nicht, Euch eingeladen zu haben, mich hier zu besuchen.«

»Ich bin Eure Gemahlin.« Adrienne klammerte sich an der freudigen Erwartung fest, die sie eben noch erfüllt hatte.

»Ich war nicht der Ansicht gewesen, daß ich eine Einladung brauche, um Euch zu besuchen.«

»Ihr seid in der Tat meine Gemahlin, Madonna, und ich habe das Recht zu bestimmen, wann und wo ich nicht von Eurer Gegenwart belästigt zu werden wünsche«, versetzte er. »Es wird Zeit, daß Ihr lernt, welches Euer Platz ist.«

Seine eigenen Worte entsetzten ihn. Nur weil Isabella die Frau ist, die sie nun einmal ist, berührt sie eine weiche Stelle in mir, gestand er sich ein, dafür bestrafe ich sie jetzt.

»Belästigt? Mein Platz?« Wut glomm in Adriennes Augen. »Eure Wortwahl ist – höflich ausgedrückt – ein wenig unpassend.«

Sie warf einen Blick an ihm vorbei zu Michele, der immer noch dort stand und den Arm um die Schultern des Mädchens hielt. »Ich habe Euch gesagt, daß ich keine wohlgefällige Gemahlin sein werde, Sandro, und damit habe ich die reine Wahrheit gesprochen.«

»Und was habt Ihr nun vor?« Mit dem Kinn deutete er über die Schulter zurück, und sein Blick regte Adrienne mehr auf als seine Worte. »Wollt Ihr Euch etwa um mich streiten wie ein Fischweib?«

»Wenn es sein muß, ja.«

Männlicher Stolz durchströmte Sandro bei diesen Worten, Stolz und noch etwas, etwas Wärmeres, Sanfteres.

Adrienne trat näher an ihn heran, bis ihr Gewand seine Beine berührte. »Seid Ihr unverschämt und herzlos genug, um mich dazu herauszufordern?«

Sie bog den Kopf zu ihm hoch, so daß ihre und Sandros Lippen kaum eine Handbreit voneinander entfernt waren. Irgend etwas flackerte in seinen Augen auf, und ein Teil von Adriennes erwartungsfroher Zuversicht kehrte zurück. Sie schüttelte den Kopf. »Nein, das glaube ich nicht.«

Ihr süßer Atem streifte beim Sprechen seinen Mund, und Sandro brauchte seine ganze Beherrschung, um den Abstand zwischen sich und ihr nicht zu schließen.

Michele beobachtete das Wechselspiel zwischen seinem

Freund und dessen Gattin. Armer Alessandro, dachte er, du bist darauf hereingefallen und weißt gar nicht, wie tief! Der Gedanke des jungen Mannes enthielt keine Spur von Mitleid oder gar Bösartigkeit, sondern nur Erheiterung und vielleicht auch ein wenig Neid.

Michele winkte einen Diener heran und trug ihm auf, das Mädchen in seine, Micheles, Gemächer zu bringen. Er nahm den Arm von den Schultern der jungen Frau und entließ sie mit einem leichten Klaps auf das Hinterteil. Sodann ging er zu seinem Freund.

Als Sandro die herannahenden Schritte hörte, trat er ein wenig zurück, und Michele vollführte eine elegante, tiefe Verbeugung vor der Gemahlin seines Freundes.

»Vergebt mir, Madonna, daß ich Euer Haus für diese Nacht mit meiner Gefährtin entehre.«

»Eure Gefährtin?«

Michele mußte über die Mischung aus Verwirrung und Erleichterung lächeln, die sich in Isabellas Augen spiegelte. Sehr gut, dachte er mit einem Anflug von Genugtuung; mein Freund Alessandro befindet sich in guter Gesellschaft in seiner Falle. »Ja«, antwortete er. »Meine Gefährtin.«

Adrienne blickte zwischen den beiden Männer hin und her; Michele lächelte, Sandro machte ein finsteres Gesicht.

»In früheren Zeiten hätten wir uns das Mädchen geteilt.« Michele zuckte die Schultern und lächelte charmant und unbefangen. »Doch Ihr, Madonna ...« Er verneigte sich noch einmal. »Ihr habt Alessandro so gründlich gezähmt, wie einst der Heilige Franz von Assisi den Wolf von Gubbio zähmte.« Er begleitete seine Anspielung auf den Heiligen, der die Stadt Gubbio vor der Bedrohung durch das raubgierige Ungeheuer rettete, mit dramatischen Gesten.

Mit erheitertem Blick legte Michele eine Hand um die Schulter seines Freundes. »Du vergibst es mir doch, daß ich deine Geheimnisse verraten habe, ja?« Er beugte sich näher heran und senkte die Stimme. »Da ich ja weiß, wieviel dir an der Wahrheit liegt, bin ich mir ganz sicher, daß du es mir nicht übelnimmst.«

Mit diesen Worten nahm Michele seinem Freund den Wind aus den Segeln. Sandros finstere Miene verschwand, und er mußte lachen – über sich selbst genauso sehr wie über die Rede seines Freundes. Ich bin doch wirklich ein Narr, dachte er. Weshalb soll ich nicht genießen, was mein ist, solange es mir Freude bereitet?

Er gab Michele einen Stoß gegen die Schulter. »Geh mir ja aus den Augen, ehe ich noch versucht bin, dir deine Zunge herausschneiden zu lassen!«

Während sich Michele verzog, wandte sich Sandro seiner Gattin zu, und das Verlangen erhitzte schon sein Blut. Isabellas Augen waren ganz dunkel geworden, und nur ein Schimmer goldenen Lichts ließ sich noch erkennen. Auf ihren Lippen zeigte sie die Andeutung eines Lächelns.

»Sandro.« Ihre Stimme klang leise und etwas heiser. »Ich will Euch nicht zähmen. Ich will Euch nur nicht mit anderen Frauen teilen.« Weil sie zu stolz war zu riskieren, daß sie möglicherweise zurückgewiesen wurde, verschränkte sie die Hände, damit sie Sandro nicht doch noch berührte.

Sandro war in ihren Augen versunken. Schon wollte er ihr sagen, daß es auf der ganzen Welt keine einzige Frau gab, die ihn in Versuchung zu führen vermochte, nachdem er einmal mit ihr, Isabella, geschlafen hatte. Im letzten Moment jedoch dachte er daran, daß sie eine Gennaro war. Sosehr er sie auch begehrte, er würde sich nie erlauben können, ihr vollkommen zu vertrauen.

Weil Gesten einfacher waren als Worte, legte er ihr seine Hand unters Kinn; Isabellas samtweiche Haut unter seinen Fingern zu fühlen, erfüllte ihn mit solcher Freude, daß er unwillkürlich die Augen schloß. Er ließ die Hand an ihrem Hals hinabgleiten und fühlte, daß ihr Puls heftig zu schlagen begann. Als wäre das der Trommelwirbel, der zum Ritt in die Schlacht rief, senkte Sandro den Kopf beinahe verzweifelt über Isabellas Mund.

Als er näherkam, konnte Adrienne den Geruch von Staub und Schweiß, von Leder und Pferden wahrnehmen, und darunter erkannte sie den Duft seiner Haut. Noch ehe Sandro sie berührte, merkte sie, daß ihr die Knie weich wurden.

Mit seinem Mund ergriff er von ihrem Besitz. Sie fühlte seine Zähne an ihren Lippen, als er mit der Zunge eindrang. Dieses Zeichen ungezügelter Leidenschaft erschreckte Adrienne jedoch nicht, sondern fachte nur ihr eigenes Begehren an, und sie erwiderte diesen Kuß mit heißer Hingabe.

Schwer atmend hob Sandro schließlich den Kopf und blickte auf sie hinunter. Ihre Augen waren halb geschlossen, ihre feuchten Lippen ein wenig geöffnet. Wenn ich mich nicht sofort zurückziehe, dachte er, dann nehme ich sie noch gleich hier, auf dem Boden und vor der versammelten Dienerschaft.

Er trat zurück, doch weil er sich einfach nicht ganz von ihr trennen konnte, ließ er die Hand hinuntergleiten zu der unglaublich weichen Haut oberhalb des tiefen, viereckigen Halsausschnitts ihres Gewandes und umfaßte schließlich ihre Brust. Einen Moment ließ er die Hand dort ruhen; dann wandte er sich ab und ging zur Treppe.

Noch halb verloren im Rausch ihrer erwachenden Leidenschaft, schaute Adrienne Sandro hinterher. In ihrer Jungmädchenzeit hatte sie immer von einem idealen Liebhaber geträumt. In ihrer Phantasie hatte dieser ruhige Augen und sanfte Hände gehabt. Er war ein Mann gewesen, der ihr poetische Gedichte unter einem Apfelbaum vorlas und mit ihr Hand in Hand durch die sommerliche Abenddämmerung ging.

Statt dessen stellte sie fest, daß ihr idealer Liebhaber ein Krieger war, der Augen wie eine stürmische Nacht und Hände besaß, die sehr rauh sein konnten. Diese Hände konnten sie auf den Gipfel einer Leidenschaft heben, die sie früher für unmöglich gehalten hatte. Sanft waren sie freilich auch. Adrienne dachte daran, wie dieselben Hände nach der

Erfüllung dieser Leidenschaft hauchleicht über ihre Haut gestrichelt hatten, als wäre sie etwas unendlich Schönes, unendlich Kostbares.

Mit einem leisen Lächeln auf den Lippen ging Adrienne zur Treppe.

Sandro ließ sich tiefer in den Kupferzuber gleiten und hängte sein langes schwarzes Haar über den Rand, damit es auf dem Marmorfußboden abtropfte. Das warme Wasser hatte ihn beruhigt. Es hatte ihn von Schweiß und Staub befreit, doch es konnte ihn nicht davon befreien, ständig an Isabella zu denken.

Nur der Gedanke an sie genügte schon, um ihn zu erregen, doch daran lag es nicht allein. Mit ihrem Mund und ihrer Sanftheit, mit ihrer Freundlichkeit und ihrem Witz hatte sie etwas in ihm berührt, von dem er gar nicht gewußt hatte, daß er es besaß.

Sie hat mich behext, sagte er sich, weil er sich noch sträubte, sich die wahre Tiefe seiner Gefühle einzugestehen. Und dann waren da diese Zweifel, diese Vermutungen. Er konnte nicht ableugnen, was er in ihren Augen erkannte, doch wie sollte er das mit dem vereinbaren, was er von ihr wußte?

Wie konnte er sicher sein, daß sie nicht doch an irgendeinem Plan beteiligt war, den ihre Brüder ausgeheckt hatten? Und ungeklärt war auch noch immer ihr merkwürdiges Verschwinden in der Hochzeitsnacht.

Eigenartigerweise verursachte ihm letzteres die wenigsten Kopfschmerzen, obwohl es wahrscheinlich jeden anderen zu Gewaltausbrüchen getrieben hätte. Aus irgendeinem merkwürdigen Grund nahm Sandro es hin wie ein unlösbares Rätsel, dessen Bedeutung nicht erforscht zu werden braucht.

Er schloß die Augen und schlummerte ein.

Als Sandro erwachte, schien er von Rosen umgeben zu sein.

Er schlug die Augen auf und sah seine Gattin auf einem Hocker neben dem Badezuber sitzen. Freude durchflutete ihn. Er hob die Hand und berührte Isabellas Wange.

Adrienne faßte seine Hand und drückte ihre Lippen hinein, so wie er es so viele Male bei ihr getan hatte. Die warme, nasse Haut an ihren Lippen erweckte die Sehnsucht in ihr, und ohne den Blick von ihm zu wenden, malte sie mit der Zungenspitze einen Kreis in seine Handinnenfläche. Sie fühlte, daß sich die Sehnen in der Hand anspannten. Trotzdem bewegte sich Sandro nicht.

Ihr Blick hing immer noch an seinen Augen, während ihr Mund zu seinem Handgelenk glitt und dort bei der kleinen, dünnen Narbe innehielt, die von der Wunde zurückgeblieben war, welche er sich mit seinem eigenen Dolch zugefügt hatte.

Es durchrieselte sie heiß, als sie sich daran erinnerte, wie sein scharlachrotes Blut auf das weiße Bettlaken getropft war, und sie wünschte sich nur, sie könnte ihm erklären, wieviel es ihr bedeutet hatte, daß er sie in jener Nacht noch nicht genommen hatte.

Als Sandro Isabellas Lippen an der Narbe an seinem Handgelenk fühlte, wurde ihm bewußt, wie sehr dieses Geheimnis, das keiner von ihnen mit anderen Menschen teilen konnte, sie miteinander verband. Er spürte etwas in sich aufflammen, etwas Heißes, das gleichzeitig fast unerträglich süß war. Und noch immer redete er sich ein, das sei nichts weiter als das Verlangen nach Isabellas erregendem Körper, der ihn wie kein anderer befriedigte.

Plötzlich konnte er es nicht mehr erwarten, sie zu lieben, nein, sein Verlangen zu stillen. Er wollte Isabellas Begehren und ihre Leidenschaft in sich aufnehmen, die er doch so leicht zu erregen wußte.

Er erhob sich, und das Wasser floß an seinem beinahe schon vollständig erregten Körper hinunter. Adrienne fühlte, wie sich die Hitze zwischen ihren Schenkeln zu sammeln schien, während sie seine herrliche, drahtig schlanke

Gestalt betrachtete, die über die langen Muskelstränge eines hervorragenden Schwertkämpfers verfügte.

Sandro stieg aus dem Zuber, ohne das Badetuch zu beachten, das sie ihm hinhielt. Er legte ihr ganz einfach die Hand um den Nacken und zog sie dichter zu sich heran.

»Du trägst zuviel Kleidung.« Er hakte einen Finger in den Ausschnitt ihres Gewandes.

Adrienne schüttelte den Kopf; sie wollte ihm jetzt ihre Neuigkeit mitteilen, jetzt und bevor sie beide in der Leidenschaft untergingen. Sie trat einen Schritt zurück, doch er zog sie wieder an sich.

»Hat Euch Euer Beichtvater nicht gesagt, daß es die Pflicht einer Frau ist, ihren Gemahl zu empfangen, wann immer er sich mit ihr zu vereinigen wünscht?« Die Reihe an ihrem Hals hingetupfter Küsse strafte seine groben Worte Lügen.

»In der Tat.« Sie legte ihre Hände auf seine Hüften und versagte es sich, über die nasse, glatte Haut zu streichen. Wieder wich sie etwas zurück und lächelte zu ihm hinauf. »Auf daß man sich fortpflanze.«

»Genau.« Er wollte sie zu sich zurückziehen, doch sie ließ das nicht zu.

»Doch wie ist es, wenn man das bereits getan hat?« Sie hob fragend die Augenbrauen. »Ist es dann noch immer eine Pflicht für die Frau?«

Sandro faßte sie bei den Schultern. »Was wollt Ihr damit sagen, Isabella?«

Sie löste seine Hände von ihren Schultern und führte sie sich an den Leib. »Ich bin schwanger, Sandro. Ich werde Euch einen Sohn schenken.«

Sie erinnerte sich, und ein Stich fuhr ihr durchs Herz. Sie erinnerte sich an Pieros Worte. Sie erinnerte sich an das, was Isabella ihrem Tagebuch anvertraut hatte: Sie erlitt eine Fehlgeburt, nachdem sie ihren Brüdern gegeben hatte, was sie ihnen vor ihrer Hochzeit verweigerte.

Ich bin hier, um die Geschichte zu verändern, hielt sich

Adrienne vor, wie sie es schon viele, viele Male getan hatte. Und ich werde mein Vorhaben durchführen!

Sie drückte Sandros Hände. »So Gott will, werde ich Euch einen Sohn schenken.«

Sandro blickte auf seine Gattin hinunter. Er hatte sie gegen seinen Willen geheiratet. Er hatte sich darauf vorbereitet, sie zu hassen und zu verachten, und dennoch mußte er feststellen, daß er keine andere Frau jemals so begehrt hatte wie sie. Gut, das konnte er einsehen.

Doch nun stellte sich heraus, daß ihm noch andere Gefühle, andere Bedürfnisse zu schaffen machten. Er wollte das ableugnen, und bis zu einem bestimmten Punkt gelang ihm das auch. Er konnte indes nicht bestreiten, daß er angerührt war, als er Isabella heute bei seiner Rückkehr in die Villa hier vorfand. Noch weniger konnte er den Sturm leugnen, der jetzt in seinem Inneren tobte. Ja, da war natürlich der Stolz darüber, daß er in ihrem Schoß ein Kind gezeugt hatte. Doch noch viel stärker war das, was er für sie fühlte, für sie allein.

Adrienne spürte die Anspannung in Sandros Händen, und sie sah den Sturm der Empfindungen in seinen schwarzen Augen. Dies zusammen mit ihren eigenen Gefühlen, die in ihr aufbrachen wie eine sprudelnde Quelle, gab ihr den Mut, es auszusprechen: »Ich liebe Euch, Sandro.«

Er erstarrte. Einen Moment später entriß er ihr seine Hände und drehte ihr den Rücken zu. »Nein!« Sogleich fuhr er wieder zu ihr herum und starrte sie an. »Sagt so etwas nicht!« Sein Gesicht war wutverzerrt. »Ich will Eure Lügen nicht hören.«

Adriennes Glück schwand ein wenig, doch sie hatte die Emotionen in Sandros Augen erkannt, und daran wollte sie sich halten.

»Weshalb seid Ihr so zornig, Sandro?« Sie zwang sich dazu, ganz leise zu sprechen, denn sie wollte, daß er genau hinhören mußte, um sie zu verstehen, und daß ihn nichts von ihren Worten ablenken sollte. »Weil ich Euch gesagt habe, daß ich Euch liebe, oder weil Ihr mich liebt, es Euch jedoch nicht eingestehen wollt?«

Diese Unterstellung wollte er sofort scharf zurückweisen, doch die Worte blieben ihm im Halse stecken, als ihn die Wahrheit wie ein Blitzschlag traf. Etwas in seinem Inneren schmolz, und er merkte, daß er vor der verführerischen Wärme, die ihn durchflutete, kapitulieren mußte.

Adriennes Augen füllten sich mit Freudentränen, als sie seinen leuchtenden Blick sah. Sie breitete die Arme aus, und Sandro kam zu ihr.

12. KAPITEL

Die Tage verliefen so harmonisch wie die friedliche Landschaft, die Costalpino umgab. Alles hier atmete ruhige Heiterkeit, die Felder mit dem noch grünen Mais und dem schon gelb werdenden Weizen, die Weingärten, die sanften Hügel, auf deren Gipfel hin und wieder Bauernhäuser aus Feldsteinen mit blaßroten Ziegeldächern standen, und die allgegenwärtigen Zypressen.

Obwohl groß und lichtdurchflutet schien die Villa ganz intim zu sein, verglichen mit den riesigen Ausmaßen des Palazzo in Siena. Die Wände der Gemächer waren mit Gobelinteppichen in gedeckten Farben sowie mit elfenbeinfarbenem Brokat bedeckt, den Applikationen aus weinrotem Samt schmückten. Die Absicht des Architekten war es gewesen, die Räume dadurch sehr heimelig erscheinen zu lassen.

Was Adrienne jedoch am meisten liebte, das waren die Parkanlagen. Es gab einen kleinen formellen Garten mit einem Labyrinth aus gepflegten, kiesbestreuten Pfaden, die von Zypressen und Buchsbaumhecken gesäumt waren. Im Zentrum dieses Irrgartens befand sich ein Brunnen, auf dem Neptun mit seinen Nymphen thronte.

Hinter dieser Anlage begann eine sanft abfallende Wiese.

Hier standen uralte, knorrige Eichen mit vielen Spalten und Hohlräumen, die so groß waren, daß sich ein Kind darin verstecken konnte.

Es gab nur eine einzige Stelle in diesem Park, die Adrienne scheute, obgleich es ein einladender Platz war. Hier befand sich ein kleiner Teich, den eine Schwanenfamilie bewohnte. Ihn umgab eine römische Kolonnade mit Bänken, auf denen man den Sonnenschein oder den Schatten genießen konnte.

Und hier hatte Adrienne die Skulptur eines geflügelten Cherubs gefunden, der auf einem Delphin ritt. Mit dieser Skulptur war sie aufgewachsen, denn sie hatte im Garten des Château de Beaufort gestanden.

Als Adrienne eines Tages an Sandros Arm durch den Park spazierte, hatte sie das Bildwerk zum erstenmal gesehen. Die Knie waren ihr weich geworden, und sie war so deutlich sichtbar erbleicht, daß Sandro sie besorgt zur nächststehenden Ruhebank trug.

Es war nicht besonders schwierig gewesen, den Schwächeanfall mit ihren »anderen« Umständen zu erklären, doch fortan hatte Adrienne es stets so eingerichtet, daß Sandro diesen Weg mit ihr nicht noch einmal einschlug. Es gab schon genug Dinge, die sie daran erinnerten, daß sie möglicherweise nur ein Eindringling, eine Besucherin war, deren Aufenthaltsdauer hier entsetzlich begrenzt war.

Adrienne strich mit den Fingern über den kühlen Marmor der Balustrade, welche den formellen Garten umgab, und schaute auf der Landstraße nach der Staubwolke aus, die Sandros Rückkehr ankündigen würde.

Ja, dachte sie, die Tage hier sind wirklich harmonisch, und die Nächte ... Sie schloß die Augen. Die Nächte waren voller Leidenschaft und Zärtlichkeit. Sandros und ihr Leben schien immer fester miteinander verwoben zu sein, und immer gab es eine gewisse Spannung in ihnen, als zögen am fernen Horizont an einem strahlenden Sommertag Gewitterwolken auf.

Ihren Liebesschwur hatte Adrienne nicht wiederholt, und Sandro hatte es auch nicht über sich gebracht, das auszusprechen, was sie so dringend hören wollte. Es schien, als wären diese Worte für ihn eine Art Talisman zur Abwehr aller böser Zweifel und Vermutungen, die noch immer in seinem Geist wohnten.

Manchmal ertappte sie ihn dabei, wie er sie mit tausend Fragen in den Augen ansah, und dann quälte sie der Schmerz, weil Sandro ihr noch immer nicht vertraute.

Aus Juli war August geworden. Viele Felder waren schon abgeerntet, und nur noch Getreidestoppeln standen auf dem fruchtbaren rötlichbraunen Boden. Die Weintrauben hingen schon dick und purpurfarben an den Reben.

Adrienne wußte, daß diese friedvolle Zeit enden würde. Die Nachricht verbreitete sich, daß Ludwig, der König von Frankreich, auf dem Weg über die Alpen war, um seinen Anspruch auf Mailand geltend zu machen. Es hieß, Cesare Borgia, der illegitime Sohn des Papstes, befände sich im königlichen Gefolge, doch Näheres war nicht bekannt.

Man erfuhr, daß der Papst seine Statthalter in den Städten Forli, Imola, Pesaro, Cesena und Rimini exkommuniziert hatte, weil sie es verabsäumt hatten, die dem Papsttum zukommenden Steuern abzuführen, doch auch diese Nachricht hatte niemanden veranlaßt, Zusammenhänge zu erkennen.

Nur ich allein weiß, was auf das Land zukommt, dachte Adrienne. Dieses Wissen und die Angst lasteten ihr bleischwer auf der Seele.

Sie wußte, daß Borgia unter dem Vorwand, die Städte für das Papsttum zurückzufordern, bald damit beginnen würde, sein eigenes Herzogtum in Mittelitalien zu errichten. Sie wußte, daß er die besten Heerführer ganz Italiens zu Hilfe holen und daß Sandro mit seinen hervorragend ausgebildeten Soldaten und seiner modernen Artillerie einer der ersten unter ihnen sein würde. Und sie wußte, daß sie nichts tun konnte, um dieses zu verhindern.

Blicklos starrte sie in die Ferne und in eine Zukunft, die sie kannte und doch wieder nicht kannte. Ihre Hände verkrampften sich um die Balustrade, so daß sich eine kleine Unebenheit tief in ihren Handballen drückte.

Worin lag eigentlich der Sinn, daß sie ihr eigenes Leben mit Isabellas vertauscht hatte, wenn sie doch nicht in der Lage war, das Wichtigste von allem zu verändern? Doch aufgeben wollte sie auf keinen Fall. Irgendwie werde ich einen Weg finden, schwor sie sich.

Als sich ihr Blick wieder klärte, sah sie auf der sonnendurchglühten Landstraße, die zur Villa führte, die Staubfahne, die sich schon beinahe wieder gesetzt hatte. Sandro war zurückgekehrt! Ihr Herz machte einen kleinen Satz, und sie fuhr herum.

»Sandro!« Vor Überraschung hob sie sich unwillkürlich die Hände an die Brust.

»Eure Gedanken müssen Euch in weite Fernen entführt haben.« Er trat zu ihr heran, nahm ihre Hände in seine und streifte ihre Wange mit den Lippen. »Ich rief Euch, doch Ihr habt mich nicht gehört.«

»Ich war nur ... in Gedanken«, sagte sie leise und hätte gern ihre Stirn an seine Brust gelegt, doch er hob sich ihr Gesicht entgegen.

Sandro bemerkte die Schatten in ihren Augen, und er hatte gesehen, wie sich die Haut über ihren Fingerknöcheln spannte, als sie gedankenverloren an der Balustrade gestanden hatte. Ehe er sich dagegen wehren konnte, beschlichen ihn wieder die alten Zweifel und überdeckten seine Emotionen.

»Stimmt etwas nicht?«

»Nein ... doch.« Adrienne ließ hilflos die Schultern hängen. »Es ist nur ... ich möchte nicht heimkehren.«

»Ist das alles?« Sandro war auf unvernünftige Weise erleichtert, wenn auch ein letzter Rest von Zweifeln zurückblieb. Lächelnd legte er ihr seinen Arm um die Schultern und führte sie den Pfad entlang.

»Wir können uns hier nicht für alle Ewigkeiten verstekken«, sagte er. »Außerdem findet übermorgen das zweite Rennen des Palio statt.« Seine Augen funkelten vor Vergnügen und Vorfreude. Die beiden Wettkämpfe, von denen einer Anfang Juli und der andere am Tag nach Mariä Himmelfahrt stattfand, waren die Höhepunkte seiner Kindheit und seiner Jugend gewesen, und das waren sie auch für jeden anderen männlichen Bewohner Sienas.

»Zudem müssen wir einen wichtigen Besucher willkommen heißen«, setzte er hinzu.

»Einen Besucher?« Trotz der Augusthitze hatte Adrienne das Gefühl, als überzöge sich ihre Haut mit Eis. »Wer ist es?« fragte sie zögernd, obwohl sie furchterfüllt wußte, welchen Namen er ihr gleich nennen würde.

»Cesare Borgia.«

Adriennes Herz setzte einen Schlag aus, um dann um so heftiger zu hämmern.

»Anscheinend haben jetzt alle unsere Spekulationen darüber, was der Papst beabsichtigt, ein Ende. Offensichtlich plant er einen Feldzug zur Rückführung der Städte in das Papsttum.«

»Und er will Euch ein Kommando übertragen«, flüsterte sie.

»So ist es. Und dafür bietet er mir fünfundvierzigtausend Dukaten im Jahr.« Sandro lächelte verschmitzt. »Ich bin mir ziemlich sicher, mit ein wenig Verhandlungsgeschick kann ich mindestens noch weitere fünftausend aus ihm herausschlagen. Schließlich weiß er genau, daß meine Artillerie noch besser als Vitellis ist.«

»Nein.«

Sandro blieb stehen und blickte finster auf seine Gemahlin hinunter.

»Tut es nicht.« Adrienne drehte sich zu ihm herum und packte das Vorderteil seines Wamses. »O Gott, Sandro, versprecht mir, daß Ihr es nicht tun werdet.«

»Isabella, wißt Ihr eigentlich, was Ihr da sagt?« Er blickte in ihre entsetzten Augen und begriff überhaupt nicht, was sie hatte. Er legte ihr seine Hand an die Wange.

»Ja ... nein ... ach, gleichgültig«, stammelte sie. Ihre Gedanken stoben auseinander wie gehetzte Kaninchen. »Ihr werdet Euch in Gefahr begeben. Ihr dürft nichts mit Cesare Borgia zu tun haben.« Ihre Finger verkrallten sich in sein Wams. »Niemals! Habt Ihr verstanden?«

»Isabella, mein Schatz.« Er nahm ihr Gesicht zwischen seine Hände und streichelte mit den Daumen über ihre Wangenknochen. »Krieg zu führen ist mein Beruf.«

Weil sie so in ihrem Entsetzen gefangen war, fiel ihr kaum auf, daß Sandro zum erstenmal außerhalb des Schlafgemachs ein Kosewort verwendet hatte. »Wenn es sein muß, dann zieht in den Krieg, doch nicht für Borgia.« Sie bot ihre ganze Beherrschung auf, um nicht die volle Wahrheit zu sagen. »Dieser Mann ist gefährlich. Ihr begebt Euch in Lebensgefahr, wenn Ihr mit ihm gemeinsame Sache macht.«

Sandro lachte. »Also wirklich! Ihr werdet doch nicht etwa all diese Gerüchte über die Borgias glauben. Das ist doch nur das Geschwätz der Leute, die auf das Geschick und die Macht dieses Hauses neidisch sind.«

Wie die meisten seiner Zeitgenossen hatte Sandro einen gesunden Respekt vor beidem. Gleichzeitig war er Realist. »Im übrigen – wenn Ihr den Gerüchten glaubt, die über die Borgias im Umlauf sind, dann muß die Familie ja für den Tod der Hälfte aller Italiener verantwortlich sein.«

»Lacht nicht, Sandro.« Adrienne schüttelte ihn derartig, daß der Stoff seines Wamses unter ihren Händen zu zerreißen drohte. »Ich meine es ernst! Die Borgias sind böse.« Ihr Atem ging noch schneller. »Cesare Borgia ist der böseste, und er wird Euch Schaden zufügen.«

»Hört mir zu, Isabella.« Zärtlichkeit und Ungehaltenheit widerstritten. »Cesare Borgia ist nicht böser als die meisten anderen Menschen. Und was soll ich denn Eurer Meinung nach machen?«

Er legte ihr seine Hände auf die Schultern und schüttelte

sie ein wenig. »Soll ich etwa nein zu dem Sohn des Papstes sagen? Soll ich nein zu dem Geld sagen, das einen großen Anteil von Sienas Einnahmen bilden wird? Soll ich nein sagen und mich zum Gespött aller Italiener machen?«

»Mir ist es gleichgültig, ob Ihr das Gespött aller Italiener seid oder nicht, Sandro. Ich will Euch lebendig.« Sie hob die Hände und zog ihn noch dichter zu sich heran. »Habt Ihr mich verstanden? Lebendig!«

Tief und bebend holte sie Luft. »Hört mir zu. Wir können meinen Schmuck verkaufen, nicht nur die Juwelen aus meiner Mitgift, sondern auch die aus meinem persönlichen Besitz. Ich kann Geld von meinen Brüdern beschaffen. Die Gennaro-Bank ist reich und verleiht Geld an halb Europa.«

Die Worte sprudelten nur so aus ihr heraus. »Wir können uns etwas ausdenken, irgendeine Möglichkeit finden. Ich weiß, daß wir das können. Bitte!«

Sandro betrachtete sie. Er erkannte, daß sie es völlig ernst meinte. In ihren Augen stand die Verzweiflung, doch er sah keine Tränen. Ihre Stimme bebte, doch von Hysterie oder Verwirrung war Isabella weit entfernt.

Ihre Befürchtungen sind natürlich unvernünftig, dachte er. Sie sind ein Produkt zu fruchtbarer Phantasie, angeregt durch ihren gegenwärtigen Zustand. Und dennoch war da noch etwas, etwas... Er blickte ihr in die Augen. Aus irgendeinem Grund mußte er plötzlich an ihr Verschwinden in der Hochzeitsnacht denken.

Adriennes Atem ging schnell und unregelmäßig, so als hätte sie einen Wettlauf hinter sich. Sie wartete darauf, daß Sandro irgend etwas äußerte, doch er schwieg, und seine schwarzen Augen blieben unergründlich.

Am Ende hob er die Hand und strich sanft mit den Fingerrücken an ihrer Wange hinab. »Selbst wenn ich das tun wollte, worum Ihr mich bittet – ich darf es nicht.«

Anspannung und Furcht hatten ihr die Kraft zu dem Versuch verliehen, Sandros Meinung zu ändern, doch jetzt gaben ihre Knie nach. Hätte sie sich nicht noch immer an sein

Wams geklammert, wäre sie wahrscheinlich zu Boden geglitten. Sie ließ den Kopf gegen Sandros Brust sinken, und die ledernen Schnürbänder drückten sich in ihre Stirn.

Er glaubt mir nicht, dachte sie. Das Gefühl, versagt zu haben, durchdrang sie und ließ sie trotz des heißen Sommertags frieren. Sie hatte Sandro soviel gesagt, wie sie ihm sagen konnte, und er glaubte ihr nicht.

Als er ihr Gesicht anheben wollte, widerstand sie zuerst, doch er gab nicht nach. Während er ihr dann in die verschleierten, trauererfüllten Augen blickte, schien irgendwo in dem hintersten Winkel seines Geistes eine kleine Stimme zu flüstern, die ihn fragte, ob er sich ganz sicher war, daß dies nicht irgendein verdrehter Plan war, den die Gennaros ausgeheckt hatten, um ihn zu verderben. Doch das Bedürfnis, Isabella zu trösten, war stärker und drängte das böse Flüstern in den Hintergrund.

»Es wird alles gut werden. Ihr werdet schon sehen.«

Adrienne schaffte es zu nicken. »Gestattet Ihr mir wenigstens, hier in Costalpino zu bleiben, damit es keine weiteren ... Komplikationen gibt?«

Er schüttelte den Kopf; ihre Anspielung verstand er nicht, oder er wollte sie nicht verstehen. »Ihr seid meine Gemahlin, Isabella, die Gemahlin des Erben des Herzogtums von Siena. Es ist unerläßlich, daß Ihr Euch an meiner Seite zeigt.«

Sein fester Blick sagte ihr, daß ihr keine Wahl blieb. Sie nickte widerstrebend. Wenn sie jetzt nachgab, konnte sie vielleicht neue Kräfte sammeln, um an einem anderen Tag weiterzukämpfen.

Sandro strich ihr mit den Daumen übers Kinn. »So ist es schon besser.« Er neigte sich zu ihr, um ihre Lippen zu kosten. »Ihr vergeßt, daß mir bekannt ist, wieviel Kampfgeist Ihr besitzt. Das weiß ich aus erster Hand.«

Die kleine Kostprobe von ihren Lippen war ihm nicht genug. Er wollte mehr. Die Leidenschaft loderte sehr schnell auf; vermutlich wurde sie auch von der lauernden Gefahr genährt. Sandro hob sich Isabella auf die Arme und schritt mit ihr der Villa entgegen.

Die ganze Stadt lag von morgens bis in die Nacht hinein im Fieber des Festspiels, als Adrienne und Sandro nach Siena zurückkehrten.

In den Reiterwettkämpfen des Palio rivalisierten die siebzehn Stadtteile miteinander. Jede dieser »Contraden« trat unter ihrer eigenen Flagge gegen die anderen an und war von Anfang an entschlossen, den Sieg davonzutragen. Deshalb stellten schon die Aufmärsche einen beinahe ebenso wichtigen Wettbewerb dar wie das Rennen selbst.

Die Trommler in ihren kostbaren Kostümierungen schlugen immer kompliziertere Rhythmen, und die Fahnenschwinger führten ihre Kunst vor, die »Sbandierata«, die irgendwo zwischen höchster Akrobatik und höfischem Tanz angesiedelt war.

Trotz ihrer Befürchtungen beobachtete Adrienne die Vorbereitungen auf das große Rennen mit einer Faszination, die sie nicht zu verbergen vermochte. Dabei war sie sich wohl bewußt, daß es für Isabella, die schließlich mit der Tradition des Palio aufgewachsen war, recht ungewöhnlich gewesen wäre, ein solches Interesse zu zeigen.

Als Repräsentanten des Herzogs besuchten Adrienne und Sandro jede der zehn Contraden, die durch Losentscheid dazu bestimmt waren, heute an dem Wettkampf teilzunehmen. Das Rennen führte durch die engen Straßen der Stadt und endete mit drei Runden um den Campo, den Hauptplatz von Siena, der zu keinem der Stadtteile gehörte und deshalb neutraler Boden war.

Wo immer Adrienne und Sandro auftraten, wurden sie begeistert begrüßt. Während seiner mehr als fünfundzwanzigjährigen Regierungszeit hatte man Francesco di Montefiore stets geachtet und geschätzt. Zuvor hatte die Macht bei einer Gemeinderegierung gelegen, die jedoch durch interne Streitereien und den wirtschaftlichen Verfall geschwächt war, unter dem die Stadt gelitten hatte, seitdem vor hundertfünfzig Jahren die Pest siebzig Prozent der Bevölkerung dahingerafft hatte.

Nachdem Francesco der Gemeinderegierung die Zügel aus der Hand genommen hatte, war Siena wieder erstarkt, und die dankbaren Bewohner zeigten sich als loyale Untertanen, obwohl das Verhältnis zwischen ihnen und ihrem Herrscher ein distanziertes blieb.

Alessandro di Montefiore war der Mann, den sie über alles liebten, und zwar nicht nur seiner Tapferkeit und seiner Schönheit wegen, sondern weil sie ihn als einen der Ihren betrachteten. Jedes Jahr zur Zeit des Palio machte ein alte Geschichte aufs neue die Runde: Als Fünfzehnjähriger hatte sich Alessandro als Rennreiter verkleidet und den Palio gewonnen.

Der Tag des Palio begann mit einem warmen und klaren Morgen, und es war abzusehen, daß es am Ende des Wettrennens am späten Nachmittag heiße Temperaturen und erhitzte Gemüter geben würde. Adrienne lag auf der Seite, hatte sich die Hand unter die Wange geschoben und sah zu, wie Sandro erwachte. Er bewegte sich ein wenig, schlug die Augen auf und war sofort hellwach, eine Eigenschaft, die er in seiner frühesten militärischen Ausbildung erworben hatte.

Er stützte sich auf dem Ellbogen auf und blickte auf seine Gattin hinunter. Ihre großen Augen und die dunklen Ringe darunter zeugten von einer schlaflosen Nacht. Die Zärtlichkeit, die ihn durchflutete, spiegelte sich in seinem Gesicht.

Er steckte eine goldene Haarsträhne hinter ihr Ohr und liebkoste dabei ihre Wange. »Weshalb habt Ihr mich nicht geweckt, wenn Ihr nicht schlafen konntet?«

»Damit wir dann beide eine schlaflose Nacht gehabt hätten?« Ihre Stimme klang unbeschwert und gelassen, obwohl die Vorstellung allein schon genügte, um die ersten Flammen in ihr zu entzünden.

»Es wäre ja nicht das erste Mal gewesen«, meinte Sandro lächelnd. »Uns wäre bestimmt etwas ... Befriedigendes zwecks Zeitvertreibs eingefallen.« Er streichelte ihren Nakken und spürte, wie sein Verlangen erwachte, als sie sich auf den Rücken legte und ihren weißen Hals seiner liebkosenden Hand darbot.

Adrienne blickte zu Sandro hinauf; Liebe und Furcht kämpften in ihr, doch sie wußte, daß es klüger war, jetzt nicht zu sprechen. Das würde nur seine Geduld strapazieren und mehr Schaden als Nutzen bringen. Es war vernünftiger, wenn sie ihre Kräfte und ihre Worte für einen anderen Tag aufsparte.

Sie schenkte ihm also nur ein strahlendes Lächeln. »Ja, ich denke, das eine oder andere wäre uns gewiß schon eingefallen.« Sie drehte ihr Gesicht in Sandros Hand und biß zart in seinen Daumenballen.

Sandro verschluckte sich an seinem Atem. Er schob die Hand in ihr Haar und wand sich die seidigen Strähnen um die Finger. »Versucherin.« Er senkte seine Lippen über ihre. »Heute nacht.« Noch während er das sagte, fragte er sich, wie er wohl bis dahin das Verlangen beherrschen sollte, das sein Blut schon jetzt erhitzte.

Es bedurfte seiner ganzen Willenskraft, um sich zurückzuziehen. Wie immer, wenn er Isabella anschaute, regte sich etwas in seinem Inneren, und Worte, die in einem versteckten Winkel seines Herzens wohnten, drängten sich ihm auf die Lippen. Einen Moment lang wog er das Bedürfnis, sie auszusprechen, gegen seinen Stolz ab. Dann setzte er sich rasch im Bett auf und redete sich ein, er würde sich nur der körperlichen Versuchung entziehen. Sein Stolz hatte gewonnen, wenn auch nur knapp.

»Ich muß jetzt gehen. Ich habe Borgia eine Nachricht übermittelt, daß ich ihm entgegenreiten und ihn in die Stadt eskortieren würde.«

»Ich weiß.« Adrienne setzte sich ebenfalls hoch und lehnte sich gegen die Kissen. Sie schaffte es, ihm ein glaubwürdiges Lächeln zu schenken. »Ich werde Euch bei Eurer Rückkunft erwarten.«

Sandro erwiderte das Lächeln. Obwohl die Schatten noch immer in ihren Augen waren, hielt sie den Kopf hoch erhoben. Wieder drängten sich ihm die Worte der Liebe auf die Lippen. Da er es sich nicht leisten konnte, sie auszusprechen, drehte er sich um und stand endgültig aus dem Bett auf.

Adrienne schaute in den venezianischen Spiegel und betrachtete ihr Gesicht. Ihr Gesicht! Ihr wurde bewußt, daß sie im Lauf der vergangenen zehn Wochen so gründlich in Isabellas Leben eingetaucht war, daß sie den Körper, in dem sie lebte, als ihren eigenen ansah, und das Gesicht, das sie täglich im Spiegel erblickte, war zu ihrem geworden.

Sie schloß die Augen und versuchte sich ins Gedächtnis zu rufen, wie sie, Adrienne de Beaufort, ausgesehen hatte. Sie entsann sich schwarzer Locken und kühner Züge, doch das eigentliche Gesicht blieb so verschwommen wie eine lange zurückliegende Erinnerung.

Sie beobachtete genau, wie Daria und die Frauen sie frisierten und ankleideten. Ihr Haar wurde zusammengedreht und in einem juwelenbesetzten Netz untergebracht, so daß ihre Schultern und ihr Nacken freiblieben. Man legte ihr ein Gewand aus Goldgewebe mit einem Unterkleid aus scharlachrotem Samt an und schmückte sie mit einem kunstvoll gearbeiteten Halsgeschmeide aus Saphiren und Brillanten.

Adrienne schien es, als hätte man ihr eine Rüstung umgeschnallt. Doch als sie wieder in den Spiegel blickte, stellte sie fest, daß sie wirklich noch schöner, noch begehrenswerter als jemals zuvor ausschaute.

Die Schatten wurden schon länger, als sie ihre Gemächer verließ und zur großen Halle hinunterschritt. Sie hatte gewußt, daß der Moment kommen würde, da sie dem Mann gegenüberstand, den sie überlisten, besiegen mußte.

Daß ihr das nicht erspart bleiben würde, war ihr spätestens vor zwei Tagen klar geworden, nachdem sie vergeblich versucht hatte, Sandro von seinem Vorhaben abzubringen.

Dies war es schließlich auch, weshalb sie in sein Leben und in diesen Körper versetzt worden war. Nein, berichtigte sie sich sofort; ich habe es selbst so gewollt.

Sicheren Schrittes trat sie auf die Männer zu, die sich über den mit Landkarten und Skizzen übersäten Tisch gebeugt hatten. Die Herren richteten sich auf, und Sandro kam ihr auf halbem Wege durch die Halle entgegen. Am liebsten hätte sie sich in seine Arme geschmiegt, doch sie lächelte ihm nur zu und legte die Finger leicht auf den Arm, den er ihr anbot. Zusammen begaben sie sich zu dem Tisch.

Ohne die Hand von Sandros Arm zu nehmen, vollführte Adrienne einen Hofknicks vor ihrem Schwiegervater. »Altezza.«

Danach wandte sich langsam um und sah ihn.

»Darf ich Euch meine Gemahlin vorstellen?« Sandro lächelte voller Stolz; die Warnungen dieser Gemahlin waren schon halb vergessen. »Isabella – der Herzog von Valentinois, Don Cesare Borgia.«

Wieder versank sie in einem Hofknicks. »Altezza«, sagte sie noch einmal.

Borgia griff nach ihrer Hand und half ihr, sich wieder zu erheben. »Wie ich bereits Eurem Gemahl sagte, ziehe ich es vor, die Titel anderen Leuten zu überlassen. Mir genügt Don Cesare vollauf.« Seine etwas harte Aussprache deutete auf die Tatsache hin, daß er gewöhnlich das Spanische bevorzugte, die Sprache seines Vaters.

Während er ihre Hand leicht zwischen seinen Fingern hielt, ließ er lächelnd den Blick über ihr Gesicht wandern. »Donna Isabella, Ihr seid noch viel schöner als der Ruf, der Euch vorauseilt.«

Sein Lächeln war völlig unbefangen, doch Adrienne meinte, aus seiner Tonlage etwas herausgehört zu haben, eine Andeutung ... worauf? Auf Skandal? Lockere Moral? Wieviel weiß dieser Mann von Isabella? fragte sie sich. Und wer waren seine Informanten? Vielleicht Piero und Alfonso?

»Ich wußte gar nicht, daß mir ein Ruf vorauseilt, Don Cesare.« Unauffällig, doch entschlossen zog sie ihre Fingerspitzen aus seiner Hand. »Insbesondere nicht bis an den Hof von Frankreich.« Damit bezog sie sich auf seinen Aufenthalt in Paris, der fast ein ganzes Jahr angedauert hatte.

Borgia warf den Kopf in den Nacken und lachte. Dann schlug er auf Sandros Schulter. »Ihr könnt Euch glücklich schätzen, Montefiore. Eine Gemahlin, die nicht nur schön, sondern auch noch geistreich ist.«

Ihm fiel seine eigene Gattin ein, die er in Frankreich zurückgelassen hatte und die weder das eine noch das andere war. Ihre einzigen Vorzüge waren ihr Name und ihre Beziehungen. Wie dem auch sei, dachte er, die Tatsache, daß ich verheiratet bin, wird mich nicht davon abhalten, so viele Frauen zu nehmen, wie es mir beliebt. Den Kardinalshut, auf den er vor genau einem Jahr verzichtete, hatte ihn ja auch niemals von seinen Vergnügungen abgehalten.

»Euer Gemahl und ich sind zu einer gegenseitig vorteilhaften Vereinbarung gekommen, Madonna.« Seine hellbraunen Augen funkelten, und er gestikulierte lebhaft. »Euer Gemahl versteht es, hart zu feilschen.«

Adrienne lächelte nichtssagend. »Das hat man mir schon öfter gesagt.«

Borgia nickte, plauderte dann über das Wettreiten, das bald beginnen würde, und zog damit selbst den so schweigsamen Herzog von Montefiore ins Gespräch. Äußerlich gab sich Cesare völlig entspannt, doch innerlich spürte er die Erregung wachsen, während er Isabella di Montefiores Duft einsog.

Diesmal muß ich vorsichtig und diskret vorgehen, mahnte er sich. Gewöhnlich kümmerte ihn das nicht, doch es wäre jammerschade, wenn er Montefiores Dienste verlöre. Diesmal stand zu viel auf dem Spiel – für ihn persönlich.

Er bedeutete einem seiner Diener, die Landkarten und Zeichnungen aufzurollen, lächelte Isabella entschuldigend zu und nahm die Konversation wieder auf, die sie durch ihr Erscheinen unterbrochen hatte.

Die Geschichte hatte Cesare Borgia als ein Ungeheuer dargestellt. Aus Isabellas Tagebüchern wußte Adrienne, daß er ein Menschenleben ebenso leicht auszulöschen pflegte, wie er eine Wanze zerquetschte. Was sollte sie nun von diesem schlanken, höflichen jungen Mann halten, der nicht anders aussah als viele andere auch?

Sein gepflegtes kastanienbraunes Haar endete knapp über seinen Schultern. Er war in elegantes Schwarz gekleidet; der weiße Hemdkragen und die Knöpfe an seinem Wams – goldgefaßte Rubine von der Größe eines Daumennagels – lockerten die Strenge ein wenig auf.

Ist sein unbefangenes, ansprechendes Benehmen nur vorgetäuscht, oder hatte Sandro recht? fragte sich Adrienne. War Borgia wirklich nicht schlechter als andere Männer? Er hatte etwas Herrisches an sich, doch glich er damit nicht auch anderen Männern, denen die Macht Überlegenheit verlieh?

Adriennes Anspannung legte sich ein wenig, und in diesem Moment – Borgia sagte gerade etwas zu Sandros Vater – trafen sich ihre Blicke. Für den Bruchteil eines Wimpernschlages erkannte sie, was hinter der verbindlichen Oberfläche verborgen war: die Grausamkeit, die Gier nach Macht und Genuß und die absolute Rücksichtslosigkeit, wenn es darum ging, beides zu erlangen. Im nächsten Augenblick lächelte er wieder, und die liebenswerte Maske kehrte zurück.

Adrienne senkte den Blick. Sie fragte sich, ob sie ihr Wissen verraten hatte. Ihr Herz pochte so heftig, als wäre sie meilenweit gelaufen. Die Schlacht hatte begonnen.

13. KAPITEL

Adrienne wußte, daß Sandros Leben auf dem Spiel stand, und das befähigte sie, die Beherrschung aufzubringen, die sie nun brauchte. Falls sie jetzt nämlich Furcht oder Schwäche zeigte, würde Borgia sein Ziel um so schneller, um so rücksichtsloser verfolgen. Sie beschloß, die Rolle der strahlenden, zuversichtlichen, selbstsicheren Ehegattin des zukünftigen Herzogs von Siena zu spielen.

Während sie sich zu den Plätzen begaben, von wo aus sie das Pferderennen verfolgen würden, strömte die erhoffte Kraft in Adrienne zurück, und es war gar nicht mehr nötig, eine Rolle zu spielen.

Die Fenster aller Gebäude rund um den Campo waren mit festlichen Bannern geschmückt, die sich mit ihren leuchtenden Farben von dem rötlichbraunen Mauerwerk abhoben. Für die Montefiores stand eine mit einem blauweißen Baldachin überdachte Estrade bereit.

Rings um die große Piazza herum waren Bänke für Besucher und besonders geehrte Gemeindemitglieder aufgestellt. Das einfache Volk stand hinter einer umlaufenden Absperrung, die die Mitte des Campo eingrenzte, und hier war die Spannung unter den dichtgedrängten Zuschauern so fühlbar wie die Hitze dieses Augusttages.

Die seidenbezogenen Sessel auf der Estrade waren mit dem Wappen der Montefiores bestickt – gekreuzte Schwerter über einem blauweiß geschachten Schild –, und Adrienne spürte Stolz, als sie und ihre Begleiter die Plätze einnahmen. Es schien ihr auf einmal wichtig, nicht nur Sandros Leben zu retten, sondern auch dafür zu sorgen, daß ihr ungeborenes Kind ihm eines Tages nachfolgen würde.

Plötzlich erhob sich eine Stimme über dem allgemeinen Volksgemurmel. »Evviva Montefiore! Evviva il Duca!« Andere Stimmen nahmen den Hochruf auf, und bald hallte er in der ganzen riesigen Piazza wider. Die hohen Steingebäude ringsum verstärkten das Geräusch noch und warfen das Echo zurück.

Herzog Francesco stand auf und erhob dankend die Hand. Danach bedeutete er seinem Sohn, sich ebenfalls zu erheben, um mit ihm zusammen den Tribut entgegenzunehmen. Im nächsten Augenblick schrie die Menschenmenge wie aus einem Mund: »Alessandro, Alessandro!«

In jungenhafter Freude erhob Alessandro beide Arme und winkte den Massen zu. Sein Plan war noch besser gelungen als vorausgesehen; dazu hatte es nur Micheles bedurft, der als einfacher Händler verkleidet den allerersten Hochruf ausgebracht hatte.

Das ohrenbetäubende Gebrüll hörte erst auf, als Alessandro mit Gesten um Schweigen bat. Als endlich Stille eingetreten war, legte er die Hände als Schalltrichter an den Mund. »Und jetzt zu den Festspielen!« rief er laut. Wieder brachen die Leute in Evviva-Rufe aus, doch Alessandro hatte dem Zeremonienmeister schon das Zeichen gegeben, die ersten Trommler hereinzulassen.

Borgia nickte dem alten Herzog anerkennend zu. Don Cesare verstand sehr gut, welche Absicht hinter dem ganzen Spektakel steckte. »Sehr beeindruckend.« Danach wandte er sich zu Sandro um. »Und Ihr, mein Freund, werdet anscheinend von jedermann ganz besonders geliebt.«

Sandro lachte. »Als ich fünfzehn war, verkleidete ich mich als Rennreiter und gewann den Palio für die Contrada, in der ich geboren wurde. Seitdem...« Geringschätzig zuckte er die Schultern.

Borgia gestaltete sein Lächeln noch ein paar Grade freundlicher. Ja, dachte er, ich werde hier ganz bestimmt vorsichtig sein; Alessandro di Montefiore ist offensichtlich noch schlauer, als ich dachte.

Die Parade schien gar kein Ende mehr zu nehmen. Jede an diesem Palio beteiligte Contrada präsentierte ihre besten Trommler und Fahnenschwinger. Zum Schluß rumpelte der große, von vier weißen Ochsen gezogene Wagen mit den Mitgliedern des Ältestenrats auf der sandbestreuten Bahn entlang. Die Hochrufe der Menge drückten mehr die Freude über den langerwarteten Beginn des Rennens aus als den durchaus sehr lebendigen Respekt vor den Ältesten.

Gleich nachdem man die Ochsen von der Rennbahn gezogen hatte, wurden die Verschläge geöffnet, in denen die Pferde eingepfercht waren, und die ungeduldigen, erregten Tiere drängten auf den kopfsteingepflasterten, sandbestreuten Campo hinaus. Die Rennreiter, die in den Farben der Contrada gekleidet waren, für die sie antraten, lenkten die Pferde zu der Linie vor der Estrade, dem Start und Ziel des Rennens. Schon dabei kam es zu erheblichen Drängeleien um die besten Startpositionen.

In den letzten Momenten vor dem Startsignal wurden unter den Rennreitern noch Drohungen ausgestoßen oder Bestechungsangebote ausgetauscht, über die dann heftig gefeilscht wurde, und über dem ganzen Tumult lag das Wiehern und Schnauben der nervösen Tiere.

Im übrigen gab es bei dem reichlich chaotischen Wettbewerb nur eine einzige unumstößliche Regel: Den Reitern war es strengstens untersagt, die Zügel ihrer Kontrahenten zu manipulieren. Ansonsten war so ziemlich alles erlaubt.

Rücksichtslos wurde auf Reiter und Rösser eingedroschen. Man versuchte, den Rivalen mit Händen, Füßen oder anderen Mitteln vom Pferd zu werfen. Es war kein ungewöhnlicher Anblick, einen Reiter aus dem Sattel fliegen und sich dann stolpernd und kriechend vor den trampelnden Hufen in Sicherheit bringen zu sehen. Ebenso war es schon öfter vorgekommen, daß ein Pferd ohne Reiter über die Ziellinie kam – und damit gewann. In diesem Palio zählte nämlich ausschließlich die Leistung des Tieres.

Adrienne sah zu, wie die schönen und kaum noch zu beherrschenden Pferde den Boden stampften, und sie nahm den Geruch des Staubes sowie des Schweißes der Tausenden wahr, die um sie herumwirbelten. Plötzlich fühlte sie sich irgendwie gespalten. Ihre gallische Sachlichkeit widerstritt mit der fast sexuellen Erregung, die ihr Blut in Erwartung des wilden, anarchischen Rennens erhitzte.

Sandro drehte sich zu seiner Gemahlin um. Der merkwürdig verwirrte Ausdruck ihrer Augen erinnerte ihn daran, daß es noch viele Dinge gab, die er über sie nicht wußte und die er nicht verstand. Der Argwohn, der sich inzwischen schon fast ganz gelegt hatte, erwachte aufs neue, doch gleichzeitig durchströmte jene namenlose Empfindung sein Herz.

Er legte Isabella die Hand um die Schulter. »Habt Ihr etwas, Isabella? Geht es Euch nicht gut?«

Adrienne blickte in seine schwarzen Augen und lächelte. Das verwirrende Gefühl der Gespaltenheit drängte sie zurück. »Doch, Sandro. Mir fehlt nicht das geringste. Es geht mir gut.«

Wie auf dieses Stichwort hin ertönte das Signal für den Rennbeginn. Adrienne drehte sich zu dem Geräusch der stampfenden Hufe um, atmete tief durch und hoffte inbrünstig, daß sie soeben die Wahrheit gesprochen hatte.

Als Adrienne an Sandros Arm ins Schlafgemach trat, erhob sich Daria von ihrem Lager am Fußende des Bettes.

Die Aufregung des Rennens und die Freude darüber, Cesare Borgia eine anschauliche Demonstration der Beziehung zwischen dem Haus Montefiore und dessen Untertanen gegeben zu haben, war Sandro ins Blut gegangen wie berauschender Wein.

Als er die Tür hinter sich schloß, stieg ihm Isabellas Duft in die Nase, und einen Wimpernschlag später wurde aus Aufregung und Freude Verlangen. Er drehte seine Gemahlin zu sich herum. Sie ist müde, dachte er, während er auf sie hinunterschaute. Ihre Augen wirkten überschattet, und seine Sorge um Isabella wandelte sein heißes Verlangen in ein sanfteres Sehnen.

»Ich werde mich zu Euch setzen, bis Ihr eingeschlafen seid.« Mit seinen Fingerrücken streichelte er ihre Wange.

Adrienne schüttelte den Kopf. »Geht nur schlafen. Es war auch für Euch ein langer Tag.«

»Wenn auch ein guter.« Sandro schmunzelte. Er gab ihr einen kleinen Stoß zu der Sklavin hin, die schon gewartet hatte, und dann setzte er sich in einen Sessel.

Adrienne schaute nicht zu ihm, während Daria sie entkleidete und ihr Haar löste. Allerdings merkte sie, daß er sie beobachtete, und sein Blick erschien ihr so erregend, als wären es seine Hände, die sie streichelten. Die Müdigkeit des Tages verschwand, und statt ihrer durchströmte das erwachende Begehren Adrienne.

Erst als sie schon in das hohe Bett geschlüpft war, ließ sie die Augen dorthin wandern, wo Sandro saß.

»Soll ich Madonna die gewürzte Milch bringen?« fragte Daria leise, während sie die seidene Bettdecke um ihre Herrin herum feststeckte.

Adrienne schüttelte den Kopf. »Schlage dein Lager heute nacht im Vorraum auf.« Sie klopfte dem Mädchen beim Sprechen freundlich auf den Arm, ohne jedoch einen Blick von Sandro zu wenden.

Daß die junge Sklavin ihren Strohsack aufnahm und damit aus dem Gemach verschwand, nahmen weder Adrienne noch Sandro so richtig zur Kenntnis.

»Würdet Ihr mir einen Becher Wein bringen, Sandro?«

Sandro füllte einen Kelch mit dem rubinroten Wein von den Hügeln Sienas. Als er damit zum Bett trat, sah er, daß Isabellas Augen zwar noch immer die Erschöpfung des Tages zeigten, doch er erkannte auch das einladende Leuchten darin. Er setzte sich auf die Bettkante, ohne seiner Gemahlin indes den Weinkelch zu reichen.

»Ich habe Durst.«

Sein Herz schlug schneller, doch hob er sich den Kelch mit sehr langsamen Bewegungen an die Lippen. Er füllte seinen Mund mit dem Wein, blickte dabei Isabella an und neigte den Kopf.

Adrienne stockte der Atem, als sie Sandros Gesicht näher

kommen sah. Sie sah seine Nasenflügel beben und erkannte dies als ein Zeichen seiner inzwischen so wohlbekannten, beginnenden Leidenschaft. Daß ihre Kehle vor Durst ganz trocken war, merkte sie kaum noch. Sie schloß die Augen, als sein Mund ihren berührte und als er mit sanftem Druck ihre Lippen öffnete.

Als ihr die ersten Weintropfen auf die Zunge träufelten, schlug sie die Lider wieder auf. Während ihre Verblüffung sie an jeder Bewegung hinderte, füllte Sandro ihren Mund mit seiner Zunge und noch mehr Wein.

Adrienne schluckte den Wein hinunter, der nach Sonnenschein und Sandro schmeckte. In ihr breitete sich Hitze aus; ihre Haut überzog sich mit Feuchtigkeit, und ihr ohnehin schon rasendes Herz schlug noch schneller.

»Noch mehr Wein, tesoro – mein Schatz?«

Weil sie nicht sprechen konnte, senkte sie nur kurz und bejahend die Lider.

Wieder beobachtete sie, wie er den Mund voller Wein nahm, und obwohl sie diesmal darauf vorbereitet war, schlug ihr Herz womöglich noch heftiger, als er langsam das Getränk in ihren Mund fließen ließ.

Sie schluckte den Wein hinunter. »Sandro«, sagte sie keuchend und schob ihre Finger in sein Haar. »Ich will, daß Ihr mich jetzt liebt.«

»Ich bin ja schon dabei«, flüsterte er. Er stand auf und entkleidete sich, ohne den Blick von ihr zu wenden.

Als das letzte seiner Kleidungsstücke auf den Boden gefallen war, schlug Adrienne die Bettdecke zur Seite, richtete sich auf den Knien auf und hob sich das Nachtgewand über den Kopf.

Gerade weil ihn das Begehren so erbarmungslos vorantrieb, bewegte er sich ganz langsam. Wieder setzte er sich auf die Bettkante und nahm Isabellas Gesicht zwischen die Hände. Danach ließ er eine Hand tiefer hinabgleiten, bis sie auf ihrem Bauch ruhte.

Isabellas Leib war noch flach, doch das Wissen, daß sie

darin das Kind trug, das sie beide gezeugt hatten, erregte ihn ungemein. Er fühlte, wie ihn eine Kraft durchdrang, eine so potente, so grenzenlose Kraft, daß er sich beinahe zurückgezogen hätte aus Angst, seiner Gemahlin weh zu tun.

Adrienne spürte diese Kraft ebenfalls. Sie zog ihn dichter zu sich heran. »Jetzt, Sandro, jetzt.«

Und er überließ sich dem Rausch.

Ein leises Geräusch weckte Adrienne aus ihrem Nachmittagsschlaf. Die Augen noch geschlossen, kämpfte sie sich aus ihrer Verwirrung, die sie immer in diesem verschwommenen Zustand zwischen Schlafen und Wachen spürte. In solchen Momenten schienen sich die beiden Persönlichkeiten, Adrienne und Isabella, zu überschneiden, und sie wußte dann nie genau, welche ihr beim Erwachen begegnen würde.

Sie griff über das Kopfkissen und hoffte, dort Sandros warmen und wirklichen Körper zu ertasten. Das Leinen jedoch war glatt und kühl.

Sie schlug die Augen auf und drehte sich auf den Rücken. Ihr Blick begegnete den am Baldachin umhertollenden Göttern und Nymphen. Ein kleines Zucken in ihrem Leib zeigte ihr, daß sie wieder bei klarem Bewußtsein war. Es erleichterte sie zu wissen, wer sie war und wo sie sich befand.

Das Geräusch, das sie geweckt hatte, wurde lauter. War das Gianni, der sich mit den Dienern kabbelte, weil die sich wieder einmal über ihn lustig gemacht hatten? Sie schlüpfte aus dem Bett, hüllte sich in ihren Hausmantel aus azurblauer Seide und ging zur Tür des Vorraums.

Je dichter sie an die Tür herankam, desto deutlicher waren die Geräusche des Streites zu erkennen. Als das Kreischen einer Frau zu hören war, das jedoch sofort wieder gedämpft wurde, lief Adrienne hastig die letzten wenigen Schritte zur Tür und riß sie auf.

Bei dem Schauspiel, das sich ihr bot, erstarrte sie, wenn auch nur einen Wimpernschlag lang; sodann eilte sie vorwärts.

»Was tust du da?« schrie sie.

Piero hob den Kopf, als er die Stimme seiner Schwester hörte, und vor Überraschung blieb ihm der Mund offenstehen. Seinen Gesichtsausdruck hätte man unter anderen Umständen wirklich komisch finden können.

Piero lag halb über Daria, die er über einen Tisch gebogen hatte. Die Hände hatte er in ihr offenes Haar geschoben. Das Mieder ihrer Tunika war zerrissen und der Rock bis zu ihren Oberschenkeln hochgezogen.

Adrienne gab Piero mit beiden Händen einen Stoß, so daß er zurücktaumelte und dabei Daria hochzerrte. Erst jetzt sah Adrienne, daß er sich das Haar der Dienerin wie Seile um die Hände geschlungen hatte, und sie hatte sein Wams an den Schultern gepackt.

»Laß sie los, zum Teufel!« Adrienne schüttelte ihn. »Du bist ja wahnsinnig!«

Pieros Hände erschlafften; das schwere flächserne Haar der Sklavin entglitt seinen Fingern, und er starrte Adrienne an, als wäre sie diejenige, die wahnsinnig geworden war.

Adrienne fing Daria gerade noch auf, ehe diese zu Boden glitt. Sie legte der jungen Frau einen Arm um die Schultern und stützte sie mit ihrem eigenen Körper. »Es wird alles gut«, sagte sie leise. »Ich bin ja jetzt hier. Er wird dir nicht mehr weh tun.«

Kaum hatte sie das gesagt, da fing das Mädchen zu zittern an wie ein Blatt im Sturmwind. Adrienne zog es zu einer der Kleidertruhen und drückte es sanft darauf nieder. Sobald Daria saß, zog sie die Beine bis zu ihrer Brust hoch und rollte sich förmlich zusammen.

Adrienne hockte sich neben ihr nieder. »Es wird alles gut«, wiederholte sie und legte dem Mädchen eine Hand an die Wange, doch Daria zuckte zurück, als wäre sie geschlagen worden.

Das Geräusch von Stiefelsohlen auf dem Marmorfußboden schreckte Adrienne hoch. Sie fuhr herum. Piero kam heran, und seine Augen glitzerten.

»Das Glück ist mir heute hold, Schwesterchen.«

Adrienne zwang sich dazu, stehenzubleiben, obwohl sie am liebsten geflohen wäre.

Piero stellte sich vor sie und blickte ihr lange schweigend ins Gesicht. Nach einer Weile hob er die Hand und strich mit den Fingerspitzen an dem blauseidenen Ärmel ihres Morgenmantels hinab von ihrer Schulter bis zum Handgelenk, ohne die Augen von ihrem Gesicht zu wenden. Er schob seine Finger unter ihre und hob sich ihre Hand an die Lippen.

Kaum hatte er den Mund über die Hand gesenkt, als Adrienne sie hastig fortzog. »Piero, ich lasse es nicht zu . . .«

»Still, still, meine Kleine.« Er legte ihr einen Finger an die Lippen, um sie zum Schweigen zu bringen. »Du weißt doch, daß ich mir Barbara, die Barbarin, immer nur deshalb genommen habe, weil ich dich nicht haben konnte.« Er lächelte wie ein bezaubernder Liebhaber. »Da du freilich jetzt hier bist . . .« Er strich mit seiner Hand über ihr Gesicht.

Adrienne erstickte fast an der Übelkeit, die in ihr aufstieg. »Piero, nein.« Sie schloß die Finger um sein Handgelenk und zog seine Hand von ihrem Gesicht fort.

»Nein?« fragte er höhnisch. »Erinnerst du dich nicht mehr an jenen Tag in Vignano und an unser dort getroffenes Abkommen?« Sein Blick lief zu ihren Leib hinunter und dann wieder zu ihrem Gesicht hinauf. »Du wirst doch nicht bestreiten, daß Montefiore seinen Samen in dich gesenkt hat. Auch wenn Luisa es mir nicht erzählt hätte, würde ich es gewußt haben.«

Adrienne wandte sich ab, um sich den Ekel nicht ansehen zu lassen, der sie zu überwältigen drohte. Die Panik überfiel sie und raubte ihr fast die Luft zum Atmen, als sie an Isabellas leichtfertige Worte denken mußte: »Vor zwei Tagen hat mein Körper den Montefiore-Erben abgestoßen, der in meinem Bauch heranwuchs. Um so besser – wenn das Balg zu schwach war, um das Liebesspiel auszuhalten, auf das Piero und ich so lange gewartet hatten.«

Vor dieser Gefahr hatte sich Adrienne schon so sicher gefühlt, doch jetzt wurde sie wieder aufs neue davon bedroht. Wird Piero mich gegen meinen Willen nehmen? fragte sie sich, und bei diesem Gedanken schlug ihr Herz vor Angst heftiger. Sie preßte sich die Hände gegen den Leib, als könnte sie auf diese Weise das Kind beschützen, das dort ruhte.

Es schien, als wirkte sich diese Geste beruhigend auf Adrienne selbst aus. Ich muß mir meine Spielzüge sehr sorgfältig überlegen, dachte sie.

Wieder hörte sie Pieros Schritte hinter sich. Sie drehte sich zu ihm herum, zwang sich zu einem Lächeln und legte ihre Hand an seine Brust. »Nicht so, Piero. Meine Damen können jeden Moment kommen, um mir beim Ankleiden zu helfen.« Sie zuckte die Schultern. »Und wann mein Gemahl zurückkommt, weiß ich nie so genau.«

»Versuche nicht, mich auf irgendwann später zu vertrösten, Bella. Du hast es mir versprochen, und ich bin hier, um mir das Versprochene zu holen.« Er knüllte die Seide ihres Hausmantels in seinen Händen zusammen. »Oder glaubst du etwa, ich gäbe mich wieder nur mit deiner Sklavin zufrieden?«

Jetzt erst begriff Adrienne den Haß, den sie am allerersten Tag in Darias Augen erkannt hatte. Nun wurde ihr klar, daß sie soeben Piero von etwas abgehalten hatte, das er mit dem Mädchen schon viele Male zuvor getan hatte. Sie verstand auch, weshalb Daria vor ihrer Berührung zurückgezuckt war. Adrienne senkte den Blick, denn sie wußte, daß ihr das Entsetzen anzusehen sein mußte.

Sie verbarg diese Empfindung hinter einem Zorn, den sie nicht vorzugeben brauchte, und blickte zu Piero hoch. »Hätte Sandro auch nur die geringste Ahnung von diesen Vorgängen hier, würde er dich umbringen!« Sie gab seiner Schulter einen kräftigen Stoß. »Begreifst du denn nicht? Ich möchte dich nicht auf diese Art verlieren!«

Sie erschrak, als ihr bewußt wurde, daß sie eben in gewisser Weise die Wahrheit gesagt hatte. Obwohl sie zutiefst abgestoßen war und trotz ihres Entsetzens hatte sie wieder dieses Gefühl der verwandtschaftlichen Verbundenheit mit Piero, ein Gefühl, über das sie anscheinend keine Kontrolle besaß.

»Bella, hör mir doch zu. Es wird alles gut sein.«

»Gewiß«, zischte sie. »Allerdings nur dann, wenn du endlich aufhörst, dich wie ein Narr zu verhalten und alles zu verderben.«

»So höre mir doch zu, Bella. Ich habe einen Plan.«

Schon holte sie Luft, um ihn heftig zu schelten, doch als ihr klar wurde, was er eben gesagt hatte, ließ sie es lieber.

»Wir werden ihn dir schon vom Halse schaffen«, flüsterte Piero ihr zu. »Nur noch eine kleine Weile, und du wirst ihn los sein.«

Adrienne hatte ein Gefühl, als hätte ihr jemand einen Fausthieb in den Magen versetzt. »Wie...?« brachte sie gerade noch heraus.

Piero zuckte die Schultern. »Montefiore hat schließlich Feinde, Rivalen.« Ein bösartiges Lächeln zeigte sich auf seinen weichen Lippen. »Und nachdem er sich neuerdings mit Borgia zusammengetan hat, bieten sich unendlich viele Möglichkeiten.«

»Doch was willst du tun?« Adrienne gab sich größte Mühe, ganz ruhig und gelassen zu sprechen. »Was sieht dein persönlicher Plan vor?«

»Je weniger du darüber weißt, desto besser.« Piero tätschelte ihre Wange.

»Nein!« Sie packte seinen Arm mit beiden Händen. »Ich habe dir schon einmal gesagt, daß ich von allen Vorgängen informiert zu werden wünsche.« Sie schüttelte ihn. »Das meine ich ernst, Piero!«

»Piccolina... Schon gut, schon gut«, sagte er beruhigend. »Ich werde es dir mitteilen, sobald wir etwas in die Wege geleitet haben.«

Sie blickte ihm in die Augen, die ihren so ähnlich waren,

und sie wußte, daß er log. Während sie scheinbar einverstanden nickte, zerbrach sie sich bereits den Kopf darüber, wie sie Pieros Vorhaben vereiteln konnte.

14. KAPITEL

»Ich werde dafür sorgen, daß Ihr die benötigten Lebensmittel und Heilkräuter sobald wie möglich erhaltet, Schwester.« Adrienne steckte die Liste in einen Lederbeutel, und ehe sie etwas dagegen tun konnte, hatte Angela, die Nonne, schon den Kopf geneigt, um ihr den Ärmel zu küssen.

»Der Herr segne Madonna sowie das Haus Montefiore.«

Adrienne nickte zum Dank und fragte sich im stillen, was die gute Klosterschwester wohl sagen würde, wenn sie wüßte, was »Madonna« in wenigen Minuten im Hause des Herrn zu erledigen hatte.

Als Adrienne sich umdrehte, um das Hospital zu verlassen, wollte Schwester Angela ihr folgen, doch Adrienne hielt sie mit einer kurzen Handbewegung davon ab.

»Wartet hier auf mich. Ich möchte gern ein paar Minuten im Gebet verbringen.« Mit dem Kinn deutete sie auf die Kathedrale auf der gegenüberliegenden Seite der Piazza.

»Ich werde Madonna begleiten.«

»Ich muß allein sein, Angela. Wartet gefälligst hier auf mich.« Ihre Stimme klang schärfer als beabsichtigt, und als sie Angelas enttäuschte Miene sah, hatte sie sofort ein schlechtes Gewissen. Rasch drückte sie der Nonne die Hand und eilte aus dem Hospital.

Ihr Umhang flatterte im kalten Wind. Rasch zog sie sich die Kapuze tiefer ins Gesicht, um wenigstens vor dem Regen geschützt zu sein, und eilte über die schlüpfrige Piazza hinauf zu den Eingangsstufen des gotischen Doms.

Die wenigen Kerzen, die in der gewaltigen Kirche brannten, konnten wenig gegen die trübe Dunkelheit des grauen Septembertages ausrichten. Adrienne hätte beinahe vergessen, das Knie zu beugen und sich zu bekreuzigen, bevor sie eilig die linke Seite des Kirchenschiffs hinunterging und sich dabei unruhig nach allen Seiten umschaute. Gottlob schien sich hier niemand zu befinden; das scheußliche Wetter hielt anscheinend die guten Bürger von Siena in ihren Häusern.

Bei dem kunstreich gearbeiteten Bronzegitter, welches die kleine Kapelle Johannes des Täufers von dem anderen Teil der Kirche trennte, schlug Adrienne ihre Kapuze zurück und bedeckte den Kopf mit einem dichten Schleier, der ihr Gesicht verbarg. Diese Geste erinnerte sie wieder an das, was sie riskierte. Mir bleibt doch nichts anderes übrig, sagte sie sich. Sie mußte handeln; sie durfte sich die Kontrolle der Vorgänge nicht von Piero aus den Händen nehmen lassen.

Unvermittelt begann ihr Herz so heftig zu hämmern, daß sie kaum noch richtig zu atmen vermochte. Sie preßte sich die Hand an die Brust und lehnte sich an eine der schwarzweißen Marmorsäulen. Für einen Moment schloß sie die Augen, um sie sofort wieder aufzuschlagen, denn das Bild, das sie vor sich gesehen hatte, war zu entsetzlich gewesen: Sandro und sie befanden sich in einer dunklen Gasse, und überall war Blut . . .

Seit sie zuletzt mit Piero gesprochen hatte, war sie jedesmal, wenn sie die Augen schloß, von Visionen verfolgt worden. Sie sah immer Blut fließen, viel Blut. Sie versuchte, sich damit zu beruhigen, daß sie sich sagte, sie stellte sich nur die Szene vor, die sie so lebhaft aus Isabellas Tagebuch erinnerte.

»Ich gab Schwäche vor«, hatte Isabella geschrieben, »und bat Alessandro, seinen Leibwächter nach der Sänfte zu schicken, während wir Schutz unter dem hölzernen Gerüst eines halbfertigen Hauses suchten.

Ich sah den Schatten herannahen und stöhnte auf, um meinen Gemahl abzulenken. Der Schatten hatte uns fast erreicht, als mir bewußt wurde, daß ich noch nicht bereit war, auf das Vergnügen zu verzichten, das mir Alessandros Dienste im Schlafgemach bereiteten. Ich wich also zur Seite aus und zog ihn mit mir; das Messer, das ihn mitten in den Rücken hätte treffen sollen, drang in seine Schulter.

Obschon sich Adrienne mit dieser Erklärung selbst zu beruhigen versuchte, wußte sie ganz genau, daß die Bilder, die sie immer vor sich sah, irgendwie anders waren.

Sie atmete tief durch. Ich habe schon so vieles geändert, sagte sie sich und strich sich mit der Hand über den Leib. Sie hatte dafür gesorgt, daß ihrem Kind nichts geschah, und sie würde auch dafür sorgen, daß Sandro nichts zustieß. An diesen Gedanken hielt sie sich fest, und sicheren Schrittes betrat sie die Kapelle.

Nur ein flackerndes Votivlämpchen, das über einem Reliquienschrein hing, beleuchtete die Kapelle, und Adrienne hielt den Raum für leer. Als sich jedoch ein Schatten von der Seitenwand löste, hob sie sich unwillkürlich die Hände an den Mund, um einen Aufschrei zu unterdrücken.

Wie festgenagelt blieb sie mitten in der Kapelle stehen, während die in einen Kapuzenumhang gehüllte Gestalt auf sie zukam. Als der Mann nur noch einen Schritt von Adrienne entfernt war, streifte er sich die Kapuze ab und streckte den Arm aus. In seiner offenen Hand lag der aus Perlen und Goldtropfen bestehende Rosenkranz, den Adrienne Gianni gegeben hatte.

Sie hatte den Zwerg mit der Aufgabe betraut, im Abschaum der Stadt einen Mann aufzutun, der zu allem bereit war, wenn es denn angemessen bezahlt wurde. Sie hatte nicht solange warten wollen, bis sie etwas von Piero hörte, weil sie fürchtete, er würde seinen Plan heimlich ins Werk setzen. Da sie nicht in der Lage war, das Notwendige selbst zu unternehmen, hatte sie sich an Gianni gewandt; er konnte zumindest den Palazzo verlassen, wann immer er wollte.

Stumm hatte er sie beobachtet, als sie ihm erläuterte, was sie von ihm wollte, und als sie mit ihrer teils stockenden, teils sprudelnden Rede am Ende war, hatte er sie mit seinem beunruhigend scharfen Blick betrachtet, in dem sich seine tiefe Weisheit spiegelte. »Madonna, für Isabella Gennaro würde ich dies nicht tun«, hatte er gesagt. »Für Isabella di Montefiore bin ich indessen dazu bereit.«

Adrienne hatte nur genickt; sie erkannte, daß von allen sie umgebenden Menschen nur zwei – Daria und Gianni – auf irgendeine Weise dahintergekommen sein mußten, daß sie eine Schwindlerin war.

Und jetzt stand sie in der kalten Kapelle und starrte wie gelähmt auf die Hand des unheimlichen Kerls, der ihr den Rosenkranz entgegenhielt.

»Der Zwerg hat gesagt, Madonna würden den Rosenkranz wiedererkennen.«

Als sie die rauh krächzende Stimme des Mannes hörte, hob sie den Blick zu seinem Gesicht. Seine Züge wirkten, als wären sie von grober Hand aus Granit gemeißelt worden. Auf einer Wange befand sich eine bläuliche Narbe, und das dunkle Haar hing ihm glatt und strähnig bis fast auf die Schultern hinab.

Offenbar fühlte er sich nicht dadurch beleidigt, daß Adrienne ihn stumm anstarrte, denn er lächelte, und seine kräftigen weißen Zähne ließen seine Haut noch dunkler erscheinen. »Ihr habt eine bestimmte Arbeit zu tun, Madonna?« Er rasselte mit dem Rosenkranz in seiner Hand.

Diese so sachliche Frage holte Adrienne aus ihrer Erstarrung. »Ja, eine bestimmte Arbeit.« Sie verschränkte die Hände unter den Falten ihres Umhangs. »Du wirst zu einem Mann gehen, dessen Namen ich dir noch nennen werde.« Während des Sprechens kehrten ihre Kräfte zu ihr zurück. »Du wirst ihm diesen Rosenkranz vorweisen und ihm sagen, die Frau, die ihn dir gegeben hat, schickt dich, um die in Rede stehende Arbeit durchzuführen.«

»Und diese Arbeit – was ist das für eine?«

Adrienne wollte darauf antworten, doch die furchtbaren Worte blieben ihr im Halse stecken.

»Ich bin ein Bravo, Madonna, und es gibt wenig, das ich nicht für den richtigen Preis tun würde.« Er hatte wieder ganz sachlich gesprochen, so als wäre ein »Bravo«, ein gedungener Mordgeselle, nichts anderes als ein ehrlicher Händler, der seine Waren feilbot.

»Man wird dich beauftragen, einen Mann zu töten.«

»Zehn Dukaten für einen niedriggeborenen Mann und zwanzig Dukaten für einen hochgeborenen Herrn, Madonna.«

Adrienne konnte nicht wissen, daß der Bravo sie nach ihrem pelzgefütterten Umhang und ihrer vornehmen Sprache eingeschätzt und seinen Preis für ein Menschenleben vervierfacht hatte. »Du wirst diesen Mann jedoch nicht töten.« Sie hob warnend die Hand. »Du wirst ihn nicht einmal verwunden. Hast du mich verstanden?«

Sie trat einen Schritt näher an ihn heran. »An deinen Dolch wird nicht die geringste Spur von seinem Blut gelangen. Ist das klar?«

»Dann beträgt der Preis dafür vierzig Dukaten, Madonna«, meinte der Bravo ziemlich mürrisch. »Eine tölpelhaft ausgeführte Arbeit ruiniert meinen Ruf, und der ist mein einziges Vermögen.«

»Einverstanden«, stimmte Adrienne zu. »Falls du die Sache zu meiner Zufriedenheit erledigst, erhältst du hinterher noch weitere vierzig Dukaten.«

Die Augen des Mannes hellten sich auf und funkelten gierig. »Wie? Wann?«

»Hier in dieser Kapelle, einen Tag danach.« Adrienne griff in ihren Lederbeutel und zählte dem Mann die Goldmünzen in die Hand. Anschließend wiederholte sie ihre Instruktionen, bis sie ganz sicher war, daß er sie auch richtig begriffen hatte.

Der Bravo verbeugte sich, schwenkte sich seinen weiten Umhang über die Schulter und wollte gehen.

»Einen Augenblick noch.«

Der Mann blieb stehen, drehte sich jedoch nicht mehr um.

»Sprich ein Gebet, daß du meine Instruktionen auch präzise ausführst. Andernfalls wirst du nämlich nicht einmal so lange leben, daß du dich noch dieser ersten Zahlung erfreuen kannst. Capisci? Hast du verstanden?« Ihre Stimme klang sogar in ihren eigenen Ohren so barsch und drohend, daß Adrienne beinahe selbst an ihre Worte glaubte.

»Ho ben capito, Madonna«, bestätigte der Mann eilig über die Schulter hinweg, und im nächsten Moment war er verschwunden.

»Wie hat sie ausgesehen, diese Frau, die dich hergeschickt hat, wie du behauptest?«

Piero Gennaro zwang sich dazu, stillzustehen, obwohl er dringend auf und ab gehen wollte, um die Wut abzureagieren, die in ihm hochgestiegen war, als er in den Händen dieses Bravos den Rosenkranz gesehen hatte, welchen er, Piero, seiner Schwester geschenkt hatte.

»Das weiß ich nicht genau, Messere, denn sie trug einen dichten Schleier«, antwortete der Mann. »Sie sagte, sobald Ihr den Rosenkranz seht, würdet Ihr wissen, wer mich zu Euch geschickt hat. Ich weiß nur, daß ihr Umhang kostspielig und mit edlem Pelz gefüttert war.« Der Bravo zog einen Mundwinkel hoch und grinste schief. »Und sie hat gar nicht erst gefeilscht, als ich ihr meinen Preis nannte.«

»Und welchen Preis nanntest du ihr?«

»Zwanzig Dukaten, Messere.«

Daß der Mann vor seiner Antwort kaum merklich gezögert hatte, zeigte Piero, daß der Kerl log. Er blickte zu seinem Bruder hinüber und sah, daß Alfonso zu derselben Ansicht gelangt war.

»Erzähle mir noch einmal ganz genau, was sie gesagt hat«, forderte er in der Hoffnung, der Halsabschneider würde sich bei der Wiederholung der Geschichte vielleicht mit einem Wort verraten.

»Sie sagte, Ihr wolltet von einer bestimmten Person befreit werden.«

»Und du bist ganz sicher, daß sie nicht gesagt hat, wer diese Person ist?«

»Sie hat keinen Namen genannt, Messere.«

»Geh jetzt«, befahl Piero schroff. »Doch zuerst den Rosenkranz!« Er streckte die Hand aus.

Der Mann zauderte. Offenkundig widerstrebte es ihm, die Gebetskette herauszurücken.

»Zwinge mich nicht, sie mir zu holen.«

Ohne weiteren Verzug eilte der Mordgeselle heran und ließ den Rosenkranz in Pieros ausgestreckte Hand fallen. Einer Eingebung folgend packte dieser ihn am Umhang. »Du wirst dieses Haus erst dann verlassen, wenn für dich die Zeit gekommen ist, das zu tun, wofür du bezahlt wurdest.« Er ließ den Kerl wieder los und gab ihm im selben Moment eine Stoß, so daß er rückwärts taumelte.

Der Bravo zog sich argwöhnisch zurück und erschrak dann, als er fast mit einem großen, kräftigen Mann zusammenstieß, der hinter ihm in den Raum getreten war.

»Du wirst diesem Herrn unten ein Quartier zuweisen, Bernardo.« Piero blickte den Diener scharf an und stellte zufrieden fest, daß dieser fast unmerklich nickte. Bernardo hatte also verstanden, daß der Mann ins Verlies zu bringen war. »Er wird für einige Zeit unser Gast sein.«

Die Tür schloß sich hinter den beiden, und die Schritte auf dem Flur entfernten sich. Piero wand sich den Rosenkranz um die Finger und drehte sich zu seinem jüngeren Bruder um. »Nun? Was sagst du dazu?«

»Da der Kerl ganz offensichtlich wegen des Preises nicht die Wahrheit gesagt hat, wird Bella ihm wahrscheinlich mindestens das Doppelte gezahlt haben.« Alfonso lachte. »Mir scheint, unser Schwesterchen ist noch ungeduldiger als du.«

Piero schüttelte den Kopf. »Irgend etwas stimmt hier nicht, Alfonso.« Er hieb eine Faust in die offene andere Hand. »Das fühle ich.«

»Das einzige, was du jetzt fühlst, ist das zwischen deinen Beinen.« Alfonso lachte wieder und dachte an Luisa, die ihn heute nacht erwarten würde.

»Und du?« brauste Piero auf. »Versuche nicht, mir weiszumachen, du hättest aufgehört, Bella zu begehren.«

»Ich habe eine talentierte Mätresse.« Alfonso zuckte die Schultern. »Ich habe es nicht so eilig. Im übrigen ist sie ja noch so jung«, fügte er leise hinzu. »Soll Montefiore sie nur ordentlich einreiten.«

»Zum Teufel mit dir!« fuhr Piero ihn wütend an.

Alfonso grinste, schüttete sich etwas Wein in seinen Becher und hob ihn seinem Bruder zum spöttischen Salut entgegen, bevor er trank.

»Weshalb macht sie nur solche Umstände?« Piero begann wieder auf und ab zu gehen. »Damals in Vignano hat sie darauf bestanden, daß wir abwarten und der Natur ihren Lauf lassen sollten. Wir sollten warten, bis ihr Kind geboren und Montefiore seinem Vater nachgefolgt ist. Erst dann sollten wir tätig werden.«

Er packte seine Stuhllehne. »Und jetzt schickt sie mir mit einem Mal einen gedungenen Meuchelmörder. Das ergibt doch alles keinen Sinn.«

»Beruhige dich, Piero. Daß du bei allem, was du tust, einen bestimmten Zweck verfolgst, muß ja nicht heißen, daß alle anderen Menschen sich genauso verhalten.« Er nahm einen großen Schluck. »Unser vergnügungssüchtiges Schwesterchen langweilt es wahrscheinlich, mit ihrer wohltätigen Arbeit und ihren Hofdamen in diesem düsteren Palazzo eingeschlossen zu sein. Da hat sie eben beschlossen, die Sache selbst in die Hand zu nehmen.«

»Ich traue ihr nicht, Alfonso. Ich habe doch gesehen, wie sie und Montefiore einander anschauen.«

»Nun komm schon, Piero. Du weißt ebensogut wie ich, daß diese kleine Hexe eine Messalina ist und jede Rolle spielen kann, auf die sie es abgesehen hat. Jedenfalls würde sie dir wohl kaum einen Meuchelmörder schicken, wenn sie sich nicht auf ihre Witwenschaft freute.«

Alfonso legte seinem Bruder einen Arm um die Schultern. »Und wenn du ihr nicht traust, dann brauchst du doch weiter nichts zu tun, als deinen eigenen Meuchelmörder einzusetzen.« Als Piero daraufhin zornig aufblickte, fügte Alfonso hinzu: »Zufälligerweise weiß ich ganz genau, daß du bereits einen angeheuert hast.«

»Und was sollen wir deiner Meinung nach mit Isabellas Mann machen?«

»Wir lassen ihm eben den Hals abschneiden«, meinte Alfonso wegwerfend. »Ich glaube kaum, daß ihn irgend jemand vermissen wird.«

»Eine gute Idee, Brüderchen.« Piero lächelte. »Obwohl du dich immer so unbeschwert und liebenswürdig gibst, ist deine Seele genauso schwarz wie meine.«

»Ja, doch ich genieße das sehr viel mehr.« Lachend schlug Alfonso seinem Bruder auf die Schulter. »Du nimmst alles viel zu schwer.«

»Sage Bernardo, daß ich Arbeit für ihn habe.« Piero schenkte sich Wein ein, den er jedoch nicht trank. Vielmehr begann er damit, einen sorgfältig durchdachten Plan zu entwerfen.

»Isabella?« rief Sandro ungeduldig, als er ins Schlafgemach trat. »Isabella, wo seid Ihr?«

Adrienne hob den Kopf. Sie kniete auf der Gebetsbank, die vor einer kleinen Statue der Heiligen Jungfrau in einer Ecke des großen Raumes stand. Sie hatte gebetet, um Maria um Hilfe und Führung anzurufen, damit sie auch das Richtige tat, doch sie hatte keine Antwort erhalten.

Fast ein ganzer Monat war vergangen, seit Piero ihr den Rosenkranz geschickt hatte, um ihr damit zu sagen, daß sowohl ihre Botschaft als auch ihr Botschafter eingetroffen waren. Danach hatte sie nichts mehr von ihm gehört, und sie hatte es nicht gewagt, ihn zu sehr zu drängen; täte sie es zu eindringlich, würde sie sich möglicherweise verraten.

Seit drei Tagen wußte sie nun, wann sie und Sandro dessen angeblichem Mörder begegnen würden, und jeder dieser drei Tage war für Adrienne wie die ewige Hölle gewesen.

Unausgesetzt hatte sie sich gesagt, daß sie das einzig Richtige getan hatte. Die Gefahr bestand, und hätte sie, Adrienne, den Meuchelmörder nicht angeheuert, würde Piero das getan haben. Es war auf jeden Fall besser, der Gefahr vorbereitet zu begegnen.

Jetzt jedoch war der entscheidende Augenblick gekommen, und ihre ganze Zuversicht verflog, als hätte es sie nie gegeben. Namenlose Ängste und Vorahnungen zehrten an Adrienne.

»Vergebt mir. Ich wollte Eure Gebete nicht unterbrechen.« Sandro schaute auf seine Gattin hinunter und sah die Angst in ihren goldbraunen Augen. Unvergossene Tränen hingen wie winzige Diamanten an ihren Wimpern.

Er hockte sich neben sie. »Ist etwas geschehen, tesoro?« Besorgnis und Zärtlichkeit widerstritten in ihm wie immer mit dem allgegenwärtigen Argwohn, doch Sandro hatte es inzwischen gelernt, diesen Argwohn zu ignorieren, als handelte es sich um eine chronische Krankheit.

Adrienne schüttelte langsam den Kopf; sprechen konnte sie jetzt nicht.

Sandro legte ihr seinen Arm um die Schultern. »Ihr zittert ja.« Er erhob sich, zog sie mit sich in die Höhe und nahm sie in die Arme.

Sie spürte, wie sich etwas von seiner Kraft auf sie übertrug. Nach und nach kehrte die Zuversicht zurück und die Überzeugung, daß sie das Richtige tat.

»Verzeiht mir. Ich bin töricht.« Sie hob den Kopf und versuchte zu lächeln. »Man sagt allerdings, das sei völlig normal bei schwangeren Frauen.«

Sandro drückte sie an sich. Er konnte das schnelle, unregelmäßige Schlagen ihres Herzens an seinem fühlen, und für einen Moment schien er mit ihr viel intimer verbunden zu sein, als wären ihr und sein Körper tatsächlich miteinander vereinigt.

Er sah, wie sich in ihren Augen die gleichen Empfindungen spiegelten, die er in sich wußte, bedrohliche Empfindungen. Inzwischen hatte er jedoch gelernt, sie zurückzudrängen.

»Sandro, ich . . .«

Weil er sich vor seinen eigenen Gefühlen fürchtete, die noch zu nahe an der Oberfläche waren, unterbach er Isabella mit einem so leidenschaftlichen Kuß, daß ihnen beiden bald jedes klare Denken unmöglich war.

»Glaubt Ihr, meine Mutter würde es uns verzeihen, wenn wir ihr nun doch nicht unsere Aufwartung machen?« flüsterte er, während er seine Lippen an ihrem Hals hinuntergleiten ließ.

»Sandro.« Adrienne drückte ihm ihre Hände gegen die Schultern. »Wir haben es ihr versprochen, und Ihr wißt, wie sehr sie immer auf Eure Besuche wartet.«

»Gut, dann verspäten wir uns eben ein wenig«, murmelte er an ihrem Ohr, während er sich bereits an dem Verschluß ihres Gewandes zu schaffen machte.

Adrienne wollte seinen verführerischen Lippen und Händen schon nachgeben, als ihr wieder einfiel, was heute abend geschehen sollte und was mit Gottes Hilfe nicht geschehen würde. Dieser Gedankengang wirkte auf sie wie ein eiskalter Guß, der ihre Leidenschaft abkühlte. Adrienne entwand sich Sandros Umarmung.

»Wir werden pünktlich sein, mein lieber Gatte.« Über die Schulter hinweg warf sie ihm ein Lächeln zu. »Es wird langsam Zeit, daß Ihr lernt, daß Ihr Euch nicht jeden Wunsch auf der Stelle erfüllen könnt.«

»Hexe.« Er wollte wieder zu ihr herantreten, doch sie hielt die Hand hoch und hob arrogant die Augenbrauen, so daß er sich vorkam wie ein kleiner Junge, der unberechtigterweise noch ein zusätzliches Stück Zuckerwerk begehrte.

Er blieb stehen und bot ihr seinen Arm. Als sie ihre Hand darauf legte, lächelte er schalkhaft. »Ihr habt gewonnen, Isabella.« Er beugte sich näher zu ihr heran, so daß sein Atem ihre Lippen streifte. »Für jetzt.«

Es war schon spät, als sie das bescheidene Haus verließen, in dem Sandro die ersten Jahre seines Lebens verbracht hatte. Es hatte Adrienne sehr angestrengt, eine fröhliche Miene sowie eine nichtssagende Konversation aufrechtzuerhalten.

Der Oktoberabend war noch warm, doch die Luft enthielt schon eine Spur des nahenden Herbstes. Als sie in den kleinen Hof hinaustraten, wo die Sänfte und Sandros Pferd warteten, schaute Adrienne zu ihrem Gemahl hoch.

»Wollen wir die Leute nicht vorausschicken und dann so tun, als wären wir nicht der Erbe des Herzogtums und seine Gemahlin, sondern einfach nur irgendein Ehepaar, das den schönen Abend genießen möchte, bevor der Herbstregen einsetzt?« Sie wartete mit angehaltenem Atem.

»Ihr wollt zu Fuß heimkehren?«

»Es sind ja nur ein paar Schritte.« Adrienne schmollte ein wenig. »Und bald werde ich zu dick sein, um weitere Wege als von meinem Bett bis zum Abort zurückzulegen.«

»Bis dahin dauert es noch eine ganze Weile. Gott sei Dank.« Sandro fuhr mit einem Finger an ihrem Hals entlang bis zur Schulter und lächelte über den kleinen Schauder, der seiner Gattin dabei über die Haut lief.

»Ich habe mir sagen lassen, einer schwangeren Frau darf man nichts abschlagen«, meinte er ganz unbefangen und winkte einen der Leibwächter heran, um ihm seine Befehle zu erteilen.

Die Männer verließen den Hof und begaben sich in die enge Gasse. Als Sandro nach ihnen auf die Pflastersteine hinaustrat, befühlte Adrienne das Heft des Dolches, den sie sich heimlich an ihren Gürtel aus gehämmertem Gold geschnallt hatte.

15. KAPITEL

Als sie die dunkle Straße hinuntergingen, verkrampfte sich Adriennes Magen bei jedem Schritt mehr. Das kann ich unmöglich zu Ende führen! Diese Erkenntnis fuhr ihr wie ein Blitzschlag durch den Kopf.

Dieses schreckliche Spiel durfte auf keinen Fall weitergehen! Wie war sie nur auf die Idee gekommen, daß der gedungene Meuchelmörder den Instruktionen folgen würde, die sie ihm erteilt hatte? Welcher Teufel hatte sie geritten, daß sie dem Wort eines bezahlten Mordgesellen traute? Was würde geschehen, falls der Mann seine Meinung geändert hatte? Was, wenn Piero ihm mehr Gold versprochen hatte als sie? Was, wenn der Bravo keine sichere Hand hatte?

Die Fragen, die Zweifel stürmten auf Adrienne ein und erweckten alle Ängste, alle Alpträume aufs neue, die sie während der vergangenen Wochen verfolgt hatten. Ich muß Sandro sofort alles gestehen! Ich muß ihn warnen! dachte sie. Und wenn er ihr dann nicht glaubte? Vielleicht glaubte er ihr auch, doch dann würde er sie hassen für das, was sie getan hatte. Das allermindeste wäre, daß er ihr nie wieder vertraute.

Die entsetzliche Angst schnürte ihr die Kehle ab. Adrienne bekam kaum noch Luft, und in ihren Ohren rauschte es. Am Rande bemerkte sie, daß die Sänfte soeben vor ihnen um die Ecke gebogen war. Da sich Adrienne auf das konzentrierte, was sie zu Sandro sagen wollte, hörte sie nicht das verräterische Knarren einer Tür unmittelbar hinter ihnen.

Sandro hörte es sehr wohl. Mit einer einzigen Bewegung fuhr er herum, zog seine Gattin zurück, stellte sich vor sie und riß seinen Dolch heraus.

Dieser kurze, doch rauhe Vorgang holte Adrienne aus ihrer Benommenheit, und ihr Blick richtete sich auf den Angreifer. Es war nicht der von ihr bezahlte Mann!

Diese Erkenntnis setzte sie sofort in Aktion um. Mit einem wilden Aufschrei warf sich Adrienne auf den Mordgesellen und riß dessen erhobenen Dolch herunter.

Als das Messer neben ihrer Brust zwischen ihre Rippen drang, fühlte Adrienne nichts – nichts außer unbeschreiblicher Wut und dem Bedürfnis zu beschützen.

»Isabella!« Mit diesem Schrei auf den Lippen stieß Sandro den Angreifer so hart gegen die Hauswand, daß der Kopf des Mannes gegen die Steinmauer krachte.

Durch den Kampflärm alarmiert kamen die Wachleute und die Sänftenträger zu ihrem Herrn zurückgeeilt. Sie näherten sich von zwei Seiten, und ihre Lanzen waren auf den Meuchelmörder gerichtet. Sandro sprang auf seine Gattin zu – gerade rechtzeitig, um sie aufzufangen, ehe ihre Beine nachgaben.

»Isabella, seid Ihr...« Die Worte blieben ihm im Halse stecken, als er den scharlachroten Fleck sah, der sich auf ihrem elfenbeinfarbenen Gewand ausbreitete.

»Nein!« Er stieß diese eine Silbe wie einen Urschrei hervor. Hinter sich hörte er die Geräusche des Handgemenges. Sandro fuhr herum. »Lebendig! Ich will ihn lebendig!« Doch noch während seine Worte von den dunklen Häuserwänden widerhallten, sah er die metallenen Spitzen in den Körper des Mannes eindringen.

Die Lanzen hefteten den Meuchelmörder an die Haustür. Sandro trat heran. »Wer hat dich bezahlt?« schrie er. »Zum Teufel! Sag mir sofort, wer dich angeheuert hat!«

Doch die Augen des Mannes waren schon leer und ausdruckslos. Als sein Kopf und die Schultern nach vorn sanken, wußte Sandro, daß es zu spät war.

Er wandte sich ab. Den schlaffen Körper seiner Gemahlin noch immer in den Armen, eilte er davon.

Adrienne erwachte in einem nebelhaften Schmerz, der von ihrem ganzen Körper Besitz ergriffen zu haben schien. Ihr Instinkt wehrte sich gegen das wiederkehrende Bewußtsein, doch nach und nach nahm sie dennoch die Geräusche ringsum wahr. Da war das Stampfen eines Stößels, der in einem Mörser irgend etwas zerkleinerte, die monotone, leise Stimme einer betenden Frau, das Knacken und Knistern eines Herdfeuers.

»Erlaubt, Don Alessandro. Ich bitte Euch, laßt uns allein. Es gibt hier nichts, was Ihr tun könntet. Gar nichts.«

»Tut Eure Pflicht, Dottore. Ich werde nicht gehen, bis es vorbei ist und ich sicher sein kann, daß sie es gut übersteht.«

»Bis dahin kann es noch Stunden dauern, Don Alessandro«, erklärte der Arzt, dem die Anwesenheit eines Ehemannes im Geburtsraum unbehaglich war. »Möglicherweise sogar Tage.«

Sandro blickte den Doktor an, und in seinen schwarzen Augen standen die Sorge und die Selbstvorwürfe. »Das...« Er schluckte, weil ihm die richtigen Worte fehlten. »Das ist nur geschehen, weil sie den Dolchstoß abgefangen hat, der für mich bestimmt war.« Seine Stimme klang nach Erschöpfung und tiefem Kummer. »Ich warte.«

Adrienne hörte zwar die Stimmen, verstand jedoch die Worte nicht. Sie wollte Sandro rufen, holte Luft, und als sie den Mund öffnete, fuhr ihr ein rasiermesserscharfer Schmerz durch den Leib. Statt der Worte, die sie hatte sagen wollen, entrang sich nur ein Stöhnen ihren Lippen.

Sekunden später fühlte sie Sandros Finger an ihrem Gesicht. Trostsuchend drehte sie sich zu ihm.

»Es wird alles gut, tesoro«, hörte sie ihn sagen.

Wieder öffnete sie den Mund zum Sprechen, und wieder durchfuhr sie der entsetzliche Schmerz. Sie bog die Hüften von der Matratze hoch. Der Schmerz ließ nach, und sie sank zurück. Zwischen ihren Schenkeln und unter sich fühlte sie eine warme, klebrige Nässe. Sie sog Luft ein und hatte den metallischen Geschmack von Blut auf der Zunge.

Plötzlich arbeitete ihr Verstand absolut und grausam

klar. Sie brauchte die aufgeregt flüsternden Stimmen gar nicht mehr zu verstehen, um ganz genau zu wissen, was vor sich ging.

Das habe ich also nicht ändern können, dachte sie, und die Verzweiflung legte sich über sie wie ein schwarzer Vorhang. Sie hatte versagt und würde nie das Kind sehen, das Sandro in ihr gezeugt hatte, das Kind, welches das Blut jetzt aus ihrem Körper spülte. Genau wie Isabellas Kind würde auch ihres niemals seinen ersten Atemzug tun können. Das einzige, was Adrienne geändert hatte, das waren die Umstände, die ihr Kind zerstört hatten.

Wenn sie also hier versagt hatte, würde sie dann in der Lage sein, Sandro zu retten? Oder waren all ihre Bestrebungen vergeblich gewesen? Würde sie in diesem Zusammenhang möglicherweise auch nur die Umstände, nicht jedoch die Tatsache ändern können?

»Kämpft, Isabella. Kämpft!«

Sie schlug die Augen auf, als sie Sandros Stimme hörte, doch der ständige Schmerz schien sein geliebtes Gesicht zu verwischen. Nein, dachte sie, ich werde nicht kämpfen. Es war besser, sich jetzt leise davonzumachen, als Sandros Tod entgegenzusehen. Im übrigen wäre mit ihrem Tod ja auch der Anlaß für seine Vernichtung hinfällig.

Vielleicht bin ich ja deswegen hergekommen, dachte sie – um zu sterben, damit Sandro leben kann. Natürlich, das war es! Diese Schlußfolgerung war so klar, so logisch, daß Adrienne fast gelächelt hätte. Sie schloß die Augen wieder und trat den langen Weg in die Dunkelheit an.

»Isabella, ich liebe Euch. Hört Ihr mich!«

Der drängende Klang dieser Worte zog Adrienne aus dem Schattenreich zurück ans Licht.

Sandro sah, daß Isabellas Lider zuckten. Als sie sich schließlich öffneten, erwachte die Hoffnung in ihm. Doch ihre Augen waren vom Schmerz getrübt und hatten den Ausdruck eines Menschen, der im Begriff war, sich auf die letzte Reise zu begeben.

»Ich liebe Euch.« Unausgesetzt wiederholte er diese Worte wie eine Beschwörungsformel, wie ein Gebet. Als er sah, daß sich ihr Blick ein wenig klärte, hätte er vor Freude am liebsten laut gejubelt, doch dann verschleierten sich ihre Augen wieder, und ihr Körper verkrampfte sich in einem neuerlichen Schmerzanfall.

Die Schuldgefühle drohten ihn zu überwältigen. Sandro fühlte sich schuldig, weil er Isabella aus der Bewußtlosigkeit in den Schmerz zurückgeholt hatte, schuldig, weil der Dolch für ihn bestimmt gewesen war, schuldig, weil Isabella erst am Rand des Todes stehen mußte, damit er der Liebe Ausdruck verlieh, die so lange in ihm gewohnt hatte.

Irgend etwas hat mich zurückgeholt, dachte Adrienne, nachdem der Schmerz abgeebbt war. Sandros Stimme. Er hat mich gerufen und mich zurückgeholt. Doch nein. Es kann nicht Sandros Stimme gewesen sein; ich habe doch gehört...

»Ich liebe Euch.«

Langsam öffnete sie die Augen. Sie sah ihn an, und ihr Blick war klar. »Sandro?«

»Ja, Liebste.«

»Was...« Sie befeuchtete sich die trockenen Lippen mit der Zungenspitze. »Was habt Ihr gesagt?«

»Ich liebe Euch.« Die Worte kamen ihm ganz leicht über die Lippen.

Tränen traten ihr in die Augen. Sie schloß die Lider wieder. Was für eine ungeheure Ironie des Schicksals, dachte sie. Jetzt, Stunden oder auch nur Minuten vor ihrem Tod hörte sie die Worte, nach denen sie sich so sehr gesehnt hatte. Die weiche Dunkelheit, in der es keinen Schmerz, keinen Blutgeruch gab, lockte wieder.

»Verlaßt mich nicht, Isabella. Ich brauche Euch.«

Gegen ihren eigenen Willen zogen Sandros Worte sie zurück. Jedesmal wenn sie den Schatten entgegentreiben wollte, holte er sie zurück, immer und immer wieder.

»Es ist überstanden, und Donna Isabella blutet nicht mehr.«

Sandro blickte zu dem Arzt in der schwarzen Robe hoch. »Wird sie überleben?«

»Sie ist jung und kräftig, Don Alessandro. Wenn nicht noch das Fieber kommt, dann wird sie, so Gott will, überleben.« Der Doktor erlaubte sich ein schwaches Lächeln. »Und sie wird Euch andere Söhne schenken.«

Sandro ließ seinen Kopf neben Isabellas aufs Kissen sinken, und zum erstenmal, seit er ein ganz kleiner Junge gewesen war, weinte er.

Sandro stand neben dem Krankenbett und bewachte Isabellas Schlaf. Zwei Wochen waren seit ihrer Verwundung und der Fehlgeburt vergangen, die sie beinahe das Leben gekostet hatte. Jetzt kehrte die Farbe langsam in ihre Wangen zurück, doch die abgrundtiefe Trauer spiegelte sich noch immer in ihren Augen, und Sandro mußte feststellen, daß er dagegen vollkommen machtlos war.

Er hätte schon vor Tagen nach Cesena aufbrechen müssen, wo er mit seinen Soldaten auf die anderen Heerführer stoßen sollte, die Cesare Borgia angeworben hatte. Statt dessen hatte Sandro seine Krieger unter Micheles Kommando vorausgeschickt; er selbst wollte an der Seite seiner Gemahlin bleiben.

Heute allerdings hatte er eine Botschaft seines Freundes erhalten. Michele teilte ihm mit, daß Borgia selbst sowie die Soldaten, die ihm der König von Frankreich leihweise überlassen hatte, bald in Cesena eintreffen würden. Sandro erkannte, daß er seine Abreise nun nicht länger hinauszögern konnte.

So vieles war zwischen Isabella und ihm noch ungesagt. Obwohl er zahlreiche Stunden an ihrem Bett verbracht hatte, war weder über den Anschlag noch über den Sohn geredet worden, der für sie nun verloren war. Und weil noch immer die Schuldgefühle Sandro quälten, war er auch nicht in der Lage gewesen, den Liebesschwur zu wiederholen, mit dem er Isabella dem Tod entrissen hatte.

Er hatte ihr auch nicht mitgeteilt, was er dank mühevoller Nachforschungen und einer beträchtlichen Summe Goldes in Erfahrung bringen konnte. Zwar besaß er noch keinen Beweis, doch genug Einzelheiten und Indizien, die darauf hinwiesen, daß der Bravo, der sie überfallen hatte, ein von Isabellas Brüdern bezahlter Meuchelmörder war.

Immer wieder sagte sich Sandro, daß seine Gemahlin von dem Anschlag unmöglich etwas gewußt haben konnte, und außerdem wäre sie ja dann auch nicht vorgesprungen, um den Dolchstoß abzufangen. Andererseits war sie diejenige gewesen, die vorgeschlagen hatte, die Wachen fortzuschikken und durch die engen, dunklen Straßen zu Fuß zum Palazzo zurückzukehren.

Alessandro hielt sich immer wieder vor, daß das nur ein schrecklicher Zufall gewesen war, und er gemahnte sich an das, was er mit eigenen Augen gesehen hatte. Trotz allem und trotz der Empfindungen, die ihn durchdrangen, hörte er wieder die kleine boshafte Stimme in seinem Kopf flüstern, die ihn an seinen Argwohn erinnerte.

Doch jetzt sah Isabella so zerbrechlich, so unschuldig aus mit ihrem makellos schönen Gesicht, das sich in das weiße Kopfkissen schmiegte. Da Sandro sie unbedingt berühren mußte, steckte er ihr eine Haarsträhne hinters Ohr zurück. Isabella bewegte sich und drehte sich auf den Rücken.

Eine der Frauen erschien mit einem Becher, in dem ein heißer Kräutertrank dampfte, sowie einer Platte voller Naschwerk. Sie stellte beides auf das Tischchen neben dem Bett.

Sandro bedeutete ihr mit einer Handbewegung, sie möge wieder hinausgehen, und sie ihrerseits gab diese Aufforderung an die anderen weiter. Schweigend verließen die Frauen das Gemach.

Als Adrienne erwachte, durchlebte sie wie immer diesen beunruhigenden Moment der Verwirrung, doch als sie die Augen aufschlug und sah, daß Sandro auf sie herunterlächelte, spürte sie die Erleichterung wie Sonnenlicht, das durch Gewitterwolken brach. Sie versuchte sich aufzusetzen; Sandro hob sie behutsam an und lehnte sie gegen die Kissen.

»Seht Ihr?« Gerade weil er sie gern fest umarmt hätte, gestattete er sich nur, mit den Fingern zart ihre Wange zu streicheln. »Ich bin inzwischen genauso geschickt wie Eure Pflegerinnen.«

Adriennes Augen verschleierten sich. »Es tut mir leid, daß ich so ein Invalide bin.«

»Still.« Sandro legte ihr die Hand über den Mund. »Ich bin derjenige, dem etwas leid tun sollte, Isabella. Ich habe versagt. Ich habe Euch nicht beschützt.«

Er wandte sich ab, und Adrienne sah, wie ein Muskel in seiner Wange zuckte. Die Schuldgefühle überfielen sie doppelt so niederschmetternd wie zuvor. Keines Wortes fähig, legte sie eine Hand um seinen Arm.

Sandro schüttelte sie ab, sprang auf und begann, neben dem Bett hin und her zu laufen. »Laßt die Güte, Isabella. Seid wütend auf mich! Sagt mir, daß ich unfähig war, Euch und unser Kind zu behüten. Ihr habt alles Recht dazu.« Er ballte die Fäuste. »Wo bleiben Eure Beschuldigungen? Ich verdiene jede einzelne davon.« Er drehte sich um und trat ans Fenster, wo er die Arme zu beiden Seiten gegen den Rahmen stützte und seine Stirn an das kühle Glas sinken ließ.

»Nein, Ihr begreift ja nicht!« rief sie und beugte sich vor. »Es war alles ganz anders!« Die Worte drängten sich ihr auf die Lippen. Sie wollte Sandro von der Schuld freisprechen und ihre Brüder anklagen. Und sich selbst – hauptsächlich sich selbst. Doch schon beim ersten Wort traf sie die Erkenntnis wie eine Flutwelle.

Falls sie Sandro jetzt die Wahrheit sagte, würde sie damit nichts gewinnen; sie würde nur selbstsüchtig ihr Gewissen erleichtern. Sie würde Sandro mit einem schrecklichen Wissen belasten, was bei ihm ein noch größeres Mißtrauen auslösen würde. Und das würde es ihr noch schwieriger, wenn nicht gar ganz unmöglich machen, das zu tun, wofür sie in sein Leben gekommen war.

Sie ließ sich gegen die Kissen zurückfallen. Für sie würde das Geständnis keine wirkliche Erleichterung bringen. Ganz gleichgültig, wie lange sie in diesem Körper, in dieser Zeit verblieb – sie war dazu verdammt, mit Geheimnissen zu leben, die sie mit niemandem teilen durfte, niemals.

Als sie zu Sandro hinüberschaute, wußte sie, daß dies der Preis war, den sie zu zahlen hatte und den sie mit Freuden zu zahlen bereit war.

»Sandro, kommt zu mir«, rief sie leise. »Falls Ihr es nicht tut, werde ich Euch holen kommen.«

Ihre Worte erzielten die gewünschte Wirkung. Sandro drehte sich um und kehrte ans Bett zurück, setzte sich indessen nicht wieder.

»Ich bin diejenige, die Euch um Vergebung bitten muß.« Sie streckte ihm die Hand entgegen. »Hätte ich nicht den Einfall gehabt, die Wachleute fortzuschicken, würde uns der Mann vielleicht nicht angegriffen haben. Wäre ich nicht auf ihn zugesprungen, würdet Ihr ihn getötet haben, ehe er zuschlagen konnte.« Sie atmete tief durch und sagte sich, daß ihre Worte zwar nicht die reine Wahrheit, doch auch keine ausgesprochene Lüge waren. Ihre Augen füllten sich mit Tränen. »Ich werde für immer mit diesem Wissen leben müssen – und mit der Schuld.«

Sandro nahm ihre ausgestreckte Hand in seine beiden, drehte sie um und preßte seine Lippen in die Innenfläche. Dann setzte er sich aufs Bett und nahm ihr Gesicht zwischen seine Hände. Er schaute ihr in die Augen, und die böse Stimme in seinem Kopf schwieg dazu.

»Wir werden beide damit leben müssen, Isabella. Zusammen.« Er hauchte ihr einen Kuß auf die Stirn.

Dieser sanfte Kuß war voller Zärtlichkeit und frei von jedem Verlangen, und als Adrienne vor Rührung die Augen schloß, rannen ihr die Tränen über die Wangen.

Sandro hob ihr Gesicht an und wischte ihr die Tränen mit den Daumen und seinem Mund fort. Sein Herz floß über vor lauter Zärtlichkeit, und dennoch fanden keine Worte den Weg zu seinen Lippen.

Isabellas kühle Haut erwärmte sich unter seinen Fingern und seinen Lippen, und er merkte, daß sein Verlangen erwachte. Da er wußte, daß dies nicht der richtige Zeitpunkt dafür war, streichelte er ihre Haut noch ein letztes Mal und ließ dann die Hände sinken.

»Wenn ich zurückkehre, werden wir die Sache gemeinsam angehen.«

»Wenn Ihr zurückkehrt?« Erst jetzt fiel ihr auf, daß er nicht in Samt und bunte Seide gekleidet war, sondern ein Lederwams über dem schlichten braunen Rock trug, wie er es immer tat, wenn er mit seinen Soldaten exerzierte.

»Ich reite heute nach Cesena. Michele befindet sich mit meinen Soldaten bereits dort.«

Adrienne griff nach seinen Händen. Sie wollte ihn zurückhalten, obwohl sie wußte, daß die wirkliche Gefahr erst sehr viel später eintreten würde. Tapfer rang sie ihre Trostlosigkeit nieder und lächelte.

»Dann gute Reise, Liebster«, flüsterte sie. Sie faßte in den Halsausschnitt ihres Nachtgewands und zog eine goldene Kette mit einem Kreuz daran hervor. Sie legte sie um Sandros Hals und ließ sie dann in sein Hemd gleiten.

Sandro fühlte, wie sich das Kreuz, das noch warm von ihrer Haut war, an seine Brust legte. Er hob die Hand und preßte sie dagegen, als könnte er auf diese Weise noch mehr von Isabellas Wärme aufnehmen.

Sie bemerkte seine Geste und erkannte die Empfindungen in seinen kohlschwarzen Augen. Sie schalt sich, weil sie zuviel verlangte, doch sie wollte die Worte noch einmal hören jetzt, da es ihr wieder besser ging und ihr Verstand klar war. Zwar entsann sie sich, daß Sandro ihr gesagt hatte, daß er sie liebte, doch die Erinnerung daran war verschwommen und von Schmerzen und Angst überdeckt.

Sandro hielt Isabellas Gesicht zwischen seinen Händen, schob die Finger in ihr Haar und senkte seinen Mund über ihren. Er fühlte, wie sich ihre Lippen für ihn öffneten, und ließ sich in diesen Kuß sinken. Das Begehren hatte sein Blut erhitzt, als er sich von ihrem Mund losriß; sein Mangel an Beherrschung entsetzte ihn selbst.

»Isabella, ich bin . . .«

Adrienne legte ihm leicht einen Finger auf die Lippen und brachte ihn so zum Schweigen. Sein bestürzter Blick sagte ihr, was er empfand. »Wenn Ihr zurückkehrt, Sandro«, flüsterte sie, und das klang wie ein festes Versprechen. »Wenn Ihr wieder zurückkehrt.«

Sandro erhob sich rasch; es war höchste Zeit, daß er sich auf den Weg machte. Er würde sich und seine Pferde sehr anstrengen müssen, um Cesena noch vor Anbruch der Nacht zu erreichen. An der Tür blieb er noch einmal stehen und drehte sich zu Isabella um. Kurz berührte er seine Brust dort, wo das Kreuz an seiner Haut lag, und dann machte er kehrt und eilte die Treppe hinunter, solange er es noch konnte.

16. KAPITEL

Als spürte es, was sein Herr wollte, stand Sandros Pferd vollkommen still und zuckte kaum mit den Ohren, obwohl der kalte Dezemberwind über den Gipfel der Anhöhe pfiff.

Von seinem Aussichtspunkt auf einem der niedrigen Hügel im Süden der Stadt beobachtete Sandro die Plünderung von Forli, oder er stellte sie sich vielmehr vor, als er den Rauch sah und die Schreie hörte, die der Wind aus den Stadtmauern zu ihm herauftrug.

Um ihn herum befand sich das fast verlassene Lager, das die zehntausend Mann gefaßt hatte, die Cesare Borgia für seinen Feldzug gesammelt hatte. Jetzt lagen hier nur noch ein paar Kranke und Verwundete, die im Lazarettzelt versorgt wurden, sowie seine eigenen fünfzehnhundert Mann, die beim Würfelspiel um die Lagerfeuer saßen und die Extrazuteilung Wein tranken, die er heute hatte ausgeben lassen.

Es machte Sandro stolz, daß die von ihm ausgebildeten Männer es abgelehnt hatten, sich an der Plünderung der gefallenen Stadt zu beteiligen. Natürlich wußte er genau, daß der Grund für solche Disziplin in der zusätzlichen Bezahlung lag, die die Leute nach Abschluß des Feldzuges erwartete, und nicht so sehr in der Abneigung gegen das, was sich jetzt innerhalb von Forlis Mauern abspielte.

Er hatte Cesare Borgias teuflisch schlaue Strategie genau verfolgt. Als Imola, Forlis Schwesterstadt, vor zwei Wochen durch Kapitulation gefallen war, hatte er seine Truppen mit eiserner Hand beherrscht und jegliches Plündern und Vergewaltigen streng untersagt. Als danach Forli an die Reihe kam, hatten die Bürger Borgia und dessen Leutnants bei deren Eintritt in die Stadt zugejubelt, weil sie nicht wissen konnten, daß er seine buntscheckige Armee aus Spaniern, Franzosen, Gascognern, Deutschen und Italienern auf sie loslassen würde.

Nicht Rachegefühle motivierten Borgia, sondern das Bestreben, ein abschreckendes Exempel zu statuieren. Einen möglichst grausigen Kriegsschauplatz zu errichten, hieß, die Kampfkraft Caterina Sforzas zu schwächen, die sich in ihrer Festung am Rande der Stadt verbarrikadiert hatte. Von nun an würde auch jede andere von Borgia belagerte Stadt zitternd um Frieden winseln, denn jedermann wußte jetzt, wie einfach er belohnen oder bestrafen konnte.

Obwohl Sandro seit frühester Kindheit als Krieger ausgebildet worden war und das auch nie in Frage gestellt hatte, drehte sich ihm jetzt der Magen um, als er den Rauch über der besiegten Stadt aufsteigen sah und sich die Vorgänge in ihren Mauern vorzustellen vermochte. Der Gedanke, daß seine eigene militärische Tüchtigkeit zu diesem Ergebnis geführt hatte, verursachte ihm Übelkeit.

Er schob eine Hand unter seinen schweren Umhang und rieb sich mit zwei Fingern über die Brust. Durch Wams und Hemd hindurch konnte er die Umrisse des Kreuzes ertasten, das Isabella ihm geschenkt hatte. Für einen Moment schien das Häßliche um ihn herum zu verblassen.

Obwohl er sich einen Narren schalt, wurde es ihm ganz warm ums Herz, als er sich daran erinnerte, wie sie ihn angeschaut und ihm dabei die Kette umgelegt hatte. Und während die Zärtlichkeit ihn durchströmte, folgten schon die Zweifel und die Fragen nach.

Er griff nach den Zügeln. Er brauchte jetzt unbedingt Bewegung, Geschwindigkeit oder was auch immer, um die Empfindungen loszuwerden, die an seinen Nerven zerrten. Er drückte die Hacken in die Weichen des Hengstes und ließ ihm die Zügel schießen.

Einen Stapel von Sandros Briefen in den Händen, saß Adrienne auf der Fensterbank und schaute auf den Campo hinaus, der – eine Seltenheit – mit Schnee überstäubt war.

Jeden einzelnen der Briefe hatte sie unzählige Male gelesen, in der Hoffnung, ein einziges zärtliches Wort zu finden. Doch es gab keines.

Sie tröstete sich damit, daß Sandro gewiß andere Sorgen hatte, als Liebesbriefe zu schreiben; trotzdem hätte sie viel darum gegeben, etwas anderes zu lesen als den formellen, gestelzt klingenden Wunsch, sie möge sich ihrer wiederhergestellten Gesundheit erfreuen.

Seine Schreiben waren knapp und sachlich abgefaßt; sie glichen eher Militärberichten als Liebesbriefen: Belagerung und Kapitulation von Imola. Kapitulation und Plünderung von Forli. Beschuß der Rocca di Rivaldino sowie Caterina Sforzas beharrlicher Widerstand. Der Fall der Festungsmauern und Caterinas Gefangennahme.

Geistesabwesend rieb Adrienne den obersten Brief zwischen den Fingern. Das war der, den Sandro in Eile auf dem Marsch von Forli nach Pesaro, Cesare Borgias nächstem

Opfer, geschrieben hatte. Sie wußte, daß es keine Schlacht um Pesaro geben würde. Der Feldzug würde bald vorüber sein. Sandro würde heimkehren, und er würde nicht allein kommen. Statt sich darauf zu freuen, spürte sie, wie sich die eiskalte Furcht in ihr Inneres schlich.

Adrienne versuchte Dankbarkeit dafür zu empfinden, daß sie nicht hilflos war, sondern genau wußte, was vor ihr lag. Ihr Wissen würde sie befähigen, das Böse wirksamer zu bekämpfen. Dennoch war Furcht das einzige, was sie fühlte.

Sie schloß die Augen und lehnte den Kopf gegen die kühle Glasscheibe. Ja, sie wußte alles, doch hatte ihr dieses Wissen vor zwei Monaten geholfen? Zwar hatte sie Sandro vor einem Dolchstoß bewahrt, doch das hatte sie mit dem Leben ihres Kindes und beinahe auch mit ihrem eigenen bezahlt. Sie hatte es eben doch nicht geschafft, die Geschichte zu ändern.

»Donna Isabella?«

Adrienne öffnete die Augen und richtete sich sofort gerade auf. »Ja, Angela?« Falls jemand »Adrienne« gerufen hätte, würde ich mich wahrscheinlich nicht mehr angesprochen gefühlt haben, ging es ihr durch den Kopf.

»Madonnas Brüder sind hier.«

Adrienne seufzte. Während der Feierlichkeiten zum Weihnachtsfest und zum Beginn des neuen Jahres, das auch der Anfang eines neuen Jahrhunderts war, hatte sie geschickt jede Situation vermieden, die vertrauliche Gespräche mit ihren Brüdern ermöglicht haben würde.

Sie hätte auch weiterhin alle denkbaren Vorwände anführen können, um jedweden privaten Treffen aus dem Weg zu gehen; ihr war freilich klar, daß sie Piero und Alfonso ja doch irgendwann einmal würde gegenübertreten müssen. Also hatte sie nach ihnen geschickt, weil sie den Ort und den Zeitpunkt selbst bestimmen wollte. Sie straffte sich. Jawohl, sie wollte ihnen gegenübertreten.

Adrienne erhob sich von der Fensterbank und bedeutete ihren Damen, bei ihrer Näharbeit sitzenzubleiben. Dann ging sie zu einer der massiven Truhen, auf der Gianni im Schneidersitz hockte und seine Laute stimmte.

»Würdest du für mich etwas Fröhliches singen, Gianni?« Lächelnd zupfte sie an einer seiner braunen Locken. »Damit ich während der kommenden halben Stunde wenigstens eines höre, das erfreulich ist.«

Der Zwerg blickte verblüfft und offenen Mundes zu ihr hoch. Nach den vielen Jahren, in denen er nichts als Ohrfeigen, Tritte und scharfe, grausame Worte gekannt hatte, konnte er sich noch immer nicht recht an die neue, liebenswürdige Herrin gewöhnen. Am Ende schaffte er es immerhin, den Mund zuzuklappen und zu nicken.

Während Angela in den Vorraum verschwand, um Piero und Alfonso hereinzuführen, ging Adrienne zu dem Tisch, auf dem sich Obst, Wein und Näschereien befanden. Sie hielt sich an einer Sessellehne fest und gab ihrem Gesicht einen verächtlichen Ausdruck, was ihr nicht die geringste Mühe bereitete.

»Sorellina – Schwesterchen!«

»Bella.«

Piero und Alfonso kamen mit ausgebreiteten Armen und einem zuversichtlichen Lächeln auf sie zu.

Adrienne machte keine Anstalten, auf die beiden zuzugehen. »Wer hätte das gedacht? Ihr wagt es also tatsächlich, Euch bei mir blicken zu lassen?« Obwohl sie innerlich zitterte, klang ihre Stimme kühl und verächtlich. »Ich hätte nicht gedacht, daß ihr das fertigbringen würdet.«

»Wovon redest du denn, Bella?« Alfonso legte ihr einen Arm um die Schultern. »Du bist doch diejenige, die uns nicht einmal einen guten Tag gewünscht hat.« Als er den Kopf neigte, um sie zu küssen, stieß sie ihn hart vor die Brust, so daß er einen Schritt rückwärts stolperte.

Daß er verärgert aufbegehrte, überhörte sie und drehte sich zu Piero um. »Und ich möchte gern wissen, was du zu deinen Gunsten zu sagen hast.« Ehe er ihr näher kommen konnte, deutete sie auf einen Sessel.

»Schenkt uns etwas Wein ein, Angela«, bat sie und setzte sich. »Und dann nehmt Eure Näharbeit wieder auf.« Um ihren herrischen Ton etwas abzumildern, lächelte sie.

Piero wollte etwas äußern, doch Adrienne brachte ihn mit einem Blick zum Schweigen. Erst als Angela zu den anderen Damen zurückgekehrt war, hob sie lässig die Hand. »Was wolltest du eben sagen, Bruder?«

»Weshalb hast du uns von dir ferngehalten, Isabella?« verlangte Piero zornig zu wissen.

Adrienne fuhr hoch. »Das fragst du, Piero? Das wagst du zu fragen?« Sie packte die Tischkante. »Hätte ich geahnt, was für ein Narr du bist, dann hätte ich dich nie ins Vertrauen gezogen. Nie!« Die Wut, die man ihr anhören konnte, war keinesfalls gespielt. »Hätte ich geahnt, daß deine Dummheit meinen Sohn das Leben kosten und mich beinahe ebenfalls töten würde, dann hätte ich den Halsabschneider lieber zu deiner Tür geschickt!«

»Isabella, du...«

»Sei still!« Sie setzte sich wieder. »Hättest du die Sache mir überlassen, dann wären die meisten unserer Probleme bereits gelöst.«

»Du sagtest doch, du wolltest warten, bis Alessandro seinem Vater nachgefolgt wäre.« Er beugte sich vor und legte die Hände flach auf den Tisch. »Als du mir dann diesen Mann schicktest, dachte ich, daß... dachte ich, du...« Er wußte nicht weiter, und als er die Hände zu Fäusten ballte, blieben feuchte Stellen auf dem blanken, dunklen Holz zurück.

»Du dachtest, du dachtest!« höhnte sie. »Womit denn, bitte? Mit diesem Gehirn, das sich im Kopf eines Spatzen wohl fühlen würde?«

»Nun hör mir mal zu, Isabella.« Sein Gesicht war rot angelaufen. »Es war doch nur logisch, daß...«

»Du sprichst über Logik, Piero?« Sie lachte höhnisch auf. »Du, der du keine einzige Schachpartie gegen mich gewinnen konntest?«

Sobald sie diese Worte ausgesprochen hatte, erstarrte Adrienne. Ihr Blut gefror zu Eis. Wie habe ich das wissen können? fragte sie sich entsetzt. So etwas war ihr nicht mehr geschehen seit jenen beunruhigenden ersten Tagen, in denen sie feststellen mußte, daß sie Gesichter erkannte, Namen wußte.

»Was hast du, Bella?« Alfonso faßte ihre Hände, die eiskalt geworden waren.

»Hier, piccolina.« Piero hielt ihr einen Weinkelch an die Lippen. »O Gott, Bella, kannst du mir jemals vergeben?«

Adrienne erkannte die Furcht, die Reue in Pieros Augen. Ihr Herz wurde weich, und das wiederum hatte eine neue Welle der Panik zur Folge. Es war, als blickte sie Piero tatsächlich mit den Augen einer Schwester an, die ihn schon gekannt hatte, bevor aus dem Jungen ein grausamer, skrupelloser Mann geworden war. Sie stieß seine Hand mit dem Weinkelch fort und schloß die Augen, um ihre Gedanken wieder zu sammeln.

Ich muß dieses vernünftig und gut durchdenken, dachte sie und zwang sich dazu, tief und ruhig durchzuatmen. Als erstes muß ich diese Unterhaltung zu einem guten Ende bringen.

Sie schlug die Augen wieder auf und richtete den Blick auf Piero. »Du hast mir versprochen, daß du nichts ohne mein Einverständnis tun würdest. Doch das war eine Lüge, und als Folge davon bin ich beinahe zu Tode gekommen.«

»Sage mir, daß du mir vergibst, Bella.« Piero griff nach ihrer Hand, doch sie zog sie fort.

»Ich werde dich nie wieder um dein Versprechen bitten, weil ich dir nicht mehr glauben kann, und schwörtest du auch auf dem heiligen Kreuz.« Adrienne spürte ihren Zorn – vielleicht war es sogar Haß –, und das stärkte und beruhigte sie. Sie war doch nicht zu der anderen Isabella geworden!

»Falls du mich jedoch noch einmal erzürnst, Piero, dann sei gewarnt.« Sie ballte die Hand zur Faust und schüttelte sie. Ihr Blut schien wieder zu tauen. Sie fühlte, wie sich die Starre ihrer Glieder löste, und sie griff nach dem Weinkelch.

»Haben wir uns verstanden, Piero?« Über den Rand des Kelches hinweg blickte sie ihn fest und unverwandt an.

Piero wurde wieder rot wie ein Knabe, der von seinem Schulmeister abgekanzelt worden war. »Und wie steht es mit deinen Versprechungen, Bella?« fragte er kriegerisch. »Wann hast du vor, sie einzuhalten?«

»Wenn alles auf meine Weise und zu meiner Zufriedenheit getan ist, dann sprechen wir wieder darüber.« Sie lächelte. »Bis dahin betrachte das Warten als deine Buße.« Sie erhob sich. »Und jetzt müßt ihr mich entschuldigen. Anscheinend ermüde ich neuerdings sehr schnell.« Sie reichte ihren Brüdern nacheinander die Hand zum Kuß hin; ihre Haltung schloß eine vertraulichere Berührung aus.

Nachdem Piero und Alfonso gegangen waren, sank sie in den Sessel zurück. Ihr Blick wanderte zur Fensterbank, wo noch immer Sandros Briefe lagen. Auf einmal hatte sie wieder sein Bild vor Augen. Ja, ich werde es tun, schwor sie sich. Irgendwie werde ich einen Weg finden, um das zu erreichen, weswegen ich hergekommen bin.

Als sie sich erhob, um wieder zu ihren Damen zurückzukehren, lächelte sie.

Piero und Alfonso kehrten schweigend zu ihrem Palazzo zurück. Die breiten Bogentore des grauen Steingebäudes schlossen sich hinter ihnen, und Alfonso stieg hinter seinem Bruder die Treppe hoch, wie er es fast ein ganzes Leben lang getan hatte.

Auf der Schwelle zu seinen Gemächern stieß Piero den Diener beiseite, der beflissen herangekommen war, um seinem Herrn den Umhang abzunehmen. Er trat ein und überließ es Alfonso, die Tür zu schließen.

Er streifte seine Handschuhe ab und schleuderte sie quer durch den luxuriös ausgestatteten Raum; der federgeschmückte Samthut sowie der Umhang folgten ihnen. Sodann goß er Wein in einen Pokal, doch statt zu trinken, warf er den Kelch mit einem rauhen Wutschrei gegen die nächste

Wand. Während sich der rote Fleck auf der elfenbeinfarbenen Wandbespannung ausbreitete, fuhr Piero zu seinem Bruder herum.

»Die Situation macht mich wahnsinnig.« Er drückte die geballten Fäuste gegeneinander. »Isabella macht mich wahnsinnig!«

Alfonso lachte leise und erntete damit einen wütenden Blick von seinem Bruder. »Ja, sie war heute ziemlich in Rage.« Er schenkte sich Wein ein und trank mit Genuß, ehe er seine Rede fortsetzte. »Weißt du, Piero«, sagte er nachdenklich, »in den vergangenen Monaten dachte ich bei so mancher Gelegenheit, irgendein böser Geist hätte die Seele einer reinen Jungfrau in den Körper unserer Bella gesenkt.« Er lachte wieder und trank noch einen Schluck. »Doch heute war es wie in alten Zeiten.«

Piero erschrak bei Alfonsos Worten, und hinter vorgehaltener Hand machte er das Zeichen gegen das Böse. Auch er hatte im letzten halben Jahr gelegentlich einen Ausdruck in ihren Augen oder ein Lächeln auf ihren Lippen gesehen, das er zuvor von ihr nie gekannt hatte. Zuerst hatte er Montefiore dafür verantwortlich gehalten, dann ihre Schwangerschaft, doch da jetzt sein Bruder so unbefangen darüber sprach, ging etwas in ihm vor, und er begann zu zittern.

»Was hast du?« Alfonso stellte sein Weinglas auf den Tisch. »Du machst ein Gesicht, als wäre dir ein Gespenst begegnet.«

Piero erbleichte noch mehr. Er wandte sich ab, weil sein Bruder nicht merken sollte, welcher schreckliche Verdacht ihn soeben befallen hatte. Innerhalb von Sekunden hatte sein abergläubischer Geist aus vielen winzigen Gesten und Blicken das Abbild der Hexerei erschaffen.

Es paßt alles zusammen, erkannte er. Seine Gedanken überschlugen sich. Hatten ihm tatsächlich böse Geister einen Streich gespielt und eine andere Frau in Isabellas schönen Körper versetzt? Wollte sie deshalb ihre Versprechen nicht einhalten? Weshalb ließ sie es nicht mehr zu, daß er sie berührte? Weshalb blickte sie ihn manchmal so voller Verachtung und sogar voller Haß an?

Nein, dachte er, das kann doch nicht möglich sein. Das Schicksal kann doch nicht so grausam sein und mir auf diese Weise meine Isabella fortnehmen. Doch nicht jetzt, da ich so nahe vor der Erfüllung meiner Wünsche stehe.

Er starrte aus dem Fenster. Die Schatten draußen wurden schon länger. Das Entsetzen über die Möglichkeiten, die sich ihm eben eröffnet hatten, trübte seinen Blick.

Trotz ihres mit feinstem russischen Zobel gefütterten Samtumhangs fröstelte Adrienne, doch sie wußte, daß das nicht an der kalten Witterung lag.

Schon konnte sie die vielen unterschiedlichen Geräusche vor dem Tor im Campo hören – Hufschlag, das Rasseln von Waffen und Rüstungen, gelegentliches Brüllen oder auch Gelächter.

Sie fühlte den Blick ihres Schwiegervaters auf sich gerichtet. Während der vergangenen beiden Monate hatten der alte Herzog und sie ein von Verständnis und gegenseitigem Respekt geprägtes Verhältnis zueinander gefunden. Adrienne glaubte sogar, daß sie beide mit ein wenig Mühe Freunde werden könnten. Sie schaute zu ihm hoch.

»Friert Euch, Donna Isabella? Oder fürchtet Ihr Euch?« Seine Sandro so gar nicht ähnlichen hellen Augen wirkten kühl und sachlich.

»Weder das eine noch das andere, Altezza«, antwortete sie und straffte die Schultern.

Seit Donna Isabella seinen Sohn vor sechs Monaten geheiratet hatte, war ihr Verhalten vorbildlich und über jeden Verdacht erhaben gewesen, und trotzdem fühlte sich Francesco in seiner Hartnäckigkeit immer wieder dazu getrieben, sie auf die Probe zu stellen.

Jetzt sah er, wie sie sich trotzig aufrichtete. Er bemerkte auch das zornige, stolze Leuchten in ihren Augen, und das mußte er bewundern.

»Ich war nicht eben sonderlich begeistert, als Seine Heiligkeit beschloß, den Friedensstifter zwischen den Montefiores und den Gennaros zu spielen«, bemerkte er. »Doch Alessandro hätte es schlimmer treffen können. Sehr viel schlimmer.«

Adrienne sah die Andeutung eines Lächelns über seine Lippen huschen, bevor er sich wieder zum Eingangstor umwandte. Tränen stiegen ihr in die Augen. Francesco di Montefiore war ein harter, schroffer Mann, doch das Leben war auch nicht besonders sanft mit ihm umgesprungen.

Es war Adrienne ein Bedürfnis, das erste Zeichen seiner Anerkennung dankbar entgegenzunehmen. Sie drehte sich zu ihm um und legte ihm ihre Hand an den Ellbogen.

Sofort fuhr sein Kopf zu ihr herum; die Augen unter den zusammengezogenen Brauen blickten fragend.

Adrienne zog ihre Hand nicht etwa zurück, sondern drückte vielmehr seinen Ellbogen ein wenig. »Mich hätte es auch schlimmer treffen können, Altezza.« Sie schenkte ihm das Lächeln, das sie bisher zurückgehalten hatte. »In mehr als einer Beziehung.«

Francesco di Montefiore blickte hinunter in die freundlichen goldbraunen Augen seiner Schwiegertochter und beneidete seinen Sohn.

Die Hufschläge kamen näher; der intime Moment war zu Ende, und Adrienne sowie Francesco di Montefiore blickten zum Hoftor hin, wo sich die Diener schon drängten, um den absitzenden Ankömmlingen die Zügel abzunehmen.

Adriennes Blick richtete sich sofort auf Sandro, und sie fühlte ihr Herz schnell und heftig schlagen. Er war wieder hier. Ihm war nichts geschehen. Er gehörte ihr. Für einen Moment sah sie nur ihn, und die anderen Männer zerflossen zu bunten Schatten.

Sandro fühlte Isabellas Blick wie eine körperliche Berührung. Die Empfindung, die ihn durchströmte, überfiel ihn so unerwartet und so heftig, daß er nicht einmal daran dachte, sie hinter gespielter Gleichgültigkeit zu verbergen. Er blickte über den Hof zu Isabella hinüber, und das Feuer in seinem Herzen spiegelte sich in seinen Augen.

Dasselbe Feuer spürte Adrienne auch in sich selbst. Es wird alles gut, sagte sie sich. Etwas so Großartiges, so Starkes darf nicht dem Bösen zum Opfer fallen.

Und während alles andere ringsum für sie beide versank, lebten sie für einen verzauberten Moment in ihrer eigenen Welt, in der es nur die Liebe und das Sehnen gab.

17. KAPITEL

Sandro durchbrach den Zauber und schritt schnell über den Hof, ohne auch nur für eine Sekunde den Blick von seiner Gemahlin zu wenden. Nur seine Erziehung und sein tief verwurzeltes Pflichtgefühl veranlaßten ihn, seinen Vater als ersten zu begrüßen. Er berührte die ausgestreckte Hand des Herzogs mit seiner noch behandschuhten Rechten und beugte dann das Knie, um den Siegelring zu küssen, den Francesco di Montefiore an seinem Zeigefinger trug.

»Willkommen daheim, mein Sohn.« Der Herzog überlegte, wie es wohl wäre, wenn er seinen Sohn in die Arme schlösse, doch gleichzeitig wußte er, daß es dazu bereits zu spät war. »Wir sind erfreut, daß du deine Pflicht gut erfüllt hast.«

Sandro hatte keine andere Ansprache erwartet, dennoch war er enttäuscht. Es war, als hätte man auf eine alte Narbe gedrückt, die nun wieder ein wenig zu schmerzen begann. Er nahm die so kühl ausgesprochene Anerkennung mit einer Verbeugung entgegen, schwieg jedoch dazu, denn er war sich des üblen Nachgeschmacks noch zu bewußt, den dieser Feldzug auf seiner Zunge zurückgelassen hatte.

Jetzt wandte er sich Isabella zu, und alles andere war vergessen.

In Sandros Blick versunken, stand Adrienne gebannt und völlig regungslos da. Nach einem Moment erschien dieses so seltene, jungenhafte Lächeln auf seinen Lippen, und er stellte sich vor sie.

Ohne ihren Blick von seinen Augen zu wenden, streifte sie sich den rechten Handschuh ab und reichte Sandro die Hand entgegen. »Benvenuto, Sandro.«

Sie hatte das nur leise geflüstert, und ihre Stimme war kaum mehr als der Hauch, der in der kalten Luft als ein kleines Wölkchen entschwebte, doch Sandro war es, als hätte sie ihn liebkost. Mit einem Ruck riß auch er sich den rechten Handschuh herunter, faßte ihre Finger und neigte den Kopf.

Als seine Lippen die kalte Haut berührten, fühlte er, wie sich Isabellas Hand erst versteifte und dann wieder entspannte, als hätte seine Berührung ihr Inneres geschmolzen. Er richtete sich wieder auf und blickte seiner Gattin in die Augen. In ihnen erkannte er das Willkommen und die Versprechungen, und zum erstenmal in seinem Leben hatte er das Gefühl, wirklich heimgekommen zu sein.

Zum zweitenmal innerhalb weniger Minuten standen die beiden traumverloren da. Sie sahen ihre Umgebung nicht mehr und hörten nicht die formellen Begrüßungen, die Herzog Francesco und die Gäste austauschten, welche Sandro mitgebracht hatte.

»Ah, Montefiore, noch immer frisch verliebt, eh? Wir werden dafür sorgen, daß das Fest heute abend nicht bis in die Nacht hinein andauert.«

Cesare Borgias leicht spöttische Stimme brach in die Welt der beiden ein. Sandro ließ die Hand seiner Gattin los; einerseits widerstrebte ihm das, doch andererseits wollte er die Intimität dieses Moments mit niemandem teilen.

Adrienne ließ sich ihre Abneigung gegen Borgia nicht anmerken und reichte ihm die Hand hin. »Willkommen in Siena, Don Cesare. Es scheint, Euer Name ist das Vorzeichen für Euren militärischen Erfolg.«

»Ich danke Euch für Eure freundlichen Worte, Madonna.« Mit einer eleganten Verbeugung ergriff er ihre Hand und neigte sich zu einem Kuß über sie. »Ich freue mich darauf, einige Tage in zivilisierter Umgebung und in Gesellschaft einer tugendhaften Frau verbringen zu können.«

Als er sich wieder aufrichtete, erkannte Adrienne in seinen Augen die Herausforderung, die Drohung und den Hohn. Sie selbst rang darum, alle Empfindungen aus ihrer Miene herauszuhalten, doch sie spürte in ihrem Blut diesen Anflug von Furcht, dem sofort der Zorn folgte, und sie wußte, daß sie das alles schon einmal erlebt hatte.

Borgia lächelte. Es freute ihn, daß sie keine so leichte Beute sein würde. Frauen wie seine Schwägerin Sancia, die schon ins Bett fielen, ehe man sie dazu eingeladen hatte, waren für ihn nicht besonders reizvoll. Er bevorzugte entschieden Frauen, die sich ihm widersetzten, je mehr, desto besser. Auf diese Weise war es für ihn viel befriedigender, ihren Widerstand zu brechen. Und er brach ihn immer.

Er blickte über die Schulter zu Caterina Sforza hinüber, die am anderen Ende des Hofes gerade ihrer Sänfte entstieg, und er spürte die angenehme leichte Erregung, die ihm die Kombination aus Sex und Macht immer verschaffte.

Wie ein Mann hatte Caterina gegen ihn um ihre Festung gekämpft, und wie eine Tigerin hatte sie sich ihm nach dem Fall der Burg widersetzt. Ihr Gewand war in Unordnung, ihr Haar zerzaust, und die dunklen Ringe unter ihren Augen zeugten davon, wie er Caterina in jeder einzelnen Nacht nach dem Sieg über Forlis Festung benutzt hatte. Und noch immer widersetzte sie sich ihm.

Der Kommandant der französischen Truppen fing den Blick auf, den Cesare zu Caterina hinüberwarf, und die mißbilligende Miene des Franzosen entging Cesare nicht. Der Mann hatte Caterina ursprünglich festgenommen und dann sein Bestes getan, um sie unter den Schutz König Ludwigs zu stellen, weil, wie er behauptete, Franzosen keine weiblichen Kriegsgefangenen machten. Cesare hatte Beharrlichkeit an den Tag gelegt und war schließlich Sieger geblieben. Es hatte eben doch seine Vorteile, wenn man der illegitime Sohn des Papstes war.

Mit einem entwaffnenden Lächeln und einer eleganten Geste, die auf Aussöhnung hindeutete, forderte er den Mann auf, näher heranzutreten.

»Darf ich den Hauptmann der französischen Truppen vorstellen, die König Ludwig mir so zuvorkommend zur Verfügung gestellt hat?« Borgia trat zur Seite, um den schmächtigen Mann vorbeizulassen. »Donna Isabella di Montefiore – Yves, Comte de Beaufort.«

Obwohl sie versucht hatte, sich auf diesen Moment gefaßt zu machen, erstarrte das Blut in ihren Adern, als sie ihrem Vorfahren gegenüberstand. Auf den ersten Blick vermochte sie nichts Vertrautes an seinem kinnlangen hellbraunen Haar und seinen blauen Augen festzustellen. Als sie indessen genauer hinschaute, bemerkte sie seinen schmalen Körperbau sowie die beinahe weiblichen Züge, die er Generationen von Beauforts weitervererbt hatte.

Ich werde jetzt nicht in Panik ausbrechen, mahnte sie sich streng. Sie konnte es sich nicht leisten, Schwäche zu zeigen. Außerdem war ja schließlich Yves de Beaufort auch nicht der Feind. Er war nur das letzte Werkzeug, das Sandros Feinde einsetzen würden.

Obwohl sie sich das alles vorhielt, löste sich ihre innere Starre nicht; zu bewußt war ihr die Tatsache, daß sie hier dem Mann gegenüberstand, den Isabella geheiratet hatte, nachdem Sandro hingemetzelt worden war, und dessen Kind sie zur Welt gebracht hatte. Adrienne verlor vorübergehend jede Kontrolle über ihre eigene Haltung.

Dann kehrte ihr Zorn zurück wie eine Sturzwelle, und das vermittelte ihr neue Kräfte. Sie reichte dem Comte die Hand hin, und dabei schoß es ihr durch den Kopf, daß sie sich zweifellos durch ihre Sprache verraten würde. Was sollte der Comte wohl dazu sagen, wenn sie ihn in einem Französisch anredete, das erst rund dreihundert Jahre nach seiner Zeit gesprochen wurde?

Noch während dieser letzte Gedankengang sie mit Furcht erfüllte, kamen ihr wie von selbst die Worte in der Sprache eines François Villon über die Lippen. Der Comte de Beaufort lächelte und sagte ihr, er sei begeistert darüber, wie hevorragend sie sein Französisch beherrsche.

Während des Rests des Tages und des Abends gab es für Adrienne kaum Zeit und Gelegenheit, ein Wort oder einen Blick mit Sandro zu wechseln. Die Zeit verging mit pflichtschuldiger Konversation und ebenso pflichtschuldigen Tänzen mit den Gästen.

Als sie und Sandro endlich die Halle verlassen durften, gingen sie, nur von den Fackelträgern begleitet, die Korridore entlang.

Die Tür zu ihren Gemächern hatte sich hinter ihnen beiden kaum geschlossen, da wich Sandro so unvermittelt von Isabella fort, daß ihre Hand, die auf seinem Arm gelegen hatte, herunterfiel. Ohne ein einziges Wort zu sagen, schenkte er sich ein Glas Wein ein, ging zum Fenster und starrte in die dunkle Nacht hinaus.

Während des ganzen Abends war er sehr schweigsam gewesen und hatte sich kaum an den Unterhaltungen und an dem Tanz beteiligt. Adrienne war nicht dazu gekommen, über die Gründe dafür nachzudenken, denn sie war sosehr damit beschäftigt gewesen, nur ja keine taktischen Fehler zu begehen.

Als sie ihn jetzt vor dem Fenster stehen sah, stellte sie fest, daß sich ihre von dem anstrengenden Tag zurückgebliebene Anspannung nicht etwa legte, sondern sich vielmehr noch vergrößerte. Sie fühlte deutlich, wie sich ihr ganzer Rücken, die Schultern und ihr Nacken verspannten.

Mit einem Blick und einer kurzen Handbewegung schickte sie ihre Frauen hinaus, trat dann ebenfalls ans Fenster und stellte sich hinter Sandro. Ist er aus irgendeinem Grund böse mit mir? Hat ihm irgend jemand Lügen über mich eingeblasen? fragte sie sich.

Doch dann entsann sie sich dessen, was sie heute nachmittag in seinen Augen gelesen hatte, und das gab ihr den Mut, ihre Hand an seinen Rücken zu legen. Sie fühlte, daß sich seine Muskeln unter dem Samt kaum merklich strafften, und erkannte daran, daß er der Berührung gern ausgewichen wäre. Er tat es indessen nicht.

Adrienne wußte, daß es wahrscheinlich klüger wäre, das, was sie von ihm wollte, durch Verlockung oder Verführung zu erreichen, doch ihr war gleichzeitig klar, daß sie weder über die Kraft noch die Nerven oder die Geduld dazu verfügte. Sie trat einen Schritt zurück.

»Würdet Ihr mir bitte sagen, was Ihr habt, Sandro?« fragte sie ganz sachlich.

»Nichts«, murmelte er. »Ihr scheint jedenfalls einen höchst unterhaltsamen Abend verbracht zu haben.«

Sein anzüglicher Ton ärgerte sie. »Falls Ihr mir etwas – was auch immer – zu sagen habt, dann könntet Ihr mir wenigstens in die Augen sehen, während Ihr es sagt.« Trotz ihres aufgeflammten Zorns hatte sie sehr leise gesprochen.

Vorsichtig stellte Sandro sein Weinglas auf der Fensterbank ab und drehte sich dann herum. Ganz langsam tat er das, denn er wußte, daß seine eigene Gereiztheit jeden Moment hervorbrechen konnte. Dieselben Empfindungen, die ihn nur wenige Stunden zuvor durchströmt hatten, stürzten wieder auf ihn ein.

Innerhalb eines Wimpernschlages war alles vergessen, alles mit Ausnahme dieser wilden Empfindungen, die ihn in einen unausweichlichen Strudel zogen. Mit einem halben Schritt schloß Sandro die Lücke zwischen sich und Isabella, nahm ihr Gesicht ziemlich unsanft zwischen die Hände und nahm ihren Mund hart in Besitz.

Obwohl sie der Leidenschaft nachgeben wollte, die sie auf seinen Lippen kostete, wußte Adrienne, daß dies nicht die Antwort auf das sein konnte, was ihm Sorgen bereitete. Es gab schon zu viele Unsicherheiten in ihrem Leben, und sie konnte es sich nicht leisten, ungelöste Probleme zwischen sich und ihn kommen zu lassen.

Sie hob die Hände, legte sie an seine Schultern und stieß

ihn sanft fort, obwohl ihre Knie unter der Auswirkung seines Kusses schon nachzugeben drohten.

Ihre Zurückweisung erinnerte ihn aufs neue daran, weshalb er den ganzen Abend in so trübsinnigem Schweigen verbracht hatte. Er dachte wieder daran, wie sie mit Borgia getanzt hatte und mit diesem Gecken von einem Franzosen, diesem Kerl mit dem gezierten Gang und den weichlichen Gesichtszügen. Er hörte wieder ihr perlendes Lachen und meinte gar, auch den Geruch zweier männlicher Vertreter der menschlichen Rasse, die sich auf die Jagd vorbereiteten, wahrzunehmen.

Sandro hob den Kopf, ohne jedoch ihr Gesicht loszulassen. In ihren Augen sah er den Zorn, doch auch die Versprechungen waren noch da, die er heute nachmittag erkannt hatte. Er spürte, daß sich seine Gereiztheit ein wenig mäßigte

»Man hat während des ganzen Abends um Euch herumscharwenzelt, und Ihr ...«

Jetzt begriff Adrienne. Lächelnd legte sie ihm einen Finger auf die Lippen, um ihn am Weiterreden zu hindern. »Und ich war eine perfekte Gastgeberin.« Sie merkte, daß sich ihre Schultermuskeln ein wenig entspannten. »Wie hätte ich mich denn Eurer Meinung nach verhalten sollen, Sandro? Ihr wärt mir gewiß nicht dankbar gewesen, wenn ich wie ein schmollendes Kind herumgesessen hätte.«

»Ihr hättet etwas weniger Begeisterung an den Tag legen können«, meinte er. Langsam kam er sich töricht vor, und das mißfiel ihm sehr.

»Täusche ich mich, oder seid Ihr tatsächlich eifersüchtig?« Adrienne hob die Augenbrauen.

»Jawohl, zum Teufel.« Die Hände, die noch immer ihr Gesicht hielten, faßten fester zu. »Ja!«

Erleichterung und Liebe durchströmte sie. »Ihr braucht nicht im geringsten eifersüchtig zu sein, Liebster.« Sie trat näher an ihn heran. »Soll ich Euch das beweisen?«

Bevor er darauf antworten konnte, stellte sie sich auf die

Zehenspitzen und preßte ihre Lippen auf seine. Er neigte seinen Kopf zur Seite, so daß er den Kuß vertiefen konnte, doch sie zog sich schon wieder zurück. Sie löste seine Hände von ihrem Gesicht und führte sie über ihre Brüste bis zu ihren Hüften hinunter.

Als sie hörte, wie sich sein Atemrhythmus veränderte, mußte sie lächeln. Während sie Sandro in die Augen blickte, befeuchtete sie eine Fingerspitze mit der Zunge und strich damit über seinen Mund. Danach näherte sie sich ihm immer weiter, bis sie die Spur ihres Fingers mit ihrer Zungenspitze verfolgen konnte.

Unter ihren Händen, die an seiner Brust lagen, fühlte sie, wie sein Herz immer schneller schlug. Sein Atem strich über ihre Lippen. Sie wollte verführen und mußte doch feststellen, daß sie die Verführte war.

Das beginnende Begehren verursachte in ihr eine gewisse Trägheit, und sie war versucht, sich einfach in seine Arme zu schmiegen. Gleichzeitig indes wurde sie von einer Energie durchströmt, die sie dazu trieb, ihn zu erregen und in Spannung zu versetzen.

Wie Sandro es zuvor schon so oft bei ihr getan hatte, so ließ sie jetzt ihre Lippen zu seinem Kinn hinunter- und dann wieder zu seinem Mund hinaufgleiten, um ihn noch einmal zu kosten, und während sie danach damit begann, die goldgefaßten Saphirknöpfe an seinem Wams zu öffnen, traten ihre Lippen die Weiterreise an.

Sandro schloß die Augen, als er fühlte, wie Isabellas Mund über seinen Hals hinabglitt, wie ihr heißer, feuchter Atem über seine Haut strich und wie sie ihn hin und wieder mit der Zungenspitze anstieß. Er fand, er sollte dieses Spiel unterbinden, das sie nur trieb, um die Führung zu übernehmen. Doch er war schon soweit verführt, daß er passiv blieb.

Adrienne wollte noch mehr Haut fühlen, und deshalb begann sie damit, sein Hemd aufzuschnüren. Die Schnürbänder benahmen sich jedoch störrisch, und so mußte sie den Kopf zurückbiegen, um zu sehen, was ihre Finger machten. Als sich die Verschnürung endlich löste und Sandros Schlüsselbein entblößt war, strich Adrienne mit den Fingern darüber hinweg und senkte dann den Mund über seine Halsgrube.

Während sie mit den Schnürbändern seines Hemdes gekämpft hatte, war die hauchzarte Berührung ihrer Fingerspitzen fast mehr gewesen, als Sandro zu ertragen vermochte. Dennoch verhielt er sich still, obwohl sich jeder einzelne Muskel in seinem Körper anspannte. Als nächstes fühlte er ihre Lippen, ihre Zunge in seiner Halsgrube. Da stöhnte er auf; er ertrug nicht, was sie mit ihm anstellte.

Adrienne hörte sein Stöhnen. Sie hob den Kopf und blickte Sandro unsicher an.

»Genug.« Seine Stimme klang rauh und heiser. »Ihr dürft mich nicht mehr berühren. Ich verbiete es Euch.«

Er faßte ihre Hände, zog sie herunter, bog ihr die Arme auf den Rücken und hielt sie dort fest. Dieser Vorgang brachte sie näher an Sandro heran, und als sie gegen seine Hüften stieß, konnte sie durch ihre umfangreichen Röcke hindurch deutlich fühlen, wie erregt sein Körper war.

»Jetzt seid Ihr an der Reihe, Isabella.«

Er begann sie zu reizen. Mit seinem Mund war er weitaus geschickter als sie; er wußte genau, wo er seine Küsse und seine zärtlichen Bisse anzubringen hatte. Innerhalb weniger Momente kamen ihre Atemzüge nur noch bebend, und ihre Haut war feucht von seiner Zunge und ihrem eigenen Begehren.

Sobald er ihre Hände losließ, gaben Adriennes weiche Knie nach, und sie wäre zu Boden geglitten, hätte er sie nicht sicher aufgefangen. Als wäre sie ein kleines Kind, hob er sie sich auf die Arme und drückte die Tür zum Schlafgemach mit der Schulter auf.

Rasch und so mühelos, als stellten die Verschlüsse und Verschnürungen an Frauengewändern für ihn kein Geheimnis dar, begann er sie zu entkleiden. Einen Moment lang war Adrienne enttäuscht, weil er sie so unpersönlich, so ohne Aufhebens auszog, als wäre er eine ihrer Dienerinnen.

Als sie dann jedoch die Augen aufschlug, um ihn anzuschauen, sah sie, daß seine Haut feucht glänzte, daß seine Nasenflügel bebten und daß seine Nackenmuskeln hervortraten, und sie spürte erregt, daß seine Beherrschung nur an einem seidenen Faden hing.

Sie hatte nur noch ihr Leinenunterkleid an, als er von ihr zurücktrat. »Geht.« Mit dem Kinn deutete er zur Bettstatt hinüber.

Natürlich verstand sie das Verlangen, das ihn trieb, doch sie vermochte trotzdem die Enttäuschung nicht zu unterdrücken, die wie ein schweres Gewicht in ihrem Inneren lastete. Schon wollte sie Entsprechendes äußern, doch da hatte er sich bereits abgewandt und war damit beschäftigt, seine eigene Kleidung abzulegen.

»Sandro, ich...«

Noch bevor sie ihn berührte, fuhr er zu ihr herum und packte ihre Schultern. »Habt Ihr nicht verstanden, was ich Euch sagte, Isabella?« Ohne ihr die Zeit zu lassen, auf seine Frage zu antworten, redete er weiter. »Es fehlt nicht viel, und ich nehme Euch jetzt und hier, wo wir stehen.«

Adrienne merkte ihm deutlich das Begehren an, und zwar nicht nur das des Körpers, sondern auch das des Herzens, und obwohl sie das nicht für möglich gehalten hätte, erstarkte ihre Liebe für ihn noch mehr.

Aus ihren Augen leuchtete die herzliche Wärme... die Liebe. Sandro hatte diesen Blick schon oft gesehen, doch jetzt gestattete er sich selbst, ihm einen Namen zu geben. Einen kostbaren Moment lang erlaubte er es sich, daran zu glauben, uneingeschränkt und bedingungslos.

Sein Griff an ihren Schultern wurde sanfter und verwandelte sich schließlich in eine Liebkosung. Sandro schloß die Augen und senkte den Kopf, so daß seine Stirn jetzt an ihrer lag. »Bitte, Isabella, ich flehe Euch an, gebt mir einen

Moment Zeit.« Er hob den Kopf wieder. »Ich möchte Euch lieben und nicht wie ein Tier über Euch herfallen.«

Seine Hände glitten von ihren Schultern. Adrienne trat zurück und kniete sich aufs Bett. Ohne die Augen von Sandro zu wenden, begann sie die Perlenschnüre zu lösen, die ihr Haar zusammenhielten.

Obwohl Sandro versuchte, sich ganz langsam zu bewegen und gleichmäßig zu atmen, streifte er schon einen Augenblick später mit ungeduldigen und hastigen Handgriffen seine eigene Kleidung ab; der Versuch, sein dringendes Verlangen zu dämpfen, war fehlgeschlagen.

Den Blick auf seine Gattin gerichtet, näherte er sich dem Bett und setzte sich auf dessen Kante. Isabella schaute ihn ernst an. Sie wirkte blaß und jungfräulich in ihrem weißen Unterkleid. Er wollte sie näher zu sich heranziehen, doch sie rückte ein wenig fort.

Langsam zog sich Adrienne das weiße Leinen ihres Unterkleides über die Knie, die Oberschenkel und die Hüften hoch, um es sich schließlich mit gekreuzten Armen über den Kopf zu heben. Sie hielt den Atem an, denn ihre eigene Kühnheit erschreckte sie. Sie nahm den Stoff und hielt ihn sich vor den Körper.

Über diese verschüchterte Bewegung mußte Sandro ein wenig lächeln. »Für Schamgefühle ist es jetzt etwas zu spät«, meinte er, zog ihr das zusammengeknüllte Hemd aus den Händen und warf es zur Seite.

Sein Blick wanderte über ihren Körper, der die während der kurzen Monate der Schwangerschaft erworbene Üppigkeit bewahrt zu haben schien. Sandro wollte all die Kurven mit den Händen erfühlen, doch da sah er die Narbe, die von dem Dolchstoß des Meuchelmörders zurückgeblieben war.

Die Wut und die Schuldgefühle kehrten zurück; sein Blut wurde erst heiß, dann eiskalt. Erst jetzt wurde ihm bewußt, daß er die Wunde selbst nie gesehen hatte, sondern nur das viele Blut, das Isabellas Gewand durchtränkt hatte. Nun meinte er, den Weg des Dolches verfolgen zu können, der durch die Seite an ihrer Brust zwischen ihre Rippen gedrungen war.

Als Adrienne Sandros entsetzte Miene bemerkte, erschrak sie zutiefst. Stieß ihr verunstalteter Körper ihn etwa ab? Würde ihn die Narbe für alle Zeiten an das Kind erinnern, das sie verloren hatten?

»Habt Ihr noch Schmerzen?« fragte er langsam und stokkend.

Adrienne schüttelte den Kopf. Sie mußte erst schlucken, ehe sie ihre Stimme wiederfand. »Hin und wieder ein Stechen. Mehr nicht.«

Sandro legte seine Hand an die Seite ihrer Brust. Die Narbe war sauber verheilt, doch er konnte die etwas gerunzelte Haut unter seiner Handinnenfläche fühlen. Wieder stiegen der Schmerz und das Schuldgefühl in ihm hoch. Für den Rest ihres gemeinsamen Lebens würde diese Narbe ihn daran erinnern, daß er nicht fähig gewesen war zu beschützen, was ihm gehörte. »Sagt mir, daß Ihr mir verzeiht.«

Das hatte er zwar in der Tonlage eines Befehls gesagt, doch Adrienne erkannte das Flehen in seinen Augen. Sie bedeckte seine Hand mit ihren beiden, lächelte und schüttelte sanft vorwurfsvoll den Kopf. »Habe ich Euch das nicht schon einmal gesagt?«

»Ja.« Sandro bewegte sich nicht. »Ich muß es nur noch einmal hören.«

»Ich will es Euch lieber zeigen.« Sie hob seine Hand von ihrer Brust fort und führte sie sich an die Lippen. »Kommt näher heran«, flüsterte sie, und er fühlte, wie ihr Atem über seine Finger strich.

Mit einer geschmeidigen Körperbewegung drehte sich Sandro so, daß er jetzt ebenfalls auf dem Bett kniete. Mit einem Mal hatte er Angst davor, seine Gemahlin zu berühren, denn er fürchtete, daß ihn seine Leidenschaft zu hitzig, zu schnell machen würde.

Er hob seine freie Hand und streichelte mit den Fingerrücken über Isabellas Wange, ihren Mund. Behutsam ließ er die Hand tiefer hinabgleiten, zwischen ihre Brüste, über ihren Bauch und schließlich bis hin zu dem krausen Haar, das ihre Weiblichkeit verbarg.

Seine Hand zitterte, als er sich daran erinnerte, wie sich Isabellas Körper im Schmerz gekrümmt hatte und wie ihr Blut geflossen war, bis er gedacht hatte, kein Mensch könnte einen so hohen Blutverlust überleben.

Er ließ den Blick tiefer hinab schweifen und hob ihn dann wieder zu ihrem Gesicht. »Ist hier . . . dort auch alles wieder heil?«

»Ja«, hauchte sie. »Berührt mich und überzeugt Euch selbst davon.«

Langsam glitt seine Hand zwischen ihre Beine, und als seine Finger die feuchte und heiße Stelle berührten, hielten beide den Atem an. Trotzdem wagte er nicht, sie leidenschaftlicher zu berühren.

Adrienne fühlte, wie sich die Muskeln in ihren Oberschenkeln bei den Empfindungen anspannten, die die gleitenden Berührungen seiner Finger in ihr auslösten. Doch sie wollte mehr.

»Ich werde nicht zerbrechen, Sandro«, flüsterte sie und strich mit der Hand über sein Gesicht.

Die Hitze, die von seinen Fingern auszugehen schien, wurde schier unerträglich, und Adrienne wußte, daß die Erlösung nur in der weit größeren Hitze lag, die ihr noch bevorstand. Sie schob ihre Hand in Sandros Haar, hielt sich an den seidigen Strähnen fest und zog sich daran über das letzte kleine Stück der seidenen Bettdecke zu ihm heran, bis sich ihr Körper dicht an seinen schmiegte.

Der letzte Rest seiner Selbstbeherrschung verließ ihn, als er ihre heiße Haut an seiner fühlte. Mit einem Ausruf, der Triumph oder auch Kapitulation bedeuten konnte, nahm er ihren Mund in Besitz. Seine Hände forschten, sein Mund kostete, und sein Atem liebkoste.

Gebannt von dem Ausbruch seiner Leidenschaft, lag

Adrienne ganz still da, wenn auch nur für einen Moment. Sodann begann sie, ihre eigenen Forderungen zu stellen.

Die Liebenden umschlangen einander und rollten über die Bettpolster. Als er sich über sie hob und Einlaß begehrte, hieß sie ihn willkommen und umschlang ihn mit den Beinen. Und noch immer zögerte er; zu sehr fürchtete er, ihr mit der Kraft seiner Leidenschaft weh zu tun.

Adrienne schob eine Hand zwischen ihren und seinen Körper und führte ihn auf den richtigen Weg. »Kommt jetzt zu mir, Sandro«, flüsterte sie. »Kommt zu mir und schenkt mir ein Kind.«

Er mußte wieder an ihre Schmerzen denken, doch die so leise ausgesprochene Forderung trieb seine Erregung ins Unermeßliche. Er fühlte, wie Isabella ihn dichter und immer dichter heranzog, und endlich glitt er in sie hinein.

Schon im nächsten Augenblick überfiel ihn der Höhepunkt. Sandro lag einen Moment ganz still, und während sein Körper noch in der Erlösung pulsierte, begann er sich schon aufs neue zu bewegen.

Diesmal erklommen sie den höchsten Gipfel gemeinsam, auf dem die Freuden so überwältigend waren, daß es beinahe schmerzte. Und ineinander verloren, stürzten sie zusammen auf die Erde zurück.

Noch innig mit Isabella verbunden, drehte sich Sandro auf die Seite. Zart ließ er seine Lippen über ihre geschlossenen Lider gleiten.

»Isabella?«

»Hmm.«

»Seht mich an.«

Träge vor Glück, gelang es Adrienne endlich, ihre Augen zu öffnen.

Sandro strich mit seinen Fingern über ihre Wange und hinunter zu der unglaublich weichen Haut unter ihrem Kinn. »Ich liebe Euch«, sagte er leise. Und dann schloß er die Augen und schlief ein.

18. KAPITEL

»Ich wünschte, ich könnte Euch mein Château zeigen. Es ist sehr hübsch.« Yves de Beaufort bedachte Isabella di Montefiore mit einem hingerissenen Blick. »Oh, es würde Euch ganz sicher gefallen. Es befindet sich nur zwanzig Minuten vom Meer entfernt, und . . .«

Während sie die Schritte und Drehungen im Rhythmus der Pavane vollführte, versank für Adrienne plötzlich alles um sie her. Sie sah nicht mehr die hellerleuchtete Halle und die anderen Tänzer in ihren luxuriösen, farbenfrohen Gewandungen. Sie hörte nicht mehr die getragene, von Violen und Lauten intonierte Melodie. Sie nahm nicht mehr den Geruch der vielen Speisen wahr, der noch immer in der Luft lag und sich mit dem Geruch der Menschen vermengte.

Statt dessen fand sie sich in die Welt ihrer Kindheit zurückversetzt vor und erlebte dieses mit solcher Klarheit, daß sie jedes Geräusch, jeden Geruch zu erkennen meinte.

»Und sogar mitten im Rosengarten kann man noch das Meerwasser riechen.« Diese Worte waren ihr so unwillkürlich, so selbstverständlich entschlüpft, daß ihr ihre eigene Rede gar nicht bewußt geworden wäre, hätte sich Beauforts Hand auf ihrer nicht angespannt.

»Woher . . .« Beaufort schaute sie eher verwirrt als überrascht an. »Woher wißt Ihr das denn?«

Adrienne überspielte den Schrecken, der sie durchfuhr, mit einem etwas spitzen Lachen. »Was soll ich denn wissen, mein lieber Comte?«

»Nun, daß das Château de Beaufort über einen Rosengarten verfügt und daß man die See selbst dann noch riechen kann, wenn man die Nase in einen Rosenbusch steckt.«

Adrienne zuckte die Schultern. »Ich bin mir ziemlich sicher, daß jedes französische Château, das etwas auf sich hält, einen Rosengarten besitzt. Und wenn sich dieses Château nur zwanzig Minuten vom Meer entfernt befindet, dann muß man ganz zwangsläufig den Seegeruch überall wahrnehmen können.« Adrienne lachte wieder so gekünstelt auf. »Es ist doch so, oder etwa nicht?«

Yves de Beaufort lächelte und nickte, weil es nicht seine Art war, Damen zu widersprechen.

Die Erklärung, die Isabella di Montefiore ihm gegeben hatte, war sehr einfach, sehr einleuchtend und sehr logisch gewesen. Doch als sie sprach, hatte er ihren seltsamen, in weite Fernen gerichteten Blick erkannt. Es war ihm so erschienen, als hätte sie den Garten, den er beschrieb, genau vor sich gesehen und als hätte dieses Bild sie aus irgendeinem Grund sehr traurig gemacht.

Diese Frau hegte Geheimnisse. Das hatte er ihren Augen schon am allerersten Nachmittag im Hof des Palazzo angesehen. Und er, Yves de Beaufort, wollte derjenige sein, der diese Geheimnisse aufdeckte.

Während des restlichen Teils des Tanzes vermied Adrienne es geflissentlich, Beaufort anzusehen, und konzentrierte sich lieber darauf, ihre Hände stillzuhalten.

Wie kunstvoll sie auch immer die Worte übertüncht hatte, die ihren Lippen entschlüpft waren, sie hatte den nachdenklichen Blick seiner blauen Augen gesehen. Dem Mann war etwas aufgefallen, das ihm seltsam vorkam. Dessen war sie sich ganz gewiß. Doch was war es, das er gesehen hatte oder gesehen zu haben meinte? Und wie sollte sie sich nun verhalten?

Als der Tanz beendet war, bot Yves de Beaufort seiner Gastgeberin den Arm. Sein präzise arbeitender gallischer Geist hatte bereits die nächste Schlagrichtung seines Angriffs geplant. Plötzlich jedoch mußte er feststellen, daß sein Weg von Alessandro di Montefiore blockiert wurde. Der Heerführer verneigte sich mit vollendeter Höflichkeit und lächelte, doch seine pechschwarzen Augen wirkten eiskalt.

»Verzeiht mir die Störung. Ich muß Euch jedoch bedauerlicherweise für eine Weile der Gesellschaft meiner Gemahlin berauben, Beaufort.«

Yves de Beaufort zog es vor, Montefiores nicht mißzuverstehenden Sarkasmus zu überhören. »Gewiß doch.« Er lächelte nachsichtig. »Ich bin natürlich unendlich betrübt, doch ich werde versuchen, mich mit Eurem exzellenten Wein zu trösten, mein lieber Montefiore.«

Er schaute den beiden hinterher, als sie davonschritten. Yves war ein Mann, der nicht nur das Vergnügen schätzte, das Frauen bringen konnten, sondern er mochte die Frauen ihrer selbst wegen. Darin unterschied er sich von den meisten anderen Männern.

Für Isabella jedoch empfand er etwas, das er noch für keine andere Frau empfunden hatte. Er fühlte sich zu ihr hingezogen, ja, er fühlte sich auf irgendeine Weise sogar mit ihr verwandt. Es würde schwierig werden, sie von ihrem Gemahl loszueisen, den sie so offensichtlich liebte, aber man konnte ja nie wissen ... Yves lächelte. Nein, in diesen ungewissen Zeiten konnte man wirklich nie wissen.

Adrienne und Sandro schritten schweigend durch die Halle. Sandros schneller Schritt und sein grimmig zusammengepreßter Mund hielten jedermann davon ab, ihn etwa aufzuhalten und in irgendeine oberflächliche Unterhaltung hineinzuziehen.

»Habt Ihr irgend etwas auszusetzen?« erkundigte sich Adrienne schließlich.

»Auszusetzen?« Fragend hob Sandro die schwarzen Augenbrauen. »Was sollte ich auszusetzen haben? Ihr seid eine perfekte Gastgeberin gewesen – wieder einmal.«

Trotz ihrer Verärgerung hätte Adrienne beinahe gelächelt. »Und Ihr seid eifersüchtig – wieder einmal.«

Sandro blieb stehen und zog seine Gemahlin zu sich herum, so daß sie ihm jetzt gegenüberstand. Da die Gäste hier länger als angenommen verweilten und ihre Weiterreise nach Rom ein ums andere Mal verschoben, gewann Sandro langsam den Eindruck, als verlöre er den Überblick über die Dinge.

Es war nicht gut möglich gewesen, die Brüder Gennaro

von den Festlichkeiten auszuschließen, doch die Anwesenheit der beiden zerrte an seinen Nerven. Borgias Verhalten gegenüber Isabella war zwar ohne Fehl, doch Sandro hatte wohl bemerkt, wie oft Don Cesare sie anschaute.

Und dieser Franzose scharwenzelte ständig um sie herum, und manchmal sah sie ihn so merkwürdig an, ohne daß Sandro dann ihren Gesichtsausdruck zu deuten vermochte. Und endlich waren da auch noch seine eigenen Empfindungen, die ihm fast die Luft abschnürten. Insgesamt kam er sich wie ein Narr vor, und das behagte ihm ganz und gar nicht.

Seit seiner Rückkunft hatte er Isabella in jeder Nacht geliebt, doch sie hatten nie wieder diese perfekte Vereinigung jener ersten Nacht erreicht. Nicht allein die Ablenkungen und die täglichen Pflichten machten die Dinge schwierig; auch das Mißtrauen und die alten Zweifel plagten Sandro wieder.

Gewiß, er sah die Liebe in Isabellas Augen, eine Liebe, an die er so gern glauben wollte. Doch in manchen Momenten sah er auch die Unruhe und die Furcht in ihnen aufflackern, und dann zweifelte er wieder an der Aufrichtigkeit ihrer Gefühle.

»Und ich brauche nicht eifersüchtig zu sein.« Er streichelte ihre Wange und ließ dann seine Hand zu ihrer Kehle hinuntergleiten. »Das wolltet Ihr doch eben sagen, oder?«

»Ja.« Während Adrienne antwortete, mußte sie an den eigenartigen Moment denken, da ihr die Worte entschlüpft waren, die den von dem Comte de Beaufort begonnenen Satz ergänzten.

Ehe sie die Erinnerung fortzuschieben vermochte, schien ihre Umgebung wieder zu verschwimmen, und Adrienne nahm aufs neue den Seegeruch wahr. Der Moment verging so schnell, daß sie sich fast einreden konnte, sie habe ihn sich nur eingebildet. Doch sie wußte, daß es sich nicht so verhielt. Sie war von Ungewißheiten und Rätseln umgeben, und wie sehr sie sich auch zu beruhigen versuchte, sie fürchtete sich.

Sandro fühlte, daß ihr Blut schneller pulsierte und daß sie schlucken mußte. Er sah diesen merkwürdigen, abwesenden Ausdruck in ihre Augen treten. Er spürte einen Anflug von Panik, dem so schnell der Zorn folgte, daß es ihm leichtfiel, die Furcht zu leugnen.

»Ihr habt nicht vergessen, was ich Euch sagte, Isabella?« Seine Stimme klang ganz gelassen, doch seinen Augen war sein innerer Tumult abzulesen.

Adrienne benötigte keinerlei weitere Erläuterung, um zu begreifen, was er meinte. Sie erinnerte sich sehr gut an die allererste gemeinsame Nacht und an die kalte Klinge des juwelenbesetzten Dolches an ihrer Brust. Es hätte sie kaum überrascht, wenn sie den Blick gesenkt und gesehen hätte, daß sie sich wieder in derselben Situation befand.

Weil sie noch immer den Seegeruch in der Nase hatte und weil sie sich in diesem Moment so deutlich daran erinnerte, daß sie ein eigenes Leben besaß, bevor sie sich entschlossen hatte, Sandro zuliebe ein anderes anzunehmen, blickte sie ihm trotzig in die Augen.

»Nein, Sandro, ich habe es nicht vergessen.« Sie reckte das Kinn hoch. »Es gibt noch eine ganze Reihe von Dingen, die ich nicht vergessen habe.« Nicht aus Zorn, sondern vor Schmerz preßte sie die Lippen zusammen. »Und jetzt wäre ich Euch sehr verbunden, wenn Ihr Eure Hände von mir nehmen würdet.«

»Ihr schickt mich fort?« Mit soviel Überheblichkeit hatte er nicht gerechnet.

»Ich lasse mich von Euch nicht herabwürdigen.« Die Wut siegte über den Schmerz. »Nicht wenn wir unter uns sind, und schon gar nicht in der Öffentlichkeit.« Sie riß ihren Arm hoch und schlug Sandros Hand fort, die noch immer an ihrer Kehle lag.

Er wollte gleich wieder nach ihr greifen, doch sie sprühte einen solchen Zorn, daß er es lieber ließ. Ihre Wut ist zu groß, dachte er erleichtert; sie ist viel zu groß, um nicht wirklich echt und aufrichtig zu sein. Wieder hob er die Hand, diesmal freilich zu einer versöhnlichen Geste, doch Isabella wich vor ihm zurück.

»Ich würde Euch nicht raten, mich noch einmal zu berühren, Sandro. Es sei denn, Ihr legtet es auf eine Szene an, über die sich die Leute bis in alle Ewigkeit die Mäuler zerreißen würden.«

Mit schwingenden Röcken drehte sie sich um und ging von hinnen. Mit unfreiwilliger Bewunderung schaute Sandro ihr nach. Die Bewunderung legte sich allerdings rasch, als er sah, wie Isabella dem Comte de Beaufort zulächelte.

Er fühlte, wie sich seine Nackenmuskeln verspannten, und obwohl er sich dessen nicht bewußt war, begann die böse Stimme in seinem Kopf aufs neue zu flüstern.

Piero lächelte still vor sich hin, als er Isabella von ihrem Gemahl hinfortschreiten sah. Es gibt also Ärger im Paradies, dachte er und tippte sich mit dem Finger an die Wange. Möglicherweise würde es einfacher als gedacht sein, seine Pläne ins Werk zu setzen.

Ja, er begehrte Isabella noch immer. Oft genug war sein Verlangen so stark, daß er bereit gewesen wäre, diesen Argwohn zu vergessen, den Alfonsos Worte in ihm erregt hatten. Manchmal war er, Piero, sogar in der Lage, alle Zweifel beiseite zu schieben und so zu tun, als wäre alles noch so, wie es immer gewesen war.

Im stillen jedoch lebte die abwegige Überzeugung weiter, daß irgendeine Macht eine andere Frau in den Körper seiner Schwester versetzt hatte. Ihm war bewußt, daß er bereit war, diese andere Isabella auf dem Altar seines Ehrgeizes zu opfern. Und es war sein Ehrgeiz, Herrscher über Siena zu sein.

Er sah, daß Cesare Borgia die kleine Szene zwischen Montefiore und Isabella ebenfalls verfolgt hatte. Mit der vagen Vorstellung, daß es nicht schaden konnte, den Boden ein wenig vorzubereiten, trat Piero zu Don Cesare heran.

»Wie ich sehe, Durchlaucht, läßt Euch die Schönheit meiner Schwester nicht gleichgültig«, bemerkte er leise.

Borgia, der die Arme über seinem schwarzen Samtwams verschränkt hatte, drehte sich zu ihm um, und für einen Moment verzagte Piero vor der Macht dieser unergründlichen dunklen Augen, die Cesare Borgias stärkste Waffe waren. Es waren Augen, die stets vollkommen ausdruckslos blieben, ob der Mann sich nun in allerbester Stimmung befand oder vor Wut schäumte, ob er einem Gefangenen die Freiheit schenkte oder ihn in die Folterkammer schickte.

»Ich nehme an, Ihr trefft diese Feststellung nicht ohne besonderen Grund.«

Bestürzt über Borgias Direktheit öffnete Piero den Mund und schloß ihn gleich wieder, weil er plötzlich nicht wußte, was er nun sagen sollte.

»Nun, was ist, Gennaro?« drängte Borgia. »Habt Ihr etwas von Wichtigkeit zu äußern, oder wollt Ihr nur Zuhälter für Eure Schwester sein?«

Diese unumwundenen, vulgären Worte erregten Pieros Zorn. Nein, dachte er, dazu ist die Zeit noch nicht reif. »Ich wollte nur Konversation machen, Altezza. Und ich erlaube mir die Feststellung, daß jemand von so seltener Schönheit wie Donna Isabella keinen Zuhälter benötigt.« Er verneigte sich und zog sich zurück.

Borgia widmete seine Aufmerksamkeit wieder dem Geschehen in der Halle. Er warf einen Blick zu Isabella hinüber und betrachtete dann Montefiore.

Zwar war er es nicht gewohnt, auf sein Vergnügen warten zu müssen, doch diesmal wollte er eine Ausnahme machen. Schließlich wurden Montefiores militärisches Geschick sowie seine Truppen noch gebraucht, und er, Cesare, hatte den brennenden Ehrgeiz in Pieros Augen erkannt. Wer weiß? dachte er; möglicherweise gibt es hier noch etwas zu tun, bevor ich mich an Isabellas Körper erfreue.

Bis es soweit war, wollte er nach Rom gehen. Im Augenblick hielt er es für angebracht, das Gaukelspiel weiterzuführen und so zu tun, als wären die von ihm eingenommenen Städte dazu bestimmt, die Schatztruhen des Papsttums zu füllen. Es war also erforderlich und an der Zeit, daß er seinem Vater seine Ehrerbietung erwies.

Borgia spielte mit dem riesigen Rubin, den er an seinem Zeigefinger trug. Jawohl, er würde nach Rom gehen, seinen nächsten Feldzug planen und abwarten. Viele Jahre lang war er nur der »zweite Sohn« gewesen, der für eine kirchliche Laufbahn bestimmt war, und während dieser Zeit hatte er es gründlich gelernt, Geduld zu üben. Als das Schicksal ihm dann eine gute Gelegenheit anbot, hatte er zugegriffen.

Und jetzt, da der Körper seines Bruders Juan bereits seit fast drei Jahren den Würmern als Fraß diente, war er, Cesare, der älteste Sohn des Papstes.

Er lächelte und winkte Caterina Sforza zu sich heran.

Sie träumte. Adrienne war sich ganz sicher, daß sie träumte, und dennoch war alles so wahrhaftig, daß sie wieder unsicher wurde und Traum nicht mehr von Wirklichkeit zu unterscheiden vermochte.

Der ordentlich geharkte Kies auf dem Pfad knirschte unter ihren Füßen. Sie sah das vertraute Mauerwerk aus verwittertem braungrauen Stein durch die Bäume schimmern. Die kühle Brise zerzauste ihr Haar und trug den Geruch des Meers heran.

Plötzlich erschien Yves de Beaufort vor ihr. Er reichte ihr die Hand hin und lächelte mild. »Jetzt gehört Ihr mir, Isabella. Alessandro di Montefiore ist tot, und Ihr gehört mir.«

»Nein! Das ist nicht wahr!« schrie sie und schlug die Hände vor die Augen. »Das darf nicht wahr sein!«

Sanft zog er ihre Hände von ihrem Gesicht fort. »Ihr werdet glücklich sein im Château de Beaufort. Ich werde dafür sorgen, daß Ihr Montefiore vergeßt, und Ihr werdet glücklich sein.« Er küßte ihre Fingerspitzen. »Ihr werdet es schon sehen.«

Seine Lippen an ihren Fingern waren kalt und abstoßend, doch Adrienne brachte nicht die Kraft auf, ihre Hände aus seinem Griff zu befreien.

Unvermittelt schien alles ringsum dunkler zu werden und hinter einem dichten Schleier zu verschwinden. Sie sah Sandro knien; das Schwert des Henkers war über seinem Kopf erhoben. Mit einem silbernen Blitz sauste es nieder, und die Welt wurde karmesinrot, rot von Sandros Blut.

Adrienne erstarrte. Das Entsetzen raubte ihr die Luft zum Atmen, und das Blut ergoß sich über sie. Als es ihr gelang, einen Atemzug zu tun, begann sie zu kreischen.

»Still, still. Es ist ja alles gut.«

Jemand hielt sie, und die Stimme holte Adrienne aus dem grauenvollen Alptraum. Ihr Kreischen verging; sie wimmerte nur noch, doch sie keuchte heftig, und ihr Nachtgewand war schweißdurchtränkt. Das Entsetzen hatte sie noch immer im Griff wie ein böses Fieber.

Sandro strich ihr das feuchte Haar zurück. »Ihr habt nur wieder einmal geträumt.«

Endlich durchdrang die Stimme das Grauen, und Adriennes Lider hoben sich zitternd. Die Welt ringsum war dunkel und verschwommen, doch in der Düsternis erkannte sie Sandros Gesicht. Es war doch sein Gesicht, oder nicht? Adrienne hob eine zitternde Hand, um sich zu überzeugen.

»Sandro?«

»Ja, ich bin hier.«

Erleichtert sank sie in die Kissen zurück. Tränen traten ihr in die Augen und strömten ihr dann über die Wangen.

»Ihr dürft nicht weinen.« Er wischte ihr die Tränen mit den Fingern fort. »Es ist alles wieder gut. Es ist vorbei.«

Noch während er das sagte, wußte er, daß er log. Wie konnte alles gut sein, wenn er in jeder Nacht neben ihr lag und nicht schlafen konnte, weil er darauf wartete, daß ihre Träume kamen? Inzwischen wußte er schon, wie diese verliefen.

Isabella wurde erst unruhig, murmelte dann unverständliche Worte und schrie schließlich auf. Danach begann dieses schreckliche Kreischen, das Sandros Blut gefrieren ließ. Er fühle sich dann immer schuldig, weil er sie nicht früher aufgeweckt hatte.

Immer wenn sie zu träumen begann, sagte er sich, daß er sie aufwecken mußte. Diesmal würde er sie wirklich wecken. Doch Nacht für Nacht ließ er sie weiterschlafen, weil er auf ihr Murmeln lauschte, in der Hoffnung, ein Wort zu hören und zu verstehen, das den Argwohn bestätigte, der in ihm wohnte und ihn zerfraß.

Adriennes Tränen versiegten, ihr Atem ging gleichmäßig, und am Ende lag sie ruhig neben Sandro; nur ihre Rückenmuskeln waren noch verspannt. Sie legte sich etwas anders hin und seufzte, als die Verspannung blieb.

Sandro strich mit der Hand langsam und fest an ihrem Rücken hinunter, bis sich auch der letzte Rest der Verkrampfung gelöst hatte und seine Gemahlin sich weich und schläfrig an ihn schmiegte.

»Möchtet Ihr mir nicht über Euren Traum erzählen?« sagte er leise. Nein, das frage ich nicht mit hinterhältigen Nebengedanken, redete er sich ein.

»Es war wieder derselbe schreckliche Traum wie immer. Ich träumte...« Plötzlich fiel ihr wieder ein, daß ihr Traum zu den Dingen gehörte, die sie nicht mit Sandro teilen konnte und durfte. Sie schüttelte den Kopf. »Nein, ich will nicht mehr daran denken. Ich möchte einfach nur vergessen«, flüsterte sie und barg das Gesicht an seiner Brust. »Bitte helft mir, es zu vergessen.«

Er fühlte, wie sich ihre Schultern wieder verspannten, und trotz der Zweifel, die an ihm nagten, durchströmte ihn die Liebe so tief und so rein wie das Meer.

Er hob sich Isabellas Gesicht entgegen und senkte seinen Mund über ihren.

19. KAPITEL

Unruhe und Ungeduld trieben Sandro aus der strahlend erleuchteten Halle auf den kleinen, schmalen Balkon hinaus. Unter ihm lag der leere und friedliche Campo, und der Nachthimmel über ihm schimmerte im Mondlicht wie ein silberner Schleier.

Dies war eine jener milden Nächte, die das Ende des Winters ankündigten, eine Nacht, die versprach, daß sich bald die Wärme über das Land breiten würde. Sandro atmete tief die frische Luft ein und schloß die Augen.

Er hatte schon als kleiner Junge die Konzentrationsfähigkeit besessen, die es ihm jetzt ermöglichte, die Musik, das Gelächter und das Stimmengewirr nicht mehr zur Kenntnis zu nehmen, die hinter ihm aus dem großen Saal drangen.

Die Gäste würden in den frühen Morgenstunden aufbrechen, so daß er und Isabella ein paar Tage für sich allein hatten, bevor er selbst auch nach Rom reisen mußte. Cesare Borgia hatte verlangt, daß alle seine Heerführer anwesend sein sollten bei dem geplanten triumphalen Einzug in die Heilige Stadt, und in den vergangenen Monaten hatte Sandro mehr als nur ein Beispiel dessen erlebt, was mit Leuten geschah, die Borgias Forderungen nicht als strengen Befehl ansahen.

Ob Isabella wohl weiter unter ihren Alpträumen leidet, wenn die Gäste endlich fort sind? fragte sich Sandro. Wollte er denn überhaupt, daß diese Träume aufhörten? Oder wollte irgendein perverser, grausamer Teil von ihm, daß sie solange litt, bis ein gemurmeltes Wort, ein Name vielleicht, seine Zweifel zerstreute oder bestätigte?

Die zweiflügelige Tür hinter ihm knarrte. Sandro fluchte leise, als er merkte, daß seine Einsamkeit gleich gestört werden würde. Da indessen niemand zu ihm heraustrat, lehnte er sich wieder an die kalte Mauer.

»Ich glaube nicht, daß Ihr Euch wirklich vorstellen

könnt, wieviel Ihr mir in den letzten Tagen gegeben habt, Donna Isabella.«

Als Sandro diese sanfte Stimme vernahm, erstarrte er, und als er dann als Antwort auf diese Worte das vertraute leise Lachen hörte, verkrampfte er die Hände um das schmiedeeiserne Geländer der Balkonbrüstung.

»Also wirklich, mein lieber Comte. Jetzt übertreibt Ihr doch wohl.«

»Durchaus nicht, edle Dame. Wenn ich Siena verlasse, wird mein Herz bei Euch bleiben.«

Das Glas klirrte leise, als die Türen wieder geschlossen wurden. Sandro hörte aufs neue das Lachen, wenn auch nur leise, dafür jedoch noch koketter und verführerischer.

Er verblieb auf dem Balkon und hielt sich weiterhin am Balkongeländer fest. Daß die Kälte des Schmiedeeisens langsam seinen Körper zu durchdringen schien, merkte er kaum. Isabella hatte ihn also doch betrogen! War es das, wovon sie Nacht für Nacht träumte? War es das schlechte Gewissen, das sie immer kreischend aufwachen ließ?

Sie hat mich betrogen... Diese Worte wiederholten sich in seinem Kopf wie eine endlose Litanei.

Minutenlang fühlte er nichts, keinen Zorn, keinen Schmerz. Vor ihm erstreckte sich nur die große Leere wie eine endlose Wüste. Sogar sein Herz schien stehengeblieben zu sein, und sein Blut hatte aufgehört zu strömen, als hätte es sich in Eis verwandelt.

Als schließlich der Schmerz über ihn hereinbrach, raubte er ihm den Atem. Sandro versuchte es zu leugnen. Er wollte sich auf keinen Fall eingestehen, daß ihm das Herz brach; lieber hätte er es sich selbst aus dem Leib gerissen. Nach einer Weile siegte sein Überlebenswille, und er begann, gegen den Schmerz anzukämpfen.

Er kämpfte gegen den Schmerz mit der Waffe, die ihm sein ganzes Leben lang gute Dienste geleistet hatte: In voller Absicht steigerte er sich in seine Wut hinein, bis es für ihn weiter nichts als diese Wut gab. Falls er sich jetzt in den Festsaal zurückbegab, so würde er imstande sein, Isabella und Beaufort umzubringen.

Da er das genau wußte, zügelte er seinen Zorn, als er in die Halle zurückkehrte. Er verschloß Augen und Ohren vor dem Festgetriebe, ging rasch zu einer Ecke und von dort hinaus in den Flur.

Er weckte nicht erst die Stallburschen, sondern sattelte sein Roß selbst. Seine Anspannung schien sich auf das Tier zu übertragen, und als er aufsitzen wollte, tänzelte es schon unruhig auf der Bodenstreu des Stalles. Noch während sich Sandro in den Sattel schwang, sprang das Pferd vorwärts. Die Hufe schlugen auf die feuchten Pflastersteine, und der Hengst galoppierte in die Nacht hinaus.

Adrienne schien einen sechsten Sinn für Dinge, die Sandro betrafen, entwickelt zu haben, und so wußte sie auch jetzt, daß irgend etwas nicht stimmte. Ihrem Empfinden nach hatte sie ihn schon seit Stunden nicht mehr gesehen, und nun suchte sie ebenso sorgfältig wie unauffällig mit den Blikken nach ihm, ohne ihn indessen irgendwo zu entdecken.

»Ich fürchte, ich habe meine anderen Gäste vernachlässigt.« Sie schaffte es, Yves de Beaufort ein glaubwürdiges Lächeln zu schenken, obwohl sie von bösen Vorahnungen und Ängsten erfüllt war. »Würdet Ihr mich bitte jetzt entschuldigen?«

Sie hob ihre Finger von seinem Arm und wollte sich von dem Comte fortbewegen, doch er hielt sie an der Hand fest.

»Auf diese Weise wollt Ihr mich verlassen? Ohne ein ermutigendes Wort? Ohne ein Wort des Versprechens?«

Überrascht blickte Adrienne den Comte an. Die Stimme des Mannes klang jetzt nicht mehr so sanft wie sonst, sondern drängend. Sein gewöhnlich so milder Gesichtsausdruck wirkte nun zudringlich. Sogar seine weichen Züge schienen schärfer geworden zu sein; sie erinnerten jetzt an ein hungriges Frettchen.

Er hat mich in Sicherheit gewiegt, erkannte Adrienne. Mit

seinen angenehmen Manieren und seinen galanten, unverbindlichen Komplimenten hatte er sie vergessen lassen, wer er war. Während der vergangenen beiden Wochen hatte sie es als ungemein behaglich – gefährlich behaglich – empfunden, mit ihm zusammenzusein.

Außerdem hatte sie sich selbst für sehr schlau gehalten, wenn sie sich von Beauforts Aufmerksamkeiten daran hindern ließ, Cesare Borgia in den Weg zu geraten. Schließlich war dieser ja die eigentliche Gefahr.

Jetzt fragte sie sich, ob sie in ihrem Bestreben, alle Abläufe der Vergangenheit zu vermeiden, nicht wieder einem fatalen Fehler aufgesessen war. Hatte sie sich erneut verrechnet? Hatte sie die eine Katastrophe verhütet, nur um eine andere zu verursachen? Ein eiskalter Schauder lief ihr über den Rücken, doch sie ließ sich nichts anmerken.

»Mein lieber Comte, ich habe meine Versprechen schon alle vergeben, und weitere habe ich nicht.« Ein Lächeln erschien auf ihren Lippen, erreichte jedoch ihre Augen nicht. »Und was Ermutigungen angeht, so würde ich Euch ermutigen, nach einer eigenen Gemahlin Ausschau zu halten.«

Ihre Worte machten ihr selbst angst, denn genau das hatte Yves de Beaufort schließlich vor. Wieder fröstelte sie. Dennoch blickte sie dem Comte fest in die Augen und entzog ihm energisch ihre Hand.

»Ich entbiete Euch eine gute Nacht«, sagte sie leise und zwang sich dann, langsam fortzugehen, obwohl sie am liebsten mit fliegenden Röcken davongelaufen wäre.

Yves de Beaufort schaute ihr hinterher und zuckte die Schultern. Er war ein praktisch denkender Mann und pflegte nicht mit dem Kopf durch die Wand zu gehen. Morgen würde er Siena verlassen, und obgleich er noch nie an Vorahnungen geglaubt hatte, sagte ihm jetzt irgend etwas, daß er Isabella di Montefiore wiedersehen würde.

Wer weiß, dachte er, möglicherweise ist sie beim nächstenmal ja weniger stolz und hochfahrend.

Adrienne warf sich in ihrem Himmelbett herum, und die Götter und Nymphen oben am Baldachin schienen sich über sie lustig zu machen. Das Fest war schon lange abgschlossen, doch Sandro war nicht aufgetaucht. Weder Michele noch ihrem Schwiegervater oder den von ihr befragten Dienstboten war etwas über seinen Aufenthaltsort bekannt gewesen.

Den restlichen Abend hatte Adrienne damit verbracht, den fröhlich aufgeputzten Strom der Gäste zu beobachten. Schließlich war sie zu Bett gegangen und in einen unruhigen Schlaf gefallen, bis ein drängendes Flüstern sie wieder geweckt hatte. Als sie die Augen aufschlug, fand sie Gianni vor, der am Ärmel ihres Nachtgewandes zupfte.

»Donna Isabella, wacht auf.« Er holte Luft, und das klang wie ein Schluchzen. »Bitte!«

Adrienne merkte, daß ihr Erwachen irgendwie erforderlich war, und so kämpfte sie erst einmal gegen die Verwirrung an, die sie jedesmal beim Wachwerden befiel.

»Gianni?« Sie stützte sich auf einem Ellbogen hoch. »Was gibt es denn?«

»Es handelt sich um Don Alessandro.« Weil er mehr Luft brauchte, zerrte Gianni an seinem Kragen, so daß der oberste Knopf von seinem Wams absprang und mit einem metallischen Klingeln zu Boden fiel.

»Was ist geschehen?« Adrienne schlug die Decke zurück und schwenkte die Beine über die Bettkante. »Ist ihm etwas zugestoßen?« Sie packte Gianni bei seinem Wams und rüttelte ihn. »Antworte mir!«

»Nein. Nein, Madonna.« So heftig schüttelte er seinen scheinbar übergroßen Kopf, daß es aussah, als würde sein dünner Hals abbrechen. »Er ist hier.«

»Hier? Gott sei Dank!« Adrienne ließ Giannis Wams so unvermittelt los, daß der Zwerg rückwärts taumelte.

Als sie sofort eilfertig zur Tür lief, faßte er sie beim Nachtkleid, weil er sie zurückhalten wollte. Durch den unvermuteten Ruck stolperte sie. Sehr ärgerlich fuhr sie zu Gianni herum.

»So wartet doch, Madonna, bitte. Don Alessandro sieht aus, als ob er ...«

Krachend wurde die Tür des Schlafgemachs aufgerissen.

»... mordlüstern wäre«, beendete Gianni seinen Satz und schlug sogleich das Kreuz.

Eine Weile standen sie alle drei da, als wären sie zu Stein erstarrt. Sandro regte sich als erster.

»Hinaus!« Er deutete auf den Zwerg, ohne sich die Mühe zu machen, ihn dabei anzusehen.

Gianni warf seiner Herrin einen flehentlichen Blick zu, mit dem er um Vergebung bat, und huschte dann eilends aus dem Gemach. Könnte ich jetzt nur zu irgend jemandem gehen, dachte er, während er durch die stillen Räume lief. Zu irgend jemandem, der dieser neuen, sanften Donna Isabella beistehen würde ... Doch es gab niemanden, der das tun könnte.

Dann entsann er sich des Dolches, den Donna Isabella ihm gab, als sie sein verhaßtes Narrenkostüm fortgeworfen und ihm Kleidung aus feinstem Samt geschenkt hatte. Er umfaßte das Heft des Dolches, schlich wieder zur Tür des Schlafgemachs zurück, kauerte sich auf den Boden und hielt das Ohr an die Tür.

»Ihr wolltet Euch irgendwo hinbegeben, Madonna?« Mit langsamen, geschmeidigen Bewegungen trat Sandro weiter in das Gemach hinein; er wirkte dabei wie eine Großkatze, die zum Sprung ansetzte.

Adrienne lief zu ihm. »Wo wart Ihr nur? Ich habe den ganzen Abend nach Euch ausgeschaut. Was ist geschehen? Wohin seid Ihr gegangen?«

Sie wollte ihn berühren, doch er streckte abwehrend den Arm aus und stieß sie vor die Brust. »Ich habe Euch gefragt, wohin Ihr gehen wolltet.«

Adrienne schüttelte verwirrt den Kopf. »Ich wollte Euch suchen.« Sie sprach stockend, weil sie noch schlaftrunken war. »Gianni kam zu mir, um mich aufzuwecken. Er wollte mir mitteilen, daß Ihr zurückgekehrt seid.«

Sandro faßte sie bei ihrem Nachtkleid. »Damit Ihr Euren Liebhaber fortschicken konntet?« Seine Frage wirkte um so bedrohlicher, weil er sie mit leiser und tiefer Stimme gestellt hatte.

Adrienne starrte ihn an; sie bezweifelte nicht, daß sie sich eben verhört haben mußte.

»Nun?« Er packte ihr Nachtkleid fester, und seine Fingerknöchel drückten sich dabei schmerzhaft in ihr Fleisch.

Adrienne begann sich zu wehren. »Seid Ihr des Wahnsinns?«

Sie versuchte, seinen Griff zu lösen, doch da hätte sie ebensogut versuchen können, eine eiserne Fessel abzustreifen. »Wovon redet Ihr überhaupt?«

Sandro schaute auf sie hinunter. In ihren Augen standen die Angst, die Verwirrung und die ersten Anzeichen des Zorns. Doch Schuldgefühle spiegelten sich nicht darin. War Isabella so unverfroren, daß sie keine Schuld empfinden konnte? Irgendwie war das eine ungeheure Beleidigung für ihn.

Die Wut überfiel ihn aufs neue, doch er besann sich noch einmal. War es vielleicht möglich, daß er sich täuschte? Nein, gab er sich selbst die Antwort.

Er hatte die beiden ja gehört. Er hatte Beauforts vielsagende Tonlage und Isabellas verführerisches Lachen gehört. Und dann waren da ihre Träume und natürlich die Tatsache, daß das Blut der Gennaros in Isabellas Adern floß. Sie hatte ihn glauben lassen, sie sei anders, doch sie war genauso wie der Rest ihrer Familie – geboren und aufgezogen zu Niederträchtigkeit und Betrug.

»Ich habe Euch und Beaufort zusammen gehört. Ihr müßt Euch also nicht einmal die Mühe machen, es zu leugnen, Madonna. Ihr habt mich betrogen, und ich werde dafür Rache üben.«

Während er sprach, blickte er in ihr Gesicht, und er merkte, daß er schon wieder weich wurde. Sein verräterisches Herz schien ihm zuzurufen, er solle ihre Lügen glauben, weil er doch so dringend wollte, daß es die Wahrheit war. Es wäre ja auch so einfach zu vergessen, daß sie mich betrogen hat, dachte er, so furchtbar einfach. Er brauchte nur seinen Verstand auszuschalten. Er brauchte sich nur Isabellas Duft, ihrer Wärme hinzugeben und darin unterzugehen.

Adrienne hatte seine Wut gespürt wie ein Flammenmeer, das alles in seinem Weg verbrennen würde. Als sie dann fühlte, daß sich diese Wut ein wenig legte, regte sich in ihr wieder die Hoffnung.

Mit den Fingerspitzen berührte sie sein Gesicht. »Ich habe Euch niemals betrogen, Sandro. Niemals! Weder in der Wirklichkeit noch in meinem Herzen.«

Der Klang ihrer Stimme brachte seine Wut zurück. »Schweigt still!« fuhr er sie an und schlug ihre Hand fort, weil er sich vor der verlockenden Berührung fürchtete.

»So glaubt mir doch, Sandro! Ich...« Sie sprach nicht weiter, weil sie daran denken mußte, was Beaufort noch vor wenigen Stunden gesagt hatte, und sie erinnerte sich an die Furcht, die sie dabei selbst empfunden hatte.

Ihre unmittelbare Umgebung schien vor ihren Augen zu verschwimmen; Adrienne schwindelte es, und in ihrem Kopf drehte sich alles. O Gott, hat Sandro etwa recht? fragte sie sich betrübt. Hatte sie sich in ein neues Netz hineinziehen lassen? Betrog sie ihn, ohne selbst davon irgend etwas zu wissen?

Sandro sah, wie etwas in ihren Augen aufflackerte: die Schuld. Da haben wir es, dachte er und wunderte sich nur darüber, daß er keinerlei Triumph, keine Genugtuung spürte. Für das, was Isabella ihm angetan hatte, wollte er sie umbringen und wußte doch, daß er das nicht tun konnte. Was immer sie getan hatte, er konnte sie nicht töten.

Wut, Liebe, Sorge und Verlust vermischten sich in ihm zu einem einzigen Sturm der Empfindungen. Ja, Isabella hatte ihn verraten, doch sie war noch immer sein, und das wollte er ihr und sich selbst beweisen.

Mit einer einzigen Bewegung holte er sie zu sich heran. Er wickelte sich ihren Zopf um eine Hand und zog daran ihren Kopf zurück, so daß sich ihm ihr weißer Hals darbot. Mit der anderen Hand umfaßte er grob ihren Nacken, als wollte er sie davor warnen, sich ihm zu widersetzen.

Adrienne sah das Verlangen in seinen Augen aufflammen, das sich auch in seinen angespannten Gesichtszügen zeigte. Sie sah, wie seine Nasenflügel bebten, und sie wußte, daß sie jetzt nur seine Haut zu berühren brauchte, um seine kaum unterdrückte Leidenschaft unter den Fingerspitzen zu fühlen.

Dann zog er ihren Kopf zurück und drang mit der Zunge in ihren Mund. Adrienne fühlte die Kraft seiner Hände und wußte, daß jede Gegenwehr sinnlos sein würde. Innerhalb von Minuten, möglicherweise auch nur in Sekunden, würde er sie nehmen. Diese Erkenntnis durchfuhr sie wie ein Blitz und brachte den kalten, bitteren Geschmack der Furcht mit sich.

Dies ist doch Sandro, mahnte sich Adrienne, der Mann, den ich über alles liebe, der Mann, für den ich mein eigenes Leben aufgegeben habe.

Die Liebe durchströmte sie bei diesem Gedanken und löschte die Furcht aus. Nur erschien es Adrienne lebenswichtig, daß sie ihn aufhielt. Er durfte sie jetzt nicht schnell, grob und nur von seinem Begehren getrieben nehmen, das in Gewaltanwendung ausarten würde. Es erschien ihr in diesem Moment außerordentlich wichtig, daß selbst diese Situation ein gewisses Maß an Zärtlichkeit einschloß.

Sandro wollte, daß Isabella sich widersetzte und ihn damit provozierte. Statt dessen jedoch schmiegte sie sich an seinen Körper und ergab sich seinem brutalen Kuß. Sandro ließ ihren Zopf los und stieß sie von sich fort.

»Zieht Euer Nachtkleid aus.«

Ohne den Blick von ihm zu wenden, löste sie die Schnürbänder und streifte sich das Gewand von den Schultern. Es glitt zu Boden und bauschte sich um ihre Füße.

Sandro beobachtete sie, während sie ihm gehorchte. Sie war errötet, doch sie stand aufrecht da und blickte ihn klar und furchtlos an. Scham stieg siedendheiß in ihm auf, doch er verdrängte diese Empfindung, wandte sich ab und entledigte sich seiner eigenen Kleidung.

Als er Isabella danach wieder anschaute, stand sie noch immer regungslos in einer Wolke aus weißem Leinen auf der Stelle. Sie streckte ihm ganz einfach und wahrhaftig die Hand entgegen.

In diesem Moment begriff er, daß sie ihm nicht etwa die bedingungslose Kapitulation, sondern die bedingungslose Liebe anbot. Sandro nahm Isabella bei der Hand, und gemeinsam gingen sie zum Bett.

20. KAPITEL

Aus Tagen wurden Wochen. Der Frühling kam in diesem Jahr mit Wärme und Regen und trug den Geruch feuchter Erde und frischen Grüns in die engen Straßen der Stadt. Während Adrienne am offenen Fenster stand und auf den Campo hinausschaute, konnte sie diesen Duft wahrnehmen, obwohl sie um sich herum nur Pflastersteine, Ziegel und Mauerwerk sah.

Sie beugte sich noch ein wenig weiter aus dem Fenster hinaus und fragte sich, ob Sandro wohl heute endlich heimkommen würde. Während sechs langer Wochen hatte sie nichts von ihm gehört; die einzige Nachricht, die sie erhalten hatte, stammte von einem venezianischen Würdenträger, der auf seinem Weg von Rom durch Siena gekommen war.

Cesare Borgias Einzug in die Ewige Stadt sei triumphal und über die Maßen prunkvoll gewesen, hatte der Mann berichtet, und die Festlichkeiten, die auf die Ankunft folgten, hätten sich – um es mit der gebotenen Vorsicht auszudrükken – als üppig und außerordentlich sinnenfroh erwiesen. Der Mann hatte verhalten gelächelt, als er erwähnte, Sandro habe an allen Festen mit düsterer, grimmiger Miene teilgenommen.

Unvermittelt überfiel die Müdigkeit vieler schlafloser Nächte Adrienne. Weil sie unbedingt schlafen mußte, wenn auch nur für einen kleinen Moment, ließ sie sich vor der Fensterbank zu Boden auf die Knie gleiten und legte den Kopf auf die verschränkten Arme.

Sobald sie die Lider geschlossen hatte, sah sie Sandros Bild vor sich. Sofort schlug sie die Augen wieder auf. O Gott, dachte sie, werde ich jemals wieder schlafen können?

Als sie ihn an die Hand genommen und ihm freiwillig geschenkt hatte, was er sich mit Gewalt hatte nehmen wollen, dachte, vielmehr hoffte sie, daß nun alles gut werden würde. Sandro hatte sie mit einer so zärtlichen Leidenschaft geliebt, daß Adriennes Glück keine Grenzen fand. Er liebte sie! Er glaubte ihr!

Doch als der neue Tag anbrach, hatte sie feststellen müssen, daß sie erneut das Opfer einer Illusion geworden war. Sandro hatte ihr Bett bereits im frühen Morgengrauen verlassen und war fast wortlos gegangen, um die Vorbereitungen für seine Abreise aus Siena mit Borgia und dessen Gefolge zu treffen.

Wie betäubt hatte Adrienne die anfallenden Aufgaben des Morgens erfüllt. Yves de Beaufort hatte ihr die letzten mehrdeutigen Komplimente zugeflüstert, doch die hatte sie kaum zur Kenntnis genommen.

Was Cesare Borgia zu ihr gesagt hatte, hatte sich harmlos angehört, doch kaum waren seine Worte zu ihrem benommenen Geist vorgedrungen, da hob er sich Adriennes Hand an den Mund und ließ einen einzelnen Finger bedeutungsvoll über ihre Handinnenfläche gleiten.

Und dann Sandro! Sandro hatte ihr nicht ein einziges Mal in die Augen geblickt, nicht einmal zum allerletzten Lebewohl. Doch der Schmerz darüber war erst viel später gekommen, der Schmerz und die Angst.

Das Rascheln von Bettzeug und ein unterdrücktes Stöhnen hinter ihr holte sie wieder in die Gegenwart. Schnell schloß sie das Fenster und kehrte an die Seite ihres Schwiegervaters zurück.

Gern hätte sie den ausgezehrten Mann berührt, der blaß und hager in dem riesigen Bett lag. Sie würde ihn gern wenigstens auf diese Weise getröstet haben, nachdem er es nicht zuließ, daß sie ihm die Schmerzen mit dem süßen türkischen Mohnsyrup linderte, den sie beschafft hatte. Doch sie wußte, daß er sich gegen alle Berührungen sträubte, die er für unnötig hielt. Er war so hart gegen sich selbst wie zu allen anderen.

Adrienne dachte an Isabellas Worte: »Heute starb Francesco di Montefiore einsam und von niemandem betrauert. Ich habe dafür gesorgt, daß der Bote mit der Nachricht nicht eher nach Rom aufbrach, bis der Alte seinen letzten Atemzug getan hatte. Man hat mir gesagt, daß Francesco zum Schluß sehr gelitten habe. Am Ende soll er nach Alessandro gerufen und ihn um Vergebung gebeten haben. Er verdiente es nicht anders. Jetzt habe ich ihm wenigstens zum Teil vergolten, wie gemein und verächtlich er mich immer behandelt hat.«

Adrienne fragte sich, ob sich dieses Schicksal wiederholte und Francesco di Montefiore auch jetzt wieder mit dem Ruf nach seinem Sohn auf den Lippen sterben würde. Sie hatte Sandro eine dringende Nachricht nach der anderen gesandt, doch noch immer war er nicht gekommen. Und die Zeit wurde langsam knapp.

»Gibt es irgend etwas, das ich für Euch tun kann?« erkundigte sie sich leise und beugte sich über den Todkranken.

Der schlimmste Schmerzanfall war vorüber; Herzog Francesco di Montefiore schlug die Augen auf und betrachtete seine Schwiegertochter. Ich habe Isabella falsch eingeschätzt, dachte er reuig. Sie hatte Tage und Nächte an seinem Krankenbett verbracht, sah jetzt entsprechend blaß und zerbrechlich aus, und er hätte sie eigentlich zum Schlafen schicken sollen.

Doch ihre heitere Anwesenheit schien ihm Erleichterung zu verschaffen sowie seine Schmerzen zu lindern, und er fühlte sich außerstande, darauf zu verzichten. Jetzt versuchte er, ihr mit einer Geste zu bedeuten, sie möge sich setzen, doch er war zu schwach, um die Hand zu heben; sie zuckte nur schwach und hilflos.

»Soll ich mich eine Weile zu Euch setzen?« fragte Adrienne, denn sie hatte seinen vergeblichen Versuch bemerkt und ganz richtig gedeutet.

»Ja«, hauchte er matt.

Adrienne nahm auf der Bettkante Platz. Vor drei Wochen war Francesco bettlägerig geworden, und sie hatte fast ihre ganze Zeit in seinem Siechengemach verbracht. Sie hatte nicht erst die Diagnose des Arztes erfahren müssen, um zu wissen, daß die dem Herzog noch verbleibende Zeit kurz und voller Schmerzen sein würde.

Sie mußte an jenen Tag vor vielen Monaten denken, an dem er sie zu sich befohlen hatte, um ihr einen Vortrag über ihre Brüder zu halten. Noch sehr genau erinnerte sie sich daran, mit welcher Trauer im Herzen sie ihn betrachtet hatte, denn sie hatte ja gewußt, daß er bereits die Ursache für seinen Tod in sich trug. Und sie hatte gewußt, daß sie in diesem Punkt nicht imstande war, das Schicksal zu ändern.

Der alte Mann sah die Trauer in ihren Augen. Ja, dachte er noch einmal, ich habe sie völlig falsch eingeschätzt, und das war nur der letzte der vielen Fehler, die ich in meinem Leben begangen habe.

Er seufzte. So viele Fehler ... Er überlegte kurz, ob Gott ihm wohl die Gelegenheit geben würde, noch in diesem Leben Wiedergutmachung zu leisten, oder ob es sein Los sein würde, in der Hölle zu leiden, die Dante so eindrucksvoll beschrieben hatte.

»An dem Tag, da ich Euch kommen ließ, um Euch zu verbieten, Eure Brüder wiederzusehen, hattet Ihr den gleichen Ausdruck in Euren Augen.« Er sprach stockend und sehr langsam, als müßte er seiner Kehle unter Schmerzen jedes einzelne Wort abringen.

Adrienne lächelte traurig. »Das liegt vielleicht daran, weil ich auch gerade an diesen Tag dachte.«

»Ihr . . .« Ihm stockte der Atem, als er einen neuerlichen Anfall erlitt. »Damals wußtet Ihr es schon, nicht wahr?«

Er führte nicht aus, was er damit meinte, und Adrienne brauchte auch keine Erläuterungen.

»Ja.« Sie legte die Hände fest zusammen, denn sie wußte nicht genau, worauf er mit dieser Frage abzielte.

»Wie habt Ihr es wissen können?«

Hilflos schüttelte sie den Kopf. Wie hätte sie ihm erklären können, daß sie dreihundert Jahre nach der jetzigen Zeit ein Tagebuch gelesen und deshalb schon vor Monaten gewußt hatte, daß er diese tödliche Krankheit in sich trug? Wie hätte sie ihm erklären können, wer sie wirklich war? Wie, zumal sie es doch selbst nicht so genau wußte? War sie noch Adrienne? Oder war sie in jeder Hinsicht zu Isabella geworden? Und falls es sich so verhielt – welche Isabella war sie?

»Ich wußte es eben.« Sie breitete die Hände in einer hilflosen Geste aus. »Ich wußte es eben.«

Der Herzog schloß die Augen, und da er nichts mehr sagte, nahm sie an, er wäre eingeschlafen. Ihre Anspannung ließ ein wenig nach. Als er dann wieder sprach, fuhr sie zusammen.

»Von dem Zeitpunkt an, da ich Euch inmitten dieser ausgelassenen Menge in Eurem Schlafgemach sah, schient Ihr anders zu sein als die Isabella Gennaro, die ich zuvor kannte. Anders als die andere Isabella.« Seine Worte kamen sehr zögernd. »Erst hielt ich es für eine Illusion.« Seine Lider hoben sich. »Und dann dachte ich, Ihr wärt eine Hexe.«

Fest begegnete Adrienne seinem Blick, obwohl ihr Herz heftig zu hämmern begonnen hatte. »Das bin ich nicht.«

»Ich weiß.« Als er die Augen wieder schloß, huschte ein Lächeln über seine fast farblosen Lippen, als wäre er in das Geheimnis eingeweiht.

Adrienne blieb bei ihm sitzen, bis sie davon überzeugt war,

daß er tatsächlich schlummerte. Dann erhob sie sich und kehrte ans Fenster zurück. Sie brauchte dringend die frische Frühlingsluft, die den dumpfen Geruch des Siechengemachs hinauswehen würde.

Wo bleibt nur Sandro? fragte sie sich zum wiederholten Mal, während sie die Fensterflügel weit öffnete. Geistesabwesend schaute sie hinaus und rieb sich dabei den Leib, wo sich das aus der Anspannung der letzten Wochen entstandene Unwohlsein anscheinend dauerhaft eingenistet hatte.

»Madonna?«

Als sie Darias Stimme hörte, fuhr sie herum, und diese unvermittelte Bewegung machte aus dem Unwohlsein eine ausgewachsene Übelkeit. Der kalte Schweiß brach Adrienne aus.

Das junge Sklavenmädchen nahm sie beim Ellbogen und steuerte sie in einen nahe stehenden Sessel.

Adrienne lehnte sich zurück, bemühte sich, gleichmäßig und tief durchzuatmen, und wartete darauf, daß die Übelkeit wieder verging. Was ist nur mit mir los? fragte sie sich ungehalten. Sie war zornig, weil ihr Körper gerade jetzt Schwäche zeigte, wo sie doch alle Kraftreserven brauchte.

Als sie die Lider wieder aufschlug, kniete Daria zu ihren Füßen und schaute sie so merkwürdig an. »Was hast du, Daria?« wollte sie wissen.

»Madonna sollten jetzt besser auf sich aufpassen und sich schonen.«

Adrienne sah die junge Frau an, während die Erkenntnis über sie kam. Instinktiv bewegten sich ihre Hände zu ihrem Leib. Sie schloß die Augen, weil sie die Tränen aufsteigen fühlte, und sie wußte nicht, ob sie vor Freude jubeln sollte, weil Sandro ihr wieder ein Kind gegeben hatte, oder ob sie vor Kummer weinen sollte, weil die Geschichte sich wiederholte.

Sie ballte die Hände zu Fäusten. Würde es Gott ihr gewähren, dieses Kind in den Armen zu wiegen, oder war es auch zum Untergang verdammt?

Sie schüttelte den Kopf. Es hatte keinen Sinn, sich Fragen zu stellen, die sie nicht zu beantworten vermochte. Sie würde wahnsinnig werden, versuchte sie es. Wahnsinn! Sie konnte nur weitermachen und versuchen, dieses Leben, so gut es ging, zu leben. Nein, berichtigte sie sich und zwang sich dazu, die Fäuste zu öffnen. Nicht dieses Leben, sondern ihr Leben! Bei Gott, sie hatte es doch zu ihrem Leben gemacht!

Dieser Gedankengang baute sie wieder auf. Sie atmete lange und tief durch und stellte danach fest, daß ihre Übelkeit verschwunden war. Und dann sah sie die schmale Falte zwischen Darias hellen Augenbrauen. Adrienne beugte sich vor.

»Stimmt etwas nicht, Daria?«

»Einer der Boten, die Madonna zu Don Alessandro gesandt haben, ist zurückgekehrt.«

»Gott sei Dank! Vielleicht bringt er ja eine Nachricht von . . .« Sie war schon halb aufgesprungen, als sie einen Blick in Darias Gesicht warf und stockte.

»Der Mann ist gar nicht bis Rom gekommen, Madonna. Er ist mehr tot als lebendig.«

Von Daria dichtauf gefolgt, lief Adrienne die Treppe hinunter. In der Eingangshalle sah sie den Boten. Seine blauweiße Livree war mit Schmutz und Blut bedeckt, und man hatte ihn auf ein provisorisches Lager gebettet.

Adrienne erteilte den Befehl, sofort den Arzt herbeizuholen, und kniete sich dann an die Seite des Boten. Sie schickte alle Anwesenden außer Daria fort, so daß sie mit dem Mann allein sprechen konnte.

»Kannst du mich hören?« Sie legte dem Mann ihre Hand an das verzerrte Gesicht.

Er schlug die Augen auf. Als er Adrienne erkannte, versuchte er sich aufzusetzen, doch sie drückte ihn sanft, doch fest auf das Lager zurück.

»Du mußt jetzt liegen bleiben. Der Arzt wird gleich zur Stelle sein und deine Wunden versorgen.«

Der Mann gehorchte.

»Hole Wasser«, befahl sie über die Schulter hinweg, doch Daria hielt ihr schon einen Becher hin.

Nachdem der Mann unter Schmerzen ein paar Schlucke getrunken hatte, reichte Adrienne Daria den Becher zurück und zwang sich zur Geduld. »Kannst du mir berichten, was vorgefallen ist?« fragte sie den Boten.

»Knapp eine Stunde außerhalb der Stadt... mein Pferd ist gestürzt...« Er holte Luft, und sein Gesicht verzerrte sich. »Ein Seil... über die Straße gespannt. Versuchte aufzustehen... da fielen sie schon über mich her... wie die Hyänen.«

»Wer?«

»Weiß nicht, Madonna.« Er blickte sie um Vergebung heischend an. »Maskierte...«

»Haben sie dich ausgeraubt?«

Verneinend rollte der Mann den Kopf von einer Seite auf die andere. »Haben mich geschlagen. Nichts fortgenommen. Nicht einmal meine Satteltaschen durchsucht.« Sein Atem rasselte, und er mußte husten. »Haben mich gebunden. In ein kleines Bauernhaus gebracht. Eine Treppe hinuntergeworfen... in einen Keller.« Vor Erschöpfung und Schmerzen schloß er die Augen.

Adrienne hätte ihn am liebsten geschüttelt und ihn gedrängt, schnell mit seinem Bericht fortzufahren, doch sie verschränkte die Hände fest im Schoß. »Und was geschah weiter?« erkundigte sie sich leise.

»Da waren noch zwei andere.«

»Zwei andere?«

»Boten. Boten, die Madonna geschickt hatte. Nach Rom... Don Alessandro.«

»Was?« Adrienne war es, als hätte ihr jemand einen Fausthieb in die Magengrube versetzt. »Beide Boten?«

Der Mann nickte schwach. »Einmal hörten wir die Kerle sagen, wir sollten in die türkische Sklaverei verkauft werden.« Ein Zittern durchlief seinen Körper. »Ich schaffte es, mich zu befreien und eines der Pferde zu stehlen.«

Adrienne hörte den Doktor kommen. »Man wird dich jetzt versorgen«, sagte sie und legte ihm ihre Hand auf die Schulter. »Ich danke dir für deine Loyalität. Sie wird nicht unbelohnt bleiben.«

Sie erhob sich, und in ihrem Kopf drehte sich alles. Mit steifen Schritten ging sie wie ein Schlafwandler zur Treppe. Was war geschehen? Wer hatte das getan? War sie von Verrätern umgeben? Die Gedanken überschlugen sich, und einer war immer furchterregender als der andere.

Sie stieg die ersten Treppenstufen hinauf. Plötzlich schien alles um sie herum erst dunkler zu werden und sich dann in Rauch und Schatten zu verwandeln. Für einen Augenblick schien das einzig Feste und Solide in ihrem Universum der marmorne Handlauf des Geländers zu sein, der sich kühl unter ihrer Hand anfühlte.

Sie wollte fliehen und sich verbergen. Sie wollte, daß Sandro heimkehrte und alles wieder in Ordnung brachte. Doch sie wußte, daß die Verantwortung jetzt ganz allein auf ihren Schultern ruhte.

»Fühlen sich Madonna auch wohl?«

Adrienne hörte Darias Stimme hinter sich und schüttelte den Kopf. »Nein, ich fühle mich ganz und gar nicht wohl. Ich muß nachdenken«, flüsterte sie. »Ich muß hinter diese Sache kommen, herausfinden, wer das getan hat.«

Ungeachtet des Bildes, das sie bot, setzte sie sich auf die Treppe und senkte den Kopf auf die Knie. Seit ich in dieses Leben kam, bin ich stets am Rande eines Abgrunds gewandelt, dachte sie; in der Tat war sie beständig von allen Seiten durch Gefahren, Verdächtigungen, Haß und geile Gelüste bedroht worden.

Wenigstens jedoch hatte man sie bisher direkt bedroht, so daß sie in der Lage gewesen war, auf irgendeine Weise etwas dagegen zu unternehmen. Jetzt indessen sah sie Sandro, dessen Vater und sich selbst einer Intrige gegenüber, einer Verschwörung ungeheuren Ausmaßes, und Adrienne hatte nicht die geringste Idee, was sie tun konnte.

Als die Erkenntnis sie traf, hob sie unvermittelt den Kopf. Wie hatte sie nur so unglaublich dumm sein können? Sie schlug sich beide Hände vor die Stirn. Weil sie so müde war, weil es ein wenig anders lief, als sie es erwartet hatte, war ihr entgangen, daß die Maschinerie zu Sandros Untergang schon in Gang gesetzt worden war.

Tapfer rang sie den ersten Anfall von Panik nieder. Ich habe die Sache nicht begonnen, um mich jetzt schlagen zu lassen, sagte sie sich nachdrücklich. Irgendwie werde ich es mit Sicherheit schaffen.

Und wie, bitte? fragte eine spöttische innere Stimme. Adrienne war schließlich ganz allein auf sich gestellt. Sie hatte keine Freunde, keine Bekannten und keine Bediensteten, auf die sie sich verlassen konnte – mit Ausnahme eines russischen Sklavenmädchens und eines Zwergs. Ihrem Schwiegervater hätte sie vertrauen können, doch einem sterbenden Mann durfte man nichts aufbürden.

Warum eigentlich nicht? überlegte sie. Sie hatte doch diese merkwürdige Sehnsucht in seinen Augen gesehen. Möglicherweise befreite es ihn ja, diese Bürde zum Besten seines Sohnes, den er nie genug geliebt hatte, mit ihr zu teilen.

Adrienne sprang auf. Daß ihr dabei wieder schwindelig wurde, nahm sie nicht zur Kenntnis. Sie faßte Darias Arm und zog sie zu sich heran.

»Suche Gianni«, flüsterte sie dicht am Ohr der jungen Frau. »Bringe ihn in das Gemach des Herzogs.«

Daria starrte ihre Herrin an. Die erschöpfte, mutlose Frau von eben noch war verschwunden, und an ihrer Stelle befand sich ein Racheengel, dessen Augen Feuer sprühten.

Adrienne packte Daria an den Schultern und stieß sie nicht allzu unsanft vorwärts. »Geh jetzt und beeile dich!«

Die Energie, die seine Herrin ausstrahlte, übertrug sich auf das Sklavenmädchen. Daria drehte sich um, raffte den Rock ihrer Tunika und flog förmlich die Treppe hinauf.

Wenige Minuten später schickte Adrienne jedermann aus

dem Gemach des Herzogs hinaus und verriegelte die Tür hinter Daria und Gianni. Falls sie jetzt irgendwelche Bedenken oder Zweifel hegte, so ließ sie sich nichts anmerken. Sie trat an das Krankenbett.

»Altezza.«

Francesco hörte der leisen Stimme die Dringlichkeit an. Er wußte sofort, daß irgend etwas nicht stimmte, und öffnete die Augen.

Als Adrienne sah, daß sein Blick klar und zumindest im Moment nicht von Schmerzen gepeinigt war, atmete sie erleichtert auf.

»Was liegt an?«

»Vergebt mir, daß ich Eure Durchlaucht störe. Etwas Schreckliches und Gefährliches geht vor sich, und ich benötige Euren Rat. Die einzigen Personen, auf die ich mich verlassen kann, sind Daria und Gianni.« Sie deutete auf die beiden Bediensteten, die zu Füßen ihrer Herrin ihre übliche Stellung eingenommen hatten: Daria kniete, und Gianni saß im Schneidersitz auf dem Boden.

»Also was liegt an?« wiederholte der Herzog, und seiner Stimme war jetzt die Autorität anzuhören.

»Ich habe drei Sendboten zu Alessandro geschickt und ihn gebeten heimzukommen. Vor wenigen Minuten habe ich erfahren, weshalb er es nicht getan hat.« Adrienne holte tief Luft, und dann gab sie kurz und bündig wieder, was ihr der Bote erzählt hatte.

»Jedem meiner drei Sendboten wurde aufgelauert. Das bedeutet, daß es in diesem Palazzo jemanden gibt, der gegen das Haus Montefiore konspiriert, oder der diejenigen informiert, die an der Verschwörung beteiligt sind.« Sie schluckte, bevor sie weitersprach. »Falls Ihr sterben solltet, während sich Alessandro noch in Rom befindet, wäre es für die interessierten Personen sehr einfach, die Staatsmacht an sich zu reißen.« In ihrem Eifer beugte sie sich nach vorn. »Wenn ich die Sache richtig sehe, dürfte es sich der Logik zufolge bei diesen Personen um meine Brüder handeln.«

»Ihr bezichtigt Euer eigen Fleisch und Blut?«

»Sie sind meine Brüder, doch ich mache mir keine Illusionen darüber, wozu sie imstande sind.« Als Adrienne das aussprach, wurde ihr das Herz schwer. Sie schüttelte rasch den Kopf, um dieses Gefühl zu vertreiben. »Im übrigen habe ich es Euer Durchlaucht schon einmal gesagt: Ich bin nicht Isabella Gennaro.« Stolz hob sie das Kinn, doch dieser Stolz rührte nicht von Arroganz her, sondern von der Liebe. »Ich bin Isabella di Montefiore.«

Der Herzog nickte in stummer Zustimmung. »Und falls es so ist, wie Ihr sagtet? Wie meint Ihr, Eure Brüder aufhalten zu können?«

»Da es offensichtlich niemanden gibt, den ich nach Rom schicken könnte, werde ich selbst dorthin reiten.«

»Seid Ihr des Wahnsinns?« Der Herzog richtete sich mühsam in den Kissen auf.

In einer beruhigenden Geste streckte Adrienne ihm die Hand entgegen. »Das ist die einzige Möglichkeit. Daria oder Gianni kann ich nicht entsenden, und allen anderen kann ich nicht vertrauen.«

Sie machte eine kleine Pause. »Außerdem glaubt mir Sandro dann möglicherweise. Vielleicht glaubt er dann an mich.« Sie faßte Francescos Hände. »Es ist nicht nötig, daß man von meiner Abreise erfährt. Gibt es jemanden, der kommen und Durchlaucht betreuen kann? Jemanden, der genug Autorität besitzt, alle Leute bis auf die wirklich wichtigen von Euch fernzuhalten und den Eindruck zu erwecken, als wäre ich nicht fort, sondern befände mich irgendwo in einem Eurer Gemächer?« Sie fühlte die Panik in sich aufsteigen und hob die Stimme. »Niemand darf erfahren, daß ich fort bin! Niemand!«

»Das ist vollkommen ausgeschlossen.« Der Herzog stieß ihre Hände fort. »Habt Ihr eine Vorstellung davon, wie gefährlich die Straßen sind? Wißt Ihr, was mit Euch geschehen wird, falls irgendein Brigant merkt, daß Ihr eine Frau seid? Nein, wir werden jemanden mit dieser Mission betrauen.«

Noch während des Sprechens kamen den Herzog Zweifel an. Wem vermochte er denn wirklich zu vertrauen? Seinen Ratgebern? Seinen Sekretären? Seinen Beamten? Irgendwelchen namenlosen Dienstboten?

Nein, beantwortete er sich seine eigene Frage. Es war ein jämmerliches Eingeständnis, das er nach mehr als dreißig Jahren strenger, wenngleich gerechter Herrschaft vor sich selbst ablegen mußte, doch jetzt in der Stunde der Wahrheit wurde ihm klar, daß es in seinem Gefolge keinen einzigen Menschen gab, dessen Loyalität, dessen Herzen er vorbehaltlos zu vertrauen vermochte.

Falls die Gennaros tatsächlich planten, die Macht an sich zu reißen, hatten sie wahrscheinlich inzwischen bereits seinen gesamten Hofstaat sowie jeden einzelnen seiner Untertanen bestochen. Francesco hatte in seinem Leben schon genug gesehen, um zu wissen, daß jeder Mensch seinen Preis hatte. Es war nicht immer ein Preis, der sich mit barer Münze bezahlen ließ, doch es war ein Preis.

»Bitte, Durchlaucht!« Adrienne holte tief Luft. »Ich bin schwanger. Ich will nicht, daß mein Kind ohne ein Heim und womöglich ohne einen Vater aufwächst.«

Die Finger des Herzogs verkrampften sich in den Bettüchern. »Wie könnt Ihr einen Ritt nach Rom auch nur in Erwägung ziehen, wenn Ihr schwanger seid?«

»Habt Ihr jemanden, dem Ihr vertrauen könnt?« fragte sie leise. »Jemanden, dessen Ihr Euch absolut sicher sein könnt?« Möglicherweise ist er sich selbst meiner nicht absolut sicher, schoß es ihr durch den Kopf. »Es ist unsere letzte Gelegenheit.« Adrienne blickte ihrem Schwiegervater fest in die Augen und spielte ihre letzte Karte aus »Was würde Eurer Meinung nach mit einem Kind – insbesondere einem männlichen Kind – des Hauses Montefiore geschehen, wenn die Gennaros die Herrscher Sienas wären?«

Der Herzog sank in die Kissen zurück. Seine körperlichen Schmerzen und seine Seelenqual spiegelten sich in seinem ausgezehrten Gesicht.

»Nein, ich kann das nicht zulassen. Ungeachtet des Ergebnisses kann ich es nicht erlauben.«

Adrienne ergriff aufs neue seine Hände. »Durchlaucht . . .« Sie schwieg sofort, als sie fühlte, wie sich seine Finger verkrampften, weil ein weiterer Schmerzanfall über ihn kam.

»Nein«, flüsterte er, als der größte Schmerz nachgelassen hatte. »Ich muß Euch beschützen, Isabella, Euch und Euer Kind. Ich habe Alessandro nie geben können, was er von mir brauchte, doch dies hier kann ich ihm geben.«

Als er die Augen wieder öffnete, waren sie klar und wach. »Schickt zu dem Orden der Dominikaner und bittet Bruder Bernardo zu kommen. Bevor er das Gelübde ablegte, waren wir beide wie Brüder. Er wird mir diesen letzten Dienst nicht verweigern.«

Eine Stunde später stand der Mönch in dem luxuriös ausgestatteten Gemach des Herzogs. Die Hände in den weiten Ärmeln seiner groben schwarzen Kutte verborgen, hörte er sich die Bitte seines alten Freundes an. Sein Gesicht war hager und faltig von dreißig Jahren asketischen Lebens, und er besaß die glühenden Augen eines Mannes, der bereit war, für seinen Glauben alles zu erleiden.

»Du bist der einzige, dem ich vertrauen kann.« Erschöpft sank der Herzog in seine Kissen zurück. »Willst du das für mich tun?«

Bruder Bernardo nickte. »Ich muß erst bei meinem Abt um Genehmigung nachsuchen, doch da ich noch nie um etwas gebeten habe, besteht kein Grund, weshalb er sie mir nicht erteilen sollte.«

Da Adrienne spürte, daß die beiden Männer noch ein paar private Worte wechseln wollten, ließ sie sie allein. Obwohl sie einerseits darüber erleichtert war, daß ihr und ihrem ungeborenen Kind die Strapazen und Gefahren der Reise erspart blieben, rebellierte sie gegen die erzwungene Tatenlosigkeit und dagegen, daß ihr nun die Gelegenheit entgangen war, sich Sandro gegenüber zu beweisen.

Im übrigen hegte sie gewisse Zweifel, obwohl ihr Schwiegervater dem Dominikanermönch vorbehaltlos zu vertrauen schien. Als Bruder Bernardo aus dem Krankengemach herauskam, trat sie auf ihn zu.

»Wird Euer Abt nicht wissen wollen, weshalb Ihr das Kloster verlassen möchtet?«

»Er dürfte es als seine Pflicht ansehen, mich danach zu befragen.«

»Und werdet Ihr ihm die Wahrheit sagen?«

Der Mönch steckte seine Hände wieder in die Ärmel. »Erwarten Madonna von mir, daß ich einen Mann der Kirche belüge?«

Adrienne rang die Hände. »Heutzutage ist die Kirche die Verbündete eines Borgia-Papstes.«

Das Gesicht des Mönches blieb ausdruckslos, doch Adrienne bemerkte ein winziges, mißbilligendes Flackern in seinen Augen. Sie folgte ihrem Instinkt und beschloß, dem Mann zu vertrauen. »Meine Brüder werden ein Abkommen mit Borgia treffen, wenn sie das nicht bereits getan haben.«

»Madonna können beruhigt sein. Niemand wird meinen Bestimmungsort erfahren.«

Adrienne reichte ihm einen Beutel mit einem kleinen Vermögen in Goldmünzen hin, doch er hob abwehrend die Hände. Dennoch drängte sie ihm das Gold auf. »Ihr werdet Euch ein gutes Pferd kaufen müssen, unsere Ställe werden wahrscheinlich überwacht«, erklärte sie rasch. »Und ich flehe Euch an, Vater, wechselt die Pferde, wo immer Ihr ein frisches erhalten könnt. Die Kosten spielen keine Rolle.«

Der Mönch ließ den Beutel in eine der tiefen Taschen seiner Kutte gleiten und wandte sich zum Gehen. Er hatte fast schon die Tür erreicht, als Adrienne ihm nachlief und ihn beim Ärmel festhielt.

»Sagt meinem Gemahl...« Sie sprach die Worte der Liebe nicht aus, die sich ihr auf die Lippen drängten. »Sagt ihm, daß ich für seine schnelle und sichere Heimreise bete.«

Bruder Bernardos strenge Züge wurden weicher, und er

nickte. Seine Sandalen verursachten kein Geräusch auf den steinernen Bodenfliesen, als er zur Tür hinausschlüpfte.

21. KAPITEL

Cesare Borgias Augen blieben vollkommen ausdruckslos, als er Piero Gennaro über die zusammengelegten Fingerspitzen hinweg anschaute. Minutenlang hatte er Gennaros etwas verworrenen, weitschweifigen Ausführungen über die unvorteilhaften Bedingungen in Siena zugehört.

Er hatte sehr wohl erkannt, daß das Ganze darauf abzielte, ihn, Borgia, zu irgendeinem Kommentar oder einem Vorschlag zu provozieren. Nun besaß er freilich ein ganz besonderes Geschick darin, anderen Personen sehr präzise und in den meisten Fällen sogar belastende Informationen zu entlocken, während er selbst nichts preisgab.

»Was wollt Ihr nun eigentlich von mir?« erkundigte er sich, und seiner Stimme war das nur recht mäßige Interesse anzuhören.

Piero Gennaro fühlte, wie ihm der Schweiß den Rücken hinunterrann, und er mußte sich sehr beherrschen, um sich nicht in dem massiven geschnitzten Sessel herumzuwinden, den Borgia ihm angeboten hatte. »Herzog Francesco di Montefiore liegt im Sterben.«

»Das sagtet Ihr bereits.«

Bei dieser knappen Mahnung, die ihn daran erinnerte, daß er sich wiederholte, kam sich Piero wie ein Narr vor.

»Sein Tod könnte es ermöglichen, die unvorteilhaften Auswirkungen der Montefiore-Herrschaft auf meine geliebte Stadt umzukehren.«

Borgia äußerte etwas, das sich wie ein nichtssagendes »Hmm« anhörte, und forderte Gennaro dann mit einer Handbewegung auf, mit seinen Ausführungen fortzufahren.

Piero schluckte unwillkürlich, obwohl sich sein Mund trocken anfühlte. »Es ist die Meinung vieler Menschen, daß es Personen gibt, die Siena besser regieren könnten als der Erbe des Hauses Montefiore.«

»Das ist sehr interessant, Don Piero, und ich fühle mich geehrt, daß Ihr die Reise nach Rom auf Euch genommen habt, um Eure Sorge mit mir zu teilen.« Er gestikulierte kurz mit seinen schmalen Händen, bevor er sie wieder aufstellte und aneinanderlegte. »Doch gibt es nun noch etwas Besonderes, das Ihr mir mitteilen wolltet?«

Heimlich wischte sich Piero die schweißigen Hände an den Oberschenkeln ab und wünschte, er würde es wagen, den Blick von den unergründlichen, ausdruckslosen Augen seines Gegenübers zu wenden, die sein Denkvermögen zu lähmen schienen. Verdammt, weshalb sagt Borgia denn nichts? fragte er sich. Er merkte, daß ihm nichts weiter übrigblieb, als alle seine Karten auf den Tisch zu legen.

»Wie Don Cesare sicherlich wissen, gab es einmal eine Zeit, in der die Gennaros die Herrscher über Siena waren. Die Montefiores sind nichts weiter als Usurpatoren.« Mit einer verächtlichen Handbewegung unterstrich er diese Bemerkung. »Sie sind Emporkömmlinge, die sich ihre Titel entweder durch Mord oder durch Geld beschafft haben.«

Piero verschluckte sich beinahe an seinen letzten Worten. Er erkannte, daß man so etwas vielleicht besser nicht zu jemandem sagen sollte, dessen Familie durch eben diese Mittel innerhalb einer einzigen Generation aus dem Nichts zu der höchsten Macht aufgestiegen war.

»Es gibt viele Menschen in Siena, die es begrüßen würden, wenn das Haus Gennaro an die Macht zurückkehren würde.« Das war zwar eine Lüge, doch vielleicht konnte er damit von seinem Schnitzer ablenken. »Und mein Bruder sowie ich sind bereit, diese Macht gerecht und zum Nutzen aller auszuüben«, schloß er unerschrocken.

»Das ist sehr anerkennenswert, doch ich wiederhole die Frage, die ich Euch schon mehrmals gestellt habe: Was genau wollt Ihr von mir?«

War das etwa eine Spur Ungehaltenheit, die sich aus Borgias weicher Stimme heraushören ließ? Piero erbleichte. Er mußte sich eingestehen, daß er keine andere Wahl hatte, als klare und deutliche Worte zu verwenden.

»Falls sich meine Familie gegen Alessandro di Montefiores Nachfolge stark macht, dürfte es einen Bürgerkrieg geben. Ich habe kein Interesse daran, über einen ruinierten Stadtstaat zu herrschen, und...« Er machte eine kleine Pause. »... es kann auch nicht in Don Cesares Interesse oder in dem Seiner Heiligkeit beziehungsweise des Papsttums liegen, Siena verarmen zu lassen.« Piero senkte die Stimme. »Möglicherweise liegt es auch nicht in Don Cesares ganz persönlichem Interesse, wenn Alessandro di Montefiore Herrscher von Siena wird.«

»Ach nein? Alessandro ist ein hervorragender Feldherr, der mir gut gedient hat und zweifelsohne auch weiterhin gut dienen wird, ob er nun der Sohn des Herrschers über Siena oder selbst der Herrscher ist.«

Piero sah seinen Mut schwinden. Möglicherweise war es doch kein so guter Einfall gewesen, daß er sich mit dieser Angelegenheit an Borgia gewandt hatte. Vielleicht hätte er besser daran getan, einen einfachen Meuchelmörder, der keine Fragen stellte, anzuheuern oder ein zuverlässig wirkendes Gift von einem Alchimisten zu kaufen.

Doch dann mahnte er sich, daß er sich Alessandros auf saubere Weise entledigen mußte. Er wollte nicht, daß Blut an seinen Händen klebte. Wenn er erst einmal Herrscher über Siena war, sollten ihn keine Gerüchte verfolgen, die behaupteten, der Tod seines Schwagers sei sein Werk gewesen.

»Wenn ... falls er der Herrscher von Siena wird, dürfte seine Macht unvergleichlich größer sein, als sie es jetzt ist.« Piero entspannte sich ein wenig, denn jetzt wollte er sein überzeugendstes Argument vorbringen. »Und es wäre schließlich nicht das erstemal, daß sich ein mächtiger Heerführer gegen seinen Dienstherren wendet.«

Ein kurzes Flackern in Borgias Augen war das einzige

Zeichen dafür, daß er hiermit wohl einen wunden Punkt berührt hatte; Piero gestattete sich, erleichtert aufzuatmen und ein wenig zu lächeln.

»Selbst in dem höchst unwahrscheinlichen Fall, daß Eure Theorie zutrifft, Don Piero, würde es mir nicht zum Vorteil gereichen, wenn ich mich meines tüchtigsten Heerführers zu einer Zeit beraube, in der ich meinen nächsten Feldzug plane.« Er ließ die Hände sinken, nahm ein juwelenbesetztes Federmesser auf und begann damit zu spielen. »Oder besitzt Ihr möglicherweise einen Beweis für Eure Theorie?«

»Mein Beweis ist die Tatsache, daß ich Alessandro di Montefiore kenne«, erklärte Piero ebenso zuversichtlich wie verlogen und durchtrieben. »Ich kenne ihn mein und sein ganzes Leben lang. Und letzten Endes ist er mit meiner Schwester verheiratet.«

»Eure Schwester, ah ja.« Borgia lächelte schwach. »Isabella la bella. Da Ihr nun Alessandros Ableben so sorgfältig plant, gehe ich doch recht in der Annahme, daß Ihr auch schon Pläne für ihre Wiederverheiratung...« Er wandte den Blick von dem Federmesser, mit dem er noch immer spielte, und sah Piero ins Gesicht. »... oder für sonst etwas habt«, beendete er seinen angefangenen Satz. Dabei ging es ihm durch den Sinn, daß es an der Zeit war, daß er über das Ableben seines eigenen Schwagers und an die Wiederverheiratung seiner Schwester Lucrezia nachdachte.

Piero schüttelte den Kopf. »Bis jetzt noch nicht. Ich hielt es für richtiger, abzuwarten und zu sehen, ob mir irgendwelche annehmbaren Angebote gemacht werden.«

»Es ist in der Tat ein Jammer, daß ich in Frankreich bereits eine Gemahlin habe, Don Piero«, meinte Borgia. »Anderenfalls wäre ich möglicherweise versucht gewesen.«

»Wir beide sind doch Männer von Welt, Don Cesare.« Er hat angebissen! Bei Gott, Borgia hat tatsächlich angebissen! Piero mußte sich sehr beherrschen, um nicht in erleichtertes Gelächter auszubrechen. »Und wir wissen, daß die Ehe – selbst wenn es sich um eine hochgeborene Dame handelt – nicht immer der vorteilhafteste Weg ist.«

»Also hatte ich am Ende doch recht. Ihr seid tatsächlich der Zuhälter für Eure Schwester.« Borgia warf das Federmesser aus der Hand, ging zu einem Tisch und schenkte sich ein Glas Wein ein.

»Ich erlaube mir, Euch zu widersprechen, Don Cesare.« Piero gab sich große Mühe, die in ihm aufsteigende Wut nicht ausbrechen zu lassen. Er hielt sich vor, daß die Frau, von der Borgia sprach, eine Hexe war, die man auf irgendeine Weise in seine geliebte Bella versetzt hatte. Die Tatsache, daß er nicht gezögert hätte, auch diese Bella an den Höchstbietenden zu verkaufen, übersah er großzügig.

»Wer immer Montefiores Nachfolger im Bett meiner Schwester ist, dürfte es nicht leicht haben. Sie ist nämlich ganz vernarrt in ihren Alessandro.«

Borgia trank, stellte das Glas ab und schlenderte zu seinem Schreibtisch zurück. Er beugte sich vor und schlug die flachen Hände so unvermittelt auf das polierte Holz, daß Gennaro in seinem Sessel zurückzuckte, als wäre er geohrfeigt worden.

»Was wollt Ihr von mir?« Seine Stimme klang jetzt trügerisch leise.

»Es ... es würde für Don Cesare einfach sein, Montefiore ... auszuschalten«, stammelte Piero.

»Verwechselt Ihr mich vielleicht mit einem Bravo?«

»Nein! Nein, natürlich nicht.« Piero brach der Angstschweiß aus. »Don Cesare besitzen ... Möglichkeiten, von denen ich nur träumen kann.«

Borgia richtete sich wieder auf. Was für ein jämmerliches Exemplar von einem Mann! dachte er verächtlich. Er ging zum Fenster und blickte auf den Palasthof hinaus, wo sich gerade der Wachwechsel der päpstlichen Garde abspielte. Die gelbschwarzen Uniformen der Männer hoben sich strahlend gegen den hellen Marmor des Gebäudes ab.

Während sein Geist unausgesetzt arbeitete und einen Gedanken nach dem anderen entwickelte, schob Cesare unbewußt die Hand unter sein schulterlanges kastanienbraunes Haar und strich mit den Fingern über den harten Rand eines fast verheilten Geschwürs an seinem Nacken. Er hatte es gelernt, mit der Franzosenkrankheit zu leben, die ein Andenken an seinen Aufenthalt in Neapel vor drei Jahren war.

Ich werde Alessandro zum Herzog von Siena krönen lassen, nahm er sich vor. Dann würde der armselige Wurm, der jetzt hinter ihm schwitzte, noch ein wenig mehr schwitzen. Und danach wollte Cesare Montefiores militärisches Geschick sowie seine Soldaten dazu einsetzen, sein, Borgias, nächstes Opfer zu belagern.

Nachdem das getan war, würde er Montefiores Lanzenkämpfer und die Artillerie konfiszieren und sich dann des Mannes entledigen. Und zum Schluß... Er lächelte. Zum Schluß wollte er mit Isabella ein wenig Katz und Maus spielen, und wenn er mit ihr fertig war, würde ihre Überheblichkeit eine Sache der Vergangenheit sein.

In aller Ruhe wollte er dann Siena seine Aufmerksamkeit widmen. Er bezweifelte nicht, daß es ihm aus den schwachen Händen der Gennaros wie eine reife Frucht in den Schoß fallen würde. Der Stadtstaat würde eine fette Beute darstellen und ein Juwel seiner Besitztümer sein.

Dieser Gedankengang erregte Cesare. Macht war das beste Aphrodisiakum, besser als jede Frau, besser sogar als die entzückende, hochmütige Isabella.

Cesare Borgia drehte sich um und erteilte Piero Gennaro schroff seine Instruktionen.

Finster gestimmt bewegte sich Sandro durch die luxuriösen Räume, die Cesare Borgia ihm zur Verfügung gestellt hatte. Der Einzug in die Stadt mit der Parade der Soldaten und der Gefangenen lag sechs Wochen zurück. Die Pläne für Borgias nächsten Feldzug waren ausgiebig besprochen worden und standen jetzt fest.

Sandro hatte sich aller seiner Pflichten entledigt und wußte genau, daß er eigentlich schon vor Wochen nach Siena hätte zurückkehren können. Statt dessen hielt er sich noch immer in Rom auf, nahm an den Vergnügungen und Festen teil, die sich gegenseitig an Extravaganzen, Exzessen und Liederlichkeit überboten, und die ihm zutiefst zuwider waren.

Wenn er sich die Wahrheit eingestehen sollte, so befand er sich einfach nur deswegen noch in der Stadt, weil er nicht heimkehren mochte, denn zu sehr schämte er sich dessen, was er getan hatte. Er schämte sich zu sehr, um Isabella ins Gesicht zu sehen.

Sandro rieb sich die Augen mit den Handballen. Ihm wurde noch jetzt übel, wenn er daran dachte, wie grob er sie angefaßt und dabei ihre zarte Haut gezeichnet hatte. Er hatte tatsächlich kurz davor gestanden, sie zu vergewaltigen! Er schob die Finger in sein langes Haar und zerrte heftig daran, als könnte er mit diesem kleinen Schmerz sein schändliches Verhalten auch nur andeutungsweise sühnen.

Und was hatte Isabella getan? Sie hatte ihm die Hand entgegengestreckt und ihm alles freiwillig geschenkt. Und er hatte es genommen. Er hatte alles genommen, was sie ihm geboten hatte, weil sein Verlangen so groß gewesen war, daß er darauf ebensowenig zu verzichten vermochte, wie er aufs Atmen hätte verzichten können.

Als jedoch der neue Tag anbrach, war ihm die Ungeheuerlichkeit seiner Tat derartig stark bewußt geworden, daß er wie der niedrigste Feigling die Flucht ergriffen hatte; er hatte nicht einmal den Gedanken daran ertragen, Isabella in die Augen zu blicken.

Und jetzt lähmte ihn zum erstenmal in seinem Leben die Angst vor etwas ihm Bevorstehenden. Mit jedem Tag wurde die Scham und die Angst größer und immer größer.

Als ein Diener hereinkam, um ihm zu sagen, daß ein Dominikanermönch dringend um eine Audienz nachsuchte, schaute Sandro nicht einmal hoch.

»Später«, knurrte er, doch dann hob er den Kopf, denn er fühlte ein wohlbekanntes Kribbeln im Nacken, jenes Kribbeln, das ihm schon mehr als einmal in einer Schlacht das Leben gerettet hatte. »Warte!«

Der Diener, der die Hand schon an die kunstvoll verzierte Türklinke gelegt hatte, blieb stehen.

»Führe ihn herein!«

Wenige Minuten später taumelte Bruder Bernardo in den Raum. Sein faltiges Gesicht war grau vor Erschöpfung. Der Schmutz und der Staub der Reise bedeckten seine schwarze Kutte.

»Ich bringe Euch eine dringende Nachricht von dem Herzog, dem Vater Eurer Exzellenz.«

Stirnrunzelnd bat Sandro den Dominikaner, Platz zu nehmen, und schenkte ihm einen Becher Wein ein.

Mit leiser, stockender Stimme, die zeigte, wie nahe er vor dem erschöpften Zusammenbruch stand, wiederholte der alte Mönch, was man ihm gesagt hatte.

Sandro saß auf der Tischkante und hörte zu. Sein Vater lag im Sterben. Irgend etwas regte sich in ihm – Betroffenheit, Bedauern über verlorene Gelegenheiten, doch keine wirkliche Trauer. Er hatte sich selbst zu gut darin geschult, sich nicht um die Gleichgültigkeit seines Vaters zu kümmern, um jetzt Trauer zu empfinden.

»Ihr sagtet, die Gennaros hätten die anderen Sendboten überfallen?«

»Das ist das, was Donna Isabella glaubt.«

War dies vielleicht irgendeine ausgeklügelte List? Zweifel und Verdacht erwachten sofort und quälten ihn, doch er schob sie beiseite. »Woher soll ich wissen, daß Ihr tatsächlich von meinem Vater ausgeschickt wurdet?« fragte er.

»Vergebt mir.« Der Mönch schüttelte den Kopf. »Das Alter und die Müdigkeit müssen mein Gehirn erweicht haben.« Er griff in das Hemd, das er unter der Kutte trug, und zog sich ein Lederband über den Kopf. Dann zeigte er seine ausgestreckte Hand her und wies den großen Siegelring des Herzogs von Siena vor.

Sofort sprang Sandro von der Tischkante auf und brüllte nach seinen Bediensteten.

»Bereitet Euch auf die Rückreise nach Siena vor und sattelt mir mein Pferd. Sagt Don Michele, daß wir in einer Stunde reiten.«

Er drehte sich zu dem Mönch um. »Ihr werdet Euch jetzt ausruhen, Pater, und dann nach Siena zurückkehren, wann immer es Euch beliebt.«

Bruder Bernardo schüttelte den Kopf. »Wenn es Eurer Exzellenz recht ist, werde ich ebenfalls sofort wieder abreisen. Ich möchte mich nur ungern in einem Vatikan zur Ruhe betten, der von einem Borgia regiert wird.«

Sandro, der den Raum schon halb verlassen hatte, nickte.

»Exzellenz?«

»Ja?« Er drehte sich noch einmal um, und die Ungeduld war seiner Stimme anzuhören.

»Donna Isabella hat mir ebenfalls eine Nachricht aufgetragen.«

»Ja?« Jeder Muskel, jeder Nerv in Sandros Körper war erwartungsvoll gespannt.

»Sie bat mich, Euer Exzellenz eine schnelle und sichere Heimreise zu wünschen.«

Sandro spürte, wie sich seine Kehle vor Enttäuschung zuschnürte. Er wußte, daß er es nicht verdiente, doch er hätte alles dafür gegeben, jetzt ein Wort des Verzeihens und der Liebe zu hören.

Bruder Bernardo erkannte den Schmerz in Alessandros Augen, wie er auch die unausgesprochene Liebe in dem blassen, abgespannten Gesicht von dessen Gemahlin erkannt hatte. Der alte Mönch hätte jetzt etwas sagen können, doch er wußte, daß dies etwas war, das die beiden jungen Leute allein miteinander klären mußten.

»Ich werde umgehend abreisen, Pater.«

»Wird Borgia denn Eure Exzellenz so ohne weiteres ziehen lassen?«

Schwungvoll warf Sandro den Kopf zurück und schüttelte dabei sein Haar über die Schultern. »Ich habe nicht vor, ihn um Erlaubnis zu bitten.«

22. KAPITEL

Das Roß war schweißbedeckt und hatte Schaum vor dem Maul. Noch ehe es ganz zum Stehen gekommen war, sprang Sandro schon aus dem Sattel. Er hatte Michele und die beiden Bewaffneten, die ihn begleiteten, bereits vor Stunden hinter sich zurückgelassen und war allein vorausgaloppiert.

Den Dienern, die auf ihn zueilten, winkte er ab. Er nahm immer zwei Stufen auf einmal und warf während des Gehens seine Handschuhe, sein Federbarett und seinen schlammbedeckten Umhang von sich.

Der Ritt von Rom war höllisch gewesen; unerwartete Regengüsse waren vom Meer her herangetrieben und hatten die Straßen in Moraste verwandelt. Jetzt war sein Körper so nahe an der totalen Erschöpfung, daß Sandro sich über seine eigenen Emotionen keine Gedanken mehr zu machen vermochte; die körperliche Übermüdung hatte ihn betäubt und ihn jeden Gedankens, jeden Gefühls beraubt mit Ausnahme des Sinns für die Dringlichkeit dieser überstürzten Reise, und das allein hielt ihn noch auf den Beinen.

Als er in die Räume seines Vaters stürzte, gab es einige Bewegung unter den Höflingen, die dort trotz der frühen Stunde in kleinen Gruppen beieinanderstanden. Manche starrten ihn nur an, andere redeten, wieder andere kamen auf ihn zu.

Sandro ignorierte sie alle und eilte weiter durch die Folge von Räumen. Als er die Tür zum Vorraum aufriß, gingen die Wachleute in Stellung und überkreuzten ihre Lanzen vor der Tür des Schlafgemachs.

Sobald die Männer sahen, wen sie vor sich hatten, traten sie schnell zur Seite und ließen ihn passieren. Einer der Wächter sagte etwas zu ihm, während Sandro die schwere Messingklinke hinunterdrückte und dann feststellte, daß die Tür verschlossen war.

»Was, zum Teufel...« Er fuhr wieder zu den Wachen herum.

»Donna Isabella pflegt die Tür stets von innen abzuschließen, Eure Exzellenz.«

Als Sandro den Namen seiner Gemahlin vernahm und Sekunden später hörte, wie sich ein Schlüssel im Schloß drehte, erstarrte er. Eine Angst, wie er sie noch niemals zuvor, auch nicht in einer Schlacht oder einem Gefecht, gefühlt hatte, ließ sein Blut zu Eis gefrieren. Er nahm all seinen Mut zusammen und wandte sich langsam um.

Hufschläge von über den Campo galoppierenden Pferden hatten Adrienne aus einem unruhigen Schlaf geschreckt. Innerhalb von Sekunden war sie aus ihrem Sessel gesprungen und zum Fenster gelaufen, doch alles, was sie dort unten sah, war der leere, regennasse Campo im Morgengrauen.

Ruhelos, wie sie jetzt war, kehrte sie nicht wieder zu ihrem Sessel zurück, sondern begann, im Gemach hin und her zu gehen. Sie war jenseits aller Müdigkeit, ihr schmerzten sämtliche Muskeln, und sogar die Knochen schienen ihr weh zu tun. Dennoch war der Schmerz etwas weit Entferntes, Unbestimmtes, als gehörte er zu jemand anderem.

Am Bett des Herzogs blieb sie stehen. Da sie nicht mehr in der Lage war, ihn so entsetzlich leiden zu sehen, hatte sie ihn angefleht zu erlauben, daß sie ihm das Betäubungsmittel eingab, das sie beschafft hatte. Er hatte schließlich zugestimmt; jetzt lag er still da und schwankte seit drei Tagen zwischen Wachen und Bewußtlosigkeit. Adrienne wußte, daß Francesco di Montefiore wartete. Zäh hielt er sich an seinem letzten Lebensfaden fest, bis sein Sohn kommen würde.

Plötzlich drangen die Geräusche aus dem Vorraum in ihr Bewußtsein. Sie hörte, wie eine Tür aufgestoßen wurde und von der Wand zurückprallte. Sie hörte die Lanzen der Wachleute klirren. Um Himmels willen, dachte sie, ist etwa Piero schon gekommen? Hatten ihre Brüder auf irgendeine Weise von der Mission des Mönches erfahren und daraufhin beschlossen, den Tod des Herzogs zu beschleunigen?

Dann hörte sie die Stimmen. Durch die massive Eichentür klangen sie nur gedämpft, und die Worte waren überhaupt nicht zu verstehen, doch Adrienne wußte ohne jeden Zweifel, daß Sandro endlich, endlich heimgekommen war.

Mit pochendem Herzen lief sie durch das Gemach. Ohne zu zögern, drehte sie den Schlüssel im Schloß herum und riß die Tür auf.

Lange Sekunden existierte die Welt ringsum für die beiden nicht mehr. Vollkommen regungslos standen sie einander gegenüber, und ihre Augen waren der Spiegel ihrer Seele.

So lange habe ich auf diesen Moment gewartet, dachte Adrienne. Sie wollte sich in seine Arme stürzen, doch sie zauderte, weil sie nicht wußte, wie er – und sie – darauf reagieren würden.

Sie ist ja so blaß und zerbrechlich, dachte Sandro; ihre Augen blicken so gequält und so sorgenvoll. Wieviel ihres Kummers geht zu meinen Lasten? fragte er sich. Die Tiefe und die Reinheit der Empfindungen, die jetzt auf ihn einstürmten, brachten ihn beinahe aus dem Gleichgewicht. Er hob eine Hand zu dem Gesicht seiner Gemahlin. Halb und halb erwartete er, daß Isabella seiner Berührung ausweichen würde, doch das tat sie nicht. Dankbar und voller Hoffnung strich er mit den Fingerspitzen über ihre Wange.

»Wie geht es Euch, Isabella?«

»Danke, gut.« Sie legte ihre Hand an seine Brust. »Und Euch?« Jetzt da er gesund und – zumindest für den Moment – in Sicherheit vor ihr stand, durchströmte sie eine ungeheure Erleichterung. Adrienne fühlte sein Herz stark und schnell unter ihrer Hand schlagen, und dieser Rhythmus schien wie ein Zauberelixir in sie zu fließen und ihr neue Kräfte zu verleihen.

Der Vorraum hinter Sandro füllte sich mit Höflingen, die erwarteten, daß sie nun Zeugen der Machtübertragung und des Sterbens ihres Fürsten wurden.

Adrienne blickte über Sandros Schulter und schüttelte rasch den Kopf. »Laßt die Leute noch nicht herein. Er muß Euch erst allein sehen.«

Sandro nickte. Adrienne trat zur Seite, um ihn vorbeigehen zu lassen, und schloß dann die Tür hinter ihm wieder ab. Danach wollte sie zum Krankenbett vorausgehen, doch er hielt sie mit einer leichten Berührung ihres Arms zurück.

»Wartet, Isabella. Bitte.«

Über die Schulter hinweg schaute sie erst zu Sandro, dann aufs Bett. »Das hält nur auf.«

Sandro schüttelte den Kopf, und drehte sie sanft zu sich herum. »Ich muß jetzt sprechen, solange ich noch den Mut dazu aufbringe.«

Adrienne wollte ihm sagen, daß Worte oder Entschuldigungen nicht notwendig seien. Sie wollte ihm erklären, daß sie alles verstand und daß ihr Herz so voll von Liebe für ihn war, daß Groll und Bitterkeit darin überhaupt keinen Platz mehr finden würden.

Doch dann erinnerte sie sich, wie nahe Sandro daran gewesen war, ihnen beiden etwas Kostbares, Unersetzliches zu nehmen, und deswegen schwieg sie. Er muß die Worte aussprechen, erkannte sie. Und sie mußte sie hören.

»Für das, was ich getan habe, gibt es keine Entschuldigung, Isabella.« Er blickte ihr fest in die Augen. »Es gibt Gründe, meine eigene Dummheit, meine Blindheit, mein zwanghaftes Bestreben, immer das Schlimmste zu glauben –, doch eine Entschuldigung gibt es nicht.«

Sandro sprach nicht weiter. Er hätte seine Gattin so gern berührt, doch damit würde er es sich zu einfach machen. Also bewegte er die Hände nicht.

»Trotz allem, was ich jedesmal sah, wenn Ihr mich anschautet, trotz allem, was ich jedesmal empfand, wenn Ihr mich berührtet, konnte ich mich nicht dazu bringen zu glauben, daß Ihr frei von Lügen seid und daß Ihr es aufrichtig meintet.«

Eigentlich hätte Adrienne ihm schon längst vergeben, doch jetzt flammte ganz unerwartet wieder der Zorn in ihr auf. »Und glaubt Ihr mir jetzt?« wollte sie wissen. »Oder werde ich Euch wieder die Zweifel und Verdächtigungen ansehen, wenn mich das nächste Mal ein Mann anschaut?« Sie holte tief Luft. »Und wie ist es mit meinen Brüdern? Werdet Ihr mich nach denselben Grundsätzen beurteilen wie meine Brüder?«

»Nein...«

Mit erhobener Hand gebot sie ihm Schweigen. »Wie war es, als Pater Bernardo zu Euch kam, Sandro? Sagt mir, daß es nicht Euer erster Gedanke war, ich hätte mich mit meinen Brüdern verschworen, um Euch zu verraten.«

Sogleich erkannte sie die Wahrheit in seinen Augen und war versucht wegzuschauen, doch das tat sie nicht.

»Ich kann Euch kein Versprechen geben, das ich möglicherweise nicht zu halten vermag, Isabella. Mit der Zeit...« Er rang die Hände, und das war eine für ihn ganz uncharakteristische Geste. »Wenn Ihr mir Zeit laßt, werde ich vielleicht einmal in der Lage sein, Euch alles zu versprechen, was Ihr verlangt.«

Zeit! Panik überfiel Adrienne. Wie konnte sie ihm Zeit lassen, wenn sie in dem ständigen Bewußtsein, der ständigen Angst lebte, schon beim nächsten Atemzug würde sie sich in einer anderen Zeit, einem anderen Körper wiederfinden?

»Weshalb seid Ihr nicht eher heimgekehrt?« Von ihren Ängsten getrieben, zog sie gegen Sandro vom Leder. »Wißt Ihr, was geschehen wäre, wenn...« Sie schlug sich die Hand vor den Mund, und die so lange unterdrückten Tränen drohten hervorzubrechen. In sechs grauenvollen Wochen hatte sie nicht geweint, doch nun, da Sandro wieder da war, verlor sie die Beherrschung, an der sie sich so verzweifelt festgehalten hatte.

»Ich schämte mich. Und ich fürchtete mich.« Er atmete erleichtert auf, als er das ausgesprochen hatte. Ihm war es, als hätte er sich von einem schwärenden Geschwür befreit. Er hob die Hände und legte sie an Isabellas Gesicht.

»Könnt Ihr das verstehen, Isabella? Ich hätte Euch beinahe vergewaltigt, um mich für eine eingebildete Untreue zu rächen, und Ihr habt das damit beantwortet, indem Ihr mir Euch und Eure Liebe schenktet.« Bei der Erinnerung an jene Situation krampfte sich ihm der Magen zusammen. Einen Moment lang schloß Sandro die Augen und erinnerte sich daran, wie sie mitten in der weißen Wolke ihres Nachtkleides dagestanden und ihm ihre Hand entgegengestreckt hatte.

»Deshalb vermochte ich Euch am nächsten Morgen nicht in die Augen zu sehen. Ich hatte davor Angst, in ihnen die Verachtung zu sehen oder, noch schlimmer, die Furcht.« Er holte tief und bebend Luft. »Während der letzten sechs Wochen war ich bestenfalls nur halb lebendig. Ich war wie gelähmt vor Scham, und ich hatte Angst, Ihr würdet mich abweisen, falls ich den Mut aufbrächte, heimzukehren.« Mit den Daumen strich er hauchleicht über ihre Wangenknochen. »Könnt Ihr mir vergeben, Isabella?«

Als sie schwieg, wurde seine Angst schier unbezähmbar. »Falls Ihr mir vergeben könnt, dann sagt es mir. Ich flehe Euch an! Ich muß die Worte aus Eurem Mund hören.«

Seine Rede hatte Adriennes Herz vom Zorn befreit, und jetzt spürte sie, wie es sich mit Liebe zu diesem schönen, gequälten Mann füllte. Diese Liebe war so groß, so rein, daß sie keinen Raum mehr ließ für Zorn, Groll und Bitterkeit. Adrienne hob die Hand zu seinem Gesicht.

»Ja, Sandro.« Sie lächelte. »Ich vergebe Euch von ganzem Herzen.« Mit einem Mal fühlte sie sich leicht, so leicht und so frei, daß sie zu schweben meinte. Ich habe ihn befreit, dachte sie. Doch auch sich selbst hatte sie befreit.

Sie richtete sich auf den Zehenspitzen auf und hauchte einen Kuß auf seine Lippen, um damit ihr Gelöbnis zu besiegeln. »Und jetzt kommt, mein Liebster«, flüsterte sie. »Euer Vater wartet auf Euch.«

Hand in Hand traten sie an das Krankenbett, in dem Herzog Francesco di Montefiore im Sterben lag.

Sandro kniete sich neben ihm nieder und schaute den ausgezehrten alten Mann an, der nur noch ein Schatten seiner selbst war. Jetzt da Sandro so von Liebe zu Isabella erfüllt war, hätte er gern wenigstens einen Hauch von Zuneigung zu diesem Menschen gefühlt, dem er sein eigenes Leben verdankte. Doch alles, was er fühlte, war ein tiefes Bedauern verpaßter Möglichkeiten.

Er zog den goldenen Siegelring aus seiner Hemdtasche, den Bruder Bernardo ihm gegeben hatte, nahm die Hand seines Vaters und ließ den Ring wieder über den Zeigefinger des alten Mannes gleiten.

»Alessandro?«

»Ja, Vater.«

»Gott sei gedankt.« Der Herzog schlug die Augen auf und legte den Kopf auf die Seite. »Mir bleibt nicht mehr viel Zeit, mein Sohn.« Gequält verzog er das Gesicht, als der Schmerz ihn aufs neue durchfuhr.

Sofort holte Adrienne die verkorkte Flasche mit dem Mohnsaft herbei.

»Nicht.« Der Herzog hob die Hand ein wenig von der Bettdecke. »Diese letzten Augenblicke will ich bei klarem Verstand erleben. Alessandro, da war so vieles, das ich dir nie zu geben vermochte.« Er mußte sich einen Moment ausruhen, bevor er weitersprach. »Doch ich war immer stolz auf dich.«

Traurigkeit überkam Sandro. Was hätte er vor Jahren darum gegeben, diese Worte zu hören – damals, als er ein Knabe gewesen war und sich verzweifelt darum bemüht hatte, die Liebe eines strengen, unnahbaren und trotzdem geliebten Vaters zu gewinnen, und damals, als er ein junger

Mann gewesen war und unbedingt sicherstellen wollte, daß sein Vater ihm wenigstens Anerkennung zollte.

»Vergib mir, daß ich dir das und vieles andere mehr nicht schon vor Jahren gesagt habe«, fuhr der Herzog fort, als hätte er Sandros Gedanken gelesen. »Ich vermochte es jedoch nicht. Ich liebte meine Gemahlin über alle Maßen, doch unsere Ehe war nicht mit Kindern gesegnet. Deiner Mutter habe ich es nie verziehen, daß sie mir mein einziges Kind geboren hatte.«

Die Schmerzen nahmen ihm den Atem; er sprach sehr schnell aus Angst, die Zeit würde für ihn vorzeitig ablaufen. »Und du, Alessandro, warst eine ständige Mahnung daran, daß ich meine Gattin betrogen hatte, nur um einen Erben zu zeugen.«

Er warf einen Blick zu Isabella hinüber und schaute dann wieder zu seinem Sohn zurück. »Möglicherweise verstehst du jetzt, was das für mich bedeutete.« Erschöpft schloß er die Lider. »Vielleicht verurteilst du mich jetzt nicht mehr so streng.«

»Vater, ich . . .«

Der Herzog unterbrach ihn mit einem Kopfschütteln. »Deine Gemahlin . . .« Er schaute wieder zu seiner Schwiegertochter und dankte ihr stumm mit seinem Blick. »Du hast großes Glück, Alessandro. Möge sie dir Söhne schenken.«

Der nächste Schmerzanfall kam, und der Herzog keuchte leise. »Rufe die Herren jetzt herein«, sagte er, und die Anstrengung des Sprechens machte aus seiner Stimme ein kaum hörbares Flüstern. »Diese letzte Pflicht bin ich dir schuldig, und ich werde sie auch erfüllen.«

Schweigend ging Sandro zur Tür und schloß sie auf. Als er sie öffnete, verstummte das leise Stimmengewirr im Vorraum, und alle Blicke richteten sich auf ihn. Auf seine Handbewegung hin strömten die Höflinge in das Schlafgemach.

Der strenge Blick des alten Herrn schweifte mit gewohnter Autorität durch den Raum. »Ihr alle sollt bezeugen, daß ich hiermit meinen Titel sowie meine Macht an meinen

Sohn und Erben, Alessandro di Montefiore, übergebe.« Seine Stimme klang dünn und brüchig, war jedoch in jeder Ecke des großen Raumes zu verstehen. »Ich habe ihn auf die vor ihm liegenden Aufgaben gut vorbereitet, und er wird Euch gerecht und zu Euer aller Wohl regieren.«

Mit dem letzten Rest seiner Kraft zog sich der Herzog den Siegelring ab und streifte ihn über den Finger seines Sohnes. »Ich segne dich.« Als er die Hand hob, um das Kreuzeszeichen zu schlagen, bog sich sein dünner Körper vor Schmerz hoch, und als er in die Kissen zurückfiel, starrten seine offenen Augen in die Ewigkeit.

Während Sandro seinem Vater die Augen schloß, stimmte ein Priester an der anderen Seite des Bettes bereits das Gebet für den Toten an. Sandro und seine Gemahlin stellten sich an seine Seite und wandten sich den Höflingen zu.

»Der Herzog ist tot. Lang lebe der Herzog!« Der Ruf der Höflinge hallte in dem großen Gemach wider.

Sandro sah, daß Isabella kurz vor dem Zusammenbruch stand. Er legte einen Arm um sie und zog sie zu sich heran, um sie mit seinem Körper zu stützen. Und so standen sie beieinander, während die Höflinge an ihnen vorbeidefilierten und ihren neuen Herzog ihrer Treue versicherten, indem sie Sandros Ring und den Rocksaum des Gewandes der jungen Herzogin küßten.

Als die Zeremonie beendet war, hielt sich Adrienne nur noch durch reine Willenskraft auf den Beinen. Nachdem die Höflinge einer nach dem anderen aus dem Gemach gegangen waren, wandten Sandro und Adrienne sich noch ein letztes Mal zum Totenbett, um dann ebenfalls langsam den Raum zu verlassen.

Sie hatten gerade die herzoglichen Gemächer hinter sich gelassen, als Sandro Isabellas Arm zittern und ihren Schritt plötzlich stocken fühlte. Ungeachtet der Wachen, ungeachtet der Höflinge, die noch im Korridor verweilten, hob er sich seine Gemahlin auf die Arme und trug sie zu ihren eigenen Gemächern.

23. KAPITEL

Sandro stieß die Tür zu Isabellas Räumen mit der Schulter auf und starrte auf die Hofdamen seiner Gattin, die in tiefen Hofknicksen vor ihnen beiden versanken.

»Erhebt Euch!« befahl er, und seiner rauhen Stimme hörte man seinen Kummer und seine Erschöpfung an. »Helft Madonna!«

Sanft ließ er sie auf einer kissenbelegten Bank nieder und kniete sich an ihre Seite. Sie war so bleich wie ein Laken, und nur der unregelmäßige Pulsschlag an ihrem Hals zeigte an, daß sie noch atmete.

Sandro, der sich vollkommen hilflos vorkam, sah zu, wie die Frauen ihr feuchte, kühle Tücher auf die Stirn und in den Nacken legten. Als Daria ein dünnes Batisttuch in ein Trinkgefäß tauchte, in dem sich eine dunkle Flüssigkeit befand, die stark nach Weinbrand und etwas Medizinischem roch, hielt er ihre Hand fest.

»Was ist das?« verlangte er zu wissen.

»In Weinbrand eingelegte Arnikablüten, Euer Durchlaucht. Das ist eine stärkende Arznei und wird Madonna auf keinen Fall schaden.«

Er nickte und ließ die Hand der Sklavin wieder los. Er wußte von der seltsamen Verbindung zwischen seiner Gemahlin und dem Mädchen; trotzdem beobachtete er die junge Frau mit Argusaugen, als sie jetzt etwas von der Flüssigkeit auf Isabellas Lippen träufeln ließ und dann deren Schläfen mit dem getränkten Tuch abrieb.

»Madonna wird sich wieder erholen«, flüsterte Daria. »Alles was sie braucht, ist Schlaf.« Sie bedachte ihren Herrn mit einem vorwurfsvollen Blick. »Seit der Vater Eurer Durchlaucht bettlägerig wurde, hat sie nicht mehr in einem ordentlichen Bett geschlafen.«

Während er in Rom die Zeit vertändelt hatte und in seinen Ängsten und im Selbstmitleid versunken war, hatte sich seine Gemahlin am Totenbett seines Vaters aufgeopfert!

Diese Erkenntnis traf ihn so hart, daß er den Kopf senkte und ihn gegen Isabellas Hüfte legte.

Als er ein wenig später merkte, daß Isabella sich bewegte, blickte er sofort hoch.

In Adriennes Kopf drehte sich alles, und sie sah die Welt um sich herum nur verschwommen. Erschrocken fürchtete sie, sie wäre in ihren eigenen Körper, ihre eigene Zeit zurückgekehrt.

»Sandro?«

»Ja, tesoro.« Er legte eine Hand an ihre Wange. »Wie fühlt Ihr Euch?«

Beim Klang seiner Stimme durchflutete die Erleichterung sie, und ein wenig Farbe kehrte in ihr Gesicht zurück. Adrienne blinzelte ein paarmal, und langsam sah sie ihre Umgebung auch wieder scharf. »Was ist denn geschehen?«

»Ihr seid ohnmächtig geworden.« Er hätte sie zu gern fest an sich gedrückt, doch er bemühte sich, sie nur ganz sanft zu berühren. »Daria hat mir erzählt, Ihr hättet schon seit Wochen nicht mehr in einem Bett geschlafen.«

Sie zuckte nur die Schultern.

»Geht es Euch jetzt wieder besser? Ich muß nämlich unbedingt aus diesen Kleidern herauskommen.« Er wollte sie nicht verlassen, doch er wußte, daß er nach Schweiß und Pferden roch und aussah, als hätte er in voller Bekleidung ein Schlammbad genommen.

»Gewiß.« Sie stützte sich auf, so daß sie jetzt halb auf der Bank saß.

Daria zog sich zurück und ließ die beiden allein.

Sandro wollte Isabella versichern, daß er so bald wie möglich zurückkehren würde, doch ganz unvermittelt überfiel ihn die Erinnerung an das letzte Zusammensein hier in diesem Gemach, und er wurde plötzlich unsicher.

Würde Isabella ihn überhaupt empfangen? Vermochte sie das? Wenn die Erinnerung an seinen Gewaltausbruch schon ihm Übelkeit verursachte, was sollte sie, die sie sein Opfer gewesen war, dann erst empfinden?

»Was habt Ihr?« Adrienne strich über Sandros bartstoppelige Wange.

»Ich bin mir nicht sicher, ob Ihr wollt, daß ich zu Euch zurückkomme.« Er wandte den Blick von ihrem Gesicht. »Ich würde es Euch nicht verübeln, wenn Ihr es nicht wolltet.«

»Sandro, seht mich an.« Als er ihr in die Augen blickte, sprach sie weiter. »Mit Euren und meinen Worten haben wir die Angelegenheit doch bereinigt.« Sie griff nach seinen Händen und schob ihre Finger zwischen seine. »Gewiß, wir werden uns daran erinnern, so wie man sich an überstandene Schmerzen erinnert. Doch die Erinnerung wird verblassen, glaubt mir.« Sie lächelte und drückte seine Hände zur Bekräftigung ein wenig. »Wenn die Erinnerung an Schmerzen nicht verblaßte, würde bestimmt keine Frau mehr als ein einziges Kind bekommen.«

Diese Bemerkung erinnerte Sandro aufs neue an die Schmerzen, die Isabella seinetwegen durchlitten hatte, und schon wurde ihm wieder übel.

Adrienne entging der Schatten nicht, der über sein Gesicht flog, und am liebsten hätte sie Sandro versichert, daß sie die Schmerzen der Geburt des Kindes nicht fürchtete, das schon in ihrem Leib wuchs. Sie hatte zwar Angst, doch nicht vor den Schmerzen.

Sie ließ seine Hände los und berührte seine Wange mit den Fingerspitzen. »Geht jetzt.« Sie lächelte. »Ich werde auf Euch warten.«

Während Sandro badete, lag Adrienne in dem warmen, nach Rosen duftenden Wasser, das ihre Damen für sie zubereitet hatten, und spürte, wie die Anspannung, die Erschöpfung und die Sorgen der vergangenen Wochen von ihr abfielen. Sie ließ es ganz bewußt geschehen, denn sie wußte instinktiv, daß sie unbedingt ein paar Stunden der Erholung benötigte.

Danach brachte Daria ihr eines der schlichten weißen Nachtgewänder, die sie bevorzugte. Sie legte es an und zog den kostbaren Brokatmantel darüber, in dem sie vor so vielen Monaten aufgewacht war.

Ihre Damen hatten ihr das Haar gewaschen und es vor dem Kamin trockengebürstet. Nun hing es wie ein goldener Vorhang über ihren Rücken, und sein einziger Schmuck bestand aus einem schmalen Perlendiadem.

Als alle Frauen gegangen waren, wanderte Adrienne durch das Gemach, das von dem Duft süßer Kräuter und Blütenblätter erfüllt war, welche in einem Tiegel über dem Kohlenbecken köchelten.

Auf dem Tisch standen Schalen mit köstlichen Kleinigkeiten – duftiges Gebäck, hauchdünne Scheiben zarten Pfauenfleischs, mit Muskat und Ingwer gewürzte Artischockenherzen, in Wein und Honig gekochte dunkelrote Kirschen. Adriennes momentane Müdigkeit war indessen zu groß, als daß es sie auch nur nach einem Kosthäppchen gelüstet hätte.

Der mit Luchsfell bedeckte Diwan war verlockend. Adrienne ließ sich darauf nieder, um auf Sandro zu warten. Im Handumdrehen war sie eingeschlafen.

Als Sandro in das Gemach trat, fiel sein Blick sofort auf seine Gemahlin. Ihr Hausmantel schimmerte wie das Gefieder eines exotischen Vogels auf der hellen Pelzdecke. Leise, doch hörbar zog er die Tür hinter sich ins Schloß. Isabella rührte sich nicht.

Sandro beherrschte sein Verlangen, durch den Raum zu eilen und sie zu wecken. Er blieb, wo er war, und betrachtete sie nur. Sie hatte den Kopf auf ein buntes Seidenkissen gebettet und sich die Hand wie ein Kind unter die Wange geschoben. Wenngleich sie noch bleich war, schien ein Hauch von Farbe schon in ihr Gesicht zurückgekehrt zu sein.

Sandros Blick wanderte jetzt im Gemach umher und hielt bei dem fast lebensgroßen Porträt von ihr inne, das vor ihrer Trauung gemalt worden war. Er schaute von dem Gemälde zu der lebenden, atmenden Frau und wieder zum Bild zurück.

Was mag sich Pinturicchio wohl dabei gedacht haben?

fragte er sich. Die Frau auf dem von ihm gemalten Porträt wirkte arrogant und kalt; ihre Augen sahen habsüchtig und berechnend aus. Nur die Gesichtszüge und der Körper entsprachen der Wirklichkeit. Es schien, als hätte der Maler Isabellas böse Zwillingsschwester dargestellt.

Dann erinnerte sich Sandro, daß die Frau auf dem Bild tatsächlich die Isabella war, die er zum erstenmal anläßlich ihrer Trauung gesehen hatte. Es war die Isabella, welche ihn begutachtet hatte wie eine Hausfrau, die einen Strang Rinderfilet inspizierte.

Er schüttelte den Kopf. Dies alles war ein Rätsel, das ihm über den Verstand ging. Zu diesem Rätsel gehörte auch ihr unerkläriges Verschwinden, über das er sich niemals ernsthaft Gedanken gemacht hatte. Weshalb war es ihm möglich gewesen, das so einfach hinzunehmen, während er doch all seine anderen Zweifel und Mutmaßungen mit solcher Beharrlichkeit am Leben erhalten hatte? Darauf wußte er keine Antwort.

Langsam ging er durch das Gemach und trat zu der Schlafenden. Sie rührte sich nicht einmal dann, als er sie aufhob und zum Bett trug. Er streifte ihr mühelos den Hausmantel ab und legte sie auf der weichen Matratze nieder.

Danach entledigte er sich seines eigenen Hausmantels sowie des losen Hemdes und der Beinlinge. Als er neben Isabella ins Bett schlüpfte, wachte sie zwar noch immer nicht auf, doch sie schmiegte sich mit einem kleinen Seufzer an seinen Körper, als wollte sie seine Wärme fühlen.

Sandro legte seinen Arm um sie. Er barg sein Gesicht in ihrem Haar und sog den Duft nach Rosen und nach Frau ein. Ich bin wirklich heimgekommen, dachte er, und seine Finger kämmten sanft durch ihr Haar, das wie gesponnenes Gold im Kerzenlicht schimmerte. Ja, er war endlich heimgekommen.

Als sie aufwachte, war ihre übliche Verwirrung bereits vergangen, bevor Adrienne die Lider aufgeschlagen hatte. Sie wußte genau, wo sie sich befand, denn ihr gesamtes Wahrnehmungsvermögen war auf Sandro ausgerichtet.

Ihre Hand lag auf seiner harten Brust, und sie fühlte das starke, regelmäßige Schlagen seines Herzens unter ihren Fingern. Sie hörte seine gleichmäßigen Atemzüge; sein Atem strich über ihren Scheitel und bewegte ihr Haar ganz leicht. Ihr Gesicht ruhte an seiner Schulter, und immer wenn sie einatmete, sog sie seinen ganz persönlichen Duft ein.

Ich bin auf dem Diwan eingeschlafen, überlegte sie, und er muß mich ins Bett getragen haben, ohne mich aufzuwecken. Dieser Gedankengang brachte ein Lächeln auf ihre Lippen.

Während sie jetzt in Sandros Armbeuge lag, erschienen ihr die vergangenen Wochen beinahe so unwirklich wie ein Alptraum, an den man sich an einem sonnigen Morgen erinnerte. Die Krankheit, die Schmerzen und der Tod, ihre ständigen Begleiter, waren zurückgetreten, und plötzlich fühlte sich Adrienne unglaublich lebendig.

Ganz vorsichtig, um Sandro nicht aufzuwecken, rückte sie ein wenig auf die Seite. Weil die Kerzen noch hell brannten, wußte sie, daß sie nicht sehr lange geschlafen hatte. Dennoch fühlte sie sich so erfrischt wie nach einem stundenlangen, gesunden Schlummer.

Sie rekelte sich ausgiebig, und dadurch rutschte sie wieder dicht an Sandro heran. Sie spürte, daß das Schlagen seines Herzens einen anderen Rhythmus annahm, und im nächsten Moment öffnete er auch schon die Lider. Wie immer war er sofort hellwach, und sein auf Adrienne gerichteter Blick war klar.

»Habe ich Euch geweckt?« Ihre Finger lagen noch immer auf seiner Brust; unbewußt streichelte sie ihn ein wenig. »Das tut mir leid.«

»Es ist schon sehr lange her, daß ich so angenehm geweckt wurde.« Er sah, wie sie ihn bestürzt, beinahe böse ansah, und fast hätte er vor lauter Freude laut aufgelacht.

Mit einem kräftigen Ruck zog er sie sich halb über seinen

Körper. »Ich stelle mit Freuden fest, daß sich einige Dinge niemals ändern. Zum Beispiel seid Ihr ...« Den Rest seiner fröhlichen Spöttelei sprach er nicht mehr aus.

Sandro nahm das Gesicht seiner Gattin zwischen die Hände »Wie habt Ihr mir gefehlt, Isabella!« Mit den Daumen streichelte er die weiche Haut unter ihrem Kinn und zeichnete dann die Linie ihrer Unterlippe nach. »Wißt Ihr eigentlich, wie sehr ich Euch vermißt habe?«

Adrienne schüttelte kaum merklich den Kopf. »Zeigt es mir.«

»Ganz bestimmt, Isabella?« Er hielt die Hände still. »Wollt Ihr das auch ganz bestimmt?«

Ihre Augen leuchteten mutwillig. »Probiert es doch einmal aus.«

Ihr Atem streifte beim Sprechen seinen Mund. »Quält mich nicht, Isabella.« Allein bei ihren Worten geriet sein Blut schon in Wallung.

»Ich glaube nicht, daß ich eben irgend etwas von Quälen gesagt habe.« Während des Redens hatte sie sich hochgereckt und ihre Worte mit winzigen Küssen auf sein Kinn begleitet.

Sandro stöhnte leise auf, als sie ihr Bein über seinen erregten Körper legte. Er wand sich unter ihr hervor, um wenigstens eine Handbreit Abstand von ihr zu gewinnen; er wußte, daß das unbedingt sein mußte; andernfalls würde alles vorbei sein, noch ehe es wirklich begonnen hatte.

Während er sich nun über ihren Mund neigte, zog er schon an den Schnürbändern ihres Nachtkleides. Da er sich seiner eigenen Beherrschung durchaus nicht sicher war, zog er Isabella das Gewand nicht aus. Obwohl er sich so nach ihr sehnte und ihre Haut unter seinen Fingerspitzen fühlen wollte, schob er das zarte Leinen nur auseinander, um ihre Brüste zu entblößen.

Adrienne wandte die Augen nicht von Sandros Gesicht, während er ihr das Nachtgewand auseinanderstreifte. Ihre Erregung wuchs, als sie seine Nasenflügel beben und einen

Muskel in seiner Wange zucken sah. Sie kannte ihren Gemahl gut genug, um zu wissen, wie nahe er dem Ausbruch seiner Leidenschaft war, und dennoch berührte er sie noch nicht.

Er senkte den Kopf und ließ seinen Mund über ihr Gesicht streifen. Er tupfte einen Kuß auf ihre Schläfe, kostete die zarte Haut hinter ihrem Ohr, strich mit der Zungenspitze an ihrem Kinn entlang.

So hätte er endlos fortfahren mögen, denn er wollte ihr alle Zärtlichkeit zeigen, derer er fähig war, eine so große Zärtlichkeit, die die Erinnerung an sein Fehlverhalten aus Isabellas Gedanken tilgen sollte.

Adrienne bot ihm ihre Lippen dar, doch er berührte sie mit seinen eher flüchtig. Immer wieder hauchte er nur federleichte Küsse auf ihr Gesicht. Selbst als sie sich unter ihm zu bewegen begann und ihm ungeduldig mit den Hüften näher zu kommen suchte, nahm er sich nicht, was ihm angeboten wurde.

»Sandro.« Sie schluchzte seinen Namen fast. »Bitte!« Sie schlang einen Fuß um seine Wade, um ihn auf diese Weise näher an sich heranzuziehen, doch noch immer widerstand er. Seine Zärtlichkeit hatte sie gebraucht, doch jetzt brauchte sie das Feuer seiner Leidenschaft, das all ihre Bürden und Ängste verbrennen würde.

Verzweifelt packte sie sein Haar mit beiden Händen und zog ihn zu sich herunter, bis Mund an Mund lag. So hielt sie Sandro fest und drang mit ihrer Zunge zwischen seine Lippen.

Sandros Beherrschung hatte ohnehin nur an einem seidenen Faden gehangen, doch als er nun Isabellas Zunge in seinem Mund fühlte, zerriß dieser Faden endgültig. Auf einmal gerieten sie alle beide außer sich. Ihr und sein Mund verschmolzen miteinander, und die Hände bewegten sich wild über die Haut des jeweils anderen. Adrienne und Sandro peitschten sich gegenseitig immer weiter auf.

Schließlich riß er sich von ihrem Mund los; er wollte die

Dynamik ihrer beider Leidenschaft abbremsen. Adrienne zog ihn jedoch zurück. Sie wollte jetzt nichts Sanftes mehr. Sie wollte eine leidenschaftliche Bestätigung des Lebens mitten unter Tod und Gefahren.

Sandro ergab sich Isabellas Forderungen, und er erfüllte sie ihr. Das Nachtkleid zerfetzte, als er es ihr herunterriß. Noch bevor er es zur Seite geworfen hatte, schlang sie schon ihre Beine um seine Hüften.

Weil er plötzlich Angst vor seiner eigenen Kraft hatte, rollte er sich auf den Rücken und zog Isabella mit sich. Er sah, daß es sie offensichtlich verwirrte, über ihm zu liegen, doch schon nahm er wieder ihren Mund in Besitz.

Es war ein ungewohntes, erotisches Gefühl, auf dem Körper eines Mannes zu liegen und zu spüren, wie sich der harte Beweis seiner Erregung in ihren Bauch drückte. Jetzt legte Sandro ihr die Hände um die Oberschenkel und zog ihre Knie nach vorn, so daß sie rittlings auf ihm kauerte. Langsam ließ er seine Hände über ihre Hüften zu ihrem Brustkorb gleiten und drückte sie hoch.

»Was tut Ihr?« Obwohl sie schon von der Leidenschaft berauscht war, errötete sie vor Verlegenheit ob ihrer schamlosen Stellung.

»Habt Ihr nicht Ovid gelesen?« Er lächelte sündig. »Die alten Römer haben das doch fast immer so gemacht.«

Ohne ihr Zeit für eine Entgegnung zu geben, ließ er die Finger zwischen seinen und ihren Körper gleiten und begann, sie zu streicheln. Er bemerkte, wie sie seine Berührung genoß, und kam zu der Ansicht, noch niemals etwas so Erregendes gesehen zu haben.

Die Empfindungen überwältigten ihren Körper so sehr, daß Adrienne sich nicht zu bewegen vermochte. Sandros Fingerspitzen und die Bewegungen seines erregten Körpers an ihrer heißen Haut brachten sie so nahe an den Höhepunkt, daß sie die Erlösung beinahe schmecken konnte. Sie neigte den Kopf zurück, schloß die Augen und wartete auf die höchste aller Freuden.

Sandro hob sie ein wenig an. Vor dem Tor zum Paradies hielt er inne und ließ seine Hände zu ihren Brüsten hinaufgleiten.

»Seht mich an, Isabella.« Mit den Daumen strich er über die harten Knospen.

Adrienne schlug die Lider auf und blickte ihm in die Augen. Noch niemals hatte sie sich ihm auf diese Weise geöffnet. Langsam ließ er sie über sich hinuntergleiten, bis ihr und sein Körper vollständig miteinander verschmolzen. Danach legte er seine Hände um ihre Hüften, hielt sie fest und begann, sie anzuheben, erst nur ein wenig, dann mehr und mehr.

Die Wollust trug sie mit sich fort; Adrienne hielt sich an seinen Armen fest, als suchte sie einen Halt mitten im Sturm. Als sie fühlte, wie Sandro seine Hüften hochbog und sie, Adrienne, gleichzeitig zu sich herunterzog, erreichte sie mit einem Aufschrei den Gipfel der Lust.

Sandro ließ sie noch nicht auf die Erde zurückkommen, sondern bewegte seine Hüften immer weiter. Er befreite seine Arme aus ihrem Griff, legte sich ihre Hände flach an die Schultern und begann mit seinem erregenden Spiel.

Adrienne erstarrte bei der ersten Berührung, doch er schüttelte den Kopf. »Nein, bewegt Euch weiter«, drängte er. »Reitet mich.« Seine Finger glitten zu der Stelle, an der die beiden Körper miteinander verbunden waren. »Reitet mich.«

Sie ritt ihn, und die Lust wurde größer und größer. Als Adrienne die Ekstase nahen fühlte, erstarrte sie wieder, denn der Beginn der Erlösung lähmte sie. Jetzt bestimmte Sandro ihre und auch seine Bewegungen. Eine Welle des Glücks nach der anderen überflutete sie, bis Adrienne meinte, darin unterzugehen. Als schließlich für beide der letzte Höhepunkt kam, lagen sie vollkommen erschöpft und regungslos beieinander.

Adrienne war über Sandro zusammengesunken. Ihr und sein Körper waren noch immer innig miteinander verbunden, und sie fühlte, wie Sandro langsam an ihrem Rücken herauf- und wieder hinunterstreichelte. Sie schwebten beide durch diese halbbewußte Welt, in die das lustvolle Glück sie versetzt hatte.

»Ich liebe Euch«, murmelte sie schon im Halbschlaf an seinem Hals.

»Und ich liebe Euch.« Sandro strich mit den Lippen über ihre Schläfe. Ohne die Vereinigung der Körper zu lösen, drehte er sich auf die Seite.

Verschlafen lächelnd hob Adrienne die Lider. »Wollt Ihr mich noch einmal lieben?«

»Später.« Er gab ihr einen Kuß auf die Nasenspitze. »Wenn Ihr nicht halb schlaft.«

»Hmm.« Sie barg das Gesicht an seiner Schulter. »Ihr habt mir ein Kind geschenkt, wißt Ihr.«

Er lächelte in ihr Haar. »Zehn Minuten danach – ist es da nicht noch ein wenig zu früh, um das so genau zu wissen, Liebste?«

»Nein«, murmelte sie. »Nicht zehn Minuten.« Ihre Rede wurde beim Einschlafen immer deutlicher. »Sechs Wochen.«

Sandros Kopf schoß aus den Kissen hoch. »Wovon redet Ihr?« Er hob sich ihr Gesicht entgegen, doch sie war schon fest eingeschlafen.

Er schloß die Augen und legte seine Stirn an ihre. Dank Isabella war dieses Kind nicht in Zorn und Gewalt gezeugt worden. Er zog sie dicht zu sich heran. Werde ich mir jemals wirklich vergeben können? fragte er sich zweifelnd.

Es dauerte in dieser Nacht noch sehr lange, bis auch er endlich einschlief.

24. KAPITEL

Noch ehe der Bote Sandro das Schreiben aushändigte, erkannte Adrienne das scharlachrote Siegel mit dem angreifenden Bullen – Borgias Siegel. Schweigend beobachtete sie Sandro dabei, wie er den Umschlag aufschlitzte, doch dann wurde sie zu unruhig und begann hin und her zu gehen.

Sie hörte das Papier rascheln, als Sandro das Schreiben auf sein Pult warf, doch sie drehte sich nicht um. Sie drückte sich die fest zusammengelegten Hände auf den Leib und wartete darauf, daß Sandro ihr erzählte, was sie bereits wußte. Noch als er zu sprechen begann, hoffte sie, daß die Worte, die sie gleich hören würde, nicht die waren, die sie erwartete.

»Borgia schreibt, er hätte beschlossen, die Belagerung von Pesaro so bald wie möglich einzuleiten.« Sandro lachte unfroh. »Der arme Giovanni Sforza wird jetzt dafür bluten müssen, daß er Lucrezia Borgias erster Ehemann war.«

»Und was noch?« Adriennes Hals war wie zugeschnürt; sie konnte kaum sprechen. »Was schreibt er sonst noch?«

»Er bittet mich, meine Soldaten unter dem Kommando meines Leutnants nach Pesaro vorauszuschicken und . . .«

Adrienne erstarrte, als erwartete sie einen körperlichen Schlag.

». . . zunächst nach Forli zu kommen, bevor ich ihnen folge.«

Die Welt um sie herum wurde dunkel, und Adrienne schwankte.

»Er will sich erst mit seinen Heerführern beraten, bevor der Feldzug beginnt.«

Adrienne hörte die Worte so undeutlich, als kämen sie aus weiter Ferne.

»Wozu in Gottes Namen will er sich mit uns beraten?« fragte Sandro ärgerlich. »In Rom wurde doch schon alles bis ins letzte Detail diskutiert.« Er fuhr sich mit beiden Händen durchs Haar und wünschte sich einen Moment lang, sein Vater wäre noch am Leben. Wie groß ihre Schwierigkeiten und Differenzen auch immer waren, Sandro hatte stets großen Respekt vor der Meinung seines Vaters gehabt.

Adrienne griff nach einer Sessellehne, um sich daran festzuhalten, und konzentrierte sich aufs Atmen, doch ihre Kehle schien keine Luft durchzulassen.

»Isabella!«

Ihre Beine gaben nach, und Sandros Ausruf war das letzte, was sie hörte, bevor sich der schwarze Vorhang über sie herabsenkte.

Als sie das Bewußtsein wiedererlangte, lag sie noch immer auf dem Boden; ihr Kopf ruhte in Sandros Schoß. Sofort wollte sie sich aufrichten, doch er hielt sie sanft, wenn auch nachdrücklich fest.

»Still liegenbleiben, tesoro. Der Arzt wird gleich kommen.«

»Nein!« Das Entsetzen stand in ihren Augen, und sie entwand sich Sandros Griff. Aus dem Augenwinkel sah sie, daß Dienstboten sie umstanden. »Schickt sie hinaus!« Mit beiden Händen packte sie ihn an seinem Wams. »Schickt sie allesamt hinaus!« Sie schüttelte ihn ein wenig. »Bitte.«

»Isabella, Ihr seid ohnmächtig geworden«, sagte er leise und beruhigend, als wäre sie ein krankes Kind. »Ihr müßt Euch von dem Doktor untersuchen lassen.«

»Nein, sage ich Euch!« Die Furcht ließ einen metallischen Geschmack, ähnlich dem Geschmack von Blut, auf Adriennes Zunge zurück. »Schickt alle hinaus.« Sie senkte die Stimme zu einem verzweifelten Flüstern. »Ich muß mit Euch allein reden.«

Sandro sah, wie erregt sie war, und entschied, daß es ihr im Moment weniger schaden würde, wenn er ihr nachgab, als wenn er darauf bestand, daß sie sich von einem Arzt untersuchen ließ. Er winkte den nächststehenden Diener heran und erteilte ihm seine Befehle. Einen Augenblick später schloß sich die Tür hinter dem letzten Dienstboten.

Halb saß Adrienne, halb kniete sie auf dem Boden und

hielt Sandro noch immer an dessen Wams gepackt. Sanft löste er ihre Finger. »Wir sind jetzt allein, Liebste.« Er faßte ihre Hände, drehte sie um und küßte erst die eine, dann die andere Innenfläche. »Worum handelt es sich?«

Der erste Anflug von Panik war vorüber, und jetzt kam sich Adrienne bei Sandros ruhiger, nachsichtiger Tonlage töricht vor. Ich habe nicht den geringsten Grund, mich töricht zu fühlen, mahnte sie sich. Ich weiß es doch. Ich weiß!

Seit Monaten hatte sie sich auf diesen Moment vorbereitet. Sie hatte angestrengt und lange über die richtigen Worte nachgedacht, über die richtige Art und Weise, wie sie es ihm nahebringen wollte. Sie hatte sich fest vorgenommen, daß sie ganz ruhig sprechen würde. Jetzt freilich, da es soweit war, sprudelten die Worte nur so aus ihr heraus; Takt, Diplomatie und Logik waren vergessen.

»Geht nicht fort, Sandro! Ihr dürft es nicht. Ihr müßt Euch von Cesare Borgia fernhalten.« Das Schlagen ihres Herzens klang ihr so laut in den Ohren, daß es ihre eigene Stimme zu übertönen schien. »Borgia will Euch übel, genau wie meine Brüder. Begreift Ihr nicht?« Sie versuchte ihre Hände zu befreien, doch er hielt sie fest, und so schlug sie eben ihre und seine Hände zusammen wild gegen seine Brust. »Begreift Ihr denn nicht? Er will Euch töten!«

Sandro betrachtete sie mit einem geduldigen, nachsichtigen Lächeln, und sie wußte genau, was er jetzt dachte. Er würde ihr ein wenig nachgeben, und dann würde er sie mit liebevollen Neckereien aus dem herauszulocken versuchen, was er fraglos für die Laune einer schwangeren Frau hielt.

»Ich pflichte Euch darin bei, daß mir Eure Brüder übel wollen, doch ich habe Vertrauen in ihre Unfähigkeit.« Er lächelte ihr keck zu. »Was Borgia betrifft, so habe ich keinen Streit mit ihm. Er zahlt mir und meinen Soldaten ein gutes Geld, doch das und noch viel mehr sind wir auch wert. Wenn er mir jetzt vor dem Beginn seines neuen Feldzuges etwas antäte, wäre es zu seinem eigenen Schaden.«

Adrienne schüttelte den Kopf über Sandros törichtes

Vertrauen. »Habt Ihr nicht bemerkt, daß Borgia nicht immer einen Grund für seine Grausamkeiten benötigt? Habt Ihr nicht gesehen, daß er Grausamkeit ihrer selbst willen genießt?« Sie biß sich auf die Lippe, um nicht noch mehr zu sagen.

»Gewiß habe ich das gesehen.« Sandro wischte diesen Gedanken beiseite. »Allerdings habe ich auch gesehen, daß er seinem Hang zu Grausamkeit und Gewalt nicht zu Lasten seines persönlichen Vorteils frönt.«

»Genau das ist es!« rief Adrienne. »Sein eigener persönlicher Vorteil!« Sie richtete sich auf den Knien etwas gerader auf, um ihren Worten Nachdruck zu verleihen.

Sandro betrachtete sie, als wäre sie ein wenig irre geworden, und sie hätte ihn am liebsten durchgeschüttelt, damit er endlich begriff, wirklich begriff, was sie sagen wollte.

»Er will Siena!« Sie schwieg einen kurzen Moment. »Und er will mich.«

Sein Blick wirkte plötzlich sehr kalt, und Adrienne fragte sich schon, ob sie eben nicht einen furchtbaren Fehler gemacht hatte.

»Wovon redet Ihr?«

Sie zögerte, doch ihr war klar, daß sie jetzt fortfahren mußte. Sie hatte schon zuviel gesagt. »O Sandro, erinnert Ihr Euch nicht mehr daran, wie er mich angeschaut hat?«

»Ein Mann müßte schon tot sein, wenn er Euch nicht anschauen wollte, Isabella.« Finster zog er die schwarzen Augenbrauen zusammen. »Doch soweit ich mich erinnere, war nicht Borgia derjenige, der Euch so außerordentlich beharrlich den Hof machte.«

Sandro zog sich von ihr zurück. Zwar hielt er noch immer ihre Hände, doch Adrienne spürte, wie er sich innerlich von ihr entfernte.

»Das ist doch das wenigste. Er würde mich benutzen und dann ohne Bedenken ablegen.« Sie drückte Sandros Hände, als könnte sie ihn so dazu bringen, ihr zu glauben. »Es ist Siena, wonach es ihn gelüstet.«

Schweigend blickte Sandro ihr lange Zeit in die Augen. Dann ließ er ihre Hände los, blieb noch einen Moment stehen und trat dann ans Fenster. Sein Kopf widerstritt seinem Herzen.

Borgia ist ein grausamer, machthungriger Mensch, überlegte Sandro, doch ein Nar ist er nicht. Es war das eine, Städte anzugreifen, die zum Papsttum gehörten und gegen die er mit Erlaubnis seines Vaters, Papst Alexander, zu Felde zog; etwas anders war es hingegen, die widerrechtliche Macht- und Besitzübernahme des unabhängigen Stadtstaates Sienas anzustreben, den die Montefiores regierten, seit Sandros Großvater über einen Gennaro dazu auserkoren worden war.

Und außerdem – woher wollte Isabella wissen, was Borgia plante? Es sei denn... Er schüttelte den Kopf, während seine Gedanken beharrlich wieder den alten Weg einschlugen. Sein Herz wußte es jedoch besser. Seufzend drehte er sich um und kehrte wieder zur ihr zurück, die noch immer auf dem Boden kniete.

Adrienne erkannte die Zweifel in seinen Augen. Ich habe versagt, dachte sie. Von Anfang an war ihr klar gewesen, daß das, was sie am meisten brauchte, sein Vertrauen war. Sie hatte gewußt, daß der Moment kommen würde, da er ihr einfach glauben mußte, wenn er überleben wollte. Jetzt war dieser Moment eingetroffen, und sie hatte versagt. Wäre doch der alte Herzog noch am Leben, dachte sie. Vielleicht hätte sie dann einen Verbündeten gehabt.

Als Sandro ihr beide Hände entgegenstreckte, keimte Hoffnung in Adriennes Herzen auf. Sie legte ihre Hände in seine, und er zog sie vom Boden hoch. Das einzige Geräusch in diesem Raum war das Rascheln des Samtstoffes und das leichte Klirren der tränenförmigen Onyxanhänger, die Adriennes Gewand schmückten.

»Seid Ihr Euch ganz sicher?«

Adrienne nickte; sie traute ihrer Stimme nicht.

»Woher wißt Ihr das?« Sobald er das ausgesprochen

hatte, bedauerte Sandro seine Frage schon. Doch er vermochte sie nicht zurückzunehmen, und obwohl er Isabellas Antwort fürchtete, drängte er weiter. »Sind Eure Brüder darin verwickelt? Haben sie Euch ins Vertrauen gezogen?«

»Glaubt Ihr, ich würde bis jetzt geschwiegen haben, falls es so wäre?« Adrienne wagte kaum zu atmen, während sie auf seine Antwort wartete.

»Nein.« Lauter und überzeugter wiederholte er es noch einmal: »Nein.«

Vor Erleichterung erschlafften Adriennes Muskeln, und sie lehnte sich mit der Stirn gegen seine Brust.

»Trotzdem – weshalb seid Ihr Euch so sicher?« Sein logisch denkender Geist verlangte Antworten. »Woher wißt Ihr es?«

Sie blickte zu ihm hoch und schüttelte den Kopf. Dies war eine der Bürden, mit denen sie immer leben würde. Dieses Wissen gehörte ihr allein, und sie würde es mit niemandem je teilen können.

»Nennt es Intuition oder das Zweite Gesicht, oder wie immer Ihr es nennen wollt.« Sie drückte Sandros Hände. »Ich weiß es jedenfalls.«

Wieder blickte er ihr lange in die Augen, so lange, daß sie wieder unruhig wurde.

»Ich kann Borgia nicht ganz aus dem Weg gehen. Ich habe einen Vertrag unterzeichnet. Geld ist geflossen. Und ich habe eine Verpflichtung zu erfüllen.« Er sprach sehr schnell und reckte dabei unbewußt stolz das Kinn. »Ein Montefiore zieht sein Wort nicht zurück.« Er streichelte ihr sanft mit dem Handrücken die Wange. »Versteht Ihr das?«

Adrienne verstand tatsächlich. »Ja, doch bleibt Forli fern. Bitte.« Sie hob ihre Hände zu seinem Gesicht. »Versprecht mir, daß Ihr nicht nach Forli geht, was immer geschehen mag.«

»Ich habe Euch schon einmal gesagt, daß ich keine Versprechungen machen will, die ich nicht einzuhalten vermag.«

Sie wollte ihm sogleich ins Wort fallen, doch er legte ihr einen Finger an die Lippen.

»Nein, laßt mich ausreden, Isabella. Ich werde mein Bestes tun, um Forli fernzubleiben, und falls ich es aus irgendeinem Grund nicht vermeiden kann, mich dorthin zu begeben, werde ich allergrößte Vorsicht walten lassen.« In dem festen Glauben, sie damit beruhigt zu haben, lächelte er zuversichtlich. »Genügt Euch das?« Er ließ den Finger, der über ihrem Mund lag, zärtlich über ihre Lippen streichen.

»Sandro, habt Ihr denn kein einziges Wort begriffen? Alle Vorsicht der Welt nützt Euch nichts, wenn Ihr nach Forli geht.« In ihrer Erregung hob sie die Stimme. »Ihr seid allein und nur auf Euch gestellt. Wie gut könnt Ihr Euch Eurer Meinung nach gegen Borgia und seine Henker schützen, wenn er Euch erst einmal in der Festung hat?«

»Isabella...« Sandro schüttelte den Kopf. Langsam verlor er die Geduld. »Ich habe Euch das mir Mögliche versprochen. Wollt Ihr, daß ich Euch belüge?«

»Nein, ich will nicht, daß Ihr lügt!« rief sie. »Ich will, daß Ihr mir das Versprechen gebt und es auch haltet!« Wieder packte sie ihn an seinem Wams. »Sandro, ich liebe Euch!« Ihre Stimme klang jetzt schrill. »Ich liebe Euch!« Die Panik drohte sie zu überwältigen. »Ich will Euch nicht verlieren. Ich darf Euch nicht verlie...«

Sie unterbrach sich und stand plötzlich ganz regungslos da. Sogar ihr Atmen war nicht mehr zu hören. Ihr entsetzter Blick war auf Sandros Gesicht gerichtet, doch sie sah ihn nicht. Statt dessen wurde sie Zeuge der letzten, grausigen Szene im Leben des Alessandro Montefiore. Sie beobachtete nicht nur, was Isabella in deren Tagebuch beschrieben hatte; sie war tatsächlich dabei.

Sie hielt sich mit den Händen an der kalten Marmorbalustrade der Zuschauergalerie fest, von der man die riesige, ganz in Scharlachrot verhängte Halle überblicken konnte. Sie vermochte den Geruch des frischen Sägemehls wahrzunehmen, das man unter den Henkersblock gestreut hatte.

Sie hörte den dumpfen Trommelwirbel von den grauen Steinwänden widerhallen. Sie sah, wie Sandro aus einer Seitentür in die Halle geführt wurde. Sein Kopf war hoch erhoben, und seine Augen sprühten Feuer.

Sandro beobachtete seine Gemahlin. Sie hatte ihren heftigen Ausbruch eben mitten im Wort unterbrochen. Ihre Hände waren noch immer in sein Wams verkrallt, und sie stand so starr vor ihm, als hätte sie sich in Stein verwandelt. Ihre Augen wirkten glasig und blicklos, doch so entsetzt, als sähen sie alle Schrecken der Hölle.

Die unheimliche Stille, die absolute Reglosigkeit ihres Körpers und das Grauen, das sich in ihren starren Augen spiegelte, jagten einen Schauder nach dem anderen über Sandros Rücken. Jede Sekunde, jeder Wimpernschlag schien eine Ewigkeit anzudauern. Und noch immer bewegte sich Isabella nicht.

»Isabella?« Seine Stimme war nur ein heiseres Flüstern. »Isabella . . .« Als sie noch immer schwieg, hob er seine Hand zu ihrer Schulter.

Gefangen in der furchtbaren Szene, sah Adrienne, wie sich die Prozession der Estrade entgegenbewegte, auf der sich der Henkersblock befand. Sie sah Sandro die Stufen hinaufsteigen und verächtlich einen Diener fortstoßen, der ihm eine Augenbinde anbot. Sandro kniete nieder, legte den Kopf auf den Block und fuhr sich dann mit den Fingern durch das lange Haar, um es aus seinem Nacken nach vorn zu streichen. Der mit einer Kapuze vermummte Henker trat vor. Als er sein Schwert hob, begann Adrienne zu kreischen.

In dem Moment, als Sandros Finger Isabellas Schulter berührten, hallten ihre Schreie im Raum wider. Einen kurzen Augenblick erstarrte er, und dann packte er ihre Arme. »Isabella, was habt ihr? Was ist geschehen?« Mit einer Hand faßte er ihr Kinn, und mit der anderen schüttelte er sie heftig. Er wollte, daß sie zu kreischen aufhörte und daß dieser glasige, starre Ausdruck aus ihren Augen verschwand.

»Isabella!« schrie er sie an. »Seht mir ins Gesicht!«

Adrienne hörte jemanden brüllen, und die Szene erzitterte wie bei einem Erdbeben. Plötzlich zerbrach das Bild wie eine Glasmalerei und verschwand.

Das erste, was Adrienne erkannte, war Sandros Gesicht eine Handbreit von ihrem entfernt. Er schüttelte sie. Er schrie sie an. Schließlich drückte er sich ihren Kopf an die Brust.

Adrienne fühlte eine unbeschreibliche Erleichterung, der jedoch sofort eine neue Welle der Panik folgte. Ich habe Sandros Ende gesehen, dachte sie, und die Erkenntnis durchfuhr sie wie ein glühendes Messer, denn das konnte nur bedeuten, daß sie nicht in der Lage sein würde, ihn zu retten. Wie die andere Isabella würde sie ihn unter dem Schwert von Borgias Henker sterben sehen.

Sandro hielt sie an sich gedrückt und barg sein Gesicht in ihrem Haar. Die Starre hatte sich gelöst, Isabella ruhte still in seinen Armen, zu still.

Er schloß die Augen. Zumindest hatte dieses schreckliche Kreischen aufgehört, und Isabella hatte ihn angeschaut und ihn auch wirklich gesehen. Er wußte zwar nicht, was geschehen sein mochte, doch im Moment war er es zufrieden, sie einfach nur in den Armen zu halten. Später, dachte er, später habe ich noch genügend Zeit, alles herauszufinden.

Das fürchterliche Trugbild hatte Adrienne ihrer ganzen Kraft beraubt, und so lehnte sie schlaff gegen Sandro. Dennoch eilte ihr Geist voran, entwarf Pläne, verwarf sie wieder, fand Neues, und schließlich entwickelte sich aus einer Idee eine Lösung. Das mußte die Antwort sein!

Die Hoffnung erwachte in Adrienne, und ihr Herz hämmerte. Wenn sie Sandro in diesem Leben nicht vor Bösem zu bewahren vermochte, dann bestand die einzig mögliche Lösung darin, es zu verlassen.

Da ihr Beschluß nun gefaßt war, hob sie den Kopf und richtete sich auf. Mit einer Schulterbewegung befreite sie sich aus Sandros Armen. Bevor er darauf reagieren konnte, hatte sie ihn schon bei der Hand gefaßt und zog ihn nun zur Tür.

»Isabella, was habt Ihr vor?« fragte er verblüfft, doch da schloß sie bereits die Tür auf.

Mit Sandro im Schlepp rauschte sie an den Leuten vorbei, die im Vorraum versammelt waren.

Da Sandro nicht genau wußte, wie er sich angesichts Isabellas überreizten Zustands verhalten sollte, folgte er ihr und ließ sich von ihr die Treppe hinauf- und den Flur entlangziehen. Unbeirrt schleppte sie ihn weiter bis zu ihren und seinen Räumen.

Einmal stolperte sie über den Rocksaum ihres Gewandes und stürzte auf ein Knie, doch bevor Sandro sich bücken konnte, um ihr aufzuhelfen, war sie schon wieder auf den Beinen und rannte weiter.

Ihre Damen machten große Augen, als Adrienne Sandro quer durch die Gemächer zog. Sie riß die Tür zu ihrem Schlafgemach auf und taumelte hinein. Rasch blickte sie sich in diesem Raum um. Gottlob war er leer. Erleichtert stöhnte sie auf. Sie drehte den Schlüssel im Schloß und lehnte sich dann für einen Moment schweratmend gegen die verriegelte Tür.

»Isabella, sprecht mit mir.« Sandro ließ seine Hände an ihren Armen hinaufgleiten. »Was tut Ihr? Was habt Ihr vor?« Er bemühte sich sehr, so leise und gelassen wie möglich zu reden, weil er fürchtete, daß sie sonst der Hysterie anheimfallen könnte.

Adrienne blickte keuchend zu ihm hoch. Sie konnte ihm auf keinen Fall erläutern, was sie zu tun beabsichtigte. Selbst wenn sie die richtigen Worte fände, würde er ihr nicht glauben. Er würde annehmen, sie sei irre geworden.

Würde er sie hassen für das, was sie gleich tun würde? Sie würde ihn schließlich seines Lebens berauben. Sie hielt sich nicht lange bei diesem Gedankengang auf. Dieses Risiko mußte sie eingehen, doch sie mußte es rasch tun, ehe der Mut sie noch verließ.

Sie schüttelte den Kopf, faßte Sandro wieder bei der Hand und stürzte mit ihm durch das Gemach. Als sie die gegenüberliegende Wand erreichte, gaben ihre Beine nach, und sie fiel unter dem Gemälde auf die Knie.

Sandro hob sie wieder hoch und wollte etwas sagen, doch sie schütteltte aufs neue den Kopf und legte ihm ihre Hand auf den Mund.

»Bitte, Sandro, sagt jetzt nichts. Stellt mir keine Fragen.« Mit zitternden Händen strich sie über sein Gesicht und durch sein Haar. »Vertraut mir. Nur für ein paar Momente. Bitte.« Sie hatte schnell und atemlos gesprochen. »Wollt Ihr das tun?« Sie gab ihm ungeduldig einen kleinen Stoß. »Ja?«

»Nun gut«, stimmte er zu, um sie nicht noch mehr aufzuregen.

Adrienne verflocht ihre Finger mit seinen und strich mit der freien Hand über das Porträt, hinauf und hinunter – nichts. Noch einmal – wieder nichts. Sie hörte, daß Sandro ihren Namen sagte, doch sie schüttelte nur den Kopf und konzentrierte sich auf das, was sie tat.

Schweißperlen traten ihr auf die Stirn. Schweiß lief ihr auch den Rücken hinunter, und zur selben Zeit kroch ihr eine Eiseskälte über die Haut.

Adrienne zwang sich dazu, ihre Finger ganz langsam über die glatte Leinwand tasten zu lassen, doch ihre Hand schien ein Eigenleben zu entwickeln, auf das Adrienne keinen Einfluß hatte. Schneller und schneller bewegte sich die Hand, bis sie wild über das Porträt flog.

Adrienne merkte, wie die Hysterie in ihr hochstieg. Sie hörte eine hohe Stimme und dann das Schreien einer Frau, ohne zu erkennen, daß die Schreie aus ihrem eigenen Mund kamen. Plötzlich fühlte sie den Stoß.

Statt jedoch in die Dunkelheit hineingesogen zu werden, balancierte sie nur an deren äußeren Rand entlang. Sie spürte die Kraft, mit der das schwarze Nichts sie zu sich zog, doch sie spürte auch, daß eine Gegenkraft das zu verhindern suchte. Adrienne fühlte sich wie eine Kompaßnadel, die zwischen zwei starken Magneten hin- und hergezerrt wurde.

Ihre Finger, die sie fest um Sandros Hand geschlossen hatte, erschlafften. Um Himmels willen, dachte sie, ich muß doch sicherstellen, daß Sandro mit auf diese Reise kommt! Vor Anstrengung verkrampften sich die Sehnen an ihrem Handrücken, doch die Finger gehorchten ihr nicht, sondern öffneten sich und ließen Sandros Hand fahren.

Verzweifelt nahm sie die andere Hand von der Leinwand, griff damit nach Sandro, und in diesem Moment wurde Adrienne vorwärtsgestoßen. Sie fiel gegen Sandro, worauf er die Balance verlor. Beide stürzten, und Adrienne merkte, wie die Dunkelheit sie einhüllte.

Wir haben es geschafft! Das war ihr erster Gedanke, als sie das Bewußtsein zurückerlangte. Sie hatten es geschafft. Adrienne drehte sich auf den Rücken und breitete erleichtert die Arme aus.

Ohne die Augen zu öffnen, atmete sie einmal tief durch und dann noch einmal. Wo blieb der Seegeruch? Wo die Feuchtigkeit? Adrienne atmete noch einmal ein. Sie nahm nur den Duft von Rosenöl und Jasmin wahr, und jetzt schlug sie endlich die Lider auf.

Sie sah das Himmelbett mit den lichtblauen Samtvorhängen. Sie sah die schweren, überladenen Möbel. Sie drückte die Augen zu und öffnete sie wieder, doch nichts hatte sich verändert. Irgend etwas war entsetzlich falschgelaufen, und sie lag noch immer auf dem Fußboden von Isabella di Montefiores Schlafgemach.

Ein letzter, hoffnungsvoller Gedanke durchfuhr sie: Vielleicht hatte Sandro die Reise ja ohne sie angetreten. Vielleicht befand wenigstens er sich in Sicherheit.

Sie fühlte eine leichte Berührung an ihrer Hand und drehte den Kopf zur Seite. Zwei Armeslängen von ihr entfernt lag Sandro auf dem Boden; er hatte ihr die Hand entgegengestreckt und ihre Fingerspitzen berührt.

Der letzte Rest von Kraft verließ Adrienne, und sie begann zu weinen.

25. KAPITEL

Obwohl sie sich nicht rührte, merkte es Sandro sofort, als Isabella erwachte. Er merkte es nicht so sehr an ihrem veränderten Atemrhythmus, sondern einfach, weil er so auf sie eingestimmt war. Dennoch verstand er sie nicht. Noch immer gab es Geheimnisse, Barrieren.

Was hatte sie an diesem Tag mit ihrem Porträt vorgehabt? Hatte sie sich so seltsam benommen, weil sie hysterisch geworden war? Hatte sie irgendeinen Zauber wirken wollen? Und dann war da der unheimliche Moment gewesen, als sie durchsichtig zu werden schien; er hatte nach ihr gegriffen, doch seine Hände hatten nichts als leere Luft berührt.

Als Isabella danach so bitterlich weinte, hatte er nicht den Mut aufgebracht, Erklärungen zu fordern. Doch bei der Erinnerung daran fröstelte es ihn noch immer.

Adrienne tauchte aus dem Schlaf auf und wußte sofort, wo sie sich befand und wer sie war. Sie lächelte. Es war, als hätte der fehlgeschlagene Fluchtversuch in ihr früheres Leben als Adrienne de Beaufort ihr bewiesen, daß sie unwiderruflich hierher gehörte.

Ja, hierher gehörte sie. Das begriff sie jetzt. Aus unerfindlichen Gründen hatte das Schicksal sie in dieses Leben versetzt, und nun war es an ihr, Adrienne de Beaufort, die Bestimmung der Isabella di Montefiore zu erfüllen.

Doch worin bestand diese Bestimmung? Adrienne war bereits in der Lage gewesen, einiges zu ändern, doch anderes entzog sich ihrem Zugriff. Sie kam zu der Ansicht, daß es wenig Sinn hatte, dieses Schicksal unbedingt vorauszuschauen zu wollen. Dennoch vermochte sie ihre Gedanken nicht daran zu hindern, an diesem Morgen immer wieder in diese Richtung abzuschweifen.

Dieser Tag war schließlich kein Tag wie jeder andere. Heute brach Sandro nach Pesaro auf, um sich zu seinen Soldaten zu begeben, und dann würde er sich in Cesare Borgias schrecklichem Machtkreis befinden. Adrienne wußte viel zu genau, welches Schicksal ihn dort erwartete, falls sie es nicht doch noch schaffte, ihn auf irgendeine Weise davor zu bewahren.

Sie drehte sich auf die Seite und schmiegte sich an Sandros Rücken. Sobald ihre Haut seine berührte, spürte Adrienne, daß er kaum merklich zusammenzuckte, und das zeigte ihr, daß er bereits wach war.

Sie beschloß, dieses noch nicht zur Kenntnis zu nehmen, sondern stützte sich auf einem Ellbogen auf und tupfte eine Reihe von Küssen auf seine Schulter. Eine Stunde, dachte sie. Eine Stunde lang wollte sie so tun, als wäre dies ein Morgen wie jeder andere. Sie ließ die Finger an Sandros Seite zu seiner Hüfte hinabstreichen und zeichnete gleichzeitig mit ihrer Zungenspitze ein Muster auf seine Haut.

Sandro hatte es nicht verhindern können, daß er ein wenig zusammenzuckte, als er gemerkt hatte, daß sich Isabella an seinen Rücken schmiegte. Er beschloß, das Spiel zu verlängern, indem er sich ganz still verhielt, während sie jetzt ihren Mund und ihre Finger über seine Haut gleiten ließ.

Minutenlang gab er sich diesem Vergnügen hin, doch als sich ihr Knie zwischen seine Schenkel schob und ihre Finger sich von seiner Hüfte über seinen Bauch dorthin bewegten, wo sich seine erwachende Erregung konzentrierte, stöhnte er auf. Er drehte sich auf den Rücken und zog Isabella über sich.

»Versucherin.«

Adrienne blickte in Sandros schönes Gesicht, und die überwältigende Macht ihrer Liebe zu ihm traf sie wie ein körperlicher Schlag. Diese Liebe war wie ein Feuer; Adrienne stand mit ihrem ganzen Wesen, mit Körper und Seele in Flammen.

Sie hob die Hände an sein Gesicht und tastete darüber

hinweg, als wollte sie sich alle seine Züge unauslöschlich einprägen. Sie schob die Finger in sein langes, seidiges schwarzes Haar, und wie immer erregte sie diese Berührung ungemein.

»Ihr sollt mich lieben, Sandro.« Sie senkte ihren Mund rasch über seinen. »Ich will, daß Ihr mich liebt, als . . .« Sie unterbrach sich erschrocken über das, was sie beinahe ausgesprochen hätte.

Sandro hörte, wie ihr der Atem stockte. »Ihr sollt mich lieben«, hatte sie gesagt. Ihn fröstelte. Sie hatte die restlichen Worte nicht ausgesprochen, dennoch hingen sie im Raum: ». . . als wäre es zum letztenmal.«

Beide sahen einander in die Augen und erkannten, daß jeder von ihnen es wußte.

Lächelnd strich Sandro mit den Händen am Körper seiner Gemahlin hinauf. »Nein, Liebste. Ich werde Euch lieben, als wäre es das erstemal.« Zärtlich streichelte er ihren Rücken. »Erinnert Ihr Euch noch daran?«

Adrienne hauchte ihm einen Kuß auf die Lippen. »Ja, ich erinnere mich. Doch vielleicht möchtet Ihr mein Gedächtnis ein wenig auffrischen?«

Er lachte und zog ihren Kopf zu sich herunter.

»Setzt Euch.«

Cesare Borgias überaus gemäßigte, melodiöse Stimme hatte dieselbe Wirkung wie eine knallende Peitsche. Piero Gennaro blieb so abrupt stehen, daß er noch ein Stück über die ziegelroten Bodenfliesen rutschte und dann zu einem der massiven, hochlehnigen Sessel zurückeilte, die vor dem Schreibtisch standen.

»Ich finde es in der Tat sehr merkwürdig, daß Montefiore sich geweigert hat, nach Forli zu kommen. Habt Ihr irgend jemanden in unsere Pläne eingeweiht?« Er blickte Piero scharf an. »Eure Schwester vielleicht?«

»Nicht doch, Don Cesare«, beeilte sich Piero zu versichern. »Niemand außer mir und Alfonso weiß davon.« Er rieb sich die schweißfeuchten Hände an seinen Beinlingen ab. »Ihr müßt es mir glauben, ich bitte Euch.«

»Ich habe keinen Anlaß, an Eurem Wort zu zweifeln, Don Piero.« Borgia lächelte ausdruckslos. »Ich empfehle Euch jedoch, dafür zu sorgen, daß ich Euren Schwager hier binnen kurzem als meinen Gast begrüßen kann. Mein Feldzug wird bald beginnen, und meine Zeit ist begrenzt.«

»Don Cesare, wie soll ich denn . . .«

Borgia brachte ihn mit einem Blick zum Schweigen, dem man nicht ansah, wie gereizt Don Cesare war. Es wird langsam Zeit, daß ich mich der Brüder Gennaro entledige, überlegte er. Beide waren wichtigtuerische Schwachköpfe, die nur ihre Herrschaft über Siena im Kopf hatten.

Nun, wenn er erst einmal hatte, was er begehrte, dann wollte er sie Michelotto übergeben, und das wär's dann. Niemanden würde interessieren, was mit ihnen geschah; für sie waren die aufwendigen Vorbereitungen nicht notwendig, die er für das Ableben von Alessandro di Montefiore traf.

»Don Piero.« Borgia stützte das Kinn auf die gefalteten Hände. »Als Ihr zu mir kamt, habt Ihr Eure Schwester so nett als Köder ausgelegt.« Wieder lächelte er. »Ich kann mir vorstellen, daß Montefiore diesem Köder nicht widerstehen kann, falls Ihr dasselbe noch einmal tätet.« Er lehnte sich in seinem Sessel zurück. »Ja, ich glaube, es würde mich erfreuen, das Ehepaar hier in Forli zu haben.«

Piero merkte, daß er nunmehr entlassen war, und erhob sich. Er wünschte, er besäße den Mut, Borgia zu fragen, wie er, Piero, Isabella denn hierherschaffen sollte. Schließlich hatte sie sich nicht direkt entgegenkommend zu ihm verhalten, seit sie unter Montefiores Bann stand. Piero konnte sich nicht vorstellen, wie er sie nach Forli bringen sollte, wenn er sie nicht gerade in Ketten legen und entführen wollte.

»Keine Gewaltanwendung, Don Piero!«

Piero erschrak. Konnte der Mann mit diesen unheimlichen, ausdruckslosen Augen etwa Gedanken lesen?

»Ich lege keinen Wert auf beschädigte Waren.« Borgia

trommelte mit den Fingerspitzen leicht auf die auf Hochglanz polierte Schreibtischplatte. »Verstehen wir uns?«

»Gewiß, Don Cesare.« Piero wich zurück. »Durchaus.« Als er sich umdrehte, konnte er beinahe körperlich fühlen, wie sich ihm Borgias Blick in den Rücken bohrte, und er mußte sich stark beherrschen, um nicht die Flucht zu ergreifen.

»Don Piero.«

Piero erstarrte, als fühlte er einen Dolch zwischen seinen Schulterblättern. Er wandte sich wieder um.

Mit einem Finger deutete Borgia auf den Sessel, aus dem Piero eben aufgestanden war. Im letzten Augenblick hatte Don Cesare nämlich beschlossen, die Sache selbst in die Hand zu nehmen.

»Eure Schwester wird eine Nachricht erhalten. Einen Hilferuf von ihrem gefangenen Gemahl.«

»Sie wird nicht glauben, daß...«

»Gleichzeitig wird sie einen persönlichen Brief von mir erhalten, mit dem ich sie darüber informiere, daß ihr Gatte mein Gast ist, und mit dem ich ihre Anwesenheit erbitte.« Borgia lächelte. »Wenn sie sich erst einmal hier in Forli befindet, wird Montefiore informiert. Ich bezweifle nicht, daß wir ihn innerhalb eines Tages hier vorfinden werden.«

»Und wenn... wenn sich nun die Signale irgendwie überschneiden?« stammelte Piero. »Wenn sie nun zur selben Zeit tatsächlich eine Nachricht von Montefiore erhält?«

»Ich würde empfehlen...« Borgia beugte sich vor und senkte die Stimme. »Ich würde Euch dringend empfehlen, dafür zu sorgen, daß dieses nicht geschieht.«

Adrienne lächelte zufrieden, während sie die letzten Dokumente und Briefe dieses Tages unterzeichnete. Sandro hatte ihr erklärt, daß er ihr für die Dauer seiner Abwesenheit alle Vollmachten für das Herzogtum Siena übertrug; sie hatte dagegen protestiert, weil sie vermutete, er täte das nur, um sie von ihren Ängsten anzulenken. Trotzdem hatte sie sich sofort in diese Arbeit gestürzt.

Nun gut, schwere politische Entscheidungen standen nicht an, und in der Hauptsache beschränkten sich ihre Pflichten bis jetzt auf die Verwaltung der umfangreichen Ländereien und auf die Bearbeitung von Bittgesuchen der Bürger. Dennoch fand Adrienne es ungemein befriedigend, etwas Nützliches tun zu können. Außerdem lenkte die Arbeit sie von der Einsamkeit ab.

In ihrem Leben war Adrienne schon sehr oft allein gewesen, doch nie hatte sie das Alleinsein »Einsamkeit« genannt. Jetzt hingegen fühlte sie sich einsam, weil sie sich nach Sandros Nähe sehnte, und weil sie die Gesellschaft des alten Herzogs vermißte.

Nachdem die Ratgeber und die Schreiber den Raum verlassen hatten, riß sie ein Fenster auf. Im Sonnenschein des Spätnachmittags herrschte lebhafter Betrieb auf dem Campo. In einer Ecke des großen Platzes hatte eine reisende Theatergruppe eine provisorische Bühne errichtet und führte nun eine Stegreifkomödie im Stil der Commedia dell'arte auf; der Harlekin und die Colombine in ihren bunten Kostümen tollten gerade über die Szene.

Am anderen Ende der Piazza hatte sich eine kleine Menschenmenge um einen Jongleur und zwei Akrobaten geschart, die um die Gunst und die Münzen der Zuschauer wetteiferten. Beim Brunnen saß ein Musikant und spielte eine eingängige Melodie auf seiner Flöte. Auf der Jagd nach ihrem Abendessen schossen kreischende Schwalben über dem Campo hin und her, auf und nieder.

Adrienne war so von dem lebendigen Treiben dort unten gefangen, daß sie den Kämmerer erst bemerkte, als er sie ansprach.

»Ja, Don Federico, was gibt es?« fragte sie, ohne sich umzudrehen.

»Nachrichten sind eingetroffen, Durchlaucht.«

»Nachrichten?« Sie fuhr herum. »Von Don Alessandro?«

»Es scheint so, Durchlaucht. Dieser Sendbote sagt, er habe eine Nachricht von dem Herzog, die er jedoch nur Euch persönlich aushändigen will.« Der Kämmerer trat zur Seite.

Beim Anblick des Fremden erschrak Adrienne. Krankheit oder zuviel Wein hatten seine Haut verfärbt, und eines seiner Lider zuckte unentwegt. Nach seiner Kleidung und seinem Geruch zu urteilen, mußte er in der Gosse wohnen.

Adrienne streckte fordernd die Hand aus. Der Mann kam zwar einen Schritt näher, machte indessen keine Anstalten, ihr den schmierigen Papierfetzen zu übergeben, den er mit seinen knochigen Fingern umkrampfte.

»Mir wurde Zahlung versprochen, Madonna.«

»Gebt ihm eine Münze, Don Federico.«

Der Mann entriß dem Kämmerer das Goldstück, drückte den Zettel in Adriennes ausgestreckte Hand und wollte sofort aus dem Raum fliehen. Don Federico bewegte sich indessen unerwartet flink und hielt den Boten an einem Zipfel seines kurzen Umhangs fest.

Adrienne betrachtete den zusammengefalteten Papierfetzen, auf dem sich rostfarbene Flecken befanden. Mit vor Angst kalten, starren Fingern faltete sie ihn auseinander, und sie vermochte die Buchstaben erst nach einer Weile zu entziffern: »In Forli festgehalten. Hilfe. A.«

Die Gedanken überschlugen sich. Zorn und Panik wechselten einander ab. Also ist der schlimmste aller Alpträume wahr geworden, dachte Adrienne. Oder doch nicht?

Hoffnung flackerte auf, als sie wieder auf den Zettel starrte. Weshalb ist die Mitteilung mit »A.« unterschrieben, wenn ich ihn doch nie anders als Sandro genannt habe? fragte sie sich. War das Ganze irgendeine böse Falle, die ihre Brüder aufgestellt hatten?

Sie trat dichter an den Boten heran, von dessen Gestank ihr beinahe übel wurde. »Wer hat dir das gegeben?« fragte sie und schwenkte den Papierfetzen vor seinem Gesicht. »Wie sah der Mann aus?«

»Es war einer der Kerkerwärter aus dem Verlies von Forli, Madonna.« Er zuckte die Schultern. »Und die sehen alle wie die Schlächter aus.«

Adrienne erbleichte. »Den Mann, der dies geschrieben hat, hast du nicht gesehen?«

Er schüttelte den Kopf, blickte himmelwärts und versuchte, sich an die Worte des Maskierten zu erinnern, der ihm das Stück Papier gegeben hatte. »Der Wärter meinte, der Bursche, der das geschrieben hat, wäre jetzt wohl nicht mehr so hübsch, wie er einmal gewesen war.« Er kicherte, weil er sich darüber freute, daß er sich entsann: »Und er mußte die Worte mit seinem eigenen Blut schreiben. Tinte gab es nicht.« Er grinste und zeigte dabei seine schwarzen Zahnstümpfe.

Adrienne wandte sich ab, denn ihr wurde übel. Doch woher sollte sie wissen, daß dieser Kerl hier die Wahrheit sagte? Und falls er es tat, weshalb hatte Sandro keinen Satz oder auch nur ein Wort geschrieben, aus dem sie entnehmen konnte, daß die Nachricht tatsächlich von ihm stammte?

Langsam begriff sie die volle Bedeutung dessen, was der Bote gesagt hatte. Sie preßte sich ihre Fingerknöchel an den Mund, um nicht aufzuschreien. Falls Sandro gefoltert worden war, besaß er nicht die Kraft, noch mehr zu schreiben. Ihr Blick kehrte zu dem Papier zurück. Hatte er diese Worte hier mit gebrochener, zerfetzter Hand geschrieben?

»Durchlaucht?«

Sie drehte sich um und bemerkte den Brief in Don Federicos Hand. Borgias Siegel darauf sah aus wie ein großer heller Blutfleck. Noch bevor sie das Schreiben entgegennahm und das Siegel erbrach, wußte sie, was sie darin lesen würde.

Sie überflog die Zeilen, und alle Hoffnung erstarb. Adrienne erkannte, daß sie trotz ihres Wissens, trotz aller ihrer Warnungen nicht fähig gewesen war, etwas zu tun. Sandro war tatsächlich Borgias Gefangener im Verlies von Forli.

26. KAPITEL

Als Adrienne aus dem Sattel glitt, gaben beinahe ihre Knie nach. Einer der Männer, die sie auf dem Ritt von Siena hierher begleiteten, stützte sie. Sie nickte ihm dankend zu.

Trotz der frühen Stunde war es an diesem Morgen im Mai schon sehr warm. Adrienne machte sich nicht die Mühe, die Schweißtropfen abzuwischen, die ihr zu beiden Seiten des Gesichts herunterrannen. Sie lehnte sich gegen einen Baum des kleinen Wäldchens, wo sie angehalten hatten, und schlang die Arme um sich, als könnte sie sich und auch das in ihr entstehende Kind auf diese Weise trösten. Sie waren ans Ende ihrer Reise gelangt.

Welche Ironie des Schicksals, dachte sie. Isabella war nach Forli geritten, eine bereitwillige Lockspeise, um ihren Gemahl in Borgias Gefangenschaft zu führen. Und jetzt befand sich Adrienne auf der gleichen Reise, weil Sandro, der anscheinend zu unvorsichtig, zu tollkühn gewesen war, sie dazu veranlaßt hatte.

Auf dem Ritt hatte ihr die Angst ständig im Nacken gesessen. Jetzt blickte sie auf die braunen Mauern der Stadt Forli, die vor ihr lag, und empfand eine beinahe unheimliche Ruhe.

Am südöstlichen Rand der Stadt schob sich die Rocca di Rivaldino wie ein Schiffsbug in die Landschaft. Adrienne beobachtete, wie die Zugbrücke der Festung herabgesenkt wurde, um einem einzelnen Reiter den Zutritt zu gewähren. Besäße ich doch nur eine Armee, die ihm jetzt hinterhergaloppieren und Sandro befreien könnte, dachte sie.

Die Männer, die sie begleiteten, gehörten zu Sandros persönlicher Garde; diese Abteilung hatte er in Siena zum Schutz seiner Gattin zurückgelassen. Adrienne wußte, daß diese Wachsoldaten in den Tod gehen würden, ohne Fragen zu stellen, doch sie war auch Realistin genug, um zu erkennen, daß diese kleine Abteilung absolut keine Möglichkeit hatte, Sandro mit Gewalt zu befreien. Cesare Borgia, ausgestattet mit über zehntausend Mann sowie der besten Artillerie ganz Europas, hatte immerhin zwei Wochen benötigt, um die Festung von Forli zur Kapitulation zu zwingen.

Adrienne wußte, daß ihre einzige Hoffnung darin bestand, sich den Zugang zur Festung durch Bestechung zu verschaffen. Die Männer, die während der Belagerung der Stadt bei Sandro gewesen waren, hatten sie davor warnen wollen, wie schwierig das sein würde, doch sie hatte nichts davon hören wollen. Sie dachte, wenn es Sandro gelungen war, eine Nachricht aus dem Verlies dieser Festung hinauszuschmuggeln, dann mußte sie doch wohl in der Lage sein, sich selbst hinein- und sie beide wieder herauszubringen.

Sie nahm eine Bewegung an ihrer Seite wahr, drehte sich um und sah Gianni. Er hatte darum gebettelt, sie begleiten zu dürfen, und da sie sich denken konnte, daß seine Erfahrung mit verstohlenen Schleichwegen bei weitem größer war als ihre, hatte sie zugestimmt.

»Es wird gut ausgehen, Donna Isabella.« Er hielt ihr ein kleines Bündel hin.

Adrienne nickte; ihrer Stimme traute sie nicht. Sie nahm das Bündel entgegen und verschwand damit hinter einem Busch, um sich zu kostümieren.

Rasch zog sie sich die staubige, dunkle Männerkleidung aus, die sie auf dem Ritt getragen hatte, und legte das einfache Gewand an. Glücklicherweise war ihr noch nicht anzusehen, daß sie schwanger war. Sie strich das grobe Leinen glatt und hob dann eine Handvoll Erde auf. Während sie sich den Schmutz in Gesicht und Hände rieb, betete sie darum, daß sie in dieser Verkleidung auch tatsächlich wie eine Bauersfrau auf dem Wege zum Markt wirkte.

Mit dem kleinen Bündel gegerbter Felle unter dem Arm trat sie auf die staubige Straße hinaus und ging den letzten Rest des Weges zu Fuß weiter.

An diesem Markttag war die enge Durchfahrtstraße überfüllt. Männer, Frauen und Kinder drängten und schoben sich aneinander vorbei; sie trugen Körbe, Säcke oder zogen

Handkarren. Neidische Blicke folgten einem Bauern, der es sich offensichtlich leisten konnte, seine Waren auf Eselsrücken zum Markt zu bringen. Die Luft war voller Staub, und lautes Brüllen, Fluchen und Lachen war von allen Seiten zu hören.

Adrienne ging zielstrebig voran. Ihre eigene Erschöpfung sowie die vielen Leute ringsum nahm sie nicht zur Kenntnis. Sie konzentrierte sich nur auf die vor ihr liegende Aufgabe, denn um einen wirklichen Plan zu entwickeln, war nicht genügend Zeit gewesen. Die Männer von ihrer Garde hatten sich ebenfalls verkleidet; als Händler oder Bauern würden sie ihr später in die Stadt folgen. Gebe Gott, daß wir uns dann zur richtigen Zeit am richtigen Ort treffen, dachte sie.

Am Stadttor hatte sich ein kleiner Menschenauflauf gebildet. Stimmen erhoben sich, weil man sich mit der Torwache nicht darüber einigen konnte, ob der Eintrittspreis in die Stadt mit Münzen oder mit Waren entrichtet werden sollte.

Als Adrienne näher zu dem Tisch kam, wo sich die Wächter mit den Leuten stritten, sah sie dahinter einen Bewaffneten in den rotgelben Farben Borgias zu Pferd sitzen. Teilnahmslos betrachtete er die Vorgänge am Tor. Dankbar für das Gedränge um sie her ging sie in gebückter Haltung und mit gesenktem Kopf weiter; sie wollte so wenig wie möglich auffallen.

Die Wächter winkten eine Gruppe durchs Tor in die Stadt hinein, und die Leute hinter ihnen drängten so stark nach, daß Adrienne einen Stoß bekam, stolperte und auf die Knie fiel.

»Das Weib wird keinen Preis für Anmut gewinnen!« Die Wächter lachten spöttisch.

»Sie mag tolpatschig sein, doch für mein Bett ist sie gut genug«, meinte einer von ihnen.

Adrienne kümmerte sich nicht um den Spott und das Gelächter, sondern nahm ihr Fellbündel wieder auf und erhob sich. Den Blick hielt sie beharrlich auf den Boden gerichtet.

»Was ist mit dir, Mädchen?« Eine rauhe Hand griff über

den Tisch und stieß Adriennes Kinn hoch. »Hat man dir etwa nicht beigebracht, einem Mann, der dich anspricht, ins Gesicht zu sehen?«

Adrienne packte ihr Bündel fester und blickte dem Kerl in die Augen. Seine groben Gesichtszüge schienen aus einem Holzklotz gehauen zu sein. Sie hatte gehofft, im Schutz der Menge unauffällig in die Stadt zu gelangen, und nun ruinierte möglicherweise ein einziges Stolpern ihr ganzes Vorhaben.

»Du stehst hier, um den Torzoll zu vereinnahmen, und nicht, um dir ein Weib auszusuchen, das dir heute nacht dein Bett wärmen soll«, wies der Berittene den Wächter zurecht.

Adrienne blickte ganz kurz zu ihm hinüber. Halb und halb erwartete sie, einen von Borgias Henkersknechten wiederzuerkennen, doch der Mann war ihr völlig unbekannt. Sie schlug die Lider wieder nieder und merkte, daß ihr vor lauter Erleichterung die Wangen heiß wurden.

Der Wachmann nahm Haltung an, als er die leise Stimme hinter sich hörte. »Schon gut«, knurrte er dann Adrienne an. »Gib mir zwei von diesen jämmerlichen Fellen da.«

Sie zog die beiden Felle unter dem Seil hervor, das das Bündel zusammenhielt, und eilte weiter. Mit klopfendem Herzen folgte sie den anderen Verkäufern zum Marktplatz. Einige Male blieb sie stehen, machte sich an ihren Schuhen zu schaffen und schaute dabei heimlich hinter sich, um sich davon zu überzeugen, daß keiner der Männer ihr folgte, die sie am Tor gesehen hatte.

Als sie der Meinung war, vorsichtig genug gewesen zu sein, bog sie von der Hauptstraße ab und tauchte in das Gewirr der dunklen, engen Gassen, die zu der Festung führten.

Eben noch hatte sie sich in einer engen, düsteren Gasse befunden, und im nächsten Moment blendete sie das Sonnenlicht auf einer sandfarbenen Ziegelmauer. Die durch Strebepfeiler und -bögen abgestützte Burgmauer stieg von dem rauhen Felsgestein so hoch auf, daß Adrienne den Kopf in den Nacken legen mußte, um ihre zinnenbewehrte Krone zu sehen. Dabei bemerkte sie auch, daß die einzigen Fenster nur schmale, mit Eisenstangen vergitterte Schlitze waren.

Die Ausmaße und die Wehrhaftigkeit der Festung überwältigten sie, und ihre Zuversicht begann zu schwinden. Minutenlang stand sie wie angewurzelt da und konnte sich nicht entscheiden, wo sie nun mit ihrer Suche beginnen sollte.

Schließlich zwang sie sich dazu, sich wieder in Bewegung zu setzen. Sie begann, die Außenseite der Zitadelle zu umrunden, um die Zugangsmöglichkeiten von der Stadt aus zu erkunden.

Sie war erst wenige Schritte gegangen, als ein Mann aus einer Gasse auftauchte und sich ihr in den Weg stellte.

»Don Cesare heißt Euch in Forli willkommen, Madonna.«

Als Adrienne die Stimme hörte, erschrak sie derartig, daß sie den Sinn der Worte kaum begriff, sondern den Mann nur anstarrte. Dann jedoch löste sich ihre Benommenheit, und ihr Herz begann wie wild zu hämmern.

»Was?« Diese eine Silbe hörte sich wie ein Krächzen an. Instinktiv drückte sie sich ihr Bündel an den Körper, als könnte es sie schützen. »Ihr müßt mich mit jemand anderem verwechseln.« Unterwürfig beugte sie wieder die Schultern vor und senkte den Kopf.

»Nein, Madonna.« Der Mann lächelte, und in seinem dunklen Gesicht blitzten seine Zähne weiß auf. »Ich verwechsle Euch keineswegs.« Er verbeugte sich spöttisch und bot ihr seinen Arm. »Ihr werdet mich jetzt begleiten.«

Nein! kreischte Adrienne innerlich auf. Das darf nicht sein! Das darf einfach nicht wahr sein! Das lasse ich nicht zu! Sie machte einen Schritt rückwärts, dann noch einen. Als sie hinter sich etwas hörte, fuhr sie herum und fand sich zwei Bewaffneten gegenüber, die breitbeinig und teilnahmslos dastanden und ihr den Weg versperrten.

Es ist vorbei, erkannte sie. Es war vorbei, bevor es noch begonnen hatte. Eine große Müdigkeit kam plötzlich über sie. Sie ließ die Arme hängen, und das Fellbündel fiel auf die Pflastersteine; es rollte noch ein Stück weiter und blieb schließlich vor den Stiefeln eines der Männer liegen.

Adrienne hatte das Gefühl, als würden sich ihre Muskeln und Knochen in Wasser verwandeln. Als ihre Knie tatsächlich nachzugeben drohten, raffte sie sich zusammen und zapfte ihre letzten Kraftreserven an.

Ich werde nicht aufgeben, befahl sie sich. Wenn es sein mußte, dann wollte sie Borgia eben gegenübertreten und mit ihm um Sandros Leben feilschen. Ihr Magen verkrampfte sich, als ihr klar wurde, daß sie als Gegenleistung nur sich selbst anzubieten hatte. Ungeachtet dessen floß jetzt die Energie langsam wieder in sie zurück.

Eine schwere Hand senkte sich auf ihre Schulter. Adrienne drehte sich herum und blickte Borgias Henkersknecht in die Augen. Sie legte ihre Rolle als Bauernmädchen ab und richtete sich gerade auf. »Nimm deine Hände von mir!«

Obwohl der Mann sie feindselig anstarrte, riß er seine Hand zurück, als hätte er sich verbrannt.

»Ich werde Madonna jetzt zu Don Cesare begleiten. Vergeßt bitte nicht, daß die Männer hinter uns sehr schnell sind.« Sein Selbstbewußtsein war offensichtlich zurückgekehrt, und er grinste wieder. »Und Befehle nehmen sie nur von mir entgegen.«

Höhnisch bot er ihr wieder den Arm. Adrienne übersah ihn und ging voran.

Adrienne und die Männer betraten die Festung durch ein gut bewachtes Tor, das so niedrig war, daß sie sich bücken mußten, um hindurchzugelangen. Eine einsame Fackel brannte in dem Gewölbegang, der durch die Burgmauer hindurch in die Zitadelle führte. Als sie wieder in den Sonnenschein hinaustraten, erkannte Adrienne, wie naiv es von ihr gewesen war zu glauben, sie könnte sich hier einschleichen.

Auf dem riesigen Burghof, der auf den ersten Blick wie die Piazza eines harmlosen Dorfes wirkte, herrschte viel Betrieb. Frauen standen beim Brunnen und zogen Wassereimer hoch. Ein Diener mit einem großen Korb voller Wäsche stapfte keuchend vorbei. Drei spielende Hunde jagten hintereinander her. Nur die wohlbewaffneten Wachen in der rotgelben Livree waren eine lebhafte Mahnung daran, daß es sich hier eben nicht um ein Dorf handelte – und daran, wer hier der Herr war.

Während Adrienne ihrem Häscher folgte, versuchte sie, sich jede Tür, jede Treppe und jede Biegung des Korridors einzuprägen. Bald, zu bald blieben sie vor einer massiven Eichentür stehen. Der Mann klopfte einmal, und sie wurde umgehend geöffnet.

Als Adrienne über die Schwelle trat, sah sie, daß sie sich in einem gutbewachten Vorraum befand. Sie durchquerte ihn. Ihr Herz hämmerte, ihre Hände waren schweißfeucht, und sie merkte, daß ihr die Blicke der Männer folgten.

Ein Wachmann öffnete die Tür am anderen Ende des Raums, Adrienne trat vor – und blickte in Cesare Borgias gutaussehendes, kaltes Gesicht.

»Willkommen in Forli, Donna Isabella.« Borgia erhob sich, blieb jedoch hinter seinem Schreibtisch stehen.

Als sich ihre Blicke trafen, wich alle Panik von Adrienne. Ihr war, als hätte sie eine Bühne betreten, und sie wußte, daß Sandros Leben – und letztendlich auch ihres – von ihrer Darbietung abhing.

»Danke, Michelotto.« Borgia nickte dem Mann hinter Adrienne zu. »Du hast wie üblich gute Arbeit geleistet.«

Zu ihrem Entsetzen erkannte Adrienne, daß es sich bei dem Mann, der sie hierhergebracht hatte, um den berüchtigten Michelotto Corella handelte, um Borgias bevorzugten Meuchelmörder, dessen Geschick im Umgang mit Garotte und Dolch schon so manchen Gegner aus dem Weg geräumt hatte.

Die Tür hinter ihr fiel ins Schloß; Adrienne und Borgia

waren jetzt allein. Adrienne blieb stehen, wo sie war; Borgia ging langsam um seinen Schreibtisch herum und trat auf sie zu.

»Welchem Umstand verdanke ich die Ehre Eures Besuches, Madonna?« Ohne den Blick von ihren Augen zu wenden, hob er sich ihre Hand an den Mund.

Adrienne zog sie zwar nicht zurück, doch sie konnte ihr Erschaudern nicht unterdrücken, als seine Lippen über ihre Haut glitten. »Ich denke doch, Ihr wißt besser als jeder andere, weshalb ich hier bin, Don Cesare.«

»In der Tat.« Er lächelte, behielt ihre Hand in seiner und führte Adrienne zu seinem Schreibtisch. Dort griff er nach einem Brief und reichte ihn ihr mit einer beleidigend lässigen Handbewegung hin.

»Eure Gattin ist in Forli mein Gast«, las Adrienne. »Solltet Ihr sie zu sehen wünschen, würde es mir zur Freude gereichen, Euch ebenfalls hier begrüßen zu können.«

Mit wachsendem Entsetzen las Adrienne diese Zeilen immer und immer wieder, und ihr wurde klar, daß sie trotz all ihres Wissens, trotz all ihrer Vorsicht unabsichtlich dasselbe getan hatte, was Isabella absichtlich getan hatte: Sie hatte ihren Gatten verraten. Sie hatte ihn in die Falle geführt, die ihn das Leben kosten würde.

Wie hatte sie nur so dumm sein können? Warum hatte sie in der Nachricht, die ihr der Bote gebracht hatte, nicht die Falle erkannt?

Für einen kurzen Moment fühlte sie sich geschlagen und besiegt, doch sie faßte sich sofort wieder. Der Krieg ist noch nicht vorbei, sagte sie sich. Diese Schlacht mochte sie vielleicht verloren haben, doch, bei Gott, sie würde den Kampf nicht aufgeben! Sie hob wieder den Kopf und blickte Borgia trotzig ins Gesicht.

Borgia sah den Zorn und den kriegerischen Ausdruck in ihren Augen. Sie würde ihn also nicht enttäuschen und klein beigeben. Er würde die Schlacht und hinterher die

Beute genießen. Schon rührte sich sein Körper in Erwartung des Kommenden.

Der Zorn erhitzte Adriennes Blut. Sie schleuderte den Brief auf den Schreibtisch zurück und holte Luft, um Borgia zu sagen, was für ein verachtenswerter, perfider Bube er war, der es verdiente, in der Hölle zu brennen.

»Das Feuer in Euren Augen ist ungemein herausfordernd, Madonna.« Borgia strich mit den Fingerrücken über Adriennes Mund. »Doch sagt jetzt nichts, was Ihr später möglicherweise bedauern könntet.«

Adrienne rang um Beherrschung. Heftig wandte sie sich ab und faltete fest die Hände. Was sollte sie ihm sagen? Womit könnte sie ihn umstimmen? Womit könnte sie sich sein Versprechen erkaufen, diesen Brief nicht an Sandro abzusenden? Und falls er ihr tatsächlich dieses Versprechen gab, wie konnte sie dann sicher sein, daß er es auch hielt?

Sie drehte sich wieder zu ihm herum. »Was wollt Ihr von meinem Gatten?« verlangte sie zu wissen. »Hat er Euch nicht loyal und gut gedient?«

»In der Tat, das hat er«, bestätigte Borgia gleichmütig.

»Was wollt Ihr dann von ihm?« fragte Adrienne noch einmal.

»Einen guten Führer zeichnet es aus, nicht nur die Vergangenheit zu bedenken, sondern auch die Zukunft.«

»Was wollt Ihr damit andeuten? Alessandro di Montefiore verrät niemanden, dem er sein Wort gegeben hat.«

»Möglicherweise nicht.« Er zog eine Augenbraue hoch. »Vielleicht ist es ja auch nicht die Frage seiner Loyalität, die mich ins Grübeln bringt.«

Adrienne legte die Hände wieder fest zusammen, weil sie befürchtete, sie könnte sonst gar handgreiflich werden. »Was ist es dann?«

Dies ist eine höchst bizarre Situation, dachte sie; ich stelle hier lauter Fragen, obwohl ich die Antwort darauf längst weiß. Und trotzdem... Die historische Wirklichkeit hatte sich schon genug verändert, um Adrienne zu der Erkenntnis zu führen, daß sie tatsächlich nichts, überhaupt nichts wußte.

Borgia schüttelte lächelnd den Kopf. »Ihr sollt für einige Zeit mein Gast sein, Donna Isabella. Es wäre doch eine Schande, wenn wir unsere Gesprächsthemen so schnell erschöpften.« Er trat näher. »Oder nicht?«

»Meine Brüder waren es.« Adrienne wollte nun einmal Antworten haben, und wenn nötig, würde sie die Borgia auch abtrotzen. »Weil sie Schwächlinge sind und meinen Gatten nicht zu zerstören vermögen, kamen sie zu Euch, auf daß Ihr die Schmutzarbeit für sie verrichtet.«

Bei ihrem Ton hob Borgia die Brauen. »Ihr irrt, Madonna. Ich verrichte niemandes Schmutzarbeit außer meiner eigenen.«

»Ihr bestreitet also, was ich gesagt habe?«

»Ich habe mit Euren Brüdern gesprochen. Das ist richtig.« Er verschränkte die Arme vor der Brust. »Wir haben einige gemeinsame ... Interessen.«

»Und eines von diesen Interessen ist es, meinen Gemahl zu ermorden«, stellte Adrienne kalt fest.

»›Ermorden‹ ist ein so grobes Wort, Madonna. Es gibt Situationen, in denen einem Fürsten keine andere Wahl bleibt, als Menschen dem Tod zuzuführen.« Er zuckte die Schultern. »Sowohl auf dem Schlachtfeld als auch anderweitig.«

Adrienne betrachtete ihn. In seinen so kalt wirkenden Augen glomm nur der Funke der Wollust, und sein so schöner Mund zeigte nichts als Grausamkeit. Also geschieht es, dachte sie. Borgia wollte Sandro auf den Block bringen, und sie sollte dabei anwesend sein, um ihn sterben zu sehen. Vor Schmerz hätte sie fast aufgeschrien.

»Wollt Ihr keine Gnade walten lassen?« fragte sie leise. »Nur dieses eine Mal?«

»Ach, Donna Isabella ...« Seine weiche Stimme klang fast bekümmert. »Gnade walten zu lassen ist eine Tugend, die sich ein Fürst nicht leisten kann.«

»Ihr könnt sie Euch sehr wohl leisten!« Adrienne packte ihn am Vorderteil seines schwarzen Samtwamses. »Ihr seid der Herzog von Valentinois, der Herzog der Romagna, vom Papst abgesehen der mächtigste Mann Italiens. Was kann Euch ein einzelnes Leben schon bedeuten?« Noch während sie um Sandros Leben flehte, wußte sie schon, daß Ihre Worte wie Blätter im Wind waren; sie würden fortgeweht werden und danach vergessen sein. Und dennoch flehte sie.

»Er hat nichts zu Eurem Schaden getan.« Tränen hingen an ihren Wimpern. »Wollt Ihr ihm dieses Schicksal nicht ersparen?« Vor Verzweiflung krallten sich ihre Finger immer fester in sein Wams. Selbst als Borgia ihre Handgelenke umfaßte, ließ sie nicht los. »Wenn schon nicht Eurer unsterblichen Seele zuliebe, dann doch wenigstens zu Eurem eigenen Nutzen.«

»Mein eigener Nutzen?« Das fragte er scheinbar so ganz nebenbei, doch seiner Stimme war eine Spur wirklichen Interesses anzuhören. »Wie das?«

»Mein persönliches Vermögen ist groß. Ich würde Euch alles geben, was ich Euch zu geben vermag«, antwortete sie rasch.

»Alles?«

»Alles.«

Seine Finger an ihren Handgelenken lockerten sich jetzt und liebkosten, statt festzuhalten.

Adrienne erstarrte, denn plötzlich wurde ihr bewußt, was sie da eben gesagt, was sie ihm versprochen hatte. Sofort ließ sie sein Wams los. Als sie jedoch die Hände sinken lassen wollte, schlossen sich Borgias Finger wieder wie eiserne Fesseln um ihre Handgelenke. Lange blickten Adrienne und Borgia einander an. Dann lachte er rauh auf und ließ sie so unvermittelt los, daß ihre Hände herunterfielen, als wären sie mit Gewichten beschwert.

»Ich könnte Euch jetzt, in dieser Minute, nehmen, ohne Euch dafür irgendeine Vergünstigung anzubieten. Glaubt Ihr, hier würde jemand auch nur einen Finger rühren, um

Euch zu helfen?« fragte er. »Die Wachen im Vorraum würden bestenfalls Wetten darauf abschließen, wie schnell sich Euer Kreischen in lustvolles Stöhnen verwandelt.«

Sie starrte ihn an; sein beiläufiger Ton entsetzte sie ebensosehr wie das, was er sagte. Unwillkürlich hielt sie sich die Hände vor den Leib, als ob sie so ihr Kind vor den so ruhig ausgesprochenen Worten zu schützen vermochte. Sie wich vor Borgia zurück, erst einen Schritt, dann noch einen.

Er lachte. »Nur keine Angst, Donna Isabella. Ich werde warten – zumindest bis Ihr Euch den Straßenschmutz abgewaschen habt.« Er trat wieder nahe an sie heran und hob seine Finger an ihre Wange. »Und wer weiß? Vielleicht gebe ich Euch ja doch etwas dafür.« Er strich ihr über das Kinn. »Ihr werdet es abwarten müssen.«

Bei seinen Worten und seiner Berührung drehte sich ihr der Magen um, und sie wandte den Kopf zur Seite.

Unvermittelt griff Borgia an ihr Kinn, und seine Finger preßten sich schmerzhaft in ihre Wangen. »Wendet Euch nicht von mir ab«, sagte er leise. »Wendet Euch nie wieder von mir ab.« Er verstärkte seinen Griff noch, bevor er sie schließlich losließ und sich umdrehte.

Schwankend mußte sie sich an einer Sessellehne festhalten. Der Dolch! Sie erinnerte sich an den Dolch, den sie sich ans Bein geschnallt hatte. Sie warf einen Blick auf Borgia, der ihr den Rücken zugewandt hatte, und schaute dann auf den Schreibtisch, wo der Brief lag. Fast konnte sie das kalte Metall in ihrer Hand fühlen. Ihr Atem ging immer schneller.

Sie konnte es tun. Sie war sich dessen ganz sicher. Ohne Bedenken konnte sie es tun. Danach würde sie den Brief vernichten, und Sandro wäre gerettet. Und dann... Adrienne schloß die Augen. Dann würden Borgias Leute kommen und sie umbringen. O Gott, dachte sie, ich will nicht sterben! Ich will leben und das Kind zur Welt bringen. Irgendwie werde ich einen Weg finden, schwor sie sich. Sie konnte doch nicht in dieses Leben versetzt worden sein, um zu versagen. Daran wollte sie immer denken.

»Madonna.«

Als sie Borgias Stimme hörte, zuckte sie zusammen.

»Da Ihr offensichtlich keinen Schmuck tragt, den Euer Gemahl erkennen würde, darf ich Euch bitten, meinem Brief ein paar eigene Worte hinzuzufügen.« Er lächelte. »Nur für den Fall, daß sich Euer Gemahl möglicherweise von mir nicht so leicht überzeugen läßt wie Ihr.«

»Nein!« Adrienne verkrampfte die Hände um die Sessellehne. »Das werde ich nicht tun!«

»Ganz wie es Euch beliebt, Donna Isabella.« Er zuckte die Schultern. »Wenn Ihr Euch weigert, werde ich ihm eben ein anderes Erkennungszeichen senden müssen.« Er überlegte einen Moment, bevor er im Gesprächston fortfuhr: »Ein Ohr vielleicht? Oder einen Eurer Finger?«

Adrienne fühlte erneut Übelkeit in sich aufsteigen. Borgia meinte das ernst, erkannte sie, als sie in seine unergründlichen Augen blickte. Er würde es tatsächlich tun und es genießen. Geschlagen senkte sie den Kopf und ging zum Schreibtisch.

»Es ist so, wie er sagt«, schrieb sie. »Ich befinde mich in Forli.«

Borgia lachte leise. »Sehr gut, Donna Isabella.«

Ohne aufzuschauen, tauchte Adrienne den Federkiel in das Tintenfaß.

»Ich wurde durch eine List hierhergeführt.«

Sie hörte, daß Borgia verärgert schnaubte, doch sie schrieb weiter: »Ich flehe Euch an, kommt nicht her.«

Der Federkiel kratzte über das Pergament, als Borgia ihn ihr aus den Fingern zog. Er schaute sich an, was sie geschrieben hatte, und begann zu lachen.

»Ich danke Euch, Donna Isabella. Kein Mann wird der Aufforderung, seine Tapferkeit zu beweisen, widerstehen können.«

Adrienne merkte, daß er recht hatte. Sie wollte ihm den Brief sofort aus der Hand reißen, doch Borgia trat zurück und hielt ihn außerhalb ihrer Reichweite.

Verzweifelt überlegte sich Adrienne, daß sie noch eine einzige Trumpfkarte besaß. Sie wußte zwar nicht, ob diese Trumpfkarte Sandros Rettung oder ihrer beider Tod herbeiführte, doch ihr blieb keine andere Wahl, als sie auszuspielen.

»Wenn Ihr Sandro verschont, kann ich Euch etwas anbieten, was sonst niemand kann.«

»Und ich habe Euch bereits gesagt, daß ich Euch nehmen kann, wann immer es mit beliebt.«

Adrienne schüttelte den Kopf. »Das meinte ich nicht.« Sie holte tief Luft. »Ich kann Eure Zukunft schauen, Don Cesare. Ich weiß, was geschehen wird und wann. Solange Alessandro di Montefiore nichts zustößt, werde ich Euch sagen, was auf Euch zukommt, und dann wird Eure Macht unermeßlich sein.«

Borgia blickte sie scharf an. »Ihr könnt die Zukunft vorhersehen?« Er lachte verächtlich. »Und Ihr erwartet, daß ich das glaube? Wenn Ihr die Zukunft schauen könnt, weshalb seid Ihr dann hier?«

»Meine Fähigkeit kann ich nicht für mich selbst einsetzen, sondern nur für andere Menschen.«

»Beweist es!«

Sie schluckte. »Ihr habt Pläne für Eure Schwester Lucrezia, und ihr Gemahl, Alfonso di Bisceglie, steht Euch dabei im Weg.« Sie sah das Aufblitzen der Verblüffung in Borgias Augen und fuhr rasch fort: »Alfonso wird noch vor Jahresende auf Euren Befehl hin sterben, und Eure Schwester wird den Erben des Hauses Este heiraten.«

Borgia drehte sich um und trat zu dem schmalen Fenster. Wie konnte diese Frau etwas wissen, das nur in seinem eigenen Kopf existierte? Er hatte es niemandem anvertraut, daß Alfonso di Bisceglies Tage gezählt waren, und auch nicht, daß er, Borgia, Alfonso d'Este zum neuen Gemahl für Lucrezia ausersehen hatte. Wie konnte Isabella das wissen, es sei denn, sie besaß tatsächlich das Zweite Gesicht, oder... Kalt lief es ihm über den Rücken. Oder sie war eine Hexe.

Diesen unangenehmen Gedanken schob er beiseite und sagte sich, daß es für ihn wesentlich wichtiger war, herauszufinden, ob sie in der Lage war, die Pläne seiner Feinde vorauszusehen; wie sie zu diesem Wissen kam, war von zweitrangiger Bedeutung. Die Aussichten, die sich ihm eröffneten, erschienen ihm über die Maßen verlockend.

»Eure . . . Eure Gabe interessiert mich.« Während er sich wieder zu ihr wandte, stellte er fest, daß sein Verlangen nach ihr inzwischen verflogen war.

Adrienne atmete erleichtert auf. »Dann werdet Ihr also diesen Brief dort vernichten und meinen Gemahl in Frieden lassen?«

»Nein, Madonna.« Er lächelte grauenerregend. »Wenn Euer Gemahl mein Gast ist, werden wir uns über Euer Talent weiter unterhalten.«

»Ihr . . .« Adrienne bewegte sich auf ihn zu.

»Genug!« Mit erhobener Hand gebot er ihr Einhalt. »Ich habe große Geduld mit Euch bewiesen, Donna Isabella. Strapaziert sie nicht über Gebühr. Denkt an Caterina Sforza, deren Gemächer Ihr bewohnen werdet. Sie hat meine Geduld ein wenig zu viel geprüft, und jetzt hat sie sehr viel Muße, um über ihr Verhalten nachzudenken.« Nach einer kleinen Pause fügte er hinzu: »Im Verlies von Castel Sant'Angelo zu Rom.«

Ohne auch nur eine Entgegnung abzuwarten, schritt er an Adrienne vorbei, öffnete die Tür zum Vorraum und rief nach Michelotto.

27. KAPITEL

Adrienne stand am Fenster, das auf den riesigen Hof der Festung hinausging, und trommelte mit den Fingern gegen die Glasscheibe.

Zwei volle Tage waren seit ihrem Gespräch mit Borgia vergangen. Anfangs war sie dankbar dafür gewesen, daß er ihr erlaubt hatte, in Caterina Sforzas Gemächern zu verbleiben, allein und ungestört, abgesehen von den gelegentlichen Besuchen der Dienerinnen, die ihr das Essen brachten und ihr dabei halfen, Caterinas Gewänder anzulegen.

Je mehr Zeit verging, desto unruhiger wurde sie. Sie fühlte sich, als säße sie in einem Schiff, das mitten auf einem unbekannten, bedrohlichen Ozean in einer Flaute feststeckte.

Sie mußte zugeben, daß sie mit dem Rücken an der Wand stand. Falls Borgia sich weder von ihrem Körper noch von ihrer Kenntnis der Zukunft besänftigen ließ, bliebe für sie nur, Sandro beim Sterben zuzuschauen. Allein der Gedanke daran schnürte ihr den Hals zu.

Nein, mir bleibt doch noch eine Möglichkeit, sagte sie sich. Käme es zum Äußersten, würde sie im letzten Moment ihren Dolch gegen Borgia einsetzen. Möglicherweise würde es Sandro gelingen, in dem dann sicherlich entstehenden Chaos zu entkommen. Und was würde in diesem Fall aus ihr werden? Sie blickte auf den großen Ring an ihrem Mittelfinger hinunter, das einzige Schmuckstück, das sie tief in ihren Taschen versteckt hatte. Für sie war der Inhalt dieses Ringes bestimmt und danach der ewige Schlaf.

Eine einzelne Träne rann unbeachtet über ihre Wange.

Gelächter erhob sich im Burghof und erregte sofort ihre Aufmerksamkeit. Sie beugte sich vor und sah die verkümmerte Gestalt eines radschlagenden Zwerges. Gianni? Sollte das tatsächlich Gianni sein? Adrienne versuchte das Fenster zu entriegeln, doch dann erinnerte sie sich, daß der Riegel ja mit einem kleinen Vorhängeschloß gesichert war, und so mußte sie sich damit zufrieden geben, das Gesicht an die Glasscheibe zu drücken.

Sie versuchte einen Blick auf das Gesicht des Zwerges zu erhaschen, doch selbst als er einmal stehenblieb, um den Beifall der umstehenden Zuschauer einzuheimsen, konnte sie nicht sicher sein, daß es sich bei ihm tatsächlich um Gianni handelte.

Jetzt sprang der Zwerg auf eine Dienerin zu, die ihm zugeschaut hatte, und riß ihr mehrere Eier aus ihrem Henkelkorb. Ungeachtet des Protestgeschreis der Frau jonglierte er mit ihnen so geschwind, daß ihm das Auge kaum zu folgen vermochte. Nach ein paar Minuten fing er ein Ei nach dem anderen geschickt wieder auf und hob sie in die Höhe, so daß sich alle Zuschauer von ihrer Unversehrtheit überzeugen konnten. Mit einer höflichen Verbeugung legte er sie in den Eierkorb der Dienerin zurück.

Adrienne, die das Gesicht noch immer an die Fensterscheibe drückte, schloß die Augen, weil sie sich zwischen hysterischem Lachen und Weinen nicht entscheiden konnte. Der Zwerg dort unten war wirklich Gianni! Irgendwie hatte er einen Weg in die Festung hinein gefunden.

Ihre Hoffnung lebte wieder auf. Allein der Gedanke, daß ihr an diesem Höllenort wenigstens eine einzige Seele zur Seite stand, schien ihr ein Zeichen dafür zu sein, daß ihre Gebete erhört worden waren.

Daß die Tür im Nebenraum geöffnet wurde und daß sich Schritte näherten, beachtete sie nicht weiter, weil sie annahm, es handelte sich um eine der schweigsamen Dienerinnen, die ihr regelmäßig Speise und Trank brachten. Als sich ihr jedoch eine Hand auf die Schulter legte, erschrak sie und hätte beinahe laut aufgeschrien.

Es war der Geruch, an dem sie erkannte, daß Borgia hinter ihr stand, dieser Schwefelgeruch, überlagert von dem würzigen Duft nach Nelken und Koriander, der ihn immer zu umgeben schien. Starrsinnig schaute sie weiter auf das Getriebe im Burghof hinaus. Sie spürte, wie Borgias Blick über ihren Körper wanderte. Ein Kribbeln lief über ihre Haut, doch sie ließ sich ihre Erregung nicht anmerken.

Als Cesare Borgia Isabellas anmutige Nackenlinie betrachtete, merkte er, wie sich sein Blut erhitzte. Er war jetzt froh, daß er gewartet hatte, denn die vergangenen beiden Tage hatten seinen Appetit nur noch mehr angeregt. Und jetzt, da Montefiore sein Gefangener war, würde es um so vieles reizvoller und befriedigender sein, mit Alessandros Gemahlin zu schlafen.

Und wenn sie nun tatsächlich eine Hexe war? Ärgerlich drängte er die Fragen zur Seite, die ihm während der beiden letzten Tage immer wieder durch den Kopf gegangen waren. Hexe oder nicht – er wollte sie jetzt nehmen.

»Ich bringe Euch Neuigkeiten, Madonna.«

Adriennes Herz begann zu hämmern.

»Montefiore hat mich nicht enttäuscht.« Er ließ ihre Schulter los, schloß das Vorhängeschloß am Fenster auf, löste den Riegel und öffnete beide Fensterflügel.

»Faß mich nicht an, Corella!«

Adrienne preßte sich eine Hand vor den Mund, als sie Sandros Stimme hörte.

»Wo zum Teufel ist meine Gattin?«

Bei Corellas bösartigem Lachen gefror das Blut in Adriennes Adern.

»Ihr werdet sie früh genug sehen.«

Gewissensbisse quälten Adrienne, und in ihrem Kopf überschlugen sich tausend verschiedene Gedanken. Ihr wurde bewußt, daß sie bis zu diesem Moment im tiefsten Herzen die Hoffnung nicht aufgegeben hatte, Sandro würde es irgendwie schaffen, der Gefangenschaft zu entgehen. Jetzt senkte sich die Schuld wie eine schwere Last auf ihre Brust.

Im Burghof entstand einige Bewegung. Eine Gruppe von Männern kam in Adriennes Blickfeld; mit hoch erhobenem Kopf ging Sandro voran. Seine Hände waren mit einem Seil gebunden.

»Halt!« Auf Corellas Kommando hin stieß einer der Männer seine Lanze gegen Sandros Rücken. »Seht nach links hoch, Montefiore!«

Sandro tat es und sah Isabella. Der Blick ihrer großen Augen in ihrem bleichen Gesicht war gequält, und sie hatte sich eine Hand vor den Mund gepreßt, als wollte sie einen Aufschrei ersticken. O Gott, was hat Borgia ihr angetan? dachte Sandro. Unwillkürlich versuchte er, seine Handfesseln zu sprengen und zerrte so lange daran, bis das Seil die Haut bis aufs Blut durchgescheuert hatte. Sein Magen rebellierte gegen seine eigene Hilflosigkeit.

Die Gestalt hinter Isabella bewegte sich, und Sandro sah, daß es Borgia selbst war, der dort stand und triumphierend lächelte. Als sich ihre Blicke trafen, ließ Borgia seine Hand besitzergreifend an Isabellas Nacken hinabgleiten und legte sie ihr dann um die nackte Schulter.

»Scheusal!« Sandro war so wütend, daß er Borgia mit bloßen Händen hätte umbringen können. Er machte einen Schritt vorwärts, fühlte jedoch sofort wieder die Lanzenspitze in seinem Rücken.

Noch einmal schaute er zu seiner Gemahlin hoch, die noch immer reglos am Fenster stand. Er meinte, ihren Augen das Herzeleid, den Kummer ansehen zu können, und gleichzeitig erschien sie ihm schöner als je zuvor. Nie hatte er sie mehr geliebt als in diesem Moment.

Er lächelte ein wenig und nickte, um ihr zu zeigen, daß er das glaubte, was sie ihm stumm zu sagen versuchte: Nicht durch ihren Verrat war er hierher geraten.

Ob er sie jemals wiedersah? Sandro war Realist genug, um zu wissen, wie schlecht seine Aussichten standen. Die kleine Abteilung Soldaten, die er nach Forli mitgebracht hatte, würde heute nacht im Schutz der Dunkelheit die Mauern der Rocca erklimmen, doch die Männer, die sich dazu freiwillig gemeldet hatten, wußten ebensogut wie er, daß sie damit ein entmutigend hohes Risiko eingingen.

»Vorwärts!«

Sandro nahm Corellas barsches Kommando nicht zur Kenntnis, sondern blickte noch einmal zu Isabella hinauf. Die Empfindungen drehten sich in ihm wie ein Wirbelsturm und nahmen ihm fast den Atem. Es gab noch so vieles, das er ihr sagen, so vieles, daß er noch mit ihr teilen wollte. Soviel Zeit hatte er mit Mißtrauen verschwendet. Obwohl er natürlich wußte, daß es vollkommen müßig war, Vergangenem nachzutrauern, nagte es schmerzhaft an ihm.

Corella schlug ihm die Faust in den Rücken, doch Sandro hielt den Blick weiterhin auf Isabella gerichtet, auch als er sich schließlich langsam in Bewegung setzte.

Regungslos stand Adrienne oben am Fenster und sah zu, wie Sandro hinfortgeführt wurde. Ihr blutete das Herz, und der Schmerz betäubte sie, so daß sie nicht mehr sah, daß Gianni hinter der Gruppe herstolperte und die letzten Männer der Abteilung schon in Scherzgespräche verwickelte.

Sandro und seine Bewacher befanden sich schon lange nicht mehr in Adriennes Blickfeld, als ihr ganz plötzlich bewußt wurde, daß Borgia sie berührte; er drehte sie zu sich herum.

»Eine überaus rührende kleine Pantomime, Madonna.«

Adrienne schwieg zwar, doch Zorn und Haß zeigten sich um so deutlicher in ihren Augen. Wie konnte Borgia es überhaupt wagen, sich über diese kostbaren Momente lustig zu machen?

»Nun sagt mir doch noch einmal, Donna Isabella, wie Ihr mich für die Verschonung des Lebens Eures Gatten zu entschädigen gedenkt.« Von ihrer Schulter ließ er seine Fingerspitzen zu dem tiefen Halsausschnitt ihres weinroten Samtgewandes hinunterstreichen, um sie dort unter den Stoff zu haken.

Adrienne konnte kaum ihr Erschaudern unterdrücken. »Das habe ich Euch bereits gesagt.« Sie mußte schlucken. »Ich werde Euch Eure Zukunft vorhersagen.«

»Und weiter?« drängte Borgia.

»Und ich werde Euch meinen Körper überlassen.« Die in ihr aufsteigende Übelkeit drohte sie zu überwältigen.

»Das hört sich gut an.« Er schob seine Hände so tief in ihren Halsausschnitt, daß seine Fingerrücken ihre Brustspitzen berührten. »Sagt das noch einmal.«

Adrienne begann zu zittern.

»Ihr sollt das noch einmal sagen.« Der Druck seiner Finger wurde stärker.

»Ich werde Euch meinen Körper überlassen.« Ihre Stimme war kaum mehr zu vernehmen.

»Ja, das hört sich wirklich gut an.« Er lächelte. »Ich glaube, ich werde mir jetzt die erste Rate der mir zustehenden Zahlung holen.« Noch immer lächelnd packte er unvermittelt den Rand ihres Halsausschnittes fester und riß ihn hinunter.

Für einen Moment war Adrienne wie erstarrt; ihr Verstand begriff nicht recht, was hier geschah, obwohl sich das Geräusch des zerreißenden Stoffes in dem stillen Gemach wie ein Donnerschlag anhörte. Erst als sie die kühle Luft an ihrer Haut fühlte, wurde ihr bewußt, daß sie bis zur Taille nackt war. In einem Blitzschlag kehrte die Erinnerung zurück: Wieder sah sie Fabien vor sich, wie er das Mieder ihres Gewandes zerfetzte. Instinktiv griff sie nach dem Dolch an Borgias Gürtel.

Kaum hatte sie das Messer aus der juwelenbesetzten Scheide gezogen, als Borgia ihr Handgelenk packte. Er drückte es so grausam wie ein Schraubstock zusammen, bis der Dolch klappernd auf den Boden fiel.

»Das hättet Ihr nicht tun sollen, Madonna«, sagte er leise und in einem Gesprächston, der nichts von der Wut spüren ließ, die in ihm aufgeflammt war.

Er bückte sich, hob den Dolch auf und hielt ihn dann locker auf der Hand, als wollte er ihn wiegen. Er blickte erst sie, dann die Waffe und schließlich wieder sie an. Unvermittelt und blitzschnell wie eine angreifende Kobra schlitzte er ihr das Gewand samt Unterkleid von der Taille an abwärts auf. In aller Seelenruhe schob er den Dolch danach wieder in die Scheide zurück. Dann packte er Isabella bei den Schultern und drückte sie neben dem offenen Fenster an die Wand.

Das alles geschah so unheimlich schnell, daß Adrienne nicht imstande war, auch nur einen Muskel zu ihrer Verteidigung zu bewegen. Sie fühlte Borgias heißen Atem an ihrem Gesicht, dann preßte sich sein feuchter, gieriger Mund auf ihren, und seine Zunge drang zwischen ihre Lippen. Er riß ihr die aufgeschlitzten Röcke zur Seite, und sie fühlte seine rauhen Beinlinge an ihren Schenkeln.

Endlich gehört sie mir, dachte Borgia, und wenn ich dann noch feucht von ihrem Körper bin, werde ich Montefiore aufsuchen und mich meiner Eroberung rühmen; das dürfte noch befriedigender sein, als ihn auf die Streckbank zu bringen.

Während er an dem Verschluß seiner Beinlinge nestelte, merkte er zu seinem Schrecken, daß zwar das Verlangen seiner Lenden noch stark war, die Erregung seines Fleisches jedoch schwand. Sein Schreck verwandelte sich in wilde Wut. Er packte Isabella beim Genick, und mit einem harten, strafenden Kuß ergriff er wieder von ihrem Mund Besitz. Und noch immer erwachte sein Fleisch nicht zu neuer Kraft.

»Hexe!« zischte er. »Morgen werdet ihr an meiner Seite sein und zusehen, wie Euer geliebter Alessandro stirbt.« Er stieß sie so heftig zur Seite, daß sie das Gleichgewicht verlor und zu Boden stürzte.

Das Geräusch des Aufpralls ihres Körpers brachte ihn wieder zu Verstand. Er straffte sich und zwang sich dazu, ruhig und gleichmäßig zu atmen. Sein Gesicht wirkte wieder so unbeteiligt wie üblich. Er deutete eine kleine Verbeugung an.

»Gute Nacht, Madonna, und angenehme Träume.« Als er sich zum Gehen wandte, hörte er, wie sie sich hinter ihm übergab, und die Wut überfiel ihn aufs neue.

Nach ihrem Brechanfall saß Adrienne noch lange auf dem Boden und streichelte ihren Bauch, um ihr Kind zu beruhigen. Sie flüsterte mit ihm und log ihm tröstend vor, daß alles gut werden würde. Auch als ihr Blick auf den mit todbringendem Gift gefüllten Ring fiel, hörte sie nicht auf, ihr Ungeborenes zu beruhigen.

Als sie meinte, wieder stark genug zum Stehen zu sein, erhob sie sich, streifte sich das ab, was von ihrem Gewand übriggeblieben war, und hüllte sich in einen Hausmantel. Ihren Dolch immer griffbereit, rollte sie sich auf dem Bett zusammen und wartete auf das, was die Nacht ihr bringen würde.

Lange vor Tagesanbruch wachte sie wieder auf. Aus Caterina Sforzas Ankleidekammer suchte sie sich ein mit venezianischer Spitze besetztes schneeweißes Unterkleid sowie ein Gewand aus schwarzem Samt aus, das mit Silbertropfen geschmückt war. Sorgfältig band sie sich den Dolch dergestalt an den linken Arm, daß ihn der weite Ärmel des Gewandes verdeckte. Bereit, dem wie auch immer gearteten Schicksal dieses Tages gegenüberzutreten, ließ sich Adrienne zum Warten nieder.

Die Sonne hatte bereits den Zenit überschritten, als einer von Borgias Männern, den vier Bewaffnete begleiteten, erschien, um Adrienne abzuholen. Stolz, ruhig und gefaßt schritt sie durch die kühlen Korridore der Festung.

Breite, von rot und gelb bekleideten Männern bewachte Türen öffneten sich bei ihrem Erscheinen. Als sie über die Schwelle trat, sah sie, daß sie sich auf der Galerie oberhalb der großen Halle dieser Zitadelle befand. Mit heftig pochendem Herzen erkannte sie, daß sie ihre Bestimmung erreicht hatte.

»Ich wünsche Euch einen guten Tag, Donna Isabella.«

Borgia trat vor sie und versperrte ihr den Blick in die Halle. »Ich hoffe, Ihr habt angenehm geschlafen.« Er hob sich ihre Hand an die Lippen und bemerkte zu seinem Mißfallen, daß sie weder schweißig war noch zitterte.

Adrienne schwieg. Sie stellte fest, daß selbst Borgias Anblick ihre innere Ruhe nicht zu beeinflussen vermochte. Im Lauf der langen Nacht hatte Adrienne sich dem auf sie Zukommenden, was immer das sein mochte, ergeben, und das wiederum verlieh ihr die Kraft, die sie brauchte.

»Kommt, Madonna.« Er drückte ihre Hand fester. »Es gibt etwas, das ich Euch zeigen möchte.«

»Ich muß es nicht sehen, um zu wissen, worum es sich handelt, Don Cesare.«

Fragend hob Borgia die Brauen.

»Ihr habt ein Tribunal errichtet und es mit rotem Stoff bespannen lassen. Nur der Richtblock ist mit weißem Stoff verhüllt.« Das verblüffte Aufflackern in Borgias Augen erfüllte sie mit Genugtuung und Hoffnung.

Schweigend führte er sie die Stufen hinunter zur Brüstung der Galerie. Auf einer kleinen Estrade standen dort zwei schwere hochlehnige Sessel, und als Adrienne auf einem davon Platz genommen hatte, sah sie die Szene, die sie eben beschrieben hatte.

Beim Anblick der niedrigen Plattform, deren blutrote Drapierung einen erschreckenden Kontrast zu dem in Blütenweiß verhüllten Richtblock bildete, schwanden Adrienne die Kräfte, denn was sie bisher nur aus Isabellas Tagebuch kannte, sah sie nun mit eigenen Augen.

Bevor sie sich wieder unter Kontrolle hatte, begannen die Trommeln einen langsamen, gleichmäßigen Rhythmus zu schlagen. Die großen Tore der Halle öffneten sich, und die Prozession fing an.

»Seht Ihr die Männer auf der Galerie uns gegenüber?«

Borgia lachte leise. »Es sind gute Bürger der Stadt Forli, Zeugen bei der rechtmäßigen Hinrichtung eines Mannes, der des Treubruchs für schuldig befunden wurde.«

»Wer hat ihn für schuldig befunden?« Verächtlich blickte sie ihn an. »Und rechtmäßig – nach wessen Recht?«

Darauf gab Borgia ihr keine Antwort; er lachte nur wieder und zuckte dann die Schultern.

Angeführt wurde die Prozession von Männern aus Borgias persönlicher Garde. Bewaffnet mit Lanzen sowie Schwertern und in schmuckloses Schwarz gewandet, gingen sie rund um die Plattform herum in Stellung. Adrienne fühlte, wie die Panik sie zu überschwemmen drohte. Bei so vielen Männern, die ihn bewachten, würde Sandro eines Wunders bedürfen, um zu entkommen.

Der Garde folgte der ganz in Rot gekleidete Henker. Eine spitze Kapuze bedeckte seinen Kopf; die für Augen, Mund und Nase herausgeschnittenen Löcher ließen ihn noch diabolischer erscheinen. Er trug ein riesiges Schwert vor sich her; da er das Heft nach oben hielt, wurde daraus das Spottbild eines Kreuzes.

Regungslos saß Adrienne da und wartete auf Sandros Erscheinen. Sie verkrampfte die Hände so fest um die Armlehnen, daß sich das Schnitzwerk schmerzhaft in ihre Haut preßte.

Als sie Sandro schließlich sah, atmete sie erleichtert auf, denn er schritt aufrecht davon. Wenigstens hat man ihm nicht die Knochen auf der Folterbank gebrochen, dachte sie.

Sandros Schritte waren langsam und gemessen, dennoch brachten sie ihn viel zu schnell zur Plattform. Je mehr er sich den rotbespannten Stufen näherte, desto schneller ging Adriennes Atem. Schweißperlen bildeten sich auf ihrem Gesicht, rannen zu beiden Seiten ihres Halses hinab und mischten sich mit den Tränen, die zu fließen begonnen hatten.

Sandro wußte, daß sich Isabella in der Halle befand und ihn beobachtete. Er wußte das so sicher, als würde er sie sehen. Er spürte ihre Anwesenheit deutlich. Und er spürte ihren Kummer. Langsam stieg er die Stufen der Plattform hinauf zum Richtblock, neben dem der Henker schon bereit stand.

Einen Blick noch, dachte Sandro, nur einen einzigen Blick, so daß ich mit ihrem Bild vor Augen in den Tod gehen kann! Gleichzeitig wußte er, daß er sehr wahrscheinlich nicht den Mut fand, seinem Tod in Würde zu begegnen, falls er noch einmal in ihr geliebtes Gesicht schaute.

Er kniete nieder und legte den Kopf langsam auf den Block, hob dann die Hände und kämmte mit den Fingern durch sein langes Haar, um es sich aus dem Nacken nach vorn zu streichen.

Der Henker neben ihm beugte sich zu ihm hinunter. Was

für ein Hohn, dachte Sandro und wartete auf die Worte, mit denen ihn der Mann, der ihn gleich köpfen würde, um Vergebung bitten mußte. Zu seiner größten Überraschung hörte er dann jedoch Michele Vanuccis vertraute Stimme.

»Ich weiß zwar nicht, in welcher Verfassung du sein wirst, wenn du hier herauskommst, doch wenn es nach mir ginge, würde zumindest der Kopf noch fest auf deinem Hals sitzen.«

28. KAPITEL

Die Panik hatte ihr die Kehle zugeschnürt. Adrienne sah Sandro knien. Sie sah, wie er den Kopf senkte; sein pechschwarzes Haar hob sich von dem weißen Tuch ab, mit dem der Richtblock verhüllt war. Sie sah, wie sich der Henker zu ihm hinunterbeugte, und wußte, daß sie jetzt etwas unternehmen mußte. Und was? fragte sie sich verzweifelt. Was nur?

Der Trommelrhythmus wurde schneller; der dumpfe Wirbel hallte von den Wänden wider, als drängte er dem Höhepunkt entgegen. Der Henker hob sein riesiges Schwert. Ein Sonnenstrahl fing sich auf dem blanken Stahl und schickte einen Lichtblitz durch die Halle.

Plötzlich nahm Adrienne den Duft frischen Sägemehls wahr, und das erinnerte sie eindringlich an die so fürchterlich reale Vision, die sie so gequält und schließlich soweit gebracht hatte, mit Sandro durch das Porträt in eine andere Zeit fliehen zu wollen.

Die Bilder, die Geräusche, die Gerüche waren dieselben, dennoch war die Szene, die sie jetzt beobachtete, irgendwie anders. Adrienne hätte nicht sagen können, worin der Unterschied bestand; nichtsdestoweniger gab es ihn.

Die Luft ringsum begann zu vibrieren. Schlagartig erkannte Adrienne den Unterschied: In ihrer Vision war die Szene in schwarze Verzweiflung gehüllt gewesen. Hier und jetzt indessen war das Bild fast durchsichtig und lichterfüllt.

Die Hoffnung des Wahnsinns durchströmte sie. Sie stieß

sich von der Brüstung ab und drehte den Kopf ruckartig zur Seite. Scheinbar entspannt saß Borgia in seinem Sessel, nur ein Muskel in seiner Wange zuckte heftig.

»Ich kenne den genauen Tag, an dem Euer Vater sterben wird«, flüsterte sie, und ihre Stimme klang wie das Krächzen einer alten Vettel. »Und ich weiß genau, was mit Euch hinterher geschehen wird: Ihr werdet so schwach wie ein Säugling sein, Eure ganze Macht, alle Eure Reichtümer werden Euch wie Sand durch die Finger rinnen, und Ihr werdet nicht fähig sein, sie zu halten.«

Adrienne keuchte, als wäre sie eine lange Wegstrecke gelaufen. »Und Ihr werdet als verzweifelter, verarmter Mann sterben.« Nach einer kleinen Pause schloß sie: »Zum Gespött aller Menschen, die Euch kannten.«

Er drehte sich zu ihr. Seine scheinbare Gelassenheit war verschwunden, und sein Gesicht hatte sich zu einer barbarischen Maske verändert. Wie eine angreifende Schlange schoß seine Hand vor und packte Isabellas Arm mit brutalem Griff.

»Sagt es mir! Sofort!« Die Wut hatte seine Augen in glühende Kohlen verwandelt. »Zum Teufel, sprecht!«

»Nein!« Der Schmerz in ihrem Arm war schier unerträglich. Dennoch trotzte sie Borgia, und je mehr sie sich widersetzte, desto grausamer wurde sein Griff. Mit dem Mut der Verzweiflung gab sie nach, und sobald ihre Muskeln erschlafften, lockerte auch er seinen Griff ein wenig. Sofort entwand ihm Adrienne ihren Arm.

Er wollte wieder nach ihr greifen, doch sie sprang so heftig aus ihrem Sessel auf, daß das Möbel krachend nach hinten umfiel. Sie stolperte von der niedrigen Estrade hinunter und wich sofort weiter zurück, doch Borgia folgte ihr nach.

»Halt!« Abwehrend streckte sie eine Hand aus und hob sich die andere an den Mund. »In meinem Ring hier befindet sich ein Gift, das so tödlich ist, daß es mich in Sekundenschnelle tötet. Falls Ihr näher kommt, schlucke ich es. Dann habt Ihr überhaupt nichts.«

Borgia kam noch einen Schritt auf sie zu. Sie hielt sich den Ring dichter an die Lippen. »Glaubt ja nicht, ich würde es nicht tun. Ich habe nichts zu verlieren.«

Er hob beide Hände und trat einen kleinen Schritt zurück. »Schon gut.« Man hörte ihm die mühsam beherrschte Wut an. »Schon gut.«

»Tretet weiter zurück. Ich will weder Euch noch sonst jemanden in meiner Nähe haben.«

Borgia machte noch einen Schritt rückwärts. Dafür soll sie zahlen, dachte er haßerfüllt. Alle beide sollten zahlen.

»Was wollt Ihr?« Seine sonst so weiche Stimme klang jetzt rauh.

»Das wißt Ihr ganz genau«, gab sie zurück. »Ich will, daß Ihr Alessandro freilaßt. Sobald ich ihn unversehrt zu Forlis Toren hinausreiten sehe, sprechen wir weiter.«

Borgia trat an die Balustrade. Auf sein Zeichen schwiegen die Trommeln, und plötzlich herrschte absolute Stille in der Halle. »Zurück in das Verlies mit ihm!« befahl er laut. »Bis auf weiteres«, setzte er hinzu; er mußte vor seinen eigenen Leuten das Gesicht wahren und auch vor den Bürgern auf der gegenüberliegenden Galerie, die offensichtlich über die Szene staunten, die sie eben miterlebt hatten.

Ohne Borgia ganz aus den Augen zu lassen, warf Adrienne einen Blick in die Halle hinunter und sah, wie Sandro sich aufrichtete und zu ihr nach oben schaute. In seinen Augen standen Fragen, und noch etwas anderes spiegelte sich darin, etwas, das Adrienne an Wunder glauben ließ.

Sie schaute zu, wie er aus der Halle geführt wurde, und ihre Augen füllten sich mit Tränen – Freudentränen. Sie wußte nicht, was die Zukunft bringen würde. Sie wußte nicht, wie die Geschichte von Isabella und Alessandro di Montefiore enden würde. Sie wußte nur, daß Sandro die große Halle der Rocca di Rivaldino lebendig verließ. Lebendig! Adrienne hatte die Geschichte verändert! Und sie hoffte weiter.

»Ich werde Euch in Eure Gemächer zurückbegleiten.«

Adrienne hob das Kinn; durch ihre Tränen hindurch blickte sie Borgia scharf an. »Nur aus sicherer Entfernung!«

Wie eine Löwin im Käfig ging Adrienne in den luxuriösen Gemächern auf und ab. Schon vor Stunden war sie hierher zurückgekehrt. Draußen wurde das Licht mit Anbruch der Abenddämmerung schwächer. Was war inzwischen mit Sandro geschehen? Adrienne wußte es nicht, und das Warten raubte ihr noch schier den Verstand.

Borgia konnte noch auf so mannigfache Weise Rache nehmen. Ihm standen zahlreiche Möglichkeiten offen... Adrienne schaute zum Burghof hinunter. Das einzige, was sich dort bewegte, waren zwei Katzen, die mit aufgestelltem Schwanz umherstreunten. In diesem Moment durchfuhr der Schmerz Adrienne wie ein glühendes Messer.

Sie setzte sich aufs Bett. Der Schmerz wiederholte sich, wenn auch nicht so scharf wie beim erstenmal. Adrienne legte sich hin, zwang sich dazu, sich nicht zu bewegen, und hielt sich beide Hände an den Leib.

Nein, das kann nicht geschehen, redete sie sich ein. Mein Körper darf dieses Kind nicht auch noch abstoßen! Doch sie erinnerte sich zu genau, daß sie vor Monaten die Geschichte schon einmal so wie heute geändert und dennoch das Kind verloren hatte, mit dem sie schwanger gewesen war.

Sie atmete ganz gleichmäßig und konzentrierte sich auf das Kind in ihrem Leib. Hin und wieder rieb sie die Oberschenkel aneinander und stellte erleichtert fest, daß jede Spur von der klebrigen Flüssigkeit fehlte, an die sie sich noch zu gut erinnerte.

Die gleichmäßigen Atemzüge und die Konzentration beruhigten sie nach und nach. Die Beschwerden vergingen, und Adrienne schlummerte ein.

Adrienne erwachte mitten in einem wirren Traum, von dem sie als einziges noch eine Vielzahl von Gerüchen erinnerte:

den Geruch der See an der Küste der Normandie, den leicht modrigen Geruch des Geheimgemachs hinter Isabellas Porträt, den Duft von Rosen und Zitronen an der weichen Schulter ihrer Mutter ...

Sie schaute zum Betthimmel hinauf, der eine erotisch verspielte Szene darstellte ähnlich derjenigen, die sie bei ihrem ersten Erwachen im Palazzo Montefiore gesehen hatte. Adrienne hing der Erinnerung an ihren Traum nach. Weshalb hatte sie von ihrem Leben als Adrienne de Beaufort geträumt? Und was genau hatte sie eigentlich so intensiv geträumt, daß ihr die Gerüche geblieben waren? Hieß das etwa... Plötzlich angsterfüllt setzte sie sich kerzengerade auf und rieb sich das Gesicht mit beiden Händen.

»Ich hoffe doch, Ihr habt gut geschlafen.«

Adrienne fuhr zusammen. Einen Schritt von ihrem Bett entfernt saß Cesare Borgia lässig in einem Sessel. Sein schwarzes Barett hatte er tief in die Stirn gezogen. Ein Weinpokal stand griffbereit neben ihm auf einem Tisch. Die in einem dreiarmigen Leuchter flackernden Kerzen tauchten den Raum in ein gespenstisches Licht.

Der Schreck, ihn hier zu sehen, betäubte Adrienne. Eiskalt lief es ihr über den Rücken. Vorsichtig und unauffällig bewegte sie den linken Arm. Der Dolch war nicht mehr da! Ihr Blick lief rasch über das Bett, doch die Waffe war nirgends zu sehen.

»Sucht Ihr dieses hier?« Borgia hob den Dolch kurz hoch und warf ihn dann auf den Tisch zurück. »Ihr habt so fest geschlafen, daß es bedauerlich einfach war, ihn Euch abzunehmen.« Er lächelte. »Ihn und Euren Ring ebenfalls.«

Mit einem Aufschrei blickte Adrienne auf ihre Hände. Der Ring war tatsächlich fort. Als sie ihn dann auf Borgias ausgestreckter Hand liegen sah, sprang sie auf. Noch ehe ihre Füße den Boden berührten, hatte Borgia schon seine Faust geschlossen und seine Hand zurückgezogen.

»Und nun sagt mir, Madonna, womit werdet Ihr jetzt feilschen?« fragte er leicht und spöttisch.

Stumm starrte sie ihn an; ihr Verstand war noch verschlafen, und sie spürte die Panik in sich aufsteigen.

»Das Wissen, das Ihr besitzen wollt, befindet sich in meinem Kopf«, brachte sie schließlich heraus. »Wo Ihr es nicht stehlen könnt.«

Er lachte leise und melodiös. »Habt Ihr eine Ahnung, wie leicht es ist, Wissen zu erlangen? Der spanische Stiefel, Daumenschrauben, die Streckbank, ein wenig Feuer, ein paar raffinierte Instrumente...« Er ließ den Blick über ihren Körper schweifen. »Es wäre ein Jammer, einen so liebreizenden Körper wie den Euren zu zeichnen, Donna Isabella.«

Adrienne redete sich ein, sie habe keine Angst und sie würde der Folter widerstehen. Es nutzte nichts.

»Was werdet Ihr tun?« fragte sie mit erstickter Stimme.

»Meine Information werde ich auf die eine oder andere Weise schon erlangen. Doch zuerst werde ich Euch nehmen.«

Unwillkürlich wich sie auf dem Bett zurück.

Borgia nahm den Weinpokal auf und betrachtete sie beim Trinken über den Rand hinweg. »Ich habe beschlossen, großmütig zu sein und Don Alessandros Leben zu verschonen.«

Die Freude blühte in ihr auf, um gleich darauf vom Argwohn wieder zertreten zu werden.

»Montefiore wird am Leben bleiben, doch sein Lebensraum wird sich auf eine Zelle beschränken«, fuhr er fort. »Falls mir ganz besonders großzügig zumute ist, könnte ich Euch sogar gestatten, ihn von Zeit zu Zeit zu besuchen, um ihm den Kerker ein wenig zu versüßen.« Er hob ihr salutierend den Weinpokal entgegen und trank. »Doch möglicherweise mag er Euch gar nicht mehr in seinem Bett haben, nachdem Ihr meines geteilt habt. Er wird befürchten, daß ich Euch die Franzosenkrankheit weitergegeben habe.« Er zog sich das Barett vom Kopf, und sie sah das nässende Geschwür auf seiner Stirn.

»Nur keine Sorge«, entgegnete Adrienne verächtlich. »Wenn er erfährt, daß ich bei einem Cesare Borgia gelegen habe, wird er mich ohnehin nicht mehr berühren – Franzosenkrankheit oder nicht.«

»Und er wird es erfahren«, versicherte Borgia gereizt. »Denn er wird es mit eigenen Augen sehen.«

»Was?« Ihre Lippen bildeten das Wort, doch es blieb tonlos.

»Meine Männer werden ihn jeden Moment herbringen.« Er rieb sich vor Freude die Hände. »Es ist schließlich eine altehrwürdige Tradition, den Vollzug vor mehreren Zeugen vorzunehmen.«

Das Entsetzen drückte ihr die Kehle zu und lähmte ihre Glieder, so daß sie weder sprechen noch sich bewegen konnte. Nein, dachte sie, das darf nicht geschehen. Etwas so Abscheuliches darf einfach nicht geschehen.

Auch als sie hörte, wie die Tür geöffnet wurde, vermochte sie nicht, sich zu rühren. Die Schattengestalten kamen durch den Vorraum. Als sie Sandro im Türrahmen stehen sah, glaubte sie, ein Trugbild vor sich zu haben. Selbst als er näher kam, war sie noch immer nicht davon überzeugt, daß er es wirklich und wahrhaftig war.

»Willkommen, Montefiore.« Borgia stellte den Weinpokal ab und erhob sich. Er wandte den Blick nicht vom Gesicht seines Rivalen, denn er wollte sich dessen Mienenspiel nicht entgehen lassen.

»Bindet ihn an den Stuhl«, kommandierte er, ohne die Wachen anzusehen.

»Das denn wohl doch nicht«, meinte Sandro lächelnd.

Bevor Borgia etwas äußern konnte, hatte Sandro einen Dolch unter seinem kurzen Umhang hervorgezogen. Mit einer Hand hielt er die scharfe Messerspitze an Borgias Gurgel, und mit der anderen nahm er ihm augenblicklich seine eigene Waffe ab.

Sprachlos verfolgte Adrienne die Vorgänge und war sich immer noch nicht ganz sicher, ob sie vielleicht doch nur ein Trugbild sah.

»Bewacht ihn.« Sandro wartete so lange, bis seine Männer

ihre Waffen auf Borgia gerichtet hatten. Dann wandte er sich dem Bett zu.

Bis jetzt hatte er Isabella absichtlich nicht angesehen, weil er fürchtete, ihr Anblick würde ihn nur ablenken. Nun schaute er sie zum erstenmal an, und sein Mut sank. Er sah kein Willkommen auf ihrem Gesicht. Ihre Augen wirkten starr, verwirrt, und keine Freude spiegelte sich in ihnen. Das tat Sandro so weh, daß er seine ganze Kraft aufbringen mußte, um sich nicht abzuwenden.

Er machte einen Schritt vorwärts, dann noch einen. Isabellas Gesichtsausdruck änderte sich nicht. Langsam ging Sandro weiter, bis er schließlich an der Bettkante stand. Wenn er jetzt die Hand ausstreckte, hätte er Isabella berühren können. Doch er tat es nicht.

Adrienne sah Sandro näher kommen, immer näher. Sie rührte sich nicht, weil sie jetzt davon überzeugt war, sie bildete sich das alles nur ein. Sie wollte die Augen schließen, denn die Einbildung verursachte ihr Schmerzen, doch es waren süße Schmerzen.

Dann stand Sandro direkt neben dem Bett. Wie gerne hätte sie jetzt die Hand nach ihm ausgestreckt, doch sie fürchtete, das Trugbild würde sich auflösen, falls sie sich bewegte oder sprach. Jetzt fühlte sie die Wärme, die sein Körper ausstrahlte, und langsam, ganz langsam begann sie zu glauben.

Sie richtete sich langsam auf den Knien auf und streckte die Arme nach ihm aus, berührte ihn jedoch noch nicht. »Sandro? Seid Ihr es auch wirklich?« Ihr Flüstern war kaum hörbar.

»Ja.« Der Schmerz, der noch immer in ihm nachklang, machte ihn vorsichtig.

Ihr Blick wurde klar, auf ihren bebenden Lippen erschien ein Lächeln, und sie breitete die Arme aus.

Erst als sie ihm über den Rücken gestreichelt hatte, erst als sie sich in seine Umarmung schmiegte, war sie wirklich davon überzeugt, daß dies kein Traum war.

Lange Minuten schwiegen sie beide; sie waren einfach glücklich, sich nur berühren und fühlen zu können. Dann hob Adrienne den Kopf, denn sie mußte unbedingt wieder in Sandros Gesicht schauen.

Sandro strich mit den Fingerspitzen über ihre Wangen und ihren Hals, wo Borgias Hände ihre Spuren hinterlassen hatten. Er wollte keine Fragen stellen. Er wollte nichts wissen. Doch er mußte es wissen. Er schluckte. »Hat er ... hat er Euch etwas angetan?« fragte er stockend.

Adrienne wußte, was er damit meinte. Sie schüttelte den Kopf. »Er wollte ...« Sie erschauderte. »Er wollte, daß Ihr dabei zuschaut ...«

»Ich weiß. Meine Männer und ich versuchten gerade, einen Weg zu finden, wie wir zu Euch gelangen konnten, als der Befehl zum Erscheinen kam.«

»Eure Männer?«

»Sie haben in der vergangenen Nacht die Mauer überstiegen.« Sein kurzes Lächeln deutete an, wie stolz er auf seine Leute war. »Zu diesem Zeitpunkt wußte ich das freilich noch nicht, doch die Hälfte der Bewacher bei der Hinrichtung waren meine eigenen Männer.«

Adrienne preßte ihr Gesicht wieder an seine Brust. Es machte sie glücklich, zu umarmen und umarmt zu werden. »Was werdet Ihr jetzt tun?«

»Ich werde ihn töten.«

»Das könnt Ihr nicht!« Entsetzt blickte sie ihn an.

»Ich habe schon früher getötet, Isabella.« Sein Mund war nur noch eine schmale Linie, und seine Nasenflügel bebten vor Wut. »Ich werde dafür sorgen, daß er seine Strafe erhält für das, was er uns angetan hat ... was er Euch angetan hat.«

Adrienne packte seine Hände. »Und wie lange wird Euch Eurer Ansicht nach der Papst am Leben lassen, nachdem Ihr seinen Sohn umgebracht habt?« Sie zog seine Hände zu sich heran und drückte sie sich gegen den Leib. »Ich will nicht, daß mein Kind ohne einen Vater aufwächst.«

»Und wie lange wird uns Borgia Eurer Ansicht nach am

Leben lassen, wenn ich ihn nicht töte?« verlangte Sandro zu wissen. »Wie lange wird es dauern, bis uns das Messer eines gedungenen Mörders im Rücken steckt, oder bis unsere Speisen mit dem Gift Borgias gewürzt sind?«

»Falls wir es schaffen, noch einige wenige Jahre zu überleben, haben wir nichts mehr zu befürchten«, flüsterte sie.

»Wie bitte?«

Adrienne wiederholte ihre Worte.

»Isabella . . .«

»Sandro . . .« Sie nahm sein Gesicht zwischen ihre Hände. »Vertraut Ihr mir?«

Er blickte sie an, und seine schwarzen Augen leuchteten. »Ja«, antwortete er schlicht.

Adrienne merkte, daß sie den Atem angehalten hatte.

»Vertraut Ihr mir auch hiermit?«

Er berührte ihre Wange mit den Fingerspitzen und nickte.

Sie hatten die Rückreise nach Siena gemächlich hinter sich gebracht – Adrienne und Gianni in einer Sänfte, Sandro und seine Männer in sorgsamer Wachformation um Cesare Borgia herum. Jetzt war die Grenze zu Sienas Ländereien in Sicht; hier legte man noch einmal eine Pause ein, um auf die Soldaten zu warten, die Sandro von der Belagerung Pesaros abgezogen hatte. Sobald diese Truppe eintraf, würde man weiterziehen und Cesare Borgia seiner Wege gehen lassen.

»Ich hoffe sehr, daß wir einander nie wieder begegnen.« Kalt blickte Sandro ihn an. »Falls doch, wird das nur einer von uns überleben.«

Borgia lachte verächtlich. »Prahlt nicht mit Eurem nicht existierenden Mut, Montefiore. Besäßet Ihr ihn nämlich, dann wäre ich jetzt nicht mehr am Leben.«

Obwohl es Sandro in den Fingern juckte, sein Schwert blankzuziehen, beherrschte er sich. »Ihr verdankt Euer Leben meiner Gemahlin«, bemerkte er anzüglich. »Sie zieht es nämlich vor, wenn die Hände ihres Ehemannes nicht mit Eurem verruchten Blut beschmutzt sind.«

Wütend trat Borgia einen Schritt auf ihn zu.

»Ihr seid in der Minderzahl«, warnte Sandro leise.

Rasch schaute sich Borgia um und sah, daß die anderen Männer näher herangekommen waren; alle hielten die Hand am Heft ihres Schwertes. Er zuckte die Schulter. »Heute vielleicht. Doch der Tag wird kommen, an dem die Lage umgekehrt ist.« Nach einer Pause fügte er hinzu: »Mein Arm ist lang.«

»Das bezweifle ich nicht, Don Cesare. Doch was nützt Euch Euer langer Arm, wenn Ihr tot seid?«

»Wie meint Ihr das?«

»Wer wird einmal Euren Tod rächen?«

»Seine Heiligkeit . . .«, begann er.

Sandro lächelte. »Gewiß. Seine Heiligkeit könnte jemanden kaufen. Es gibt jedoch Menschen, die es nicht nötig haben, sich Loyalität zu kaufen.« Er blickte seinen Gegenspieler lange und fest an, und als er erkannte, daß Borgia verstanden hatte, wandte er sich ab.

Adrienne hatte den Wortwechsel beobachtet und den Haß in Borgias Augen aufblitzen sehen. Sie fragte sich, ob es vielleicht ein Fehler von ihr gewesen war, Sandro Einhalt zu gebieten. In diesem Moment erkannte sie, daß sie ihn nicht aufhalten würde, wenn es sich um ihre Brüder handelte.

Als Sandro ihr seinen Arm um die Schultern schlang, lehnte sie sich an seine Brust.

»Bedenken, tesoro?«

Sie schüttelte den Kopf. »Nur flüchtige.«

Zusammen gingen sie zum Rand des Lagers und atmeten die klare Luft der Hügel ein, die den nördlichen Zugang zu ihrer Domäne bewachten.

»Was habt Ihr ihm eigentlich gesagt, das ihn veranlaßt hat, meine Hinrichtung abzubrechen?«

Diese Frage hatte Adrienne bereits seit langem erwartet, dennoch war ihr bei der Antwort nicht wohl.

»Ich habe ihm die Wahrheit gesagt, nämlich daß mir seine Zukunft bekannt sei.«

Sandro legte ihr einen Finger unters Kinn und hob sich ihr Gesicht entgegen. »Und? Kennt Ihr sie?«

Sie nickte zögernd, obwohl sie das lieber rundweg verneint hätte. »Doch nicht durch schwarze Magie oder Hexerei.«

Er hat mir gesagt, er würde mir vertrauen, dachte Adrienne. Als sie freilich jetzt in seine Augen blickte, fragte sie sich, ob er nicht eines Tages Dinge wissen wollte, die sie ihm nicht anvertrauen durfte – niemals.

»Sandro«, flüsterte sie. »Ich liebe Euch.« Sie hielt sich an seinem Wams fest und wiederholte ihre Worte, als wären sie eine Beschwörungsformel, die es ihr ermöglichen würde hierzubleiben, obwohl sie ihre Mission nunmehr erfüllt hatte.

Er hörte ihre Worte und blickte zu ihr hinunter. In ihren Augen sah er Geheimnisse, Rätsel, die er niemals ergründen würde. Das hatte er von Anfang an gewußt. Und jetzt, in diesem Moment faßte er alle Fragen zusammen, sah sie sich noch ein letztes Mal an und legte sie dann für immer fort. Er mußte nicht mehr wissen; er glaubte, und das war genug.

Er nahm ihren Kopf zwischen die Hände und schob seine Finger in ihr goldenes Haar. »Ich liebe Euch, Isabella.« Er neigte sich zu ihr und besiegelte seinen Schwur mit einem langen Kuß.

EPILOG

Siena, 25. August 1504

»Isabella!«

Adrienne ließ die dicken Händchen ihres Sohnes Francesco los und richtete sich mit einiger Mühe auf, als Sandro ins Gemach stürmte.

Seine Augen blitzten vor Begeisterung, und obwohl Freude und Erleichterung Adrienne durchfluteten, spürte sie, wie sich ihr Magen zusammenzog. Seit Tagen, nein, seit Wochen und Monaten hatte sie sich auf den Augenblick vorbereitet, da Sandro ihr die Nachricht bringen würde. Adrienne stand auf und ging auf ihn zu.

»Es ist vorbei!« Er faßte sie bei den Schultern und küßte sie flüchtig. »Lest dies hier.«

Mit plötzlich steifen und klammen Fingern nahm sie den Brief entgegen, den er ihr hinhielt. Sie drehte sich zum Fenster und begann zu lesen:

»Altezza, ich habe die Ehre, Euch untertänigst mitzuteilen, daß Don Cesare Borgia am zwanzigsten August als Gefangener der spanischen Herren des Königreichs Neapel an Bord eines Schiffes verbracht wurde, welches nach Valencia in See gestochen ist.«

Immer wieder las Adrienne diese Worte. Es ist vorbei, dachte sie ... es ist wahrhaftig vorbei. Sie wußte, daß Borgia noch zweieinhalb Jahre zu leben hatte, und in dieser Zeit würde er zuviel damit zu tun haben, seine eigene Haut zu retten, als daß er versuchen könnte, Mittel zur Rückzahlung seiner Schulden zu beschaffen. Wie Adrienne es ihm vorausgesagt hatte, war aus ihm ein verarmter, machtloser Mann geworden.

Es war tatsächlich vorüber. Ein eiskalter Schauder ließ sie frösteln, während die Worte in ihrem Inneren wiederklangen. War ihre, Adriennes, Zeit jetzt ebenfalls vorüber?

Sandro trat hinter sie und schlang seine Arme um ihre Mitte; in ihrem Leib wuchs deutlich sichtbar eine neue Frucht der Liebe heran. »Wir sind endlich von ihm befreit, Liebste.« Er drückte seine Lippen in ihre Schulterbeuge. »Wir sind frei«, flüsterte er an ihrer Haut.

Während sie sich an ihn schmiegte, fühlte Adrienne die Furcht wie eine Schlange über ihren Rücken kriechen. Obwohl sie gar nicht hinschauen wollte, wurde ihr Blick von dem Porträt der Isabella di Montefiore angezogen. Die Augen beobachteten sie; sie sagten ihr, daß jetzt, da Sandro wirklich gerettet war, die Zeit für ihren, Adriennes, Abschied gekommen war.

»Ich will mein Leben zurückhaben.«

Diese Worte klangen in Adriennes Kopf wieder, gesprochen von einer Stimme, die sie seit langem als ihre eigene akzeptiert hatte. Nein, widersprach Adrienne dem Porträt. Du bist tot. Du hast dich selbst umgebracht, weil dich deine Schuld und deine Liebe zu deinem verratenen Gatten in den Wahn trieben.

Die Augen auf dem Bild wirkten kälter, befehlender. »Gib mir mein Leben zurück!«

Adrienne schüttelte den Kopf; sie meinte, irre zu werden. Mit meinen eigenen Augen habe ich die letzten Worte in deinem Tagebuch gelesen, wandte sie ein, und sie wurden am Abend vor Johannis geschrieben. Dieser Tag liegt zwei Monate zurück. Das war der Tag, an dem du dir deine Gurgel durchgeschnitten hast. Du kannst jetzt nicht einfach kommen und dir nehmen, was mein ist. Das darfst du nicht!

Doch die Frau in dem Porträt gab nicht nach, und Adrienne spürte, wie sie sie heranzog. Der Brief in ihren Händen fiel zu Boden. Fest faßte sie Sandros Handgelenke. Nein, dachte sie, ich lasse nicht zu, daß sie das tut!

Sie blickte der Frau auf dem Gemälde fest und trotzig in die Augen. Plötzlich wußte sie, was sie zu tun hatte. »Laß ein Feuer im Kamin machen«, sagte sie zu Daria, die auf

dem Boden kniete und mit dem kleinen Francesco spielte.
»Ein großes Feuer.«

»Ist Euch nicht wohl?« Sandro umarmte sie fester, strich dann mit den Händen über ihren Leib und fühlte, wie sich das Kind darin bewegte. »Ich werde dir den Arzt rufen.«

Er wandte sich zum Gehen, doch sie hielt sich an seinen Händen wie an einem Rettungsring fest.

»Bleibt hier! Ich brauche Euch.«

Sandro wurde unruhig, und alle alten Zweifel und Fragen drängten sich ihm wieder auf die Lippen. Sie lösten sich freilich sofort auf, als er Isabella anschaute; ihre Wärme, ihr Duft und ihr reifer, gesegneter Körper gaben ihm alle Antworten, die er brauchte.

Die Dienstboten kamen, entfachten ein Feuer und legten Holz nach, bis es lichterloh brannte.

»Nehmt das Ölgemälde dort aus dem Rahmen und rollt es zusammen.«

Die Diener waren zu gut geschult, um ihrer Herrin Fragen zu stellen. Sie nahmen das Bild aus dem reich verzierten, geschnitzten Rahmen und rollten es auf.

Adrienne war sich der Gefahr bewußt, erkannte indessen, daß sie es selbst tun mußte. Sie ließ Sandros Hand los und nahm dem Diener die schwere Leinwand ab. Sobald sich ihre Finger darum geschlossen hatten, begann ihre Handinnenfläche zu kribbeln.

Als sie auf den Kamin zuging, konnte sie das schwarze Nichts auf der anderen Seite deutlich spüren. Es zog sie an, wie Treibsand schien es sie in sich hineinzusaugen, und obwohl Adrienne sich dagegen wehrte, merkte sie, daß sie immer schwächer wurde.

Sie hörte ihren kleinen Sohn hinter sich leise plappern, sie fühlte Sandros Blick auf sich ruhen. Sie kämpfte gegen das Verlangen, sich umzudrehen und die beiden noch ein letztes Mal anzusehen.

Sie verlor. Sie fühlte, wie sie langsam entglitt. Ihr war klar, welch großes Risiko sie einging. Dennoch stellte sie ihren

Kampf gegen den Sog ein. Statt dessen konzentrierte sie sich ganz auf ihre Liebe zu Sandro, zu dem kleinen Francesco und dem Ungeborenen in ihrem Leib. Die reine und machtvolle Empfindung erfüllte ihr ganzes Wesen mit strahlendem goldenen Licht.

Der Sog wurde schwach und schwächer. Als er nicht mehr zu spüren war, warf sie die Leinwand in die Flammen. Die Funken stoben auf, und Adrienne trat zurück. Sie sah zu, wie das Gemälde brannte, und wußte, daß sie nun endlich frei war. Als nur mehr Asche davon übrig war, drehte sie sich zu Sandro um und breitete die Arme aus.

Sandro trat zu ihr. Er wußte, daß soeben etwas Entscheidendes stattgefunden hatte. Er verstand es nicht, doch er mußte es auch nicht verstehen. Er erkannte nur, daß diese ungute Spannung verschwunden war, die er immer in Isabella gespürt hatte.

Er lächelte. »Ich liebe Euch, tesoro.«

Sie nahm sein Gesicht zwischen die Hände. »Nennt mich beim Namen, Sandro«, bat sie. »Sagt meinen Namen.«

»Ich liebe Euch, Isabella.«

»Ja.« Lächelnd zog sie ihn zu sich heran. Als ihre und seine Lippen einander berührten, sagte sie Adrienne de Beaufort Lebewohl. Sie war durch die Zeit gereist, und jetzt, in guten wie in bösen Zeiten – zu allen Zeiten –, war sie Isabella di Montefiore. Es gab keine andere mehr.

– ENDE –

Elizabeth Lane
Wie der Wind so frei
Roman (23475)

Joyce Verrette
Aufstand der Herzen
Roman (23476)

Caryn Cameron
Herz in Ketten
Roman (23489)

Jennifer O'Green
Gesprengte Fesseln
Roman (23490)

Norah Lofts
Die Priorei von Ockley
Roman (23560)

Caryn Cameron
Des Königs bester Mann
Roman (23516)

Die neue
Romantik. Zär
lich, sinnlich.
Mit soviel Gefü
Und Happy Er
In den Liebes
romanen von Co

Liebe ist Cora